Elke Ahlswede hat nach der Universität in den USA und Hamburg die Henri-Nannen-Schule besucht und anschließend mehrere Jahre in Deutschland als Journalistin gearbeitet. Inzwischen lebt sie mit ihrer Familie in Frankreich, wo auch schon ihre Romane MAMA.COM, MUM@WORK und PAPA@HOME entstanden sind. In EX EN PROVENCE gibt sie Einblick in die Tricks der Französinnen, die sie als Insider inzwischen voll durchschaut hat. Im Kulturkampf zwischen Haute Couture und Wohlfühl-Jeans, Petits Fours und Müsliriegeln steht es bei ihr persönlich noch unentschieden.

Weitere Titel der Autorin:

Mum@Work
Papa@Home

Titel in der Regel auch als E-Book erhältlich

Elke Ahlswede

Ex en Provence

Roman

BASTEI
LÜBBE
TASCHENBUCH

BASTEI LÜBBE TASCHENBUCH
Band 16082

1. Auflage: Oktober 2011

Bastei Lübbe Taschenbuch in der Bastei Lübbe GmbH & Co. KG

Originalausgabe

Copyright © 2011 by Bastei Lübbe GmbH & Co. KG, Köln
Textredaktion: Cathrin Wirtz
Titelillustration: © getty-images/Andy Reynolds
Umschlaggestaltung: Kirstin Osenau
Autorenfoto: Stéphane Bertrand/Studi Givet
Satz: hanseatenSatz-bremen, Bremen
Gesetzt aus der Goudy Oldstyle
Druck und Verarbeitung: GGP Media GmbH, Pößneck
Printed in Germany
ISBN 978-3-404-16082-2

Sie finden uns im Internet unter
www.luebbe.de
Bitte beachten Sie auch: www.lesejury.de

Der Preis dieses Bandes versteht sich einschließlich
der gesetzlichen Mehrwertsteuer.

»Tatsächlich haben die Franzosen, anders als die Deutschen, ein entspanntes Verhältnis zur Wirklichkeit des Lebens.«
Ulrich Wickert: Vom Glück, Franzose zu sein

Who's Who?

Anja Kirsch, 40: Alleinerziehende Mutter und Lehrerin. In Frankreich will sie sich zur beruflich erfolgreichen Supermutter mit Mega-Sex-Appeal wandeln. Manövriert sich mehr oder weniger geschickt durch Croissant-Berge, sprachliche Waterloos und ... amouröse Missverständnisse.

Dr. Bettina Kirsch, fünf Minuten älter, zehn Kilo leichter: Anjas Zwillingsschwester. Der Marathon laufende Beweis dafür, dass die Gene nicht an allem schuld sein können.

Ralph von Hassel, 42: Anjas Ex. Ihr eigentlich sowieso nur aus Versehen zum Ehemann gewordener WG-Mitbewohner steckt mitten in der Midlife-Crisis. Zur Linderung setzt er allerdings weder auf Sabbatjahr noch auf Segeltörn.

Jule von Hassel, 5: Anjas und Ralphs Tochter. Vom alternativen Berliner Waldkindergarten direkt in die französische Kader-Vorschule katapultiert.

Jacques und Bernadette Croizet, zusammen mindestens 130: Anjas liebenswerte Vermieter, Bäckersleute mit geheimdienstwürdigen Kenntnissen der Bewohner von ganz L'Oublie-en-Provence.
    Ganz L'Oublie-en-Provence?
    Nein! Auch sie wissen nichts über den Hintergrund von ...

Eric Leroy, ungefähr Ende 30: Was für ein arroganter Rüpel! Und Jule sucht sich ausgerechnet Erics Tochter Chloé als ihre neue beste Freundin aus.

Chloé Leroy, 5: Schwelgt mit leicht überdüngter Fantasie in ihrer Prinzessinnen-Welt.

Noémi, 25: Auch für französische Verhältnisse eine Ausnahmeschönheit. Taucht regelmäßig in Highest Heels und Mikrorock vor der Schule auf – und verschwindet schweigend mit Chloé.

Augustine Guillotin, 52: Anjas Chefin. Stets im adretten Kostümchen, terrorisiert sie die gesamte Sprachenschule »Ecole Polyglotte«. Bis auf eine Ausnahme, nämlich ...

Philippe Foulie, 38: Anjas Kollege, ein echter *Beau*. Die wandelnde Charme-Offensive nimmt »Andscha« ins Visier. Zu schön, um wahr zu sein?

Nathalie Dupont, Mitte 30: Die Mutter von Jules Klassenkameraden Alex, bald Anjas Freundin und »Französin vom Dienst«. Freimütige und geduldige Nachhilfelehrerin in Sachen Savoir-vivre.

Monika Kirsch, 59: Anjas und Bettinas Hippie-Mutter. Findet zwischen Anden-Trekking und Capoeira-Kurs mit attraktiven Jünglingen nur wenig Zeit für ihre Töchter oder Enkelin Jule.

Jean-Yves, Jean-Pierre, Jean-Claude (alle Mitte 50): Anjas mehr oder weniger direkte Nachbarn – genaue Anzahl unbekannt.

L'Apéro
(Der Aperitif)

1. Kapitel

Hi Bettina. Danke noch mal fürs Essen. Haben Frankreich erreicht. Jule schmollt. Dein Napoleon tröstet etwas. Noch 680 Kilometer. Provence, wir kommen! LG Anja *(23:35, 16. August)*

Viel Glück, Kleines. Such dir einen schönen Franzosen. Gib dir mal Mühe. Und nasch nicht auf der Fahrt. Kuss für Julchen. Betty *(23:39, 16. August)*

Nenn mich nicht Kleines! Kaufe mir jetzt große Tüte Chips, evtl. auch Schokolade. Brauche keinen Franzosen. Anja *(23:45, 16. August)*

Ich würde nicht nein sagen … Gute Fahrt, Kleines. Deine Betty *(23:47, 16. August)*

Dienstag, 17. August, 05:54
L'Oublie-en-Provence

»Bonjour Madame!«, tönt es mir von irgendwo sehr französisch entgegen.

Madame? Wer? Ich?

Beinahe hätte ich mich umgedreht, aber hinter mir ist um diese Uhrzeit wohl kaum eine 80-Jährige zu erwarten, auf die diese Anrede meiner Vorstellung nach besser passen würde. Ich bin zwar tatsächlich 40 und sehe – Q10 hin oder her – wohl auch ungefähr so aus, aber »Madame«?

Wer allerdings sollte sonst gemeint sein? Schließlich ist hier gerade *überhaupt* niemand zu sehen. Selbst den Besitzer der tiefen und ziemlich nasalen »Bonjour-Madame«-Stimme kann ich nicht ausmachen. Ich sehe nur Jule, die fünf Meter neben mir schlummert – in unserem Ex-Familien-jetzt-Mutter-mit-Tochter-Kombi. Sie ist – ergonomisch nicht ganz optimal – in den Kindersitz gefaltet und hält ihr neues Kuscheltier, Frosch Napoleon, fest im Arm.

Als Napoleon, Jule und ich vor ein paar Minuten auf den Dorfplatz von L'Oublie-en-Provence gerollt sind, informierte mich mein Navi feierlich, ich hätte mein Ziel erreicht. Leise, um Jule nicht zu wecken, antwortete ich: »Nein, noch nicht ganz.«

Aber was weiß denn diese Computerstimme schon? Sie kennt sich wohl im besten Fall mit der nächsten Kreuzung aus, aber mit meinem wahren Ziel?

Pah!

Natürlich hat sie nicht die geringste Ahnung. Denn mein Vorhaben besteht ja aus nichts Geringerem, als eine völlig neue, absolut perfekte Anja Kirsch aus mir zu machen: Anja, die atemberaubende, okay, ein bisschen gereifte Schönheit, sexy und trotzdem etwas unnahbar und damit auf Sicherheitsabstand zu allen doch nur Ärger bringenden Männern, beruflich erfolgreich und zugleich eine wunderbare Mutter!

Doch aus der Perspektive meines mit Lebensentwürfen eher unerfahrenen Navis habe ich mein Ziel natürlich längst erreicht. Schließlich hatte ich in Bettinas Frankfurter 140-Quadratmeter-Designer-Dachterrassen-Eigentumswohnung die Adresse meines neuen Vermieters eingegeben, die mir der Makler gemailt hatte, als ich noch in Berlin war. Der Immobilien-Heini hatte dazugeschrieben, dass ich mir bei einem Monsieur Croizet schon frühmorgens den Schlüssel für »meine neue Wohnung« abholen könne.

Früh ist es. Aber wo ist denn nun dieser Monsieur Croizet? Und überhaupt, wie das klang: der Schlüssel für meine neue Wohnung?

Auch der Makler erkannte natürlich nicht die wahre Bedeutung dieses Stückchen Metalls, handelt es sich dabei doch um den Schlüssel für den Neuanfang meines Lebens! Die Blütezeit der Anja K. beginnt. Spät, aber dafür inmitten wogender Lavendelfelder unter der wohligen Sonne Südfrankreichs. Wunderbar! In der Mitte meines Lebens stehen mir alle Türen offen.

Na ja, *fast* alle. Denn diese Ladentür, zu der mich mein Navi gelotst hat, lässt sich von meinem Rütteln leider überhaupt nicht beeindrucken. Ich stehe vor einer ziemlich geschlossenen Bäckerei, mitten in diesem winzigen Dorf irgendwo in Frankreich, ein bisschen »perdu« – verlassen, ziemlich allein, einsam sozusagen. Hm.

»Bonjour Madame«, höre ich jetzt wieder und entdecke als Urheber endlich einen älteren Herrn, der aus einem kleinen Nebeneingang der Bäckerei herauslugt. Er wischt sich seine mehligen Pranken an einer nicht minder mehligen Schürze ab und stapft mir mit zur Begrüßung weit ausgebreiteten Armen entgegen.

Es muss sich wohl um meinen Vermieter handeln, Monsieur Croizet, unübersehbar seines Zeichens Bäcker.

Schwungvoll drückt er mir zwei Küsse auf jede Wange. Von wegen unnahbare, arrogante Franzosen! Vielleicht ist das in Paris so, erfreulicherweise hier aber offenbar nicht.

»Aaah, voilà Madame! Willkommen in Frankreich, dem Paradies auf Erden!«, dröhnt er. »Sie werden hier leben wie Gott in Frankreich! Ho, ho, ho, was sage ich? Wie eine Göttin, natürlich, excusez-moi!«

War da eben ein Blick auf mein eigentlich nicht wirklich tief ausgeschnittenes, da genau genommen zugeknöpftes Dekolleté, das in einem fünf Jahre alten, für die lange Fahrt extragemütlichen Strickpulli steckt?

»Alors, Madame …«, holt der offensichtlich weder zu Takt noch zu mangelndem Patriotismus neigende Monsieur Croizet aus. Zum Glück nicht, um mich weiter zu taxieren oder die Marseillaise anzustimmen, sondern um mir den Weg an seinem gigantischen Bauch vorbei direkt in die Backstube zu weisen. »Kommen Sie doch gleich hier herein …«

Ach, eigentlich sieht Monsieur ja doch ganz harmlos aus, irgendwie sogar recht sympathisch. Modell heiterer Großvater, aber eben in der Gallier-Ausführung mit lebenslanger Erfahrung als Frauenheld und deshalb schon aus reiner Gewohnheit noch immer selbst an dem unscheinbarsten Dekolleté interessiert.

Mit dieser Erkenntnis übe ich mich mal in neuer, sehr französischer Großzügigkeit, verzeihe ihm die Blickverirrung und gebe einen üppigen Vertrauenskredit.

»Merci«, antworte ich also – erleichtert, dass mir mein erstes französisches Wort in meiner neuen Heimat problemlos über die Lippen kommt. Mein Stammeln vorhin an der Raststätte war schon recht unwürdig, aber das war ja auch ganz knapp hinter der Grenze. Und das zählt nicht.

Okay, zugegeben, es gibt durchaus noch einiges zu tun in Sachen Redekunst. Mein Französisch ist zwar schon ganz passabel, aber so ein »Merci« wie gerade eben schafft ja selbst ein sprachlich Tiefbegabter mit mittelmäßiger Kenntnis deutscher Schokoladenmarken. Auch was die französische Eleganz angeht, stehe ich natürlich noch ganz am Anfang.

Schließlich passe ich bisher ungefähr auf folgende Beschreibung: mittelmäßig talentiert als Alleinerziehende meiner Tochter Jule wie als Lehrerin an einem Berliner Gymnasium und optisch ein Fall für die Fitness-, Ernährungs-, Frisur- und Modeberatung von »Elle« und »Vogue« zusammen – der deutschen Ausgabe beider Magazine versteht sich, denn in den französischen dürfte ja über Kleidergröße 34 gar nichts gehen.

Ich trage übrigens Größe 42. Und selbst die passt mir auch erst wieder, seit ich durch meine, sagen wir mal »Trennungs-Diät« ein paar Pfunde losgeworden bin.

»Kommen Sie?«, erkundigt sich Monsieur Croizet, der mein Zögern natürlich nicht einordnen kann. Dass ich es ihm nicht erkläre, liegt zum Teil an der nächsten linguistischen Herausforderung, die mich hier erwartet: Jedenfalls kann ich den Herrn Bäcker nun doch nicht so einfach ins Haus begleiten, wie er sich das gedacht hat.

»Meine Tochter schläft«, versuche ich es auf Französisch, zum Glück auch recht souverän, und zeige dann auf mein altersschwaches Auto, das Jule und mich gerade die knapp tausend Kilometer von unserer Zwischenstation bei Bettina in die Provence geschaukelt hat.

»Pas de problème, kein Problem«, antwortet Monsieur Croizet und ruft dann in die Backstube gewandt: »Bernadette, komm doch mal schnell! L'Allemande ist da.«

In diesem Augenblick taucht eine rundliche Frau mit rosigen Wangen und sanften, braunen Augen auf. Bernadettes Lippen leuchten in einem aparten Orangerot, das perfekt mit der doch etwas eigenwilligen Farbe ihres dabei überaus eleganten Kurzhaarschnitts harmoniert. Eine Seniorinnen-Standard-Dauerwelle in Grau ist in Frankreich natürlich nicht zu erwarten. Dafür überrascht Madames Leibesumfang, der eher meinen Vorstellungen von Bäckerinnen als den perfekter Französinnen entspricht.

»Ah, bonjour, meine Liebe!« Madame Croizet drückt mich an ihren riesigen Busen und schmatzt mir drei Küsse ins Gesicht: rechts-links-rechts. Oder war es links-rechts-links? Und wo blieb überhaupt der vierte, wie eben bei Monsieur? Mysteriös.

»Bernadette, Madames Tochter schläft noch im Auto.« Der Bäcker deutet in Richtung des von jahrhundertealten Gemäuern und knorrigen Platanen umgebenen Dorfplatzes, auf dem selbst mein Klapper-Kombi aussieht wie gerade eben von einem glitzernden Podest der Internationalen Automobilausstellung gerollt.

»Ma biche, wirf doch bitte einen Blick auf die Kleine«, fordert Monsieur Croizet seine Frau auf, die er mit »ma biche« nach französischer Sitte tatsächlich liebevoll »meine Hirschkuh« nennt. »Die Kleine ist nach der langen Fahrt sicher sehr müde. Wir wollen sie noch etwas schlafen lassen. Und du musst ja jetzt sowieso das Geschäft öffnen. Durchs Schaufenster kannst du ›la petite‹ im Auto doch sehen. Dann zeige ich Madame gleich ihr neues Heim.«

»La biche« nickt: »Aber gern.«

Moment.

Das ist ja alles furchtbar nett und zuvorkommend. Aber ich kann doch Jule nicht einfach dort stehen lassen, auch wenn ich Madame vom Fleck weg als Ersatzgroßmutter adoptieren würde.

Aber trotzdem: Ich werde klarmachen müssen, dass ich Jule hier nicht alleine lasse, während wir zu unserer Wohnung fahren, sondern dass wir stattdessen einfach mein Auto nehmen. Wenn ich die leere Chipsstüte, die Kaffeebecher, Jules O-Saft-Packungen und die auch farblich sehr ansprechende Kollektion leerer Mini-Ritter-Sport vom Beifahrersitz geschubst habe, wird er schon genug Platz finden. Oder ich fahre einfach hinter ihm her, oder ich könnte …

Doch bevor ich meine Gedanken auch nur in halbwegs geordnetes Französisch sortieren kann, zieht mich Monsieur in die Backstube, vorbei an Blechen voll buttrig glänzender Croissants und goldbrauner Baguettes.

Mmmh, eigentlich wäre es ja mittlerweile Zeit für ein kleines Frühstück …

»Möchten Sie?«, erkundigt sich Monsieur und zeigt auf die Croissants.

Ups, habe ich wirklich so gierig geguckt?

»Nein, vielen Dank.«

Das sind immerhin satte 282 Kalorien, die Sie da pro Croissant zusammengeknetet haben!

»Dann vielleicht später«, murmelt Monsieur und lässt mich an einer Tür am anderen Ende des Raums stehen. Er deutet auf eine Holztreppe, die hinter mir nach oben führt. »Bitte warten Sie kurz, ich komme ›dans une petite minute‹.«

Der Bäcker holt weitere Bleche aus dem Ofen, schiebt neue hinein. Dann macht er sich in aller Ruhe an Maschinen zu schaffen, die sanft brummend riesige Teigklumpen durchwalken. Mit »einer Minute«, schon gar nicht »einer kleinen«, wird es wohl nicht getan sein. So entspannt, wie der sich seiner Arbeit zuwendet, kann das eher eine kleine Ewigkeit dauern. Vorsichtig blicke

ich die Treppe hinauf. Wohin im Namen des in Frankreich leben-
den Gottes führt sie? Sollte etwa mein neues Heim ...

In der Anzeige des Internet-Maklers stand: »Zentral, aber ruhig gelegenes, möbliertes Appartement mit Charme am Rande
der pulsierenden Uni-Stadt.« Die Adresse des Vermieters:

1, Place du Marché, L'Oublie-en-Provence.

Genau hier bin ich, aber hier ist doch wohl nicht die Wohnung, die ich für Jule und mich ausgesucht habe?! Ich meine, ich
war ja froh, überhaupt etwas gefunden zu haben – nach all diesen
Gruselgeschichten, die mir Bekannte von ihren Studienjahren in
Paris erzählt hatten: fünf Quadratmeter Abstellkammer mit Blick
aufs Klo der Nachbarn nach zweimonatiger Suche, Unsummen
von Bestechungsgeldern und für eine Miete auf Élysée-Palast-
Niveau.

Zwar bin ich nicht in Paris, aber wer weiß, was mich jetzt bei
diesem quasi blind gemieteten Objekt erwartet? Am liebsten
würde ich auf meinen grünen Converse kehrtmachen, das ganze
verrückte Projekt »Auslandsjahr« abblasen und mich wieder in
meine heimelige Altbauwohnung in Prenzelberg flüchten. Wenn
ich sie doch bloß nicht untervermietet hätte und vor Ralph die
Blamage einer vorzeitigen Rückkehr nicht ganz so groß wäre.
Wenn er ein neues Leben anfangen will, dann kann ich das schon
lange!

Mein altes Leben ging übrigens mit dieser SMS zu Ende, die
vor ziemlich genau sechs Monaten auf meinem Handy landete.

Vermisse dich schrecklich. Zähle schon die Stunden, bis wir uns
wiedersehen. Lass dich küssen.

Absender: Ralph. Mein Mann.

Und genau das war das Problem! Noch nie zuvor hatte ich
von ihm irgendeine Liebes-SMS bekommen. Und sein Verlangen
konnte eigentlich nicht sonderlich groß sein. Schließlich hatten
wir beide gerade mal eine Stunde zuvor zusammen gefrühstückt

und uns dabei weitgehend angeschwiegen – mal abgesehen von so existenziellen Themen wie, wer denn nun endlich den Klempner wegen dieses blöden Wasserhahns anruft und dass es bei Ralph am Abend zum vierten Mal in dieser Woche »ausnahmsweise« etwas später werden könnte, weil sich die Deadline für sein Projekt nähert und er so furchtbar viel um die Ohren hat, weshalb natürlich ich den Klempner anrufen musste. Das Übliche eben.

Schwer vorzustellen, dass er die Stunden bis zu unserem Wiedersehen zählte. Und überhaupt passte so eine SMS einfach nicht zu Ralph. Obwohl ich ihm früher – als er noch der absehbar arbeitslose, aber idealistische Philosophiestudent im Nachbarzimmer meiner WG war – diese Leidenschaft vielleicht sogar zugetraut hätte. Aber damals gab es noch keine SMS.

Und von dem Ralph, der nach seinem BWL-Aufbaustudium zum vielbeschäftigten Unternehmensberater mutierte, gab es auch in SMS-Zeiten nur noch wenige Lebenszeichen – auf jeden Fall aber keine Sehnsuchtsbekundungen. Er hatte zwar ein tolles neues Smartphone, mit dem er gern mal das Wetter auf Mauritius oder die wichtigsten Slang-Ausdrücke in Mandarin checkte, aber eine Liebes-SMS?

Im ersten Moment glaubte ich aber trotzdem an eine wundersame Wandlung meines in Romantik und Aufmerksamkeit nicht gerade hochtalentierten Gatten. Immerhin gab es, wenn man großes Wohlwollen walten ließ, durchaus ein paar Anhaltspunkte für diesen Optimismus: Am Abend vor jener folgenreichen SMS hatten wir nämlich mal wieder einen Riesenkrach gehabt, uns aber ungewöhnlich eifrig versöhnt – sogar mit ein bisschen Sex, nicht heiß, eher lauwarm, aber immerhin. Also eigentlich ein recht gutes Zeichen, Wasserhahn-Klempner-Diskussion hin und ständige Überstunden her.

Wir wollten am Wochenende sogar schön zusammen essen gehen, um einen Neuanfang unserer Beziehung zu feiern. Ralph wollte sich für unser Restaurant-Date selbst darum kümmern, den Babysitter zu bestellen – ein Ereignis mit Seltenheitswert.

Ich schrieb also zurück:

Bin auch froh, dass wir uns versöhnt haben. Kuss, Anja.

Gleich darauf dachte ich, dass ich ja doch etwas mehr Romantik hätte einfließen lassen können. Ralph antwortete nämlich nicht. Zunächst jedenfalls nicht. Ein paar Stunden später aber kam die nächste SMS:

Meine Süße, es dauert noch so lange. Du fehlst mir.

»Meine Süße!« Jetzt dämmerte mir langsam, dass es die Fundamentaldaten sein mussten, mit denen hier irgendetwas nicht stimmte. Ich rief Ralph an, und er leugnete entschieden, mir überhaupt irgendeine SMS geschickt zu haben.

Natürlich wollte ich der Sache nachgehen. Aber dann bekam Jule Fieber und Halsschmerzen, und wir gingen zum Kinderarzt. Verdacht auf Scharlach, striktes Kindergartenverbot. Ich musste also in meiner Schule eine Vertretung organisieren und zu Hause Arbeitsbögen für meine Klasse vorbereiten, während sich Jule nach kurzer Zeit schon wieder fit genug fühlte zum Marathon-»Zicke-Zacke-Hühnerkacke«-Spielen. Mit mir natürlich. Von Scharlach keine Spur.

Dann war auch schon Samstag und Jules Anflug von ordinärer Mandelentzündung gänzlich ausgestanden. Und Ralph und ich hatten unser Date.

Kurz vorher kam Alina, unser Babysitter: gerade 20 geworden, hüftlange naturblonde Haare, neckisches Nasen-Piercing, nabelfreies Top, mit dem sie gemeinsam zum Schrumpfen in den Wäschetrockner gehüpft sein musste, damit es so eng anliegen konnte. Tapfer bis hochgradig geisteskrank verzichtete sie auch auf eine Jacke, die diesen Namen wirklich verdiente, obwohl in Berlin februartypisches Tundra-Wetter herrschte. Aber was die Jule-Betreuung betraf, war sie zuverlässig.

Ich stellte Alina wie üblich ein Schälchen Gummibärchen vor den Fernseher, und dann hatten Ralph und ich einen ganz netten Abend. Kein Feuerwerk neu erwachter Liebe, auch immer noch keine wilde Begierde, aber immerhin konnten wir die Krise diplomatisch beilegen.

Auf dem Heimweg sagte Ralph tatsächlich noch, was es doch für eine seltsame Sache mit diesen SMS gewesen sei. Sie mussten wohl fehlgeleitet worden sein. Ich war zu müde, um weiter darüber nachzudenken.

Dann fuhr er Alina nach Hause, die sich als Proviant noch eine Handvoll Gummibärchen aus der Schale gegriffen hatte. Ich weiß nicht, wann Ralph zurückkam. Ich war schon eingeschlafen.

Am nächsten Tag landete wieder eine SMS meines Noch-Ehemanns auf meinem Handy:

Noch nie habe ich Gummibärchen so genossen. Du bist wunderbar! Wann sehen wir uns wieder?

Tja.

Schon ein paar Tage später zog Ralph aus. Vorher tauschte er aber noch sein tolles Smartphone um, denn diese SMS-Adressauswahl schien ihn doch etwas zu überfordern. Ganz Unternehmensberater, erklärte er mir sachlich und nüchtern, er wolle mit Alina ein neues Leben beginnen.

»Und ich?«, fragte ich, kurz bevor unsere Villeroy-&-Boch-Kaffeekanne, ein – wie ich schon immer fand – außergewöhnlich hässliches Hochzeitsgeschenk, knapp neben Ralphs Kopf an unserer Esszimmerwand endlich ihrer wahren Bestimmung zugeführt wurde.

»Ach, Anja, du hast dich in den letzten Jahren so verändert«, sagte mein werdender Exmann. »Also, ich meine deine innere Einstellung und so …«

Innere Einstellung? Ich habe es genau gesehen: Ralphs Blick wanderte in diesem Moment tatsächlich von meinen Hüften, die mich mit ihren Schwangerschafts-Fettdepots noch locker über die nächsten drei Stillzeiten bringen könnten, über meinen eigentlich noch nie ganz waschbretttauglichen Bauch.

»Ich weiß auch nicht. Alina lässt mich jedenfalls wieder richtig aufleben«, sagte er, immer noch, ohne mir in die Augen zu schauen.

»Und Jule?« Meine Stimme geriet langsam außer Kontrolle. Und das Zuckerdöschen verfehlte Ralph nur noch um Haaresbreite.

»Natürlich werde ich mich um unsere Tochter kümmern«, sagte Ralph beherrscht. »Und Alina mag sie doch auch. Keine Sorge.«

»Und dass Alina selbst deine Tochter sein könnte?«

Treffer! Das Milchkännchen saß, zwar leider nicht auf Ralphs Stirn, aber dafür auf unserem Hochzeitsfoto in diesem grässlichen, mit Herzchen dekorierten Porzellanrahmen. Ja, ich kann sehr effizient sein. Und Ralph sehr ignorant: »Na und?«, lautete seine Antwort. »Man lebt nur einmal.«

Es folgte das Übliche: Ich verringerte unseren Porzellanbestand systematisch weiter und heulte allen greifbaren Freundinnen die Ohren voll. Dazu ließ ich mir von meiner Alt-68er-Mutter sagen, dass ich doch froh sein sollte, diesen Langweiler endlich los zu sein, hörte mir das »Jetzt-beginnst-du-dein-Leben-endlich-richtig«-Kommando meiner Schwester an und klammerte mich an Jule, die mit der Situation erschreckend gut klarzukommen schien.

»So ist das eben«, erklärte sie ihren Freundinnen. »Papa und Mama geht es jetzt besser so.«

Das traf auf mich eine ganze Weile allerdings nicht ganz so zu – vor allem nicht an jenen endlosen Wochenenden, die Jule mit Ralph und Alina verbrachte. Pünktlich zu meinem 40. Geburtstag ging es mir genau genommen so schlecht, dass ich selbst in Schokolade keinen Trost mehr fand und für meine Verhältnisse regelrecht abmagerte.

»Immer noch kein Croissant?« Monsieur Croizet reißt mich

aus meinen Gedanken. Etwas abwesend schüttele ich den Kopf. »Wie schade«, sagt er. »Aber dann sicher später.«

Oh, ganz bestimmt. Wenn Sie mich auch nur noch ein einziges Mal fragen, werde ich sicher nicht mehr widerstehen können.

Dann schiebt er mich die Holztreppe hinauf, die unter Monsieurs Bauch und wohl auch meinen immer noch zwei bis zwölf Extra-Kilo bedenklich zu Knarren beginnt. Das Croissant wäre entsprechend ihr sicheres Ende gewesen.

Wir erreichen eine im Oliven- und Lavendeldesign tapezierte Tür, die die Gratwanderung zwischen Kitsch und Kult nur ganz knapp zu ihrem Vorteil entscheidet. Monsieur stößt sie mit einer bühnenreifen Geste auf und ruft: »Voilà Madame, Ihr Paradies!«

Wie bitte? Meine Wohnung liegt tatsächlich über der Backstube? Direkt am Dorfplatz? Davon hatte der Makler nichts erwähnt.

Bei meinem Versuch, den zufrieden strahlenden Monsieur Croizet nicht allzu entsetzt anzusehen, fällt mein Blick auf die Terrakottafliesen, die schon im Flur eine Extraportion südliches Flair ausstrahlen. Darüber sind die weiß getünchten Wände immer wieder von groben Steinen durchbrochen, die wohl zum ursprünglichen Mauerwerk gehören. Im Wohnzimmer entdecke ich einen Kamin aus denselben Felsbrocken, die auch hier dekorativ aus den Wänden ragen. Das Ambiente versöhnt mich gleich ein bisschen mit meinem neuen Domizil.

In der Mitte des Raums steht ein kleiner Glastisch, um den zwei mit bordeauxrotem Samt bezogene Sessel und ein ebenfalls samtenes Sofa, pardon: Canapé, gruppiert sind.

Mit Verve öffnet Monsieur Croizet jetzt eine Tür, die vom Wohnzimmer in den nächsten Raum führt: »Voilà, das Kinderzimmer«, sagt er und geht weiter zur nächsten Tür: »Voilà, das Schlafzimmer für Madame und, äh, wir werden sehen, voilà ein placard, und noch ein placard und noch ein placard.« Die Bemerkung über meinen noch zu definierenden Schlafzimmergenossen und Monsieurs süffisantes Lächeln ignoriere ich großzügig.

Hinter den Placard-Türen verbergen sich Einbauschränke, auf die Monsieur offensichtlich sehr stolz ist. Doch während er mir noch ihre zum Glück auch in Französisch recht leicht zu verstehenden Vorzüge erklärt, fällt mein Blick auf den vom Wohnzimmer aus zu erreichenden Balkon. Ein kleines Bistrotischchen und zwei fliederfarbene Holzstühle stehen dort vor der schmiedeeisernen Brüstung, an der Blumenkästen mit tiefvioletten Herbstastern hängen.

Leicht benommen von dieser Überdosis Idylle taste ich mich auf den Balkon vor. »Gehen Sie nur«, sagt Monsieur Croizet lächelnd. »Ich lasse Sie jetzt allein. Hier ist Ihr Schlüssel. Machen Sie es sich bequem.«

»Merci«, murmele ich, während mein Blick schon über den Marktplatz schweift. Gegenüber der Bäckerei öffnet gerade der Laden mit dem Schriftzug »Tabac-Bar« – Kiosk und Kneipe in einem. Der Besitzer, ein Mann von etwa Mitte 50 mit einem enormen Oberlippenbart, lässt die metallene Jalousie vor der Ladentür mit einem lauten Rattern nach oben sausen.

Unvermittelt blicke ich zu meinem Auto, doch Jule schläft offenbar immer noch. Nur Napoleon ist abgestürzt und liegt auf ihrem Schoß. Bettina hatte Jule den Kuschelfrosch vor unserer Abfahrt nach Frankreich geschenkt und ihn – wie es das ziemlich unterentwickelte Feingefühl meiner Schwester erwarten lässt – gleich selbst Napoleon getauft. Mir hatte sie ein Paar Converse in der zum Frosch passenden Farbe überreicht.

Damit ich vielleicht doch mal ein bisschen schneller vorankomme, hatte Bettina – liebevoll bissig wie immer – zum Abschied gesagt. Und mich dann genötigt, diese Frosch-Turnschuhe auch gleich anzuziehen, als ich mich mit Jule auf den Weg machte. Wahrscheinlich hat Monsieur Croizet vorhin gar nicht mein Dekolleté angestarrt, sondern meine vielleicht nicht ganz altersgemäßen Leucht-Converse … Ich hatte sie im Zustand akuter Übermüdung schon fast vergessen.

Auch Jule muss wirklich sehr müde sein. Schließlich war sie

auf unserer Reise erst nach Stunden demonstrativen Schmollens eingeschlafen, obwohl ich doch darauf gesetzt hatte, dass sie die ganze Zeit schlummert. Doch daraus wurde zunächst nichts, und lange herrschte hinten auf dem Kindersitz bedrückende Sende-pause. Stummer Protest.

»Will nicht nach Krankreich«, hatte sie in den vergangenen Wochen regelmäßig verkündet. Nicht einmal für ein Jahr, wie ich es plane. Fast ein Glück, dass sie in Ralphs und Alinas Liebesnest auf Dauer nicht wirklich willkommen gewesen wäre. Sonst wäre sie wohl in Berlin geblieben. Aber so konnte ich sie mitnehmen, wenn auch gegen ihren erklärten Willen.

Aber Jule wird es mir später sicher einmal danken. Schließlich kann sie hier ganz nebenbei – ohne teure Nachmittagskurse – Französisch lernen. Und das in der wichtigen Phase, in der sich die Hirnsynapsen für Fremdsprachen noch schneller knüpfen als die fürs Schwimmen, Fahrradfahren und Schleifenbinden zusam-men. Und Jules Horizont wird schon in einem Alter um inter-nationale Erfahrungen erweitert, in dem andere sich noch nicht einmal auf den Spielplatz der benachbarten Reihenhaussiedlung vorgewagt haben. Ja, meine Jule wird eine wahre Weltbürgerin, zweisprachig, mit französischem Charme und …

Das Knallen einer Autotür schreckt mich auf. Gerade sehe ich noch, wie Jule an der Hand von Madame Croizet in der Bäckerei unter mir verschwindet.

Oh, nein! Jule wird gar nicht wissen, ob sie ängstlich oder wü-tend sein soll: Erst schleppe ich sie nach Frankreich, dann lasse ich sie in der Morgendämmerung auf einem verlassenen Markt-platz stehen, und jetzt wird sie auch noch von einer Frau mit orangeroten Haaren entführt, die Jule im besten Fall wie die Oma von Pumuckl vorkommen muss. Die Weltbürgerinnen-Karriere meiner Tochter nimmt sicher gerade ein frühes und jähes Ende.

Ich stürze die Treppe hinunter und wäre bei diesem Jule-Ret-tungseinsatz beinahe gleich wieder in der Backstube gelandet. Doch zu meiner Erleichterung stelle ich fest, dass zu unserer

Wohnung sogar eine separate Haustür gehört. Von dort sind es nur drei Schritte über den Bürgersteig in die Bäckerei.

Auf wilde Schimpftiraden meiner Tochter vorbereitet, entdecke ich Jule an einem kleinen Tisch hinter dem Tresen, in dem sich jetzt neben den Croissants und Baguettes auch »pains au chocolat« stapeln. Jule hat bereits ein solches Schokobrötchen in der einen und eine Tasse heiße Schokolade in der anderen Hand.

Zu meiner großen Überraschung lächelt Jule, zwar noch ziemlich verschlafen, aber sie lächelt. »Hallo Mama, willst du auch eins?«, nuschelt sie, und hält mir ein großzügig mit Backwaren gefülltes Körbchen entgegen.

Bestimmt 340 Kalorien pro Stück, aber sooo lecker.

»Ach, warum nicht.« Ich setze mich neben Jule und lege einen Arm um ihre Schultern. »Guten Morgen, mein Schatz. Wie geht's dir denn?«

»Hmm, gut. Aber ganz schön müde«, murmelt sie und beißt in ihr eigenes Schokobrötchen. »Mmmmh. Los, Mama, krogier goch enklich«, fordert sie mich mit vollem Mund auf.

Madame Croizet nickt mir aufmunternd zu, und ich greife mir ein Schokocroissant. »Merci«, sage ich zu der Bäckerin.

»Et voilà un café crème«, gibt sie als Antwort zurück und stellt mir eine Müslischüssel voll Kaffee hin. Ich kann meinen Blick gar nicht von der dicken Schicht aufgeschäumter Milch abwenden, die auf dem Kaffee schwimmt.

Als ich schließlich wieder von meiner »bol« aufblicke, ist Madame Croizet verschwunden. Sie eilt gerade zu der Ladentür, an der ich vorhin gescheitert bin, hilft einer etwa 80-Jährigen in die Bäckerei und begrüßt sie mit einem energischen »Bonjour, Madame«.

L'Entrée
(Die Vorspeise)

2. Kapitel

Hey Anja, lange nichts mehr von dir gehört. Wie läuft's? Betty *(10:24, 26. August)*

Bestens. Wohnung direkt über Bäckerei. Total entzückend! Jeden Morgen Croissants, Baguette oder Ficelle vor der Tür. Habe heute Termin mit Chefin. LG Anja *(10:39, 26. August)*

Täglich Croissants? Einzige Kalorienattacke, oder? Pass auf, Kleines! Was war doch gleich Ficelle? Heute Lunch mit Frank/Buchhaltung. Knackig. Betty *(10:53, 26. August)*

Ficelles sind schmale Weißbrote – Baguette in Slim-Cut. Göttlich. Hör endlich auf, mich Kleines zu nennen, Anja *(11:00, 26. August)*

Warum so borstig? Immerhin hast du ja doch noch eine Slim-Cut gefunden, die dir passt. Alles Gute für Termin. Mach's gut, Betty *(11:05, 26. August)*

Eine gute Woche später, mittags
Bei Anja und Jule zuhause
Auch beim 101. Blick in den Spiegel kann ich mich noch nicht ganz mit der weiten weißen Bluse anfreunden, die ich für die Verabredung mit meiner neuen Chefin ausgewählt habe. Es ist leider so heiß, dass mein Profi-Blazer aus Berliner Zeiten ausfällt, aber diese Bluse … Französischer Schick ist das ja nicht gerade, höchstens für werdende Mütter. Vielleicht soll-

te ich lieber die geblümte Tunika anziehen? Oder eher doch die …

»Hey, Mama«, ruft Jule. »Können wir jetzt endlich losgehen? Hab Hunger.«

Ich auch.

Jule hat in den letzten Tagen schon öfter in der Bäckerei gegessen. Sehr praktisch, denn so kann ich tapfer aufs Mittagessen verzichten, zwecks Kleidergrößen-Reduktion auf Standards der Französinnen … der *richtigen* Französinnen, nicht die der Bäcker-Französinnen wie Madame Croizet.

Die aber hat ein untrügliches Gespür für das richtige Jule-Management und dürfte entschieden dazu beigetragen haben, dass Jule Frankreich schon längst gar nicht mehr so furchtbar findet. Vielleicht liegt es aber auch daran, dass Madame »la boulangère« stets die richtige Portion glücklich machender Kohlehydrate zur Hand hat.

Jedenfalls »unterhält« sich Jule mit ihrer neuen Freundin gern mal bei ein paar Stückchen frischer Quiche als Hauptgang und einem kleinen Schoko-Tartelette zum Nachtisch – und das, obwohl Jules Französisch noch sehr rudimentär ist und Madame ihrerseits überhaupt kein Deutsch spricht.

Das dürfte auch heute keine von beiden stören, was ein Glück ist für mich, denn ich bin um ein Uhr in einem Bistro gegenüber der Sprachenschule mit Madame Guillotin verabredet, der Direktorin der Sprachenschule. Beim Essen könne man sich gut kennenlernen, hatte sie erklärt. Sehr nett, wie ich finde. Aber ich werde natürlich nur einen Salat nehmen, zwecks, wie war das noch, Kleidergrößen-Reduktion auf …

»Mamaaa! Los jetzt.« Jule zieht mich aus unserer Wohnung, die Treppe herunter, zur Tür hinaus, drückt mir einen Kuss auf die Wange und verschwindet wieder in der Bäckerei. Madame Croizet winkt mir zu, ihr Blick sagt: »Alles bestens, lassen Sie sich Zeit, ich kümmere mich um ihre entzückende Tochter.«

Das Leben ist ja sooo schön! »La vie est belle!«

Wäre da nur nicht dieses hartnäckige Magenknurren – vielleicht nicht die optimale Voraussetzung für ein kalorienkontrolliertes Geschäftsessen.

Den ganzen Weg zu meinem Termin versuche ich, meinen Magen mit Kaugummikauen zufriedenzustellen – natürlich vergeblich. Zumal meine neue Bleibe nicht so ganz direkt an der pulsierenden Unistadt liegt, wie der Makler versprochen hat.

Genau genommen gondele ich jetzt schon seit zwanzig Minuten durch die in meinem nur zugluftgekühlten Auto ziemlich höllische Mittagshitze. Selbst meine Bluse hat sich als zu warm erwiesen. Ein Trägertop wäre jetzt das richtige Outfit, doch dafür sind meine Oberarme derzeit einfach noch nicht geschaffen.

Nach ein paar Kilometern durch Olivenhaine, mit Zypressen gesäumte Hügel und das eine oder andere urlaubskatalogtaugliche Dorf tauchen erste Ausläufer der Stadt auf. In den Vororten kämpfe ich mich durch Wohn- und Industriegebiete mit den obligatorischen Autohäusern, Tankstellen und gigantischen Supermärkten, die zu Recht »Hypermarchés« heißen. Gegen so einen französischen »Carrefour« ist ein deutscher »Edeka« ein echter Tante-Emma-Laden, wie ich in den vergangenen Tagen mit schmerzenden Füßen feststellen musste.

Fünf vor eins. Im Stadtzentrum haben legale Parkplätze um diese Uhrzeit eher Seltenheitswert. Ich drehe also noch eine Runde, aber mir bleibt wohl kaum etwas anderes übrig, als mein Auto direkt vor dem Bistro im absoluten Halteverbot abzustellen.

Ach, warum nicht? »Vive la France!« – Das weltberühmte Land der Falschparker und der gepflegten Unpünktlichkeit!

Beschwingt von all dieser Lässigkeit betrete ich das Bistro. Meine Chefin wird sicher noch etwas auf sich warten lassen, schließlich ist es gerade Punkt eins und …

»Madame! Da sind Sie ja endlich!« Eine hagere Frau um die 50 in einem eng taillierten Kleid mit schmalen Trägern springt auf. »Ich warte schon seit einer Ewigkeit. Nehmen Sie Platz.«

»Bonjour, Madame Guillotin, ich dachte, wir wären um ein Uhr verabredet, und jetzt ist es doch gerade ...«

»Zwei Minuten nach eins. Genau! Um eines gleich klarzumachen, ich dulde keine mangelnde Disziplin. Was essen Sie?«

Mein Blick fällt auf den Nachbartisch, wo der Kellner gerade einen dick gefüllten Schinken-Käse-Toast liefert und Sekunden später an unserem Tisch steht.

»Äh, einen Croque Monsieur, bitte«, antworte ich reflexartig. Madame Guillotins dünn gezupfte Augenbrauen in ihrem vornehm blassen Gesicht schnellen nach oben in Richtung Mireille-Matthieu-Pony. Dann befiehlt sie dem Ober: »Für mich einen gemischten Salat, die Vinaigrette aber extra.« Dann wendet sie sich an mich: »Gut eingelebt?«

Bis gerade eben schon.

»Ja, wir haben eine schöne Wohnung in ...«

»Gut, gut. Wir wollen keine Zeit verlieren. Voilà, Ihr Stundenplan.«

Madame Guillotin schenkt sich Wasser ein und schiebt mir die Karaffe sowie ein Blatt Papier herüber. Mein Blick fällt sofort auf zwei rot umrandete Kästen im unteren Teil des Zettels. An zwei Tagen soll ich abends unterrichten!

Das war so nicht vorgesehen. Jules Vorschule, die französische Version des Kindergartens, dauert – das habe ich schon in Berlin herausgefunden – von halb neun bis halb fünf und damit ja schon ziemlich lange. Nicht zuletzt deshalb dürfte die Kombination von Kind und Karriere in Frankreich ja auch eigentlich kaum Probleme bereiten. Sehr praktisch. Aber mit meinem ganz offensichtlich notwendigen Schuldienst am Abend ziehen plötzlich sehr dunkle Wolken an Frankreichs Kinderbetreuungshimmel auf.

Dabei will ich doch gerade hier beweisen, dass ich als *richtig* Alleinerziehende – also auch ohne den vor allem im Rampenlicht einsatzbereiten Ralph – überaus gut klarkomme. Aber Spätschichten sind in meinem Plan einfach nicht vorgesehen. In der ganzen Auswanderer-Euphorie habe ich wohl übersehen, dass dies bei einer Sprachenschule für Erwachsene vielleicht etwas anders sein könnte als bei meinem Gymnasium in Berlin.

»Aber ...«, stammele ich, während sich der Ober mit dem Salat für meine Chefin sowie meiner Gestalt gewordenen Kaloriensünde nähert und den Croque Monsieur direkt auf meinen Stundenplan knallt. Der Teller hinterlässt einen Fettfleck genau einen Millimeter neben »Gezeichnet: Augustine Guillotin«.

Madame Guillotin rümpft angewidert die Nase und faucht: »Aber natürlich, Madame!« Es scheint, als hätte sie meinen Widerstand schon einkalkuliert. »Selbstverständlich werden Sie auch am Abend unterrichten.« Sie lässt ein Salatblatt zwischen ihren blutrot geschminkten Lippen verschwinden. »Was denken *Sie* denn? Das sind unsere beliebtesten Deutschkurse, von Berufstätigen immer gut besucht. Wir Franzosen arbeiten nämlich hart.«

Ein weiteres Salatblatt erleidet dasselbe grausame Schicksal, dann lässt Madame Guillotin ihr Besteck klirrend auf den noch praktisch ganz gefüllten Teller fallen. »Bon, ich bin satt. Wünschen Sie ein Dessert? Vielleicht etwas Obst?«, fragt sie und blickt verächtlich auf meinen Schinken-Käse-Toast, den ich überhaupt noch nicht angerührt habe.

»Aber ...«, beginne ich noch einmal zaghaft, ahne jedoch schon, dass die Guillotin wohl kaum Erbarmen haben wird.

»Was aber? Engagieren Sie eben eine ›nourrice‹, eine Tagesmutter! Wir Franzosen machen das immer so und sind damit sehr erfolgreich. Schon zu Zeiten Napoleons ...«

Napoleon? Ich muss an Jules Kuschelfrosch denken.

»Was gibt es da zu lachen?«, zischt Madame Guillotin.

Ups.

Großer Stress führt ja oft zu Fehlreaktionen. Schnell rücke ich meine Mundwinkel gerade und sehe meine Chefin aufmerksam an. Feierlich erklärt sie jetzt: »Hier werden die Kinder von einer ›nourrice‹ betreut, wenn Maman arbeitet. Es wird sich also wohl auch für Sie eine Lösung finden!«

Korrekt übersetzt bedeutet die Anweisung wohl so viel wie: »*Kein* aber, Dummchen. Andere bringen ihre Kinder notfalls auch 24 Stunden am Tag unter. Such dir gefälligst eine Kinderfrau.«

Mental notiere ich mir schon auf meiner To-do-Liste »›nourrice‹ organisieren«, während ich einen verzweifelten und wohl letzten Anlauf wage: »Es ist nur so, dass ich eigentlich gedacht hatte, dass ...«

»Wenn Sie nicht möchten, bitte sehr! Ich habe reichlich Kandidaten für Ihre Stelle«, schneidet mir Madame Gnadenlos das Wort ab, lässt ihr leeres Wasserglas auf den Tisch sausen, klemmt ein paar Euro unter den Salz- und Pfefferständer und greift sich ihr Kostümjäckchen. »Wir gehen!«

Mein Croque!

Aber eigentlich ist inzwischen sogar mir der Appetit vergangen. Gehorsam folge also ich der Marquise de Sade aus dem kleinen Bistro über die Straße zur »École Polyglotte«. Inzwischen ist mein Auto im Halteverbot dermaßen von anderen Falschparkern eingekeilt, dass sich Madame Guillotin umständlich zwischen den Stoßstangen meines Kombis und eines benachbarten Cabrios durchwinden muss.

Jetzt entdeckt sie auch noch mein Berliner Kennzeichen, wirft mir einen vernichtenden Blick zu und faucht: »Ist das Ihr Wagen?«

Ich nicke schuldbewusst.

»Sie haben falsch geparkt! Hier ist absolutes Halteverbot«, zischt sie. »Kennen Sie etwa die französischen Verkehrsschilder nicht?«

»Es sind wohl in ganz Europa mehr oder weniger dieselben, aber es war etwas schwierig ...«

»Es kommt nur auf den Willen an! Und im Übrigen brauchen Sie dringend ein neues Kennzeichen. Sie sind immerhin in Frankreich! Ich muss jetzt wieder an die Arbeit. Wir sehen uns zum Schulanfang.«

»Wollten Sie mir nicht die Schule …«

»Die Schule zeige ich Ihnen dann auch bei der ›rentrée‹. Ich habe jetzt keine Zeit mehr. Auf Wiedersehen!« Mit ihren mindestens zwölf Zentimeter hohen Absätzen klackert Madame Guillotin die steinerne Treppe der Sprachenschule hinauf und lässt die Holztür krachend ins Schloss fallen.

Puh!

Ich atme durch und blicke mich haltsuchend um. Doch leider entdecke ich so gar nichts Haltgebendes, geschweige denn Beruhigendes. Vielmehr höre, sehe und rieche ich nur die hundert Clios, Espaces und Citroëns um mich herum und spüre die Mittagshitze, die mir durch meine Bluse auf der Haut brennt.

Von wegen Paradies auf Erden!

An der Straßenecke klemmt eine Politesse gerade einen Strafzettel hinter einen Scheibenwischer, zum Glück aber noch fünf Autos vor meinem. Ich wühle meinen Schlüssel aus der Handtasche und will mich auf den Weg machen, als ich plötzlich eine Hand auf meiner Schulter fühle.

Aufgeschreckt drehe ich mich um und stehe vor …

… Hugh Grant.

Nun, es handelt sich natürlich um eine französische Ausgabe von Hugh Grant, wie mir auch das kleine Krokodil auf dem rosafarbenen Poloshirt des Fremden zuzuwinkern scheint.

Hugh Grant français ist sicher 20 Jahre jünger als der echte, aber nicht minder attraktiv: ein ziemlich gekonnt zerwuschelter Haarschopf in Dunkelbraun und ein Lächeln, das rund um die Augen charmant ein paar Fältchen produziert, kurz, ein echter Wow-Effekt.

»Bonjour, kann ich Ihnen helfen?«, fragt Hugh in einer nicht nur nach Madames Gezeter angenehm tiefen Stimme.

Kommt darauf an.

»Äh, nun ja, also …«

Ich war ja noch nie das ganz große Small-Talk-Genie, aber so etwas wäre mir vor diesem Ralph-Babysitter-Desaster nie passiert! Doch mein Selbstbewusstsein ist inzwischen einfach so widerstandsfähig wie in Wasser eingeweichte Gummibärchen.

»Wissen Sie, Madame Guillotin kann manchmal etwas barsch wirken«, tröstet mich mein Gegenüber in wohlklingendem Französisch. »Aber eigentlich ist sie dann doch ganz leicht um den Finger zu wickeln.«

Von einem Hugh-Grant-Double vielleicht.

»Ach ja? Kennen Sie sie?«, erkundige ich mich.

»Ja, ich arbeite auch hier.« Er deutet auf das Schild »École Polyglotte«. »Sie sind vermutlich unsere neue Kollegin aus Deutschland. Ich habe schon von Ihnen gehört, Mademoiselle, wie war doch gleich Ihr Name?«

Mademoiselle?

»Kirsch. Anja Kirsch«, antworte ich, hebe ein bisschen das Kinn und drücke meinen Rücken gerade, um etwas an Haltung zurückzugewinnen.

»Kiirsch? Oh, *la cerise* … Wiissen Sie, isch spreschö … öh … eine gonses kleines bisschjen Deutsch! Und Kiirsch versteht ier sowieso jedder. Aber das Sie wissen ja sischer längst.«

Keine Ahnung.

Hugh lacht. »Sie verstä-en?«

Rein gar nichts.

»Natürlich, haha …«

Themenwechsel bitte.

»Wie gefällt es Ihnnen denn ier in ›La France‹?«

Uff.

»Äh …« Ich streiche mir über die Stirn, auf der ich erste Schweißperlen zu spüren meine.

»Ja, gut gefällt es mir. Ich, äh …«

Anja! Los jetzt, Eloquenz, Eleganz …

»Sie abben sischer geradde mit Madame Guillotin, wie soll isch saggen, gespeist?«

»Ja, also eher nein, also ich meine …«

»Isch weiß. Sie at Ihnen gar keine Seit dazu gelassen. Bei

mirrö war es ähnlisch, als isch misch vor eine paar Jarre präsentiiert, wie saggt man, vorgestellt abbe. Isch abbe nur knapp eine ›plat du jour‹ geschafft.«

Na, immerhin.

»Keinne Vorrspeise, keinne Käse, nischt einmahl eine kleinne Dessert: Das ist stil-loss«, sagt Hugh mit echter Erschütterung und fügt dann verschmitzt lächelnd hinzu: »Und an eine kleine Kiirsch zum Digestif war gar nischt zu denken.«

Kirsch? Digestif? Der Schnaps?!

»Hm.«

»Sehrr bedauerlisch, nischt wahrr?«, sagt Hugh – wie heißt er eigentlich wirklich?

Ich lächele tapfer – und schweige vorsichtshalber.

»Oh, *pardon!*« Hugh holt sein Handy aus der Hosentasche, das für mich unmerklich einen Anruf signalisiert haben muss. Es wird wohl seine vermutlich übernatürlich attraktive Freundin sein.

Aber Moment, was sagt er da?

»Europa … kurz vor dem Ziel … Zeit zu handeln …«, sind die Wortfetzen, die ich verstehe. Vielleicht ist es doch nicht seine Freundin?! Dieser Text passt ja nun zu keiner Phase einer Beziehung: Das ist weder Love-Talk der Anfangszeit, auch nicht eine Frage wie »Wo gehen wir heute Abend essen?« in der Mitte, noch das »Wer-ruft-den-Klempner-an«-Niveau kurz vor Schluss.

Nein, Hugh ist wahrscheinlich politisch irgendwie engagiert, Aktivist bei Amnesty International oder bei … genau … Greenpeace, das passt! Ich kann ihn mir hervorragend an den Zaun eines Atomkraftwerks gekettet vorstellen. Oder an der Bordwand eines Walfang-Schiffes hängend: in einem dunkelblauen Rollkragenpulli, mit vom Wind zerzausten Haaren, sonnengebräunter Haut und fest entschlossen, Tiere, die Natur, ach, eigentlich die ganze Welt zu retten.

Hugh setzt sein konspiratives Telefongespräch fort. Und ich versuche, diskret in eine andere Richtung zu blicken und mich vom jüngsten Beweis meiner mangelnden Schlagfertigkeit zu erholen. Diese Kirsch-zum-Dessert-Geschichte war ja wohl Frontal-Flirten auf Französisch, wenn ich das richtig durchschaue. Dabei ist Diskret-Anbändeln nicht einmal auf Deutsch meine wirklich ganz große Stärke.

Pünktlichkeit, Ordnung, Disziplin (solange es nicht ums Essen geht) – mit so ein paar mehr oder weniger nützlichen Tugenden kann ich durchaus aufwarten. Aber Flirttalent? Fehlanzeige! Wäre mir mein künftiger Exmann auf einer Party, im Supermarkt, Chatroom oder sogar beim Speed-Dating über den Weg gelaufen, wäre nie etwas aus uns geworden.

Aber Ralph und ich hatten jahrelang Wand an Wand in derselben WG gelebt, wir waren das ewige Harry-und-Sally-Paar. Und solange es sich wirklich um eine rein platonische Freundschaft handelte, war auch alles bestens. Okay, manchmal war es schon ein komisches Gefühl, wenn Ralphs neuste Eroberung mehr oder weniger glücklich am WG-Frühstückstisch saß. In der Rückschau war dieser regelmäßige, aber eher reflexartige Anflug von Eifersucht wohl einer der Gründe, warum ich hinterher so schnell davon überzeugt war, in Ralph die Liebe meines Lebens gefunden zu haben. Zu WG-Zeiten verlief ja auch noch alles in geordneten Bahnen, und anders als bei Harry und Sally gab es bei uns auch keinen Sex aus Versehen.

Alles war okay, aber nur so lange, bis wir irgendwann noch blöder dastanden als Harry und Sally am Schluss des Films, als niemand weder mit dem einen noch mit dem anderen Silvester feiern wollte. Und bei uns ging es nicht nur um die traditionell seit Anfang November bohrende Frage, wo man denn nun am besten ins neue Jahr torkeln sollte.

Bei uns ging es um *jeden* Samstagabend, der ja eigentlich bei angesagten Leuten dem Kino-, Konzert- oder Theaterbesuch, dem guten Essen und ab und zu dem ausgelassenen Feiern mit Freunden gewidmet sein sollte. Aber eben *mit Freunden*. Mit *vielen* Freunden. Und genau das war das Problem.

Schließlich hatten urplötzlich praktisch alle unsere Freunde an buchstäblich jedem Samstag dasselbe zu tun wie auch am Sonntag, Montag, Dienstag und so weiter, nämlich Lukas, Anna, Jonas, Laura oder Leon in den Schlaf zu wiegen, für sie Fläschchen zuzubereiten, sie zu stillen oder der erschöpften Mutter das passende Kissen unterzuschieben. Zu den Lieblingsbeschäftigungen unserer »Freunde« gehörte auch, Lukas, Anna, Jonas, Laura oder Leon im Schlaf zu bewundern, alternativ Nervenzusammenbrüche zu managen, Augenränder und Sorgenfalten zu betrauern, intensiv Jako-o-Kataloge zu studieren, nicht zu vergessen die Internetseite von Stiftung Warentest nach dem energiesparendsten Fläschchenwärmer, dem ökologisch unbedenklichsten Babyfon und dem überzeugendsten Autokindersitz mit Isofix-System zu durchforsten.

Tja, Ralph und ich konnten da höchstens theoretisch mitreden. Auch waren wir in der Zwischenzeit zu den Dinosauriern unserer Studenten-WG mutiert – akut vom Aussterben bedroht, da sich mittlerweile drei Erstsemester zu uns in die geräumige Fünf-Zimmer-Altbauwohnung gesellt hatten und nur darauf warteten, unsere beiden Zimmer endlich an Gleichaltrige weiterreichen zu können.

Diese Schicksalsgemeinschaft allein reichte natürlich noch nicht für die Beziehung, aus der Jule hervorgehen sollte. Aber wie es der Zufall wollte, wurden wir beide gerade von unseren jeweiligen Partnern getrennt: Mein damaliger Freund verabschiedete sich für ein Jahr nach Japan, was seine Karriere ganz entschieden beschleunigen sollte. Selbstredend ging er schweren Herzens und wollte mich auch zum Mitkommen überreden, aber dafür reichte meine Zuneigung dann doch nicht. Zumal ich gerade mitten im Referendariat steckte.

Natürlich wollten wir – ganz im Trend – mit einer Fernbeziehung reüssieren, und anfangs machten wir die Telekom auch noch ein großes bisschen reicher. Aber schon bald meldete sich am Telefon in Japan die piepsige Stimme eines Mädchens, das ich mir politisch vielleicht nicht ganz korrekt mit unterwürfigem Lächeln und einem Geisha-Diplom in der Kimonotasche vorstellte. Jedenfalls hatte ich schnell keine Lust mehr, mit ihr Ferngespräche zu führen.

Tja, und Ralphs damalige Freundin wurde genau zu dieser Zeit schwanger – allerdings nicht von Ralph.

Natürlich trösteten wir uns gegenseitig, und natürlich kamen wir uns dabei näher. »Harry und Sally« wurde mein persönlicher Kultfilm. Die Videocassette blieb aber schon bald im Rekorder stecken und landete mit ihm zusammen auf dem Recyclinghof, Container Elektroschrott. Das hätte mir eigentlich zu denken geben sollen.

Inzwischen glaube ich, dass es bei Ralph vor allem eine Frage des Timings war: Er hatte gerade sein BWL-Diplom gemacht, seinen ersten Job angefangen, alle anderen hatten auch einen Golf Variant Trendline gekauft, und deshalb war es nun einfach an der Zeit. Jedenfalls lud er mich zum Griechen an der Ecke ein und machte mir nach reichlich Ouzo, irgendwo zwischen Tsatsiki und Gyros, einen Heiratsantrag.

Stillos, bemerkte meine Schwester damals.

Spießig, meinte meine Mutter.

Ich sagte ja und dachte, ich hätte meine große Liebe gefunden und …

»Das wir können ja jetzt nach-olen.«

Âllo? Ich meine: Hallo, wo bin ich?

Hugh katapultiert mich rund zehn Jahre zurück in die Gegenwart. Mein neu entdeckter »Prince Charmant« klappt sein Handy zu und deutet auf das Bistro.

»Wollennö wirr ge-en essen eine Kleinisch-keit?«

»Ja, also ich meine, nein.«

Auch wenn ich mich für Sekunden wie Julia Roberts in Notting Hill fühle, geht mir das hier doch ein bisschen zu schnell. Über einen unverbindlichen Café hätte ich vielleicht nachgedacht, meinetwegen sogar Crème, aber gleich ein Essen?

Wenn da nur nicht diese Augen wären … und dieses Lächeln … und …

Anja! Schluss jetzt! Männer bringen nur Ärger. Und dieses Exemplar mit seinem besonders hohen Attraktivitätsgrad dürfte auch ein besonders großes Ärgerpotenzial haben. Greenpeace hin oder her. Reiner Erfahrungswert.

»Wie schadde. Es wärre mirr gewesenn ein Vergnüggen.«

»Vielen Dank, sehr freundlich, aber ich muss wirklich los.« Um meine Entschlossenheit zu unterstreichen, schwenke ich meinen Schlüsselbund ein bisschen hin und her. »Ich stehe nämlich im absoluten Halteverbot und ...«

Die Politesse hat sich inzwischen bis auf zwei Autos herange-arbeitet.

»... und meine Tochter ...«

»Ah? Sie abben schonn eine Tochtär?«

Schon? Das ist jetzt aber ein Witz, denn so jung sehe ich nun wirklich nicht mehr aus! Aber wahrscheinlich handelt es sich um die nächste urfranzösische Anmache mit Status als Unesco-Welt-kulturerbe, Kategorie »French Lover im Turbogang«.

»Ja, und sie wartet sicher schon längst auf mich«, entgegne ich. »Einen schönen Tag noch, also. Auf Wiedersehen.« Ich wende mich zum Gehen.

Doch so einfach lässt sich Hugh Grant nicht abfertigen. »Mo-ment! Isch abe misch ja noch gar nischt präsentiiert. Isch eise Philippe Foulie, enchanté«, sagt er und haucht mir einen Kuss auf die Wange.

Einen Kuss? Was bedeutet denn das nun?

»Wir se-en uns sischer bald in der Schulle. Es wirde mirr sein ein Vergnüggen.«

Das klackende Geräusch eines Scheibenwischers, der auf eine Windschutzscheibe heruntergelassen wird, lässt mich zusammen-zucken. Es ist *mein* Scheibenwischer, der *meinen* ganz persönli-chen Strafzettel festklemmt.

»Ist etwas nischt in Ordnuunge?«, erkundigt sich Monsieur Foulie.

»Nein, nein, alles okay«, murmele ich.

Aber sein Blick folgt meinem, und gemeinsam sehen wir, wie sich die Politesse bereits dem Cabrio neben meinem Auto zuwendet und auch schon wieder die Mini-Computer-Drucker-Multifunktions-Strafzettel-Maschine vor ihrem Bauch zu malträtieren beginnt.

»Oh, war das Ihre Waggen?«, fragt Philippe Foulie.

Allerdings.

Ich nicke.

»Eine kleine Moment, biette.« Philippe schnappt sich den Strafzettel und wedelt damit vor der Politesse herum, die zunächst gar nicht von ihrer Arbeit aufsieht. Als sie es aber tut, schmilzt sie unter Hugh Grants Blick wie Bitterschokolade in der Mittagssonne. Och, ne! Das ist ja wie im Film! Das könnte *mir* ja nie passieren.

Räusper.

Ich kann nicht verstehen, was er zu ihr sagt. Aber nach gestenreichen Erklärungen dreht sich die Politesse um, setzt das wohl bezauberndste Lächeln auf, das sie unter ihrer Uniformkappe zustande bekommt, nickt Philippe Foulie kaum merklich zu und wechselt die Straßenseite.

Meine neue Bekanntschaft zerknüllt lächelnd den Strafzettel, legt ihn auf die flache Hand und schnippt ihn triumphierend auf die Straße. Dann wendet er sich wieder mir zu.

»Es wirde ihmer schwärrer«, erklärt er. »Die Damen von der police werden eimlisch be-obachtet. Von ihre Kolleggen oder eine Kameera. Des-alb sie können der Strafsettel nischt mähr einfach werfen weg. Stellen Sie sisch das einmall vor! Eine Skondall! Und diese Maschinne sendet der Settel direkt nach Pariee! Aber isch kennö jemanden in das Ministeri-öm, der wird sisch kümmerne darumm ...«

»Äh, vielen Dank. Das war doch aber nicht ...«

»Kein Probläm. Aber jetzt wir müüßen uns be-eillen.« Philippe Foulie schwingt sich in das Peugeot 306 Cabrio, das Stoßstange an Stoßstange an meinem klebt und als letztes Auto in der Reihe gerade eben ganz nebenbei auch von einem Strafzettel verschont wurde. Dann setzt er seine Sonnenbrille auf, winkt mir noch einmal zu und braust davon.

Ich stehe in einer hellblauen Abgaswolke und sehe mein Knöllchen im Straßenstaub flattern, den Philippe mit seinem … nun ja … Kavalierstart aufgewirbelt hat.

3. Kapitel

Hallo Bettina, wie war dein Essen mit Frank? *(08:30, 27. August)*

Frank? Welcher Frank? Ach, der. Oh, was für eine Schlaftablette! Die Buchhaltung habe ich abgehakt. Wie geht es dir? Ein Franzose in Sicht? *(08:34, 27. August)*

Kein Kommentar.

Gut geht's, aber Chefin ist ein Drache. Ich muss abends unterrichten. Brauche Tagesmutter für Jule. Gehe gleich ins Rathaus, da gibt es wohl eine Liste. *(08:45, 27. August)*

Wirf die Chefin doch raus und übernimm Laden selbst! Das bekommst du schon alles hin, keine Sorge. Gruß an Julchen. Muss in Vorstandssitzung. Mach's gut, Kleines *(08:48, 27. August)*

Elmafmp boakm aölaö ieang. *(08:55, 27. August)*

? *(08:56, 27. August)*

Das war Jule. Wollte auch mal simsen. Und hatte sich mit »Kleines« wohl irgendwie angesprochen gefühlt. *(08:59, 27. August)*

#

Ich schlendere mit Jule durch diese 3D-Postkarte aus uralten Häusern mit kornblumenblauen Fensterläden, in die mich mein Abenteuer-Auswander-Projekt verschlagen hat. Den ganzen Weg versuche ich, mir den heute alles entscheidenden Satz für den Erfolg meines Vorhabens einzuprägen: »Bonjour, j'ai besoin d'une nourrice – Guten Tag, ich brauche eine Tagesmutter.« Ich werde doch im Rathaus niemandem irgendeinen peinlichen Zettel mit meinem Anliegen unter die Nase halten!

Bong schur, schä besoing dün nuriss.

»Duhu, Mama …«

»Ja, mein Schatz.«

Bong schur, schä besoing dün …

»Ach, schon gut.« Auf Jules Stirn gräbt sich eine tiefe Sorgenfalte zwischen ihre Augenbrauen.

»Was wolltest du denn?«

»Nix.« Jules Hand krampft sich fest um meinen kleinen Finger, den sie schon den ganzen Weg festhält. So macht sie es oft, wenn wir Hand in Hand gehen, und ein eiserner Griff signalisiert in der Regel nichts Gutes.

Ich versuche, mich weiter auf meinen Plan zu konzentrieren, mir im Rathaus eine Liste mit Telefonnummern der örtlichen Kinderfrauen zu besorgen. Natürlich wird die Zeit jetzt ziemlich knapp, die Schule fängt ja schon in ein paar Tagen an, und die meisten Tagesmütter dürften längst ein Engagement haben. Hoffentlich finde ich noch eine verantwortungsvolle Kandidatin, vielleicht eine entzückende ältere Dame, so eine Art Leih-Oma.

Bong schur, schä besoing …

»Mama? Äh …«

Jetzt raus mit der Sprache.

»Was ist denn, Julchen?«

»Ist mein neuer Babysitter denn auch ganz genauso lieb wie Alina?«

Oh nein, bitte nicht.

»Ja, natürlich, mein Schatz. Wir finden sicher eine supernette Frau, vielleicht eine ältere Dame, die sich bestimmt ganz prima um dich kümmert und ...«

»Will keine alte Tante! Höchstens Bernadette.«

»Aber Bernadette betreut abends oft ihre eigenen Enkelkinder, das habe ich dir doch schon gesagt. Und außerdem ist sie sicher furchtbar müde, als Bäckerin muss man ja früh aufstehen. Deshalb können wir sie unmöglich bitten, dass sie an ihren freien Abenden auch noch auf dich ...«

»Will Bernadette.«

»Julchen, das geht leider nicht.«

»Dann soll Oma kommen.«

Alles, nur das nicht!

»Oma klettert doch gerade in den Bergen, irgendwo in Südamerika, gaaaanz weit weg.«

»Dann eben Alina!«

»Alina ist in Deutschland ...«

... bei Papa.

»Dann will ich aber einen Babysitter gaaaanz genau wie Alina.«

Aber ich nicht!

»Julchen, mach dir keine Sorgen, alles wird gut. Sieh mal dort, der kleine Hund. Ist der nicht niedlich?!«

»Nö. Der sieht aus wie ein Würstchen mit Beinen.«

Stimmt eigentlich.

»Aber nein. Das ist eine ganz edle ...«

»Und der kackt ja mitten auf den Fußweg! Iieh.«

Iieeeh!

»Jule! Der Hund *macht* auf den Fußweg. Man sagt nicht kacken.«

»Jetzt hast du's auch gesagt, gerade eben, hihi. Aber guck ma, der scheißt ja *mitten* auf den Fußweg. Bääääh!«

»Das sagt man natürlich auch nicht. Und außerdem ist das doch gar nicht so schlimm.«

Es lebe die französische Gelassenheit.

»Also, ich finde das voll eklig«, motzt Jule. »Wann sind wir denn endlich da? Da beim Brathaus?«

»Rathaus.«

»Sag ich doch. Und was wollen wir da eigentlich noch mal?«

Alzheimer? Mit fünf?

»Jule, das weißt du doch genau: eine Kinderfrau, eine nette Oma …«

»Nö. Will nich.«

Keine Demenz, passiver Widerstand!

»Wir suchen für dich eine Tagesmutter, auf Französisch eine …«

Eine … eine … Wie hieß das doch gleich? Bong schur, schä besoing dün nu… nu… nu… Mist!

Hinter der Straßenecke taucht jetzt das Rathaus auf: Ein entzückender kleiner Steinbau mit einem Springbrunnen vor der Eingangstür, über der eine etwas überdimensionale Frankreichflagge im nicht vorhandenen Morgenwind ziemlich schlaff herunterhängt. Aber irgendwie sehen Rathaus und Fahne trotzdem ganz imposant aus.

»Bonjour Madame«, höre ich, kurz nachdem wir die Eingangshalle betreten haben. Eine Frau, etwa Anfang 30, sitzt dort an einem Schreibtisch und lächelt mir zu. Sie trägt eine Hochsteckfrisur, für die ich optimistisch geschätzt mindestens zwei Stunden brauchen würde. Ihr absolut makelloses Make-up noch dazugerechnet, wäre ich drei Stunden beschäftigt. Dabei ist es gerade mal kurz nach neun! Sie muss früher aufstehen oder einen Hausstylisten haben.

Ihr Lächeln gibt den Blick frei auf eine Reihe schneeweißer, aber überraschend schiefer Zähne. »Qu'est-ce qu'on peut faire pour vous? Was können wir für Sie tun?«, flötet sie.

Wow, was für ein Service! Und eine gute Frage dazu. Ich brauche eine Tagesmutter, une nou… nou… nourisson! Genau, das war's. Nourisson!!!

47

»Bonjour, j'ai besoin d'une nourisson.«

Geschafft.

»*Un* nourisson«, verbessert mich die Dame blitzschnell. Warum, verstehe ich allerdings nicht.

Aber dann stutzt sie selbst und lässt eine ganze Salve französischer Sätze los. Sie spricht, als hätte sie jemand auf Schnellvorlauf gestellt. Ich verstehe nur jede Menge Fragezeichen in ihrem Text und zucke mit den Schultern.

Dann verstummt die Dame, blickt mich über ihre schwarz gerahmte Brille an, als schwanke sie noch zwischen einem Anruf bei der Polizei und beim psychiatrischen Notdienst. »Bon, alors ...«, stammelt sie schließlich.

Irgendetwas stimmt hier nicht.

In diesem Moment wird die Eingangstür mit so viel Schwung aufgestoßen, dass die Blätter der Palme im gusseisernen Topf direkt daneben hektisch rascheln. Ein Mann um die 50 stürmt ins Rathaus. Im Vergleich zu ihm wirkt Präsident Speedy Sarkozy wie das reinste Entspannungsbad.

Mit seinem Elan hat der Unbekannte wahrscheinlich sogar die schlappe Fahne draußen vor der Tür ins Schwingen gebracht. Im Inneren des Rathauses ist seine Wirkung jedenfalls unübersehbar: Die Dame am Empfangstisch rückt ihre Gesichtszüge gerade, lässt ihr Begrüßungslächeln noch ein bisschen heller erstrahlen, bringt ihren Busen in Stellung und schlägt ihre samtig schimmernden Beine übereinander.

»Bonjour, Monsieur le Maire«, trällert sie.

Oh, der Herr Bürgermeister.

Jule zupft mich am Ärmel. »He, Mama, guck ma, wer da ist!«

»Das ist der Bürgermeister«, raune ich Jule zu.

»Quatsch, Mama, das ist der Kaugummiverkäufer!«, ruft sie.

»Nicht so laut, Jule. Und überhaupt: welcher Kaugummiverkäufer?«

»Na, der kleine Dicke mit diesem komischen Bart«, ruft sie, auf Deutsch. Zum Glück, denn der Mann in Hörweite ist eindeutig klein, dick, und sein Oberlippenhaar dürfte derselben Figaro-Tradition entstammen wie Asterix' Schnurrbart.

Mit entschuldigender Miene blicke ich zum Bürgermeister, der aber von Jules Erkenntnis mit etwas Glück schon deshalb nichts mitbekommen hat, weil er der Empfangsdame gerade galant Begrüßungsküsschen verabreicht. Aber wen meint Jule bloß mit dem Kaugummiverkäufer?

»Na, der... der... der...«, stottert sie.

Ich zucke mit den Schultern und zische Jule ein »Pssst« zu, denn der Bürgermeister schnappt sich von der Rathaus-Dekodame jetzt ein paar Aktenordner und wendet sich uns zu.

»Bonjour, Madame ...«

Ich habe mich ja schon fast dran gewöhnt.

»Darf ich mich vorstellen? Jean-Pierre Pommery. Aber alle nennen mich einfach Jean-Pierre«, sagt Jean-Pierre und schüttelt mir die Hand.

Kein Kuss, uff.

»Ich bin der Bürgermeister«, fügt er hinzu. »Ich heiße Sie bei uns herzlich willkommen. Sie sind doch neu hier, nicht wahr?«

»Ja, ich heiße Anja Kirsch, und das ist meine Tochter Jule.«

»Ah, sehr angenehm, Mademoiselle.« Der Bürgermeister streicht Jule über die Haare, was offenbar automatisch Jules Hirnblockade in Sachen Kaugummiverkäufer löst.

»Jean-Yves!« Jule triumphiert. Es klingt wie »Mensch, Jean-Yves, altes Haus, wir haben uns aber lange nicht mehr gesehen«.

Dem Bürgermeister verschlägt es für einen Moment die Sprache. Dann räuspert er sich und sagt mit sichtlichem Stolz auf Deutsch: »Nein, nein, mein Frollein, Jean-Pierre, nischt Jean-Yves!«

Können denn hier alle Deutsch? Mein Job ist in akuter Gefahr.

»Doch! Jean-Yves!«, brüllt Jule. »Der kleine dicke Kaugummiverkäufer in dem Laden bei uns gegenüber *heißt* Jean-Yves.«

Der Tabak-Bar-Besitzer!

»Das weiß ich genau. Der hat mir neulich ein paar Fußballsammelbilder geschenkt, als du dir 'ne Zeitung gekauft hast. Der sieht doch auch so komisch aus.«

Absolut.

Ich lächele verlegen. Ob Jean-Irgendwas Bürgermeister das jetzt wohl verstanden hat?

Der Bürgermeister schaltet aber zurück ins Französische.

»Ha, ha«, sagt er und tätschelt Jule noch einmal die Haare. »So weit reicht mein Deutsch aber nicht mehr, Mademoiselle.«

Welch ein Glück.

»Wissen Sie«, fährt er fort, »ich war in meiner Zeit bei der Armee in Deutschland stationiert. Da habe ich ein bisschen Deutsch gelernt: *Gutten Tag, noch ein Bier, Prosst* ... Ho, ho. Jetzt muss ich aber an die Arbeit. Wenn Sie irgendetwas brauchen, melden Sie sich persönlich bei mir. Noch einmal herzlich willkommen in L'Oublie-en-Provence, dem Paradies ...«

»... auf Erden, ich weiß. Vielen Dank.«

Der Bürgermeister legt mir lobend seine Hand auf die Schulter. Berührungsscheu sind sie ja nicht gerade, meine neuen Mitbürger. Dann steigt er die Treppe hinauf, die sicher in sein Amtszimmer führt, und dreht sich noch einmal kurz um. »Chantal«, ruft er im original Kasernenton der Empfangsdame zu, die gerade gelangweilt bis beleidigt ihre Fingernägel betrachtet. »Sorgen Sie dafür, dass es unserer neuen Mitbürgerin an nichts fehlt.«

Das kann sie sicher gar nicht abwarten.

»Aber natürlich, Monsieur le Maire!« Jetzt lächelt Chantal ihrem hyperaktiven Chef mit einem gekonnten Augenaufschlag zu und malträtiert dann mit ihren langen Fingernägeln die Computertastatur.

»Name?«

»Anja Kirsch.«

Sie gibt meinen Namen ein. Wow, ist die schnell.

»Woher kommen Sie?«

»Aus Deutschland.«

Dann reißt sie eine Schublade auf und knallt einen Ordner auf den Tresen. »Etrangers«, also Ausländer, steht – etwas feindselig, wie ich finde – auf dem Rücken des Ordners, aus dem sie nun mit spitzen Fingern mindestens zehn Zettel zupft und vor mir ausbreitet.

»Voilà, der Antrag für eine Aufenthaltsgenehmigung, der Antrag für einen französischen Führerschein, der Antrag für ein französisches Autokennzeichen, der Antrag für die französische Wahlkarte/Kommunalwahlen, der Antrag für die französische Wahlkarte/Europawahlen, der Antrag auf Kindergeld, der Antrag auf …«

»Entschuldigen Sie, aber ich brauche eigentlich nur eine Liste mit …«

»Ich weiß, Säuglingen. Im Sinne von Neugeborenen. Aber die haben wir hier nicht im Angebot. Falls Sie eine Tagesmutter, also eine Kinderfrau suchen, voilà. Und im Übrigen empfehle ich Ihnen dringend einen Französischkurs! Voilà, einige Informationen von einer Sprachenschule im Stadtzentrum.« Die Dame schiebt mir einen Prospekt entgegen, der mir bekannt vorkommt.

Sehr bekannt.

Schuldirektorin Augustine Guillotin heißt Sie herzlich an der »École Polyglotte« willkommen. In professioneller Atmosphäre lernen Sie bei uns Französisch, Englisch, Deutsch …

Hey, das ist meine Sprachenschule. Soll das ein Witz sein? Ich unterrichte dort!

»Nun, also …«, stammele ich.

Die Empfangsdame interessiert sich jetzt aber nicht mehr wirklich für mich. Sie setzt ein Lächeln auf, für das Flugbegleiterinnen bei ihrer 499. Erklärung der Sicherheitsgurte, Sauerstoffmasken und Notrutschen vielleicht gerade noch einem mahnenden Vermerk in der Personalakte wegen mangelnder Motivation entkommen würden. »Wenn ich noch irgendetwas für Sie tun kann, zögern Sie nicht«, spult sie herunter. »Das Team von Bürgermeister

Jean-Pierre Pommery ist den Bewohnern von L'Oublie-en-Provence stets zu Diensten. Au-revoir.«

Verwirrt raffe ich die Zettel zusammen, von denen ich ja eigentlich nur einen einzigen haben wollte, und zerre Jule aus dem Rathaus.

Ich bin gelassen. Gelassen wie die Franzosen. Ich bin …

»Haben wir jetzt eine Alina?«, erkundigt sich Jule unschuldig, während ich sie fest an der Hand halte und durch die schmalen Gassen nach Hause steuere.

»Nein.«

»Aber warum denn nicht?«

… ganz gelassen.

»Es gibt keine Alina.«

Ich sehe mir das Blatt mit den Kontaktdaten von etwa 20 Tagesmüttern an. Die Namen von 19 sind mit dem Hinweis »ausgebucht« versehen. Dann wird es wohl Garance Dur, die scheint noch frei zu sein.

»Und so eine *wie* Alina?«, insistiert Jule.

Nein, »Garonz« klingt eindeutig nicht wie Alina.

»Gibt's auch nicht.«

»Aber ich will so eine wie …«

Innere Ruhe. Ich ruhe in mir selbst.

»Gibt's nicht.«

»Bist du sauer, Mama?«

»Nein.«

Immer schneller ziehe ich Jule über das Kopfsteinpflaster.

»Warum bist du denn sauer, Mama?«

»Ich *bin* nicht sauer.«

»Bist du doch.«

»Nein!«

Ein Glück, gleich sind wir zu Hause.

»Doch.«

»Nein!!!«

Ich kann die Bäckerei schon sehen. Alles wird gut.

»Achtung, Mama, Hundeschei…«

»Jule! Das sagt man …«

Unter meinen Converse gibt der Boden plötzlich nach. Er wird weich. *Verdächtig* weich.

»Mama! Das war der Haufen von diesem Würstchen von vorhin! Und du bist mitten reingelatscht.«

»Oh! Scheiße!!!«

»Mama, ich denke, das sagt man nicht?!«

4. Kapitel

Hi Bettina, Morgen ist Schulanfang. Jule kann kaum Französisch. Ich auch nicht viel mehr: Nourisson heißt Säugling, nourrice Tagesmutter. Fatal! Ich glaube ... *(22:10, 1. September)*

... ich schaffe das alles nicht. *(22:11, 1. September)*

Ich sehe Bettinas SMS schon vor mir: »Kleines, stell dich nicht so an. Mach endlich dies, mach das ...«

Bettina, hast du meine SMS nicht bekommen? Was ist los? Ich versuche nachher noch, dich auf dem Handy zu erwischen. *(22:36, 1. September)*

Eine halbe Stunde später
»... Der Teilnehmer ist zurzeit nicht zu erreichen. Bitte versuchen Sie es später noch einmal ....«

Gehe jetzt ins Bett. Mache mir langsam Sorgen und rufe dich morgen in der Bank an. *(23:58, 1. September)*

#

Donnerstag, 2. September, kurz nach acht Uhr: Rentrée!
Vor Jules Schule
»Guten Tag, Sie sind verbunden mit der Mailbox von Bettina Kirsch, Handelsbank Frankfurt. Bitte hinterlassen Sie mir eine Nachricht, ich rufe Sie umgehend zurück. In dringenden Fällen wenden Sie sich bitte an meine Sekretärin, Durchwahl -472.«

»Hallo, Bettina? Hier ist Anja. Es ist Donnerstag, kurz nach acht. Wir gehen gerade zu Jules Einschulung. Alles sehr aufregend. Bist du etwa noch nicht im Büro? Irgendwas nicht in Ordnung? Melde dich!«

#

»Will doch nich«, sagt Jule knapp, als wir uns dem schmiedeeisernen Tor mit der Menschentraube davor nähern. »Will nich in die Schule. Hab's mir anders überlegt. Komm, wir gehen wieder nach Hause, ein bisschen kickern, okee Mama?«

Jule macht auf ihren Crocs kehrt.

»Nein, mein Schatz, das geht nicht. Du bist doch schon angemeldet ...«

... und außerdem will ich ja ein bisschen arbeiten.

»... und es wird bestimmt ganz toll in der Schule. Sieh mal, da sind schon viele nette Kinder, mit denen man sicher ganz, ganz viel lustige Sachen machen kann.«

Lügen? Ich? Aber immer, so als Profi-Mutter ...

Vor uns stehen Dutzende Kinder und Eltern, die aussehen, als hätten sie sich für Weihnachten und Silvester zugleich gestylt. Bei ihrem Anblick fühle ich mich, als wäre ich in Latzhose beim Opernball aufgetaucht. Dabei habe ich mich für meine Verhältnisse und für einen ersten Kindergartentag ziemlich in Schale geworfen. Um mich herum sehe ich jedoch nur die geballte Macht französischen Chics. Obwohl ...

... dieser Typ, der jetzt in Richtung Schultor geschlendert kommt, hat sich dem Dresscode irgendwie entzogen: Er trägt verwaschene Jeans zu ziemlich durchgelatschten Turnschuhen, und er hat seine Hände tief in den Taschen eines schlabbrigen Kapuzenpullis vergraben. Mit seinen offenbar schwer zu bändigenden hellbraunen Locken und den Sommersprossen auf der ziemlich groß geratenen Nase erinnert er mich ein bisschen an diesen bezaubernden Kochlehrling Linguini in »Ratatouille«, den

Film über den Pariser Ratten-Meisterkoch und mein Frankreich-Werbegeschenk für Jule.

Hm, irgendwie ganz sympathisch und gar nicht mal unattraktiv. Und vor allem: Sein Sohn könnte vielleicht die Rettung für Jule sein, wenn er genauso cool aussieht und einigermaßen gut Fußball spielt. Aber ich kann kein passendes Kind in seiner Nähe entdecken.

»Will nich in die Schule. Will nach Hause.« Jules eine Hand zupft an meinem Ärmel, die andere krampft sich um den Hals von Napoleon. Wäre er kein Stofftier, bekäme er jetzt akute Atemnot.

Vater Linguini holt jetzt eine Zeitung hervor und macht es sich auf dem Betonboden bequem. Die Edel-Franzosen um ihn herum weisen ihre in Röckchen und Lackschuhen steckenden Töchter genauso zurecht wie ihre in Festtagshemden gepressten Söhne. »Vorsicht, mach dein Kleid nicht kaputt, beschmutz nicht deine Hose, pass auf deine neuen Schuhe auf ...« Nach Abenteuer à la Bibi Blocksberg oder Pippi Langstrumpf klingt das nicht gerade.

»Die sehen alle so doof aus«, wirft Jule ein.

Stimmt.

»Aber nein, Julchen. Eigentlich nicht. Das liegt doch nur an den schicken Sachen, die sie für den ersten Schultag angezogen haben.« Ich beuge mich zu Jule herunter und streiche ihr über das schwarze »Wilde-Kerle«-T-Shirt, das sie heute unbedingt anziehen wollte.

Natürlich habe ich geahnt, dass es wohl kaum der bei fünfjährigen Französinnen gängigen Mode entsprechen dürfte. Genauso wenig wie Jules geliebte Crocs. Aber heute Morgen hatte ich mich doch nicht getraut, Jule zu dem neuen rosa Kleid zu überreden. Dabei hatte ich es eigentlich extra für die Einschulung gekauft, sozusagen als Integrationshilfe. Es ist auch sehr schlicht und wirklich nur ganz dezent rosa.

Aber trotzdem *zu* rosa für Jule. Bei den »Matschzwergen« war Jules merkwürdige Rosa-Phobie nicht besonders aufgefallen, weil im Berliner Waldkindergarten die meisten Eltern bei der Garderobenauswahl für ihre Kinder ohnehin einen großen Bogen um Bonbontöne machen und sich eher für satte Grundfarben oder das leicht anarchistisch bis avantgardistisch angehauchte Schwarz entscheiden.

Aber hier, vor den Toren der französischen Vorschule, fällt »Wilde-Kerle-Jule« mit ihrem wuscheligen Kurzhaarschnitt und den roten Plastik-Clogs an den Füßen *ein bisschen* aus dem allgemein aufgerüschten Rahmen.

»Mamaaa«, quengelt Jule. »Will nach Hause!«

Die Lage scheint aussichtslos. Und außerdem beschleicht mich der Verdacht, dass ich irgendetwas falsch verstanden haben könnte. Jule sollte, so war mir bei der Anmeldung bei der Vorschule noch einmal bestätigt worden, als Fünfjährige regulär die letzte Klasse der »Maternelle«, nämlich die »grande section«, besuchen.

Eigentlich nichts Besonderes also, nicht einmal die ganz große Einschulung in die erste Klasse. Kindergarten eben – so dachte ich zumindest noch bis vor fünf Minuten.

Meine Recherchen hatten zwar schon ergeben, dass in Frankreich die »rentrée« – also der alljährliche Schulanfang im Spätsommer nach satten zwei Monaten Ferien – berühmt-berüchtigt ist und das französische Neujahr markiert: Die Zeitrechnung läuft hier nämlich von September bis Juni, und die Monate Juli und August fallen – wie ich dank meiner verzweifelten Anrufe bei Behörden, Versicherungen etc. feststellen durfte – weitgehend aus: wegen Ferien, Nationalfeiertag, Überstunden abbummeln und so weiter.

Vor dem noch fest verschlossenen Tor der Vorschule haben sich nun ganz offensichtlich nicht nur die Eltern selbst in Stellung gebracht, sondern sie haben auch ganze Kompanien von Großmüttern, Großvätern, Tanten und Onkeln als Verstärkung verpflichtet.

Ganz schlecht kann es in der Schule allerdings nicht sein, denn als die zwar streng, aber doch einigermaßen freundlich blickende Schuldirektorin das Tor öffnet, strömen Kinder und Verwandtschaft plötzlich hinein, als gehe es um die letzte Sonnenliege am Swimmingpool. Nur ich muss Jule ein bisschen hinter mir herziehen und hoffe inständig, dass ihr Widerstand nicht noch größere Ausmaße annehmen wird.

Aber im Sog der anderen lässt sie sich über den voll asphaltierten Hof in die Schule lotsen.

Doch kaum haben wir den Eingangsbereich hinter uns gelassen, stoppt der Tross unvermittelt. Vor den Klassenzimmern werden Schülerlisten studiert. Offensichtlich war vorher auch den französischen Eltern-Profis nicht bekannt, welches Kind in welche Klasse kommt. Jubelrufe sind genauso zu vernehmen wie unterdrückte Schluchzer jener Kinder, die von ihren Freunden getrennt wurden.

Wenigstens dieses Problem habe *ich* jetzt gerade nicht. Von ihrem Berliner Kumpel Konrad und ihrer Freundin Johanna musste sich Jule ja schon in Berlin verabschieden. Doch dann ist plötzlich Schluss mit dem Zuspruch der Franzosen: Noch einmal drücken sie ihre Brut an sich, dann schubsen sie sie an den am Eingang postierten Lehrerinnen vorbei ins Klassenzimmer. Noch ein allerletztes Mal wird geschnäuzt und gewunken, dann setzen sich die Kinder wie ferngesteuert an die in Parallelreihen angeordneten Tische und die Erwachsenen geschäftig in Richtung Ausgang in Bewegung.

Das neue Jahr hat begonnen. Allerdings nur für die Franzosen. Ich bleibe nämlich mit Jule zurück. Nach dem jüngsten Tauwetter mit Madame Croizet herrscht bei meiner Tochter jetzt wieder »Ice Age«. Kein Wort kommt über ihre Lippen. Ihre Hände hat sie tief in ihren Jeans-Shorts verborgen – nicht die geringste Chance, sie an die Hand zu nehmen und in die Klasse zu begleiten. Auch das gute Zureden der Lehrerin – leider auch für mich ziemlich unverständlich – bewirkt natürlich rein gar nichts.

Jule streikt!

»Jule, komm. Sieh mal, die Lehrerin scheint doch wirklich sehr nett zu sein.« Ich lächele die junge Dame höflich an.

Jule mustert die Lehrerin. Immerhin. Aber dann legt sie ihre Stirn in tiefe Zornesfalten, schiebt ihre Unterlippe hervor und grummelt: »Versteh abba nix, was die sagt.«

Ich auch nicht so richtig. Kein Grund zur Sorge.

»Natürlich nicht. Ist ja klar, dass du noch gar nicht richtig Französisch kannst. Deshalb musst du ja auch in die Schule gehen, damit du …«

»Abba, abba, ich will nich in die Schule. Versteh ja eh nix.«

Jules Schachzug überfordert mich völlig. Außer Betteln fällt mir nichts ein – in der Regel die schlechteste Strategie überhaupt, wie seit Super-Nanny ja nun wirklich jeder weiß.

Sch… auf Super-Nanny!

»Jule«, flehe ich meine Tochter an, »sieh mal, in der Schule kannst du auch …«

Doch Jule hört mir jetzt gar nicht mehr zu. Ihr Blick ist auf ein Mädchen gerichtet, das mit ihren langen blonden Locken und ihrem rosa Bolero-Jäckchen über dem weißen Spitzenkleidchen nichts Gutes verheißt. Gar nichts Gutes, da Jule für dieses lebendige Himbeer-Sahnetörtchen nichts als Geringschätzung übrig haben dürfte. Also wird sie das – wie ich finde – selbst für den ersten Schultag doch etwas extrem ausgefallene Outfit sicher gleich als ein neues Argument dafür benutzen, dass sie auf gar keinen Fall in diese Schule gehen kann. Niemals.

»Guck ma, Mama, da!« Jule zeigt jetzt – ganz kindliche Etikette – mit dem Finger direkt auf das Mädchen, das beim Casting wohl souverän jede Prinzessinnen-Rolle ergattern würde.

»Ja, mein Schatz, ich weiß«, versuche ich Jule zu beschwichtigen.

Zweite Eskalationsstufe, wir kommen.

Sozusagen als Präventivschlag füge ich hinzu: »Aber es gibt doch auch andere Kinder. Sieh mal, der Junge da am Fenster. Der sieht doch aus, als könnte er ganz toll Fußball spielen. Vielleicht kannst du dich ja neben ihn …«

»Da will ich hin«, ruft Jule und zeigt auf … nein, nicht auf den Jungen mit dem beruhigend eindimensionalen Bolzer-Blick, sondern auf das Prinzesschen! Dem fehlt, wie ich inzwischen erkennen kann, für die royale Rolle die eigentlich obligatorische Anmut – und das zarte Näslein. Vielmehr blitzen ihre Augen voller Unternehmungslust über einer für ihr Alter ungewöhnlich groß ausgefallenen Nase.

Jule schnappt sich entschlossen meine Hand und zerrt mich in die Klasse, Kurs: die Prinzessin mit der großen Nase.

»Los, Mama, kommm!«

Aber, aber … das ist doch die verfeindete Rosa-Fraktion!

Wir steuern jetzt sehr direkt den Platz neben ihr an, sie lächelt und redet dann ohne Vorwarnung auf Jule ein.

Und Jule strahlt.

Das gerade noch so drängende Verständigungsproblem scheint sich in Luft aufgelöst zu haben. Die kleine Französin schnattert weiter. Ich verstehe noch weniger als bei der Lehrerin, weil mein Französisch aus Oberstufe und Uni-Ergänzungskurs mit dem Slang einer Fünfjährigen eher suboptimal harmoniert. Meine Dolmetsch-Versuche scheitern deshalb schon in den Anfängen, und ich kann nicht viel mehr tun, als mich zu wundern und Jule und dem Mädchen aufmunternd zuzulächeln.

Aber ist das überhaupt nötig? Jule hat sich längst auf dem Platz neben dem Mädchen niedergelassen und hängt an ihren Lippen, aus denen in olympiareifer Geschwindigkeit unverständliche Wörter und viele, viele Ausrufezeichen hervorsprudeln. Alles, was das Mädchen sagt, muss ungemein wichtig sein. Und für Jule hochinteressant.

Ich dagegen bin auf Jules Hitliste der wichtigsten Menschen der Welt gerade ziemlich abgestürzt. Genau genommen beachtet sie mich überhaupt nicht. Auch nicht, als ich mich dem Drängen der Lehrerin beuge und mich verabschiede.

Moment, schon mal was von Eingewöhnung gehört?

Von der Klassentür aus winke ich Jule zu.

Keine Reaktion. Jedenfalls nicht von Jule. Dafür winkt ihre neue Freundin freundlich zurück, und die Lehrerin signalisiert mir mit einem süßsauren Lächeln, dass es nun wirklich Zeit ist zu gehen.

Mich überkommt akute Sehnsucht nach den »Matschzwergen«, Jules altem Kindergarten, wo man auch mal ein bisschen bleiben durfte – locker, aber auch behütet.

Und so schön gemütlich. In dieser Klasse sind dagegen nur Stuhlreihen vor einer Tafel zu entdecken, an den Wänden das Alphabet, die Zahlen bis 20, eine große Lern-Uhr – kein Zweifel, die Angelegenheit ist ernst.

Ob das wirklich eine so gute Idee war? Ob Jule ...

Ich blicke mich noch einmal um, aber Jule interessiert sich nun endgültig nicht mehr für mich.

Na ja, es ist ja erst mal nur für ein paar Stunden. Denn ab halb zwölf können die Eltern ihre Kinder zum Mittagessen abholen. Jetzt ist es fünf vor neun. Ich habe also über zwei Stunden Zeit. Wie könnte ich die am sinnvollsten nutzen, mal abgesehen von einem Kaffee und einem kleinen zweiten Frühstück mit einem winzigen Schokocroissant auf meinem Balkon zur Feier von Jules Einschulung in Frankreich?

Ich hole die Noch-zu-erledigen-Liste aus meiner Tasche.

– Unterricht vorbereiten
Och, nö.
– Beantragen: Führerschein, Autokennzeichen ...
Ach, hat noch Zeit.
– Bügeln.
Nein, nicht jetzt.
– IKEA: Gardinen kaufen
Hm ...

Ja, das ist es! Die brauchen wir dringend, denn Tabac-Bar-Besitzer Jean-Yves von gegenüber ist zwar furchtbar sympathisch, aber ob er mich wirklich im Schlafanzug – bestenfalls – sehen muss, ist eine andere Frage. Keine Ahnung, warum unsere Wohnung keine Gardinen hat. Und Ikea ist nicht weit, das schaffe ich locker in einer Stunde, dann kann ich die Gardine auch gleich noch aufhängen!

#

Zweieinhalb Stunden später.
Vor der Schule herrscht das pure Verkehrschaos. Wenn ich bloß nicht so spät dran wäre, dann könnte ich das Auto noch nach Hause bringen und die paar Schritte von der Bäckerei zur Schule zu Fuß gehen!

Aber mein als Kurztrip geplanter Ausflug zu Ikea endete mit vier Paketen Papierservietten, zwei Kartons Kerzen, einem superpraktischen Gemüseschäler, einer Rolle Marabou-Schokolade, einer entzückenden Gardine namens Alvine Fläta und dem Gardinenstangen-Set Präktig, das aber leider schon geöffnet wurde und von dem deshalb ein Endstöpsel fehlte. Das stellte ich aber erst in der Express-Kassenschlange und mit akutem Herzrasen fest.

Also musste ich zurück auf Los, nämlich in die Gardinenabteilung, und ein neues Paket mit vollständigem Satz Endknöpfen suchen, das den Stoff am Herunterrutschen hindern soll. Wäre ja ganz präktig, wenn die Gardine vor dem Fenster hängen bleiben würde. Wegen Jean-Yves, meines Schlafanzugs und überhaupt.

In der Gardinenabteilung musste ich allerdings erfahren, dass ich vorhin wohl das letzte Präktig-Exemplar erwischt hatte, aber selbstverständlich sofort eine SMS erhalte, sobald Nachschub kommt.

Noch während ich der netten Dame in blau-gelb meine Handy-Nummer mitteilte, entschied ich mich spontan gegen Präktig und für das Gardinenstangen-Set Skuggig, das griffbereit und in fest verschlossener Plastiktüte vor mir lag. Dann kehrte ich in die Express-Kassenschlange zurück, die sich in der Zwischenzeit um zehn Meter verlängert hatte.

Dort erhielt ich eine SMS:

Wir freuen uns, dass das von Ihnen gewünschte Produkt, Gardinenstangen-Set Präktig, Art.-Nr. 40144860, jetzt in Ihrer Filiale vorrätig ist. Ihr Ikea-Team.

Mir kribbelte es in den Fingern zu antworten:

Vielen Dank, aber ich habe mein Skuggig, Artikelnummer 80144858, inzwischen ins Herz geschlossen und möchte auch gar nicht so dringend noch …

… einmal die fünf Kilometer Rückweg in die Gardinenabteilung antreten. Außerdem muss ich in 20 Minuten meine Tochter von der Schule abholen. Ihre Kundin.

Aber leider, leider hatte ich für diese Kurznachricht auch keine Zeit. Und dann könnte es eventuell möglich sein, dass ich auf der Autobahn ein ganz kleines bisschen zu schnell gefahren bin. Und irgendwie war da auch so ein verdächtiges Licht, das neben der Leitplanke kurz aufblitzte.

Aber egal, jetzt bin ich ja an der Schule angekommen, und um Punkt halb zwölf werde ich meine Tochter in die Arme schließen. Wenn das kein perfektes Timing ist?! Bettina wäre stolz auf mich. Ich muss nur noch schnell das Auto abstellen, dann …

Alles wird gut.

… dann. Tja, die Autos »parken« hier schon in dritter Reihe, einige mit laufendem Motor, aber ohne Fahrer.

Ich bin gaaanz ruhig, völlig Zen.

Ah! Da ist ein Platz. Okay, vielleicht ein bisschen eng, so halb auf dem Bürgersteig, halb in der Hecke eines angrenzenden

Grundstücks, und das Ganze zwischen einer völlig verdreckten, aber wohl ursprünglich grünen Ente und einem silbermetallic glänzenden Renault Espace.

Das Schultor steht schon weit offen, von Eltern aber keine Spur. Nehmen etwa die Mütter, die besser sind als ich, im Inneren der Schule längst ihre Lieblinge in Empfang – und Jule wartet dort vergeblich auf mich?

Ruhig, Anja. Ganz ruhig.

Tatsächlich! Jetzt kommen schon die ersten Eltern mit ihren Kindern aus der Schule – und ich rangiere immer noch in diese eigentlich gar nicht existierende Parklücke: Rückwärtsgang, ein paar Zentimeter mit heulendem Motor den Bordstein hinauf, Vorwärtsgang, wieder herunter und dann mit der Kühlerhaube direkt in den Kirschlorbeer. Mir steht der Schweiß auf der Stirn.

Ommm.

Ich fahre wieder auf die Straße, um nach einem anderen Abstellplatz zu suchen. Doch jetzt strömen plötzlich ganze Horden von Familien über die Straße. Kein Ausweg. Hier komme ich nirgendwo mehr hin.

Aaaah!

Ich stoppe den Motor. Mein Auto steht jetzt *vor* Bürgersteig, Hecke, Ente und Espace. Egal, schließlich sind wir hier in Frankreich, und da macht man das nun einmal so! Ist ja schon einmal gut gegangen. Also, ein weiterer Integrationsschritt gelungen.

Ich steige aus und will in die Schule stürzen, gegen den Strom abholender Eltern.

Doch plötzlich schert ein Mann aus der Menschenmenge aus und stellt sich mir in den Weg. Es ist Linguini, der coole Vater in seinem Lässig-Look von heute Morgen. »Sie müssen da weg, Sie versperren meinem Auto den Weg«, sagt er weniger lässig und zeigt auf die nur mühsam zusammengeflickte Ente, die hinter meinem Kombi steht.

Auto? Eher Spitzenkandidat für die Abwrackprämie, würde ich sagen.

»Aber ich will doch nur ganz schnell …«

»Es muss weg.« Linguini blickt mir direkt in die Augen. Sie sind dunkelbraun und warmherzig, und sie wollen so gar nicht zu seinem Auftritt vor meinem Auto passen.

Ach, da verbirgt sich bestimmt ein ganz softer Kern unter der extraharten Schale. Außerdem findet man in Frankreich doch immer einen Weg. Dafür sind sie doch berühmt, die Franzosen, für ihre Improvisationskunst, ihre Menschlichkeit, ihre …

»Geht's vielleicht noch ein bisschen langsamer?«

… Ungeduld.

»Entschuldigen Sie, aber hier kann man doch wirklich nirgendwo parken. Es dauert bestimmt nicht lange. Ich bin wirklich sofort wieder da.«

Und überhaupt fand ich Sie doch bis gerade eben noch ganz sympathisch!

»Meine Tochter ist sicher schon ganz verzweifelt, das verstehen Sie doch, oder?«

Da habe ich mich wohl in Ihnen getäuscht! Schade.

Linguini versteht offenbar gar nichts, dabei liegt es diesmal wohl nicht an den üblichen Kommunikationsproblemen einer Ausländerin wie mir, sondern eher am Willen meines Gegenübers.

»Verstehen Sie?«, versuche ich es trotzdem noch einmal.

Aber statt mir zu antworten, nimmt er mir doch glatt *meinen* Schlüsselbund aus der Hand, steigt in *meinen* Kombi …

Also, das ist ja wohl nicht zu fassen!

… und manövriert ihn blitzschnell in eine just in diesem Moment frei gewordene, riesige Parklücke gegenüber. Wortlos, aber mit einem leichten Grinsen auf den Lippen wirft der Typ mir dann auch noch meinen Autoschlüssel zu, der klimpernd neben meinen Turnschuhen zu Boden fällt.

Also, das war's jetzt aber endgültig.

»Angeber! Rüpel! Elender Macho!«, will ich rufen, kenne aber natürlich kein einziges dieser Wörter auf Französisch. Stattdessen bleibe ich mit weit geöffnetem Mund stehen und sehe, wie der Angeber-Rüpel-Macho in seine Ente einsteigt. Aus dem offenen Fahrerfenster ruft er in meine Richtung: »Komm, Chloé, wir sind spät dran!«

Chloé?

Ich sehe mich um. Direkt neben mir steht ein kleines Mädchen. Es hat lange blonde Locken, trägt ein Himbeer-Törtchen mit Seidenspitze, hat eine ziemlich große Nase, lächelt mich an und hüpft zu diesem unverschämten Linguini ins Auto.

21:39

»Hallo, hier ist *nicht* Betty, sondern nur mein AB. Ich habe nämlich selbst gerade etwas Besseres zu tun, als ans Telefon zu gehen. Ihr könnt mir aber gern eine Nachricht hinterlassen, bei Gelegenheit rufe ich vielleicht zurück. Nach dem Ton habt ihr 30 Sekunden Zeit, und die Besten unter euch schaffen das schon. Los geht's.«

Piiiiieeeeeep.

»Hallo Bettina, es ist Donnerstagabend. Deine Ansagen werden ja immer freundlicher. Na ja, ich gehe mal davon aus, dass es dir gut geht. Jule hatte heute Einschulung. War ganz okay. Sie hat schon eine Freundin gefunden. Ihr Name wird Klo-eee ausgesprochen. Herzallerliebst, nicht wahr? Leider nicht so mein Fall. Vor allem dieser Vater! Aber was soll's? Jule war ein bisschen sauer, dass ich sie zu spät abgeholt habe. Kann sein, dass sie sich demnächst mal wieder bei dir beschwert. Falls *sie* dich erreicht. Morgen ist jedenfalls erst mal Vorbereitungskonferenz in der Schule. Ich bin schon ganz gespannt, denn da gibt es ja auch diesen …«

»Piiiiiiiiiieep.«

»Die Vorbereitungen für den Tag der offenen Tür übernimmt in diesem Jahr Philippe Foulie«, erklärt Madame Guillotin in gewohnt diktatorischem Ton. Sie nickt meiner Hugh-Grant-Bekanntschaft feierlich zu, die mir am großen Konferenztisch direkt gegenübersitzt. »Nach unserer überaus erfolgreichen Offensive im vergangenen Jahr, neue Schüler aus Schwellenländern wie China, Brasilien, Indien und Russland anzuwerben und die entsprechenden Austauschstudenten, Gastwissenschaftler und Wirtschaftsmanager auf uns aufmerksam zu machen, konzentrieren wir uns dieses Jahr ganz auf Europa. Ich gehe davon aus, dass es ein großer Erfolg wird, nicht wahr, Monsieur Foulie?«

Hugh nickt: »Aber natürlich.« Ganz Mann und deshalb frei von jedem sichtbaren Selbstzweifel.

»Sehr gut. Deshalb habe ich Sie für diese Aufgabe ausgewählt. Und schließlich wissen wir ja alle, dass Ihnen Europa in all seinen Facetten besonders am Herzen liegt.«

Ein Raunen geht durchs Lehrerzimmer. Philippes politisches Engagement scheint allgemein angesehen zu sein. Zwei Lehrerinnen mir noch unbekannter Nationalität dahinten in der Ecke tuscheln wie Sechstklässlerinnen und schielen zu Philippe herüber. Er würdigt sie allerdings keines Blickes. Vielleicht könnte es daran liegen, dass sie von der französischen Linie und Eleganz noch ein paar mehr Lichtjahre entfernt sind als ich? Aber zumindest unterhalten sie sich prächtig.

»Ruhe«, herrscht die Direktorin sie sofort an. »Wir machen weiter mit Tagesordnungspunkt drei … ach, nein. Wir brauchen natürlich noch jemanden, der den Beauftragten für den Tag der offenen Tür unterstützt. Das erfordert selbstverständlich eine gründliche Organisation, die bekanntlich sehr viel Zeit in Anspruch nimmt. Eine Aufgabe also, mit der man sich durchaus profilieren kann. Diese Assistenz übernimmt in diesem Jahr …«

Zur Strafe sind bestimmt die Sechstklässlerinnen dran …

»... unsere neue Mitarbeiterin Madame Kirsch.«

Oh!

Meine beiden Kolleginnen in den wallenden Blusen und unförmigen Hosen räuspern sich demonstrativ.

Madame Guillotin befiehlt weiter: »Madame Kirsch, Sie werden sich direkt mit Monsieur Foulie über das weitere Vorgehen abstimmen. Dies ist eine selbstständige Teamarbeit, ich will von Ihnen beiden Ergebnisse sehen, keine Fragen hören und schon gar keine Entschuldigungen. Ist das klar?«

»Aber selbstverständlich«, sagt Philippe entschlossen. »Madame Kirsch und ich werden unsere Arbeit umgehend aufnehmen.«

»Natürlich«, pflichte ich ihm bei. »Alles bestens.«

Nicht zuletzt, weil ich gerade auf dem direkten Weg zur eleganten Karriere-Französin bin!

Dann schaut mich Philippe an und fügt auf Deutsch hinzu: »Es wirde mirre sein ein Vergnüggen.«

Huuuuuh ...

5. Kapitel

To: AnjaKirsch@schoolmail.com
From: Bettina.Kirsch@Handelsbank.de
Date: 16. September, 12:34
Re: Lebenszeichen

Liebe Anja,

sorry, sorry, sorry, dass ich mich so lange nicht gemeldet habe. Aber du kennst mich ja. Hoffe, du hast dir keine Sorgen gemacht. Ich sage dir, die letzten zwei Wochen waren wie im Rausch. In der Bank arbeiten wir an einer Megafusion, das wird wie eine Bombe einschlagen. In meinem Team ist jetzt auch Brian, frisch aus den Staaten eingeflogen. Geschlafen habe ich schon seit Tagen nicht mehr, jedenfalls nicht allein. Und du?

Wie geht's Jule? Sie hat mir ein paarmal auf den AB gesprochen. Hab's nicht ganz verstanden, aber da gibt es wohl ein Problem mit ihrer neuen Freundin? Und mit irgendeiner ... Garonz? Was ist da los? Sei nett zu meiner Nichte!

Wie geht es dir?

Muss jetzt mit wichtigem Aufsichtsrat lunchen.

Bis bald, deine große Schwester ;-)

To: Bettina.Kirsch@Handelsbank.de
From: AnjaKirsch@schoolmail.com
Date: 16. September, 22:40
Re: Re: Lebenszeichen

Liebe Bettina,

danke für deine Mail. Wenn deine Funkstille an Brian und sonstigen Fusionen lag, bin ich ja ganz beruhigt. Um mich brauchst du dir auch keine Sorgen zu machen. Der Job läuft wirklich gut, die meisten »Schüler« haben die Pubertät schon vor mindestens vier Jahrzehnten abgeschlossen und sind ziemlich motiviert. Das ist zur Abwechslung auch mal ganz nett.

Weniger gut klappt es mit Jules Tagesmutter. Sie ist ziemlich streng, Stil Gouvernante. Aber das wird sich schon noch einspielen. Glaub einfach nicht alles, was Jule dir vielleicht über Garance erzählt.

Und dann ist da noch Chloé, Jules neue Freundin. Jule will mit ihr spielen, sie besuchen, sie zum Übernachten einladen, mit ihrer Familie in Urlaub fahren, am besten gleich ihre Schwester werden. Na ja, das ist ja in diesem Alter so üblich. Aber diese Familie, also vor allem der Vater – eine echte Zumutung, dieser Typ! Deswegen habe ich mich auch seit zwei Wochen standhaft geweigert, Jule ein Date mit Chloé zu gewähren. Und seit zwei Wochen liegt mir Jule pausenlos in den Ohren, dass Chloé sie schon sooo oft eingeladen habe und dass ich doch endlich einen Termin mit den Eltern vereinbaren sollte. Dabei ist das gar nicht möglich, glaub's mir!

Nachmittags wird das Mädchen immer von einer jungen Frau abgeholt, die ihrem Alter und meinen Erfahrungen nach eigentlich nur eine Babysitterin sein kann – und zwar eine, gegen die Ralphs Alina aussieht wie ein hässliches Dickerchen: Sophie Marceau meets Juliette Binoche, und das auch noch vor 20 Jahren. Kannst du dir das vorstellen? Wahrscheinlich ist sie es, die Chloé immer so rausputzt. Dieser Vater in seinem Schmuddel-Look jedenfalls nicht. Für diese Sophie Binoche bin ich jedenfalls nur Luft. Sie spricht einfach nicht mit mir. Kontaktaufnahme bisher gescheitert. Jule beschreibt die Funktion dieser Frau so, als sei sie die persönliche Zofe ihrer Freundin. Babysitter also. Jule erzählt auch, dass Chloés Mutter mit einer goldenen Kutsche davongefahren sei und dass im Schlosspark ihrer Freundin Einhörner grasen. SimsalaGrimm pur.

Tja, und morgens taucht an der Schule immer nur der wortkarge Angeber-Vater auf, um den ich aber aus Rücksicht auf meine Nerven leider einen extragroßen Bogen machen muss. Mit ihm bin ich nämlich schon am ersten Schultag aneinandergeraten. Lange, unschöne Geschichte. Der fährt übrigens eine grüne Ente. Weißt du noch? Früher haben wir uns immer in den Arm gekniffen, wenn wir eine gesehen haben. Die sind ja selten geworden. Und sein Modell gehört eigentlich auch bestenfalls ins Museum. Das hat sogar noch ein schwarzes Kennzeichen und gelbe Scheinwerfer. Steinzeit.

Jedenfalls wird es dabei bleiben, dass Jule ausschließlich in der Schule mit Chloé spielt. Nur damit du Bescheid weißt, falls sie dich anruft. Du kannst ihr ja sagen, dass sie ja sowieso fast den ganzen Tag in der Schule ist. Ein Date mit Chloé ist also völlig überflüssig.

So, ich mache jetzt mal Schluss. Ich habe wohl wieder viel zu lang erzählt für deine knappe Zeit. Außerdem muss ich dringend schlafen. Ich habe eine wirklich anstrengende Woche hinter mir, ob du's glaubst oder nicht. Noch ein Tag, dann ist Wochenende!

Lieben Gruß

Anja

#

Freitag, 17. September, 08:25
Auf dem Weg zur Schule

Jule hat es eilig. Sie schleift mich hinter sich her, um so schnell wie möglich bei der Schule anzukommen. Unser Weg führt uns wie üblich erst zur Tabac-Bar gegenüber der Bäckerei, dann am Tante-Emma-Laden an der Ecke des Dorfplatzes vorbei und schließlich am Rathaus oben auf dem kleinen Hügel entlang. »Komm, Mama, jetzt beeil dich doch mal. Vielleicht treffen wir ja *heute* endlich Chloés Vater, hoffentlich!«

Hoffentlich nicht.

»Ich will, dass ihr uns endlich abverredet.«

»Ver-ab-redet, Julchen.«

»Ist doch egal. Will endlich mal zu Chloé nach Hause, in ihr Schloss.«

»Jule, Chloé wohnt bestimmt nicht in einem Schloss. Das habe ich dir schon ganz oft gesagt.«

»Doch, tut sie wohl! Das hat *sie* mir gesagt. Und in ihrem Garten gibt es Einhörner. Aber das ist ein Geheimnis. Psssst.«

Das würde ich auch geheim halten.

»Sie hat schon ganz oft gefragt, wann ich denn endlich mal nachmittags zum ›goûter‹ kommen …«

»*Goûter*«?

»*Goûter*«!!!

»Mist, Jule! Wir haben dein ›goûter‹ vergessen! Du bist heute mit dem Klassenfrühstück dran, und wir haben nichts dabei!«

»Och, Mama, so eine Sch…«

»Jule!«

»Das ist aber echt doof. Was machen wir denn jetzt?«

»Hm, umdrehen und …«

»Nein! Dann verpassen wir bestimmt Chloé und ihren Vater!«

Könnte sein.

»Na gut, dann nicht. Vielleicht hat die Lehrerin für solche Fälle ein paar Reserven. Sollen wir sie mal fragen?«

»Nein! Bloß nicht. Ich will ›goûter‹ mitbringen! Komm, wir drehen um.« Jule zieht mich in noch einmal verdoppelter Geschwindigkeit, diesmal von der Schule weg.

Beim »goûter« handelt es sich, wie ich kürzlich gelernt habe, um das in der Vorschule am Vormittag übliche Kollektiv-Pausenbrot in Form von 24 Joghurts, 24 Schokokeksen, 24 Bananen oder 24 merkwürdigen Streichkäse-Portiönchen mit einer überdimensionalen Salzstange zum Dippen und Knabbern. Je nach Wochentag muss das Kind, das laut Plan gerade für den Imbiss zuständig ist, die gesamte Klasse mit einer Ladung dieser mehr oder weniger ansprechenden Köstlichkeiten versorgen.

Ein großer Moment für Jule wie für jedes Kind, denn wer den Snack mitbringt, darf ihn auch verteilen. Es handelt sich also um eine auch schon für Fünfjährige überaus attraktive Chefposition, auf der man Günstlinge zuerst bedenken und Feinde bis zur letzten Sekunde leer ausgehen lassen kann. Und Jule sollte heute Schokokekse mitbringen.

»Coralie will ich als Letzte was geben«, keucht Jule. »Die ist voll doof. Los, beeil dich, Mama, wir holen von zu Hause was.«

»Hm, okay«, murmele ich.

Und was?

Auch zu Hause habe ich nämlich keine 24 Schokokekse vorrätig. Vom Frühstück nur noch ein Schokobrötchen ...

Na klar! Kurz bevor wir unser Heim erreichen, kommt mir der rettende Einfall. Ich schiebe Jule in die Bäckerei, erkläre Madame Croizet die Notsituation, danke meiner Helferin und ziehe mit der morgendlichen Verkaufsration von 24 »pains au chocolat« als Schokokeksersatz wieder ab.

Je eine riesige Bäckertüte in meinem und in Jules Arm, rennen wir Hand in Hand zurück in Richtung Schule. Mit perfekt französischer Verspätung von zehn Minuten biegen wir um die letzte Straßenecke. Grandios.

Aber was ist das? Was leuchtet denn da so hellgrün? Nein, bitte nicht ...

»Mama! Guck ma! Da ist Chloé mit ihrem Papa«, schreit Jule, reißt sich von meiner Hand los und rennt auf diese fiese, aber offenbar zur Abwechslung mal frisch gewaschene Ente zu. Gerade als Jule das Auto erreicht, öffnet Chloés Vater mit Schwung die Fahrertür, Jule donnert dagegen, die Schokobrötchen verteilen sich auf dem Fußweg, und Jule landet unsanft auf ihrem Po.

Doch statt – wie üblich und in diesem Fall auch mehr als gerechtfertigt – in ein lautes Wehgeschrei auszubrechen, zeigt Jule nur auf Chloés Vater und brüllt: »Los, Mama, jetzt!«

Aber gern, Zeit für meine erste französische Schimpftirade, man macht ja schließlich Fortschritte.

»Hey, können Sie denn nicht aufpassen, Sie rücksichtsloser

Volltrottel!«, brülle ich Chloés Vater an, der jetzt vom Fahrersitz aufspringt, sich zu Jule herunterbeugt …

… und mich überhaupt nicht beachtet.

»Entschuldige, hast du dir wehgetan?«, fragt er Jule und hilft ihr auf die Beine.

»Natürlich hat sie sich wehgetan!«, schreie ich ihn an. »Was soll diese blöde Frage? Und was fällt Ihnen eigentlich ein, Sie, Sie …«

»Mama! Hör auf«, unterbricht mich Jule und hakt sich bei Chloé unter. »Ich will Chloé besuchen! Jetzt frag doch endlich!«

Klar, ich liebe Selbsteinladungen, gerade jetzt!

»Aber Jule, dieser Trampel hat dich gerade ziemlich …«

Chloés Vater fängt an, die Schokobrötchen wieder aufzusammeln. »Hier, die kann man noch essen«, sagt er und hält mir die Tüte entgegen. »Ein bisschen Dreck härtet ab.«

»Also … Sie ignoranter, unfähiger …«

»Mama! Ist doch schon wieder gut. Aber ich *will* zu Chloé. Kannst du uns jetzt abverreden?«, sagt Jule auf Deutsch und mit flehendem Blick. Dazu legt sie ihre Handflächen unter ihrem Kinn aneinander und sagt »Bittebittebittebitte« – eine Geste, die ich von ihr bisher gar nicht kannte und mit der auch ein Tauber verstehen könnte, was sie will. Dann legt sie auch noch ihren Arm um ihre Freundin.

Chloés Vater sieht mich triumphierend und irgendwie erwartungsvoll an, sagt aber kein Wort. Gerade als ich Jule wutentbrannt wegreißen will, ergreift Chloé das Wort – das ich natürlich wieder nicht einmal ansatzweise verstehe. Chloés Vater nickt stumm – und drückt mir eine Visitenkarte in die Hand:

Eric Leroy
4, Avenue du Général Leclerc
13577 L'Oublie-en-Provence

»Morgen, 16 Uhr, bei uns zum ›goûter‹«, sagt er.

Jule und Chloé fallen sich jubelnd in die Arme. Ich halte die Karte in der Hand, koste die Spielverderber-Rolle so richtig schön aus, die ich gerade so nonchalant zugeschustert bekommen habe, sehe, wie Chloés Vater die Autotür zuwirft und mit seiner Tochter in der Schule verschwindet.

Jule fällt mir um den Hals. »Juhuuuuh! Wir gehen zum ›goûter‹ zu Chloé!!!!«

Wir? Wieso *wir*? Soll ich mir jetzt etwa Streichkäse in Döschen mit diesem Arroganz-Bolzen teilen?

Niemals!

6. Kapitel

Einen Tag später: Samstag, 18. September, 15:30
In der Bäckerei

»Keine Sorge, *ma chère*, Sie müssen keinen Streichkäse essen«, versucht mich Madame Croizet zu beruhigen, als ich auf dem Weg zu Jules Verabredung in der Bäckerei Station mache. »Es geht doch hier nicht um diesen Imbiss morgens in der Schule, wo die Lehrerinnen den Kindern heutzutage alles Mögliche verordnen, nur weil es angeblich gesund ist.« Madame Croizet holt tief Luft. »Das *wahre* ›goûter‹, das sind die kleinen Leckereien am Nachmittag! Das ist der kulinarische Höhepunkt des Tages«, schwärmt Madame Croizet, ganz Frau vom Fach. »Aber *nur* für Kinder! *Sie* werden vielleicht eine Tasse Café trinken.«

»Ach so. Natürlich.«

Natürlich nicht.

Ich habe mir fest vorgenommen, Jule – so das Heim ihrer neuen Freundin nicht gerade eine Wellblechhütte im sozialen Brennpunkt unseres 3000-Seelen-Dorfes ist – bei den Leroys einfach nur abzugeben. Und Jule pflichtbewusst aufzufordern, auch schön artig zu sein. Und ihr natürlich noch viel Spaß zu wünschen. Und dann zu verschwinden!

»Jule wird sich gut amüsieren«, sagt Madame Croizet, als könnte sie meine Gedanken lesen. »Und Sie brauchen dort auch *wirklich* nicht zum ›goûter‹ zu bleiben«, betont sie jetzt noch einmal. »Erwachsene naschen doch nicht!« Mit diesen Worten schiebt sie geschickt eine frisch aus der Backstube gelieferte Ladung Zitronentartelettes, Mousse-au-Chocolat-Küchlein, Kirsch-Sahne-Stückchen und Nussringe in die Vitrine.

Alles klar, hier nascht sicher niemand.

Madame Croizet muss meinen ungläubigen Blick bemerkt haben, denn sie fügt gleich noch hinzu: »Die Törtchen sind natürlich fürs Dessert, ganz gelegentlich, nach einer ausgewogenen Mahlzeit. Und hin und wieder kann man natürlich auch mal eine klitzekleine Ausnahme machen. Möchten Sie vielleicht ein Stück?«

Klar, von jedem eins, bitte!

»Nein, danke. Ich muss wirklich auf meine Linie achten.« Wie zur Entschuldigung streiche ich über meine Hüften, die rein gefühlsmäßig denen von Madame Bäckerin an Breite wohl kaum nachstehen dürften. Oder sagen wir, so weit will ich es nicht kommen lassen.

»Und deshalb versuche ich, mich ein wenig an die Regeln hier zu halten: Französinnen naschen nicht.«

»Aber meine Liebe, Regeln und Gesetze gibt es viele. Sie haben aber alle nur eine Bestimmung: sie zu brechen«, gluckst Madame und nimmt zwei Zitronentörtchen aus der Vitrine. »Hier, nun probieren Sie doch mal, mein Jacques hat heute besonders gut gearbeitet.« Madame hält mir eines der Törtchen entgegen.

Französinnen naschen nicht ... Französinnen ...

»Ach, warum nicht?« Ich greife beherzt zu. Etwas im Bauch zu haben kann bei meiner Mission an diesem Nachmittag, nämlich Jule bei dieser schrecklichen Familie abzuliefern, sicher nicht schaden.

Jule holt gerade noch bei Monsieur Croizet in der Backstube ihr Spezialmitbringsel für Chloé ab. Es soll wohl eine »Brioche« in Form eines Einhorns werden, wie mir Jule vorher verraten hat. In Berlin hätte sich meine Tochter noch mit einem Fußball zufriedengegeben und der Bäckerzunft wohl einige Schwierigkeiten erspart. Doch so dürfte sich Monsieur Croizet unter Jules überwiegend in Zeichensprache erteilten Anweisungen redlich abmühen.

Ich wollte in der Zwischenzeit schon mal unseren Kombi vom anderen Ende des Marktplatzes holen, wo ich neulich einen richtig tollen, legalen Parkplatz entdeckt habe. Das Ärgerliche beim Legal-Parken ist nur, dass man dann auch ganz toll illegal zugeparkt werden kann. Und tatsächlich ist mein Auto jetzt hoffnungslos zwischen dem unschuldig plätschernden Brunnen, den üppig bepflanzten Blumenkübeln und einem sogar meiner Vermieterin unbekannten Auto eingezwängt.

»Nein, das Fahrzeug kenne ich auch nicht«, sagt Madame Croizet, als sie aus dem Fenster blickt. Dann setzt sie ihre Brille auf und ruft: »Ah, Pariser Kennzeichen. Typisch Hauptstädter! Der muss hier irgendwo zu Besuch sein, da kann man nichts machen. Gehen Sie doch zu Fuß, es ist bestimmt nicht so weit. Wo müssen Sie denn hin?«

Ich präsentiere ihr die Visitenkarte von Chloés Vater. Madame Croizet hält die Karte eine Armlänge entfernt und blinzelt unter ihrer Brille hindurch.

»Ach so!«, ruft sie dann mit überraschtem und recht interessiertem Tonfall. »Zu Eric *Leroy* wollen Sie!«

Nein, eigentlich nicht. Jule will zu Chloé.

»Ja, Jule ist mit seiner Tochter Chloé befreundet.«

»Seltsamer Mensch, dieser Leroy«, murmelt Madame Croizet.

Und das ist noch geschmeichelt.

»Hm.«

»Wir wissen so gut wie nichts über ihn, und das will ja was heißen.« Madame Croizet stimmt ihr kehliges Lachen an, das ihr Doppelkinn so sympathisch vibrieren lässt. »Der kauft immer zehn Baguettes auf einmal. Das ist einer von den Einfrierern.« Madame schüttelt sich ein bisschen, als wollte sie den Geschmack aufgetauten Weißbrots so schnell wie möglich loswerden, und gibt mir die Visitenkarte zurück. »Aber sonst? Er ist hier vor ein paar Jahren aufgetaucht. Lebt wohl sehr zurückgezogen. Spricht nicht viel.«

Das hätte ich durchaus bestätigen können, nicke aber nur, da meine Zunge zwischen leckerster, aber doch recht klebriger Zitronencreme kaum zu einer Artikulation in der Lage gewesen wäre –

schon gar nicht auf Französisch. Essen *oder* reden, beides geht nicht, das ist klar. Vielleicht sollte ich mit meinem Törtchen hier so schnell wie möglich verschwinden.

Aber jetzt ist Madame Croizets Neugier geweckt: »Ich wusste gar nicht, dass Monsieur Leroy eine Tochter hat«, sagt sie. »Sie müssen mir unbedingt von der Familie berichten. Von einer Madame Leroy ist mir übrigens auch gar nichts bekannt. Was für eine Erscheinung ist sie denn?«

Ich zucke mit den Schultern und kämpfe jetzt in etwas erhöhter Kaugeschwindigkeit mit dem Zitronentartelette.

»Also, mein Jacques dachte ja erst, dass der Leroy zu dieser Familie gehört, die schon vor Jahrhunderten ...«

Madame Croizet wird von der Ladenglocke unterbrochen. »Oh, pardon! Hier, für Jule«, sagt sie zu mir, drückt mir das zweite Zitronentörtchen in meine noch freie Hand und wendet sich der Kundschaft zu, die gerade in die Bäckerei geströmt kommt.

Darunter ist auch die ganz offensichtlich magersüchtige Direktorin von Jules Schule. Beim Anblick meiner Zucker-Völlerei setzt sie jetzt diesen Blick auf, den ich schon bei meiner eigenen Direktorin, Madame Guillotin, zu spüren bekommen habe. Hoffentlich erkennt sie mich nicht wieder! Wir haben zwar bei Jules Anmeldung miteinander gesprochen, aber danach habe ich sie nur noch bei der Einschulung von weitem zu Gesicht bekommen. Es könnte also vielleicht klappen, hier inkognito zu flüchten ...

»Bonjour Madameöööh«, begrüßt mich aber genau in diesem Moment die Lehrerin mit einer neuen Variante meiner Lieblingsanrede. Ihr Blick schweift über das Zitronentartelette und meine in einem Jogginganzug steckende »Noch-Nicht-Französinnen-Figur«.

Arme Jule. Nicht nur, dass sie wohl als Direktorin genau wie ich einen Drachen abbekommen hat. Aber jetzt hat auch noch ihre eigene Mutter unter den Augen ebendiesen Drachens die Lektion »Französinnen-naschen-nicht« gründlich vergeigt. Ich versuche, den aktuellen Kuchenbissen endlich herunterzuwürgen und gleichzeitig zu lächeln, was rein anatomisch nicht leicht und wahrscheinlich auch nicht gerade sehr ästhetisch ist.

»Madameööööh ...«, wiederholt die Schulleiterin, was ich als »Frau ... äh« übersetze. Der Kuchenbissen ist unten. Aber gerade als ich ihr mit meinem Nachnamen auf die Sprünge helfen will, setzt sie nach: »Wo ist denn unser kleiner Dschüll?«

Unser kleiner Dschüll? Welcher Dschüll? Sprechen Sie etwa von meiner Tochter?

»Äh, also, Jule ist noch in der Backstube, Madameööööh ...«

Wie hieß die Schulleiterin doch gleich?

Auch die Lehrerin macht keine Anstalten, meine Wissenslücke zu ergänzen. Sehr praktisch, man kann also einen vergessenen Nachnamen einfach durch ein langgezogenes »ööööh« ersetzen.

»In der Backstube?«, erkundigt sich die Schuldirektorin ungläubig. »Dann kennen Sie sich hier aber gut aus!«

Jetzt schaltet sich Madame Croizet ein und stellt Jule und mich wortreich als die nettesten Mieter aller Zeiten vor.

Hach, das geht runter wie Öl, jedenfalls besser als das Zitronentartelette. Zehn Sympathiepunkte für Madame Croizet.

Und die Direktorin vermeldet stolz ihre Schlussfolgerung: »Ach, dann wohnt unser kleiner Dschüll also über der Bäckerei?!«

Da war's wieder: »Dschüll.« Langsam glaube ich nicht mehr, dass es an meinen mangelnden Französischkenntnissen liegen könnte. Auch Madame Croizet blickt mich leicht irritiert an und wendet sich dann dem nächsten Kunden zu, dem die Schuldirektorin gerade den Vortritt gelassen hat. Sie stellt sich wohl auf eine längere Unterhaltung mit mir und meinen Zitronentartelettes ein.

»Ja, wir wohnen hier«, antworte ich lapidar, in der Hoffnung, die Konversation so ein bisschen abzukürzen.

»Aha, Dschüll wohnt also über der Bäckerei«, sagt die Direktorin, die es wohl als Kleinkindpädagogin nicht lassen kann, alle Erkenntnisse noch einmal in klare Worte zu fassen. Interessante Berufskrankheit. »Hm, das wird er aber mögen«, fügt sie dann hinzu.

Er! Das war eindeutig! Doch bevor ich reagieren kann, wandert der Blick der Direktorin über meine eineinhalb Tortenstückchen. Mit einem süffisanten Lächeln sagt sie: »Kleine Jungs sind ja eigentlich die größten Naschkatzen.«

Jetzt gibt es keinen Zweifel mehr: Sie hat eindeutig »kleine Jungs« gesagt! Das hätte ich schon nach einem Jahr Schulfranzösisch richtig verstanden. Die Direktorin hält meine Jule also für einen Jungen! Natürlich: die kurzen Haare, das fehlende Rosa und dazu noch der Name »Jule«, der in Französisch nur als »Jules« – also »Dschüll« – für Jungs existiert.

Da muss ich wohl mal dringend intervenieren, damit Jule durch das waghalsige Frankreich-Abenteuer ihrer Mutter keine dauerhaften Schäden davonträgt und in 20 Jahren ihr als perfekt zweisprachige Weltbürgerin verdientes Geld auf der Couch von Psychotherapeuten verschleudern muss. Ich werde dieser ignoranten Direktorin die Augen öffnen müssen, ihr erklären, dass …

»Gefällt es ihm denn bei uns in der Schule?«

Jetzt! Anja, los!

»Ja, also nein, ich meine …«

»Das freut mich aber, Ihnen dann noch einen schönen Tag.«

Die Direktorin wendet sich jetzt Madame Croizet zu: »Ein Baguette, aber schön kross bitte.«

Hallo Bettina, habe heute schon richtig was gelernt: Französinnen heißen nicht Jule und naschen nicht – schon gar nicht in der Öffentlichkeit. *(15:41, 18. September)*

Wie wär's mit »Julie«? Du sollst auch nicht naschen. Nirgendwo. Brian ist gerade zurück in die USA geflogen. Ein Glück! Eine echte Niete. Rufe dich jetzt an. *(15:44, 18. September)*

Keine Zeit. Warte nur noch auf Jule und ihr Einhorn. Dann müssen wir los. Ein anderes Mal, okay? *(15:46, 18. September)*

Einhorn? Geht's noch? *(15:47, 18. September)*

7. Kapitel

Zehn Minuten später
Kurz vor der Avenue Général Leclerc

Jule, das Hefe-Einhorn und ich sind bisher an bezaubernden hellorange getünchten Einfamilienhäusern mit ockerfarbenen Dächern vorbeispaziert, die in Gärten wie aus einem Impressionisten-Gemälde sehr einladend wirken. Nur diese hässlichen Mietskasernen im Hintergrund würden Monets Schüler heutzutage wahrscheinlich diskret weglassen.

Und leider werde ich das Gefühl nicht los, dass wir uns geradewegs auf diese schrecklichen Hochhäuser zubewegen. Dabei bin ich doch ganz der Beschreibung von Madame Croizet gefolgt.

Jetzt biegen wir um die Ecke und erreichen die Avenue Général Leclerc. Ich hole die Visitenkarte hervor. Kein Zweifel, Nummer vier, da drüben ist es. An das von Jule versprochene Schloss hatte ich ja nie geglaubt, aber etwas mehr Stil hatte ich nach ihren Erzählungen über Chloé und ihre Zofe doch erwartet.

Das Gebäude ähnelt einem Schloss ungefähr so sehr wie eine schrottreife Ente einem fabrikneuen Cabrio: Es handelt sich um einen Betonkasten mit sechs Stockwerken, einem Hauch von Plattenbau, seit den 60er-Jahren nicht mehr renoviert.

»Wo is 'n Chloés Schloss?«, erkundigt sich Jule.

»Julchen, das mit dem Schloss kannst du wohl vergessen. Das Haus da drüben, das ist es.«

»Oh.«

»Du sagst es: Oh!«

Während wir auf die Haustür zugehen, starte ich per Handy einen Notruf bei Madame Croizet. Sie versichert mir, dass ich richtig bin und mich eigentlich auch gar nicht aufregen muss. Schließlich handele es sich um relativ teure Eigentumswohnungen. Ja, der Putz bröckle vielleicht ein bisschen, bestätigt sie, aber eigentlich sei das eine sehr gute Adresse.

Jetzt haben Jule und ich die Eingangshalle erreicht. Wir klingeln, meine Tochter stürmt die Treppe hinauf, und ich mache mir ein bisschen Sorgen um das filigrane Einhorn in ihrer Hand, den Nachmittag, der vor mir liegt, um Jule überhaupt ...

Als ich endlich keuchend die richtige Tür erreiche, ist Jule schon in der offenbar recht weitläufigen Wohnung verschwunden. Viel kann ich von meinem strategisch nicht so günstigen und auch gar nicht so angenehmen Standort Türschwelle nicht sehen. Vor allem aber auch keinen Erziehungsberechtigten. Na, das sind ja Zustände!

»Bonjour, hier ist Jules Mutter ...«

... *die Erziehungsberechtigte, jawohl.*

»Hallo?«

Nichts.

»Halloho?!«

Immer noch nichts. Außer Gekicher, ganz offensichtlich von Jule und Chloé.

»Ist da jemand?«, rufe ich inzwischen ziemlich laut.

Jetzt reicht's aber. Ich setze einen Fuß in die Wohnung, mit der Absicht, Jule umgehend wieder mitzunehmen.

»Warum schreien Sie denn so?« In gerade mal zwei Meter Entfernung steckt plötzlich Chloés Vater seinen Kopf aus dem Raum direkt neben dem Eingang.

»Weil ich Sie nicht gesehen habe«, entgegne ich. »Guten Tag übrigens ...«

... *Sie Anti-Knigge!*

Dann taucht der ganze Monsieur Leroy auf: Er trägt eine zerrissene Jeans und ein ehemals weißes T-Shirt mit Öl-, Farb- und sonstigen Flecken, die offenbar von wichtiger Heimwerker-Tätigkeit zeugen. Er wischt sich seine Hände an einem nicht gerade blütenreinen Tuch ab und streicht sich dann eine Locke aus der schweißnassen Stirn.

Jetzt bitte keinen Serienkuss zur Begrüßung!

»Deshalb müssen Sie doch aber nicht so brüllen.«

Okay, Kussgefahr natürlich gleich null.

Er mustert mich, ein bisschen amüsiert, wie mir scheint, und quält sich dann doch noch ein »Bonjour« heraus. »Sie können Ihre Tochter um 18 Uhr 30 wieder abholen«, fügt er hinzu.

Klare Ansage.

Allerdings gibt es keinen Kaffee.

Aber auch keinen Streichkäse. Puh!

Und es wird umso deutlicher, dass meine Präsenz eigentlich nicht länger erwünscht ist. Aus einer Werkzeugkiste hinter sich nimmt er so eine Art Schraubenschlüssel, die man für eklige Klempnerarbeiten an verstopften Abflüssen braucht.

»Halb sieben also«, murmelt er noch einmal und schwenkt demonstrativ den Schraubenschlüssel.

»Halb sieben«, bestätige ich. »Und …«

… seien Sie wenigstens zu meiner Tochter freundlich.

»… vielen Dank.«

»Hm.«

Bloß nicht zu viele Worte verlieren.

»Viel Spaß, Jule«, rufe ich in den Flur, durch den Jule und Chloé von einem Zimmer ins andere toben.

Chloés Vater sieht ihnen zu und lächelt. Er ist zwar schweigsam, aber wohl auch stressresistent.

»Bis nachher«, sage ich.

»Bis nachher. Und viel Spaß beim Joggen«, antwortet Monsieur Leroy mit einem breiten Grinsen.

#

»Dabei wollte ich überhaupt nicht joggen, also jedenfalls nicht heute Nachmittag. Kannst du dir das vorstellen?«

»Was? Dass du nicht joggen wolltest? Ja, aber klar!«, prustet Bettina ins Telefon.

Meine Schwester ist bekannt, nein, berühmt, ach was, berüchtigt dafür, die Dinge beim Namen zu nennen. Wie zur längst überflüssigen Bestätigung dieser Tatsache fügt sie jetzt noch hinzu: »Du bekommst deinen Hintern doch nie hoch, das wissen wir doch, Kleines.«

»Nenn mich nicht Kleines!«, protestiere ich lahm und füge wie im Reflex hinzu: »Ich bin immerhin 40!«

Mist. Ich höre es schon …

»Ich auch, aber fünf Minuten älter, hihi«, triumphiert Bettina.

Fast hätte ich's vergessen.

»Hm«, murmele ich und genehmige mir einen großen Schluck von dem leckeren Milchkaffee, den ich mir mit auf meinen Balkon genommen habe.

Bettina und ich sind Zwillinge, leider auch noch eineiig. Und wir sind wohl zweifellos ein Beweis dafür, dass der Hang zum Dickwerden keinesfalls allein auf die erbliche Veranlagung zurückgeführt werden kann. Dabei ist das doch eine so praktische Erklärung.

»Also, wie läuft dein Fitnessprogramm denn wirklich?«, erkundigt sich Bettina, Body-Mass-Index 17,9, mit gewohnter Indiskretion, nachdem sie mir gerade eben mal wieder viel zu detailliert die anatomischen Vorzüge ihres jüngsten Ex namens Brian geschildert, dann aber seine mangelnde Kondition bemängelt und sich schließlich selbst zum Ende dieser »Beziehung« gratuliert hat. Ich kann die Männer schon gar nicht mehr zählen …

»Gut, gut.«

»Was heißt ›gut, gut‹?«, insistiert Bettina. »Wie viele Kilometer?«

Aaaah!

Meine Schwester ist eine echte Streberin. War sie schon immer, in der Schule, im Sportverein … Überall war sie, und überall war sie natürlich die Beste, die Schlauste, die Schlankste, die

Schnellste … Immerhin konnten uns so die Leute von Anfang an eigentlich ganz gut unterscheiden: Bettina, das Power-Girl, und Anja, die, na ja, lahme Ente.

Bettina holt tief Luft. »Also, *ich* bin am Dienstag acht Kilometer gelaufen …«

Schon bei der Geburt hat Bettina sich ja rücksichtslos vorgedrängelt, wie sie mir gerade noch einmal in Erinnerung gerufen hat. Und inzwischen hat sie es mit derselben Strategie sogar bis in den Vorstand einer mittelgroßen Bank gebracht. In die Finanzwelt bin ich ihr zum Glück erst gar nicht mehr gefolgt, sondern habe gleich Germanistik und Englisch auf Lehramt studiert.

»Am Dienstag war Tempotraining, das waren …«

Aber mit ihrem Vorstandsposten ist Bettina selbstverständlich längst noch nicht zufrieden. Und da es in der Frankfurter Bankenszene irgendwann nicht mehr schnell genug aufwärtsging, die Wall Street aber bisher noch nicht gerufen hat, muss meine Schwester auch noch Marathon laufen!

Nicht etwa ein bisschen joggen, wie ich es mir vorgenommen habe und wie es eigentlich alle anderen tun oder längst tun wollten. Nein, Ma-ra-thon!

»Mittwoch sind wir locker getrabt …«

Innerlich seufzend stelle ich das Telefon auf Lautsprecher und lege es auf den Tisch, direkt neben die Dreierpackung Rochers – genau, die tischtennisballgroßen Schokokugeln mit absolut unwiderstehlicher Nougatfüllung, einzeln in hübscher goldener Folie verpackt – und die Frauenzeitschrift mit der Titelgeschichte »Abnehmen mit Stil«. Beides habe ich mir vorhin in dem kleinen Laden gegenüber bei Jean-Yves gekauft. Der hat mir die Zeitschrift und die Rochers mit einem Augenzwinkern über den Tresen geschoben und gemurmelt: »Nach einer ordentlichen Jogging-Runde darf man sich ja auch mal was Leckeres gönnen.«

Wie Recht er hat. Nur dass ich bekanntlich nicht Joggen war! Okay, ich bin auf dem Rückweg von Chloé schon ein bisschen ins Schwitzen gekommen. Aber schließlich herrschen ja immer noch

Temperaturen von knapp 25, wegen absoluter Windstille aber gefühlten 30 Grad. Und, zugegeben, mein Freizeit-Jogginganzug aus Berlin ist für diese Temperaturen wohl ein bisschen zu warm, aber Shorts gehen aus Fettpolster-Gründen gar nicht, und alle meine halbwegs repräsentativen Klamotten sind nach den ersten Wochen Unterricht an der Sprachenschule auf dem »Muss-ich-noch-bügeln-Stapel« gelandet, den ich jetzt gleich nach dem Telefonat mit Bettina abarbeiten werde.

Bestimmt.

An meinem Gymnasium in Berlin habe ich diese Kleidung nur für Abiturfeiern, Elternabende und -sprechtage gebraucht. Jetzt muss ich wohl langsam mal für Nachschub sorgen.

»Und du? Nun sag schon. Wie viele Kilometer in dieser Woche?«, erkundigt sich Bettina.

Du kannst es aber auch wirklich nicht lassen!

»Äh, keine Ahnung«, versuche ich auszuweichen. »Mit dem Auto so um die hundert, mein Arbeitsplatz liegt ein ganzes Stück weg.«

Bettina lacht: »Ach komm, war doch nicht so gemeint.«

Das war schon immer das Gute an ihr: Wenn erst einmal wieder bestätigt war, wer von uns beiden die Beste ist, dann ist sie eigentlich ganz sympathisch, fast liebenswert. Und schließlich haben wir, wenn ich es mir genau überlege, vielleicht nicht gerade den BMI, aber sonst doch eine Menge gemeinsam, nämlich …

1. keinen Vater, weil unsere Mutter ihn irgendwo im schwer narkotisierten Gewühl von Woodstock aus den Augen verloren hat,
2. ebenjene Mutter, die mit einem laut Geburtsurkunde 59 Jahre alten, optisch aber höchstens 49-jährigen Körper und einem Teenager-Verstand weltweit immer noch auf der Suche nach »Peace and Love and Rock'n'Roll« ist,
3. keinen Mann.

»Also bist du noch gar nicht gelaufen und schwelgst die ganze Zeit nur in Croissants aus deiner Hausbäckerei. Habe ich das richtig verstanden?«

Sympathisch? Fast liebenswert? Meine Schwester? Pah!

»Betty, das geht jetzt wirklich zu weit. Wenn du nicht meine Schwester wärst und wir beide praktisch Waisen, dann würde ich gar nicht mehr mit dir reden!«

»Hu, jetzt habe ich aber Angst. Und, hast du schon jemanden kennengelernt?« Bettina manövriert sich geschickt von einem wunden Punkt zum nächsten: Figur – Männer.

»Nein, will ich aber auch gar nicht«, betone ich guten Gewissens.

»Quatsch, das sagst du doch nur!«

»Nein, Betty, ehrlich. Das Thema ist durch.«

»Natürlich«, antwortet Bettina mit diesem ironischen Unterton, der mich schon zum Wahnsinn getrieben hat, als sie mich als Fünfjährige des Schoko-Diebstahls bezichtigte und ich leugnete. Ebenfalls vergeblich, wenn ich mich recht erinnere. Oder wenn ich ihre als Leihgabe angebotenen viel zu engen Hosen mit der Begründung ablehnte, dass mir die Farbe nicht stehe.

»Das hat sich erledigt«, bekräftige ich.

Aber meine Schwester kennt mal wieder kein Erbarmen: »Nicht für dich«, sagt sie. »Gib es doch zu: Du träumst immer noch von einem Reihenhaus mit kleinem Garten, Schaukel, Sandkasten, mindestens zwei süßen Kindern und einem ebenfalls verbeamteten Lehrer als Ehemann, damit ihr finanziell abgesichert viele schöne Ferien verbringen könnt!«

Ja, das klingt doch ganz attraktiv.

»Nein! Bettina, du weißt genau, dass ich nach diesem Desaster mit Ralph ...«

»Oh, nein, *der* schon wieder. Sei doch froh, dass ...«

»... ja, ich weiß, dass ich ihn los bin. Hast du schon öfter gesagt. Er ist aber zufällig der Vater meiner Tochter, und ich hatte mir eigentlich nicht vorgestellt, ihn mit der Babysitterin, teilen zu müssen.«

»Vergiss doch endlich diese Babysitterin und Ralph ebenfalls! Angel dir einen schicken Franzosen, und alles wird gut!«

»Du verstehst gar nichts. Ich habe wirklich nicht die geringsten Ambitionen, mich noch einmal in eine solche Lage zu manövrieren. Und das geht am besten, wenn ich die Männer auf Distanz halte. Alle. Auch die Franzosen.«

»Natürlich, Kleines. Aber jetzt mal Klartext: Ich glaube, du hast einfach immer noch nicht so ganz das rechte Händchen für die Männer, oder? Das ist doch das wahre Problem!«

Ich hole tief Luft.

»Liebe Bettina, darf ich dich daran ...«

»Moment bitte, da kommt gerade ein wichtiger Anruf auf der anderen Leitung. Bin gleich wieder bei dir.«

»Ihre Verbindung wird gehalten, bitte legen Sie nicht auf. Ihre Verbindung wird gehalten, bitte ...«

... erinnern, dass du auf deiner Überholspur bisher jeden Mann, der vielleicht tatsächlich mal länger als die Tankfüllung deines Audi TT gehalten hätte, in die Flucht geschlagen hast: nämlich deinen wirklich liebenswerten Studienkollegen aus dem ersten Semester, dann diesen netten Kerl, der mit dir als Trainee angefangen hat, und schließlich auch noch deinen Marathon-Partner, der ja wirklich sympathisch war!

»Ihre Verbindung wird gehalten, bitte legen Sie nicht auf. Ihre Verbindung wird gehalten, bitte ...«

Ich weiß, was du jetzt sagst wirst, und du hast natürlich wie immer Recht: Der Erste hat es einfach nicht verkraftet, dass du ihn zwölf Semester später als Dr. Bettina Kirsch durch die Diplomprüfung fallen gelassen hast.

»Ihre Verbindung wird gehalten, bitte legen Sie nicht auf. Ihre Verbindung wird gehalten, bitte ...«

Dem Zweiten drückte es aufs Selbstwertgefühl und auch auf die unglücklicherweise damit gekoppelte Testosteron-Produktion, dass du direkt zur Vorstandsassistentin befördert wurdest, ihn zur Unterstützung an die Seite gestellt bekamst und ihn dann unmittelbar gefeuert hast.

»Ihre Verbindung wird gehalten, bitte legen Sie nicht auf. Ihre Verbindung wird gehalten, bitte ...«

Und dass dein Marathon-Partner nun einmal in New York kurz vor der Queensboro Bridge zusammenbrach und dass von ihm seither nicht einmal mehr eine stinkende Sportsocke gesichtet wurde. Tja, dafür kannst du ja nun auch nichts. Nur die Besten ...

»Anja?«, meldet sich jetzt meine Schwester zurück. »Sorry, war wirklich ein wichtiges Gespräch. Also, wo waren wir stehen geblieben? Ach ja, dass du einfach nicht so geschickt bist, was Männer betrifft. Und dass du aber immer noch vom trauten Familienglück träumst, oder?«

»Liebe Bettina, darf ich dich daran erinnern, dass du ebenfalls nicht besonders ...«

»Hey, du hast meine Frage nicht beantwortet!«

Aaah!

»Ach, schon gut. Ich bin mit meiner Tochter allein sehr glücklich!«

»Natürlich, Schwesterherz. Aber, hast du nun jemanden kennengelernt? Also, einen Mann?«

Ja, Hugh Grant auf Französisch, mmmh ...

»Nein, habe ich nicht. Betty, ich muss jetzt aufhören. Ich muss gleich Jule von ihrer neuen Freundin abholen. Und vorher habe ich noch einen Riesenhaufen Bügelwäsche.«

»Ah! Gut, dass du das sagst, ich muss auch endlich mein Zeug aus der Reinigung abholen, und mein Auto ist immer noch nicht aus der Werkstatt zurück. Denen muss ich am Montag dringend mal Feuer unter dem Hintern machen. Heute Abend gehe ich zu einer Vernissage, mit Max. Das ist der Neue bei uns in der Personalabteilung. Ein Traum, ich sag's dir. Sieht aus wie eine Mischung aus Leonardo di Caprio und ... hmmm ... Til Schweiger, ehrlich! Lieben Gruß, Schwesterchen. Bis bald.«

#

»Mama, stell dir vor, Chloé hat ein Meerschweinchen!«, jubelt Jule, kaum dass wir Chloés Apartment-Block hinter uns gelassen hatten.

Oh, nein! Nicht auch das noch!

»Ich dachte, ein Einhorn?«

»Nö, doch nich. Aber in ihrem Schloss, wo sie immer in den Ferien hinfahren, da …«

»Hm. Klar.«

Ich dirigiere die völlig überdrehte, aber auch völlig übermüdete Jule auf der Dorfstraße sanft zurück in Richtung Bäckerei. Auch ich bin etwas erschöpft, habe ich doch zwei wegen der Hitze etwas schweißtreibende Stunden auf meinem Balkon und einen mit den vielen Schokokugeln im Bauch etwas anstrengenden Weg zu Chloé hinter mir.

»Das Meerschweinchen heißt Caramel. Das ist ja sooooo süß! Und dann hat sie auch noch eine Schildkröte«, fügt Jule – fast so atemlos wie ich – hinzu.

Einen Zoo also.

»Aha«, sage ich betont desinteressiert, denn gleich kommt sicher die altbekannte »Ich-will-auch-ein-Haustier-Diskussion« mit ganz neuer Munition.

»Und, und, und, und …« Jule stockt der Atem.

… ein Tigerbaby, einen Elefanten und einen Delfin?

»… und 'ne DS.«

Na super.

»Hm, aha«, murmele ich strategisch unaufgeregt noch einmal, während ich mich schon auf den nun kurz bevorstehenden Groß-angriff dieses noch viel zermürbenderen Eltern-Kind-Krieges als das Haustier-Scharmützel vorbereite.

»Wann krieg ich denn endlich 'ne DS?«

Feuer frei.

»Und 'n Meerschweinchen?«

Oh, nein: Zwei-Fronten-Krieg!

»Und?«

»Nichts und.«

»Wie? Willst du keine Schildkröte?«

»Ne, die stinkt 'n bisschen. Aber das Meerschweinchen nich.«

»Ach, Jule, sieh mal, wenn wir mal in Urlaub fahren, zum Beispiel zu Tante Betty, was sollen wir denn dann mit den ganzen Viechern machen?«

»Das sind keine Viecher!«

»Und was willst du also in den Ferien mit den Nicht-Viechern machen?«

»Keine Ahnung? Chloé geben.«

»Und wenn die in ihr Ferienschloss fährt?«

»Hm.«

»Genau: hm. Und deshalb werden wir uns kein Meerschweinchen kaufen.«

»Dann eben doch eine Schildkröte. Die kann man vielleicht mitnehmen zu Tante Betty.«

»Nein.«

»Doch.«

»Ich denke, die stinkt.«

»Nein.«

»Trotzdem nein.«

»Doch!«

»Nein!!!«

»Okay, dann will ich aber 'ne DS.«

Wo ist bitte diese hagere Super-Nanny mit ihren ständig hinter die Ohren geklemmten Haaren und ihren Handlungsanweisungen auf DIN-A-2-Blättern eigentlich, wenn man sie wirklich mal braucht? Ich hätte jetzt jedenfalls nichts dagegen, wenn sie hier irgendwo aus dem Gebüsch springen und mir ein Plakat mit klaren Verhaltensmaßregeln vor die Nase halten würde.

»Hör mal«, ich lege meinen Arm um Jule. »So was braucht man doch gar nicht, oder? Wir jedenfalls nicht.«

»Oh, Mann, das sagst du immer. Sogar Konrad hat eine bekommen.«

1: 0 für Jule. Die Eltern von Konrad aus Jules altem Kinder-garten hatten bis vor einem Jahr noch nicht einmal rechte Win-kel in ihrer Wohnung, um die natürliche Kreativität ihres Sohnes nicht zu gefährden. Und statt mit Playmobil oder Lego zu spie-len, musste Konrad alles selbst kneten – wegen der Kreativität. Aber dann bekam Konrad statt einer süßen kleinen und sicher sehr kreativen Schwester laute und ziemlich anstrengende Zwil-lingsbrüder – und alles wurde anders. Hauptsache, Konrad war beschäftigt.

»Also, das mit Konrad ist ja ein ganz spezieller Fall. Weißt du, als Fritz und Albert geboren wurden, da …«

»Ist schon gut, Mama. Papa schenkt mir sowieso 'ne DS, wenn er uns besuchen kommt. Hatta gesagt. Ährlich!«

»Nein, Jule«, antworte ich so ruhig wie möglich. »Das musst du falsch verstanden haben. Papa kommt uns erstens ganz sicher nicht besuchen. Und Mama und Papa sind zweitens beide absolut gegen eine DS. Wir sind uns da vollkommen einig.«

»Seid ihr doch nie.«

Stimmt.

»Jule, hör zu. Mama und Papa haben das so besprochen, und dabei bleibt es auch«, erkläre ich feierlich und tippe diskret eine SMS an den werten Kindsvater:

Untersteh dich, Jule eine DS zu schenken. Anja *(18:46, 18. Septem-ber)*

»Jule, du verstehst doch auch schon, dass es gar nicht so toll ist, auf irgendwelchen Knöpfen herumzudrücken.«

»Machst du doch selbst gerade.«

Ich lasse mein Handy in die Hosentasche gleiten.

»Das war eine wichtige Nachricht. Das ist etwas ganz ande-res. Und eigentlich ist es doch viel spannender, wenn man selbst etwas Richtiges macht. Zum Beispiel draußen spielt. Oder kickt. Hat Chloé denn auch einen so tollen Tischfußball wie du?«

Fieser Trick, aber erprobt.

»Nö«, grummelt Jule, die wohl zumindest unbewusst meine Strategie durchschaut.

Mein Handy meldet eine SMS – sicher Ralphs Antwort.

»Oh, die Arme!« Ich versuche, so viel echte Trauer wie möglich in meinen Worten mitklingen zu lassen.

Jule hat den Kicker zu ihrem fünften Geburtstag bekommen. In Berlin war er ihr ganzer Stolz. Kein Besuch – egal welchen Alters – konnte unsere Wohnung verlassen, ohne nicht mindestens drei Spiele gegen Jule gemacht zu haben. Und das waren spannende Begegnungen, keine kuscheligen Freundschaftsspiele, denn schließlich ging es um den Jule-Pokal.

Jule hatte aus einer kleinen Plastik-Wasserflasche und einer Kugel aus mindestens einer Rolle Alufolie einen Pokal gebastelt, der nun auf ihrem Regal seiner Verleihung harrte. Konrads Eltern wären begeistert gewesen. Nach den Spielen trug Jule die Ergebnisse gewissenhaft in ihre Tabelle ein.

Ich war grundsätzlich abstiegsgefährdet und Jule ein bisschen wie der 1. FC Bayern München: im entscheidenden Moment praktisch immer an der Tabellenspitze, so dass der Pokal auch entsprechend nie vom Regal verschwand.

Tja, bis zu unserem Umzug. Und der Kicker-Tisch kam als einziges Möbelstück per Spedition nach L'Oublie-en-Provence geliefert. Das musste ich Jule versprechen, sonst wäre sie am Ende wohl wirklich bei ihrem Vater geblieben.

Aber Jule lässt einfach nicht locker: »Krieg ich nun ein Meerschweinchen? Oder wenigstens 'ne DS?«

»Nein.«

Wir haben fast unsere Haustür erreicht. Ich zücke mein Handy. Tatsächlich, eine Nachricht von Ralph:

Nein, die DS behalte ich selbst. Tolles Ding. Pass gut auf meine Tochter auf. Bin in Eile, Ralph *(18:51, 18. September)*

»Und warum nich?«

»Die behält Papa selbst.«

Nicht fair, aber wahr.

»Waaaas?«

In diesem Moment blickt Monsieur Croizet aus der Backstube. »Ah! Waren die Damen joggen?«, erkundigt er sich und würgt damit erst einmal die DS-Diskussion ab.

Nein! Ich war nicht joggen, und ich werde heute auch ganz bestimmt nicht mehr joggen gehen. Ich finde meinen Jogginganzug einfach recht gemütlich und habe sowieso gerade nichts anderes anzuziehen! Ist das klar?

»Nein, nein, Monsieur Croizet«, sage ich höflich und versuche dabei, so bezaubernd wie möglich zu lächeln. »Ich habe Jule nur gerade von ihrer Freundin abgeholt.«

In diesem Moment schwebt ein weibliches Etwas an uns vorbei, das aussieht wie aus der Zeitschrift, die ich am Nachmittag auf dem Balkon gelesen habe – statt zu bügeln oder zu joggen. Das Etwas kommt mir bekannt vor, schließlich habe ich sie häufig genug vor Jules Schule gesehen.

Noémi, Chloés Babysitterin! Sie trägt ein hautenges Top, glänzende, ebenfalls eng anliegende Shorts, strahlend weiße Turnschuhe und lächelt uns verheißungsvoll an.

Uns? Nein, eigentlich nicht.

»Bonjour Monsieur«, haucht sie, irgendwie geheimnisvoll, schenkt Monsieur Croizet ein vielversprechendes Lächeln, ignoriert mich und hüpft – einer Gazelle gleich – an uns vorbei.

Monsieur Croizet hat offenbar kurz Mühe, seine Hormone unter Kontrolle zu bekommen, dann wünscht er lautstark viel Spaß beim …

… Joggen.

Bettina, wusstest du, dass Französinnen Jogginganzüge nicht einmal zum Joggen tragen?! In deinem Outfit wärst du hier Aschenputtel. Werde jetzt bügeln. *(19:01, 18. September)*

8. Kapitel

Gut zwei Wochen später
Montag, 4. Oktober, kurz vor vier
In der »École Polyglotte«

Jetzt muss ich aber dringend los, um Jule abzuholen. Und Chloé. Sie kommt heute nach der Schule mit zu uns zum weltberühmten ›goûter‹. Und am frühen Abend hat Jule noch einen Termin bei der Kinderärztin für ihre schon überfällige Auffrischimpfung.

Eigentlich wollte ich längst auf dem Heimweg sein, aber selbst unter dem Kommando einer Direktorin wie Madame Guillotin hat diese Lehrerkonferenz fast doppelt so lange gedauert wie geplant. Das Aushängeschild der Schule ist, dass hier ausschließlich Muttersprachler unterrichten. Eine sehr internationale und spannende Atmosphäre also, die aber einer Standardkonferenz leicht den Anstrich und das Ausmaß einer UNO-Vollversammlung geben kann.

Nur zum Thema »Tag der offenen Tür« gab es noch nicht viel zu sagen, was Hugh alias Philippe aber elegant überspielt hat. Doch ich fürchte, langsam müssen wir uns mal ernsthaft Gedanken machen über diesen Auftrag. Allerdings nicht heute, denn ich muss jetzt wirklich ganz dringend los.

Eilig raffe ich also meine Unterlagen zusammen und mache mich auf den Weg zum Ausgang des Lehrerzimmers. Aus dem Augenwinkel sehe ich, wie sich Philippe im allgemeinen Aufbruch den Weg durch die Kollegen bahnt. Immer wieder wird er aufgehalten, weil jemand mit ihm sprechen will. Doch er vertröstet sie alle entschlossen, aber mit einem charmanten Lächeln, und fängt mich kurz vor der Tür ab.

»Moment!«, ruft er und legt wieder einmal seine Hand auf meine Schulter.

Selbstredend sind jetzt alle Blicke auf uns gerichtet: die der zahlreichen und größtenteils natürlich grandios aussehenden Französinnen, der anderen, überwiegend weiblichen Kollegen aus England, Spanien, Italien, Portugal, Holland und Ungarn mit beruhigend durchschnittlicher Optik sowie einiger Herren aus Russland, China, Japan sowie dem arabischen Sprachraum – und die strengen Augen Madame Guillotins.

»Wir müssen dringend einen Termin vereinbaren, um unser Projekt in die Wege zu leiten«, erklärt Philippe ziemlich laut und ganz offensichtlich mindestens genauso für Madame Guillotins Ohren wie für meine bestimmt. Dann fügt er auf Deutsch und mit etwas gesenkter Stimme hinzu: »Eigentlisch mösschte isch disch endlisch einladden zum Essenn. Isch darf doch saggen du, odder?«

Hoppla.

Reflexartig drehe ich mich um. Das muss ja nun nicht gleich die ganze Schule wissen. Aber bei diesen vielen »schschschsch« kann ihn eigentlich kaum jemand mit nur durchschnittlichen Deutschkenntnissen verstanden haben. Und ich bin die einzige Deutsche hier.

Die übrigen Nationen blicken mehr oder weniger unverhohlen zu uns herüber. Ich fühle mich ein bisschen wie in diesen Highschool-Filmen, in denen die Dicke mit der Hornbrille überraschend vom Schul-Casanova aufgefordert wird, ihn zum Abschlussball zu begleiten.

Wahrscheinlich steuere ich jetzt direkt auf den unvermeidbar tragischen Höhepunkt der Story zu, wenn Philippe gleich unter dem hämischen Lachen meiner Kolleginnen erklärt: »Das war natürlich nur ein Scherz! Hattest du etwa wirklich geglaubt, ich würde mit so einer Teutonen-Tonne wie dir essen gehen wollen?«

Ach, nein, so etwas tut ein Amnesty-Aktivist nicht.

»Isch war serr ent-täuscht, dass es das letste Mall at nisch geklappt«, fügt er ernst hinzu.

Na bitte!

Mein Film geht also *so* weiter: Der von überirdischen Beautys verfolgte Typ ist seiner eintönigen Fan-Gemeinde endgültig überdrüssig und erkennt die inneren Werte der grauen Maus.

»Wann ast du Seit?«, erkundigt sich Philippe und zückt sein Handy, eines dieser iPhone-ähnlichen Supertelefone, und konsultiert seinen Terminkalender. Eigentlich habe ich ja seit Ralphs folgenreicher SMS-Panne eine gewisse Allergie gegen diese Smartphones, die wohl notorisch smarter sind als – zumindest – ihre mir bekannten männlichen Besitzer.

Doch jetzt liebkost Philippe mit seinen schmalen Fingern den kleinen Bildschirm so, dass ich diese – und überhaupt alle sonstigen – Bedenken in meinem Hirn einfach wegklicke. Außerdem geht es ja eigentlich um diesen Tag der offenen Tür, bei dem ich meine Karriere ein gutes Stück vorantreiben kann. Und den kann man ja durchaus auch bei einem kleinen Geschäftsessen planen.

»Andscha? Was ist? Wiellst du mit mier – wie saggt man – geen aus?«

Ouiiiii!

»Äh, also …«

Der Highschool-Film in meinem Kopf nähert sich jetzt dem ultimativen Happy-End, denn wie üblich entfaltet die graue Maus kurz nach ihrer Entdeckung durch den Schulstar ihre ganze Schönheit. Meine Schwester und meine Mutter würden mich für diese reaktionären Fantasien bestrafen – die eine mit zehn Kilometer Berglauf, die andere mit zwei Stunden Musik von Janis Joplin per iPod-Kopfhörer direkt ans Trommelfell.

»Andscha, ast du misch ge-öhrt?«, fragt Philippe.

Nein, Janis Joplin singt so laut.

»Ja, natürlich«, stammele ich nur und blicke hilfesuchend an die Regalwand hinter ihm.

Kein Augenaufschlag, kein verlockendes Lächeln, kein gar nix. Flirtschwäche pur. »Entschuldige. Ich war wohl etwas abwesend. Also, ja, wir können unser Projekt durchaus auch bei einem …«

In diesem Moment klingelt dieses tolle Smartphone in Philippes Hand, genau genommen ertönt eine sehr klassisch anmutende Melodie, die mir *ziemlich* bekannt vorkommt. Was war das doch gleich? Meine Bildungslücke in klassischer Musik ist ungefähr genauso groß wie das Problem meiner chronischen »Dysflirtie«.

Dieser Klingelton ist sicher von Mozart und Konsorten. Wow, Philippe ist also ein Franzose und damit von Natur aus ein begnadeter Liebhaber, der aussieht wie Hugh Grant und dazu auch noch politisch engagiert *und* kulturell gebildet ist! Dieses Essen ist *wirklich* eine gute Idee.

Philippe weist den Anruf ab. »Entschuldige«, sagt er zu mir, jetzt wieder in Französisch. Fast alle unsere Kollegen haben inzwischen das Lehrerzimmer verlassen. »Also, wie es sieht aus mit einem Rendezvous?«

»Gut! Wann? Und wo?«, frage ich.

Ups. Das war vielleicht ein bisschen voreilig.

»Im ›Le Cinq‹, nächsten Samstag, um acht.«

Auch nicht gerade zögerlich ...

»Hm ...«, ich blättere demonstrativ langsam durch meinen an den Wochenenden absolut leeren Lehrerkalender. »Ja, das könnte eventuell gehen.«

17:28

»Aaaah!« Dieser widerspenstige Stoffschlauch will einfach nicht über meine Hüften rutschen, sosehr ich auch zerre und zupfe. Dabei fehlt gar nicht viel, dann würde ...

»Aaaaaaah!«

»Mama? Was ist los?« Aufgeschreckt von meinen Verzweiflungsschreien kommt Jule in mein Zimmer gerast. Im Schlepptau hat sie Chloé, die damit auch gleich in den Genuss kommt, mich halbnackt im Ringkampf mit diesem viel zu engen Kleid zu sehen.

Ich versuche, so würdevoll wie möglich zu lächeln. »Nichts,

Julchen. Alles okay. Spielt noch ein bisschen. Chloé wird ja schon bald abgeholt.«

Die Mädchen ziehen ab, und ich pelle mich wieder aus meinem Benchmark-Kleid, das ich eigentlich zu meinem Date mit Philippe anziehen wollte.

Nein, Benchmark ist kein Londoner Designer. Leider. Das Wort kommt aus der Finanzwelt, wie mir meine bekanntlich promovierte und sowieso überaus gebildete Schwester mal erklärt hat, und bedeutet so viel wie Maßstab oder Bezugspunkt. Entsprechend ist mein Benchmark-Kleid ein – zugegeben gar nicht so kleines – kleines Schwarzes, in das ich nur zu meinen besten Zeiten passe.

Das Kleid dient also als Indikator für meine Körperausmaße und ist – so ich denn hineinpasse – ein Garant für »Ich fühle mich toll, supersexy, einfach unwiderstehlich«. Genau richtig für eine Verabredung mit Hugh Grant, auch wenn es sich dabei natürlich ausschließlich und definitiv um ein reines Geschäftsessen handelt.

Meine Waage habe ich übrigens im allgemeinen Trotz in den Müll befördert, zusammen mit Ralphs Modellflugzeug-Sammlung, die er bis zu meinem Ultimatum nicht aus unserer Wohnung abgeholt hatte. Und ohne Waage hat das Benchmark-Kleid zuletzt noch an Bedeutung gewonnen.

Nur passt es jetzt leider nicht mehr. Kurz nach der Trennung von Ralph war es mir fast zu groß geworden, doch jetzt geht gar nichts mehr. Ich hatte ja schon seit einiger Zeit befürchtet, dass mein Vorhaben, Französinnen-gleiche Maße zu erlangen, gerade in Frankreich ziemlich gefährdet sein könnte. Und tatsächlich haben die Croissants, Schokokugeln, Zitronentörtchen, Quiches und Croques der vergangenen Wochen deutlich sichtbare Spuren hinterlassen und mich von meinem Ziel noch ein Stück weiter entfernt.

Deshalb probiere ich gleich mein Wuchtbrummen-Outfit an. Plan B und traditionell meine letzte Rettung: ein Hosenanzug, der eigentlich alles verhüllt bis auf mein zum Glück auch ganz gut gepolstertes Dekolleté. Bisher ging das immer.

Aber jetzt, nach ein paar Wochen Frankreich, ist plötzlich alles anders: Der Anzug passt zwar, aber so würden Französinnen ja nicht einmal vor die Tür gehen, um die Post aus dem Briefkasten zu holen, geschweige denn, um sich zum Essen ausführen zu lassen.

Braucht man nicht.

Ich werde also schon *vor* der Verabredung mit Philippe in Sachen optischer Entfaltung einiges unternehmen müssen: Fitness-Crashprogramm, Nulldiät, neue Klamotten, Friseur, Maniküre, Pediküre, und, ach ja, Beine epilieren – man weiß ja nie …

Der Countdown läuft, fünf Tage noch – ab morgen. Und jetzt vernichte ich lieber noch schnell die Schokokekse, die Jule und Chloé vom »goûter« übrig gelassen haben. Dann kommen sie mir morgen, wenn es ernst wird mit der Diät, nicht in die Quere. Und diese beiden Schokokugeln müssen auch weg. Hmmm.

#

18:31

Bereits vor einer halben Stunde hätte Eric Leroy seine Tochter bei uns abholen sollen. Schon zweimal habe ich ihn angerufen, aber nur Anrufbeantworter und Handy-Mailbox erreicht. Ich stehe auf dem Balkon und halte nervös Ausschau. Wenn er nicht gleich auftaucht, nehme ich Chloé einfach mit zum Kinderarzt. Dann sind wir eben nicht da, wenn er sich denn endlich herbequemt. Soll er sich doch ruhig mal ein bisschen Sorgen machen, dieser dreiste …

Aha! Da ist er ja. Mit mindestens zehn Baguettes unter dem Arm (Madame Croizet hatte Recht: ein »Einfrierer«) spaziert er aus der Bäckerei und steuert dann in aller Ruhe unsere Haustür an.

Noch bevor er klingeln kann, bin ich schon unten und öffne ihm die Haustür.

»Bonjour« ist alles, was er herausbringt.

Wie wäre es mit: Entschuldigung für die Verspätung?

»Bonjour. Ist ja ein bisschen später geworden, nicht wahr?« Ich blicke demonstrativ auf meine Uhr. »Ich selbst schätze es ja eigentlich nicht so, auf die letzte Minute zu erscheinen ...«

... wie ich vor ziemlich genau zwei Stunden zuletzt festgestellt habe, als ich Jule und Chloé in der Schule gerade noch vor der automatischen Abschiebung aller übriggebliebenen Kinder in den Nachmittagshort abgefangen habe. Ähem.

»Ich hole schnell Chloé, damit wir dann gleich loskönnen. Wie Sie wissen, haben wir ja einen Termin bei ...«

»Ja, ja«, sagt er und drängt sich an mir vorbei, die Treppe hinauf.

»Hey, Moment mal. Was machen Sie denn?«

»Ich hole Chloé ab, das wollten Sie doch so dringend.«

»Aber ...«

Idiot!

Oben in der Wohnung marschiert er zielstrebig in Jules Zimmer.

»Papaaaaa!« Chloé fällt ihrem Vater um den Hals.

Tolle Show.

»Eriiiiic!« Jule tut dasselbe.

Hm.

»Eric, los, wir spielen ein bisschen«, sagt Jule in ganz passablem Französisch und zeigt auf den Fußballtisch.

»Können Sie das bitte mal halten?« Eric drückt mir seine Baguette-Tüte in die Hand und übernimmt die blaue Mannschaft.

Aber ...

»Hören Sie, Jule hat einen wichtigen Termin bei der Kinderärztin, der nicht einfach zu bekommen war ...«

... dafür musste ich meine allerletzten Französisch-Reserven mobilisieren und gehörig auf die Tränendrüse drücken!

»Einen regulären Termin gibt es erst im Frühjahr wieder. Wenn wir *den* heute also verpassen ...«

Jule und Chloé brüllen wie ein ganzer Fanclub, während sie die roten Fußballer dirigieren. Chloé sieht mit ihrem Prinzessinnen-Look am Kicker eigentlich recht witzig aus, nur leider ist mir gerade nicht so zum Lachen zumute.

»Hallo? Hören Sie mich?«, frage ich Eric. »Wir müssen jetzt lohoooos!«

»Tor!«, entgegnet Eric, einsilbig wie immer.

»Jetzt reicht's.« Ich schnappe mir den Ball und stecke ihn in meine Hosentasche. Unter Jules lautem Protest schiebe ich die Mädchen aus der Wohnung, Eric folgt uns schweigend – ein bisschen vorwurfsvoll, aber irgendwie auch amüsiert – einmal quer durch unsere Wohnung bis zum oberen Treppenabsatz.

»Hier entlang.« Ich zeige zur Haustür am unteren Ende der Treppe – und habe leider vergessen, dass ich immer noch diese riesige Baguette-Tüte in der Hand halte. Sie entgleitet mir, und Eric Leroys Brote rattern eins nach dem anderen in einer hübschen Baguette-Lawine unsere Holztreppe herunter und kommen zwischen meinen immer noch eher jungfräulich aussehenden Joggingschuhen und den ehemals grünen Converse zum Stillstand.

»Mama! Das sind doch die Schuhe, mit denen du in die Hundeschei…«

»Jule!«

»Aber das stimmt doch«, insistiert Jule auf Deutsch.

Währenddessen geht Eric ganz ruhig die Treppe hinunter, sammelt die Brote auf und erklärt wie neulich vor der Schule schon: »Ein bisschen Dreck härtet ab.«

Bon appetit!

Le Plat Principal
(Das Hauptgericht)

9. Kapitel

Einen Tag danach, Dienstag, 5. Oktober, gegen neun Uhr
Auf dem Heimweg

Das Schönheits-Crashprogramm vor meinem Rendezvous im »Le Cinq« beginnt. Auf dem Rückweg von Jules Schule decke ich mich im Zigarettenladen gegenüber als Erstes mit einschlägiger Literatur ein, um mir die effektivste Schnelldiät auszusuchen. Am liebsten wäre es mir ja, die Titelgeschichten der Magazine wären verhüllt, geschwärzt oder sonst irgendwie nicht zu erkennen. Denn als Jean-Yves die fünfte Zeitschrift mit so einfallsreichen Titeln wie »Abnehmen in Rekordgeschwindigkeit«, »So purzeln die Pfunde in null Komma nix« und »Der schnelle Weg zur Traumfigur« unter seinen Kassen-Scanner hält, kann er sich ein Grinsen natürlich nicht verkneifen. Zumindest sagt er nichts. Professionelle Schweigepflicht, nehme ich an.

Weil der Diätplan ja noch nicht bekannt war, habe ich heute Morgen schon einmal heroisch auf mein Schokobrötchen verzichtet. Sicher ist sicher – das Gebäck wird mit relativ hoher Wahrscheinlichkeit im Menüplan nicht vorgesehen sein.

Seufz.

Nach dem Ausflug zum Zeitschriftenladen räume ich zu Hause noch schnell Jules Frühstückstisch ab und werfe das überzählige »pain au chocolat« ins Gefrierfach unseres Kühlschranks.

Doppelseufz.

Dann koche ich mir einen leckeren Tee, ignoriere meinen knurrenden Magen so gut es geht und studiere die Zeitschriften. Leider erweisen sich die aber schon nach kurzer Zeit als absolute Fehlinvestition. Denn was dort an Diät-Vorschlägen zu finden ist, hat mit *Essen* nicht viel zu tun. Der Trick der Französinnen besteht offenbar eher darin, beim Kochen von eigentlich *gar nichts* so viel Zeit zu verschwenden, dass man stundenlang beschäftigt ist und erst gar nicht zum Essen kommt.

Die Rezeptvorschläge beschränken sich auf:

– ein Blättchen Salat mit Kirschtomätchen an einem Streifen in Zitronensaft marinierter Putenbrust zum Mittag,

– zum Abendessen eine »Suppe« aus viel Wasser, einem halben Lauchstängelchen und sehr viel Petersilie, Koriander, Rosmarin, Minze und allerlei anderem Grünzeug, das zu einer Mischung aus Schonkostbrühe und Magen-Tee verrührt wird,

– ab dem zweiten Tag darf man sich zum Frühstück einen ganzen Apfel genehmigen, aber bitte gedünstet. Der Sinn ist wohl, dass man nicht gleich am Morgen auf dumme Gedanken kommt und etwa – statt einen Apfel zu dünsten – in ein Schokobrötchen beißt.

Seufz, seufz, seufz!

#

Mittwoch, 6. Oktober

Inzwischen habe ich den französischen Intensivkoch-Diätplan aufgegeben und esse einfach gar nichts mehr. Jule hat wie jeden Mittwoch schulfrei und realisiert beim Mittagessen, dass irgendetwas nicht stimmt.

»Hast du gar keinen Hunger, Mama?«

Doch, und wie!

»Nö, Schatz, mir ist ein bisschen übel.«

»Oh, hast du zu viele Süßigkeiten gegessen?«

Langfristig gesehen auf jeden Fall.

»Nein, ich glaube nicht. Vielleicht habe ich mir eine Magen-Darm-Grippe eingefangen.«

»Iieeeh, so richtig? Mit allem? Kriege ich das jetzt auch?«

»Nein, nein, keine Sorge. Das ist eine spezielle Sorte, die bekommen nur Erwachsene.«

»Hm. Weißt du was, Mama? Wenn du krank bist, dann musst du aber ins Bett.«

»Nein, Julchen, ist schon okay.«

»Doch, wer krank ist, gehört ins Bett«, erklärt Jule entschlossen.

Wo habe ich das nur schon mal gehört?

Und was antwortet Jule in solchen Fällen doch gleich?

»Och, Jule, kann ich nicht wenigstens auf dem Sofa bleiben?«, bettele ich. »Und ein klitzekleines bisschen fernsehen?«

»Ja, toll! Ich mache mit. Leg dich schon mal hin.« Jule schiebt mich aufs Sofa. »Ich koche dir erst noch einen Tee.«

»Vielen Dank, mein Schatz«, rufe ich ihr in die Küche hinterher. »Ist aber eigentlich gar nicht nötig.«

»Schon fertig!« Jule stellt mir eine Tasse mit kaltem Wasser hin, in das sie alle Gewürze geschüttet hat, die sie offenbar in der Küche finden konnte.

Sieht aus wie die Diät-Suppe aus dieser Zeitschrift.

»Mh, lecker.«

Jule saust wieder aus dem Wohnzimmer. Ich nutze die Gelegenheit und schütte gut die Hälfte des »Tees« in den Topf der Yucca-Palme neben dem Sofa.

Jule ist noch schneller zurück, als ich befürchtet hatte. »Was machst du denn da, Mama?«

»Och, ich sehe nur nach, ob die Palme genug Wasser hat. Ist aber alles in Ordnung.«

»Hm«, murmelt Jule mit misstrauischem Blick. »Hier, da hast du noch eine Wärmflasche.« Mit einem unangenehmen Klatsch landet eine ziemlich nasse und dazu ebenfalls kalte »Wärmflasche« auf meinem Bauch.

»Oh, das tut gut.«

Zufrieden hüpft Jule zu mir aufs Sofa, schnappt sich die Fernbedienung und zappt durch die Kanäle. Wir einigen uns ganz demokratisch (Jule hat doppeltes Stimmrecht, da ich ja krank und deshalb auch nur halb zurechnungsfähig bin) auf KiKa, der uns

Einwanderern dank Monsieur Croizets Satellitenschüssel heute eine Auszeit von unseren Integrationsbemühungen beschert.

#

Donnerstag, 7. Oktober
Jule hat meine »Krankheit« akzeptiert und heute Morgen einfach ein Schokobrötchen mehr verdrückt. Kaum war sie in der Schule, bin ich zum Joggen aufgebrochen! Zwangsläufig noch in meinem alten Outfit, die Zeit für hautenge Glitzertops und -shorts à la Über-Französin Noémi ist wohl doch noch nicht gekommen. Aber ich habe die Runde ohne Schwächeanfall überstanden, das ist ja auch schon ein Erfolg.

Zumal ich nachher unterrichten muss und dann sicher wieder Philippe begegne, der mich seit neustem mit einem sehr kontaktbetonten Wangenkuss begrüßt. Wäre doch schade, den wegen akuter Ohnmacht zu verpassen!

Am Dienstag hat Philippe mir den Ordner mit seinen bisherigen Planungen für diesen Tag der offenen Tür gegeben. Auf der ersten Seite klebte ein Post-it mit der Aufschrift:

Ich freue mich auf unseren »Geschäftstermin«.

Geschäftstermin in Häkchen, jawohl! Wer braucht bei dieser Aussicht schon etwas zu essen? Zur Arbeit nehme ich heute jedenfalls nur eine große Flasche »Evian« mit, fühle mich wie eine echte Französin – und eigentlich auch schon leicht wie eine Feder. Eine Waage habe ich immer noch nicht erstanden, so dass ich diese Illusion wohl auch noch etwas aufrechterhalten kann.

#

Mein Benchmark-Kleid passt!

Völlig euphorisch beschließe ich, nun ganz französisch shoppen zu gehen und mein uraltes Standardkleid endlich durch etwas richtig Tolles zu ersetzen: vielleicht ein hautenges Etuikleid, am besten in kirschrot oder nachtblau, und dazu noch ein Paar supersexy Pumps.

Mais oui!!!

Jule isst heute wieder in der »Cantine«, der Schulmensa, also habe ich fast den ganzen Tag Zeit und kann auch gleich noch Friseur und Schönheitssalon einen Besuch abstatten.

#

Frankreich ist wunderbar! Das Paradies auf Erden!!! Hoffe, dir geht es genauso gut wie mir. Liebste Grüße, Anja *(10:12, 8. Oktober)*

Na bestens, wenn es dir so gut geht. Dann leite ich Monika doch einfach direkt ins Paradies weiter. Betty. *(10:16, 8. Oktober)*

Mama kommt? *(10:17, 8. Oktober)*

Ja, Kleines, deine »Mama« kommt aus den Anden zurück. Etwas überraschend, nicht wahr? Noch in diesem Monat. *(10:22, 8. Oktober)*

#

Die kleine Boutique sieht sehr einladend aus: Ein bisschen exquisit, aber auch nicht zu klassisch – genau richtig, um meine Abendgarderobe ganz französisch aufzufrischen. Im Inneren neben der Eingangstür steht ein schwarzer Panther aus Porzellan, der den Kunden die Pfote zu geben scheint. So etwas gibt es auch nicht überall! Und im Schaufenster entdecke ich jetzt ein Kleid, in Nachtblau, genau wie ich es mir ausgemalt habe. Das wird mein Stammgeschäft, ich spüre es genau.

»Welche Größe müsste es denn sein?«, erkundigt sich die sehr elegant gekleidete Dame, die mir eben überaus höflich die Tür geöffnet hat und der ich kurz darauf meinen Wunsch nach ebenjenem Kleid vorgetragen habe.

»Ich denke, 40 könnte vielleicht passen …«

Die Verkäuferin, ungefähr mein Alter, einen Kopf kleiner und wahrscheinlich halb so schwer, mustert mich wenig diskret. Ihr Blick schweift über meine Kurven, die ich bis vor zwei Minuten und angesichts der absoluten Leere in meinem Bauch noch als gar nicht so schlecht proportioniert empfunden habe. Jetzt schwindet mein Optimismus allerdings so schnell wie die letzte Kraft aus meinen Beinen.

»… oder vielleicht auch 42«, murmele ich zaghaft.

»Hm«, sagt die Verkäuferin und wendet sich einer der zwei Kleiderstangen des winzigen Geschäfts zu und beginnt, in den sündhaft teuren Stofffetzen zu wühlen.

Ich verspüre jetzt das dringende Bedürfnis, endlich mal wieder etwas zu essen oder mich zumindest ganz dringend hinzusetzen. Aber als ich den neckischen Sessel in der Ecke der Boutique auch nur ansteuere, taucht die Verkäuferin auch schon wieder auf. Mit leeren Händen. Betont einfühlsam und mit einem mitleidigen Blick aus ihren hohlen Augen teilt sie mir mit, dass 42 für mich vielleicht doch etwas zu klein sein könnte.

»Äh, wieso?«, frage ich und lasse mich in den Sessel fallen.

»Nun, Madame, ich habe da in ihrem Französisch einen gewissen Akzent gehört, nur ein ganz kleines bisschen natürlich, aber …«

Und was hat das mit meiner Größe zu tun?

»Und?«

»… Madame, woher kommen Sie denn?«

»Aus Deutschland, aber warum wollen Sie das wissen?«

»Nun, ich will ja nicht unhöflich sein …«

... sind Sie aber!

»... aber ich fürchte, Ihre Größe 42 entspricht hier bei uns in Frankreich Größe 44.«

Diskriminierung!

»Ach, tatsächlich?«

»Ja, ja, wissen Sie, ich habe immer wieder deutsche Touristinnen unter meinen Kunden. Und da habe ich diese Erfahrung auch schon öfter gemacht: Die Damen verlangten Größe 38, und wir mussten eine Größe darüber nehmen, oder sie wollten 40 und kauften schließlich 42, und ...«

Na, dann gib mir eben 44, du Hungerhaken!

»... jedenfalls habe ich mich dann mal erkundigt: Man hat da wohl den unterschiedlichen Körperbau berücksichtigt und die deutschen Größen etwas, sagen wir mal, voluminöser angelegt.«

»Aha. Dann müsste ich es wohl mit 44 probieren.«

»Ja, so ist es. Aber, leider, leider führen wir nur die Größen 34 bis 40, in Einzelstücken auch mal 42. Aber 44? Nein, so etwas verkauft sich hier einfach zu selten. Das verstehen Sie doch sicher.«

»Natürlich.«

Jetzt würde ich natürlich gern demonstrativ auf neuen, sehr französischen Absätzen kehrtmachen. Aber das Schuhgeschäft kommt erst nach diesem wirklich überaus schlecht sortierten Laden dran. Gern hätte ich der gut informierten Fachverkäuferin auch die Meinung gesagt, aber dazu fehlen mir leider dummerweise mal wieder die passenden Französisch-Vokabeln – und vor allem die Kraft. Mit ein paar doch noch irgendwo mobilisierten Kalorien stemme ich mich also aus dem Sessel hoch und schleppe mich in Richtung Ausgang.

Die Verkäuferin eilt mir voraus und öffnet die Tür. »Eine meiner Freundinnen arbeitet übrigens in einer seeeehr netten Boutique für seeeeehr exklusive Umstandskleidung«, zwitschert sie. »Wenn ich Ihnen die Karte mit der Adresse überreichen darf ...«

»Oh, das dürfen Sie, vielen Dank«, antworte ich, stecke die

Karte dem Porzellan-Panther neben mir ins Maul und schreite mit so erhobenem Haupt, wie es meine akute Unterzuckerung eben zulässt, ins Schuhgeschäft zwei Häuser weiter.

#

Einen Tag später, Samstag, 9. Oktober
Zwei-und-vierzig … die Zahl bringt mir im Moment irgendwie Unglück. Kleidergröße 42 ist in Frankreich ja schon kritisch, aber *Schuh*größe 42 ist einfach hoffnungslos.

Denn mit den Pumps sah es erwartungsgemäß schlecht aus – in der Herrenabteilung. Dahin nämlich hat mich gestern die Schuhverkäuferin mit einem Augenzwinkern geschickt, als ich ihr meine Schuhgröße gestanden hatte.

So richtig kann ich es also nicht genießen, dass ich kurz vor meinem »Geschäftsessen« mit Philippe problemlos in mein Benchmark-Kleid passe. Meine elegantesten Pumps, in die ich notgedrungen gerade schlüpfe, erscheinen mir plötzlich klobig wie die legendären Schweinsleder-Halbschuhe, die mich damals durch die Oberstufe bis zum Abitur begleitet haben und die mir meine Schwester immer als »kanadische Waldbrandaustreter« madig gemacht hat.

»Mama, warum hast du denn so lange Fingernägel?«, erkundigt sich jetzt auch noch Jule, während sie misstrauisch meine frisch manikürten Finger betrachtet.

»Das ist *der* Trend aus Paris«, erkläre ich, wie es mir die Dame im Schönheitssalon erläutert hatte.

»Hm.« Jule sieht mich verständnislos an. Ihr Blick bleibt an meinen Augen hängen. Kein Wunder, denn die Kosmetikerin hatte mich nach Finger- und Fußnägel-Dekoration sowie Epila-tion allen ihrer Ansicht nach überflüssigen Haarwuchses noch zur Tönung meiner Wimpern überredet. Auch ich war mir da-nach beim Blick in den Spiegel zunächst etwas fremd.

»Mama, warum hast du denn so große Augen?«

Ich höre schon, wie Jule gleich ihr Verhör im Rotkäppchen-Stil fortsetzen wird, und füge deshalb vorausschauend und möglichst überzeugend hinzu: »Das soll schön aussehen.«

Dabei bin ich mir selbst über Erfolg, Misserfolg und den Sinn meiner Rundumüberholungs-Blitzkur erst recht nicht so ganz sicher.

»Hm«, sagt Jule wieder und verschwindet in ihrem Zimmer – nicht ohne zum wohl zwanzigsten Mal zu erklären, dass sie den heutigen Abend eigentlich wirklich nicht mit Garance verbringen will.

Die Tages- beziehungsweise Abendmutter meiner Tochter sah das zunächst ganz ähnlich: Eigentlich betreue sie Jule ja nur, wenn ich *in der Woche* abends unterrichten müsse, sagte sie bei meiner Anfrage. Aber dann hat sie für mein »Geschäftsessen« doch eine großzügige Ausnahme gemacht – die sie sich mit einem Wochenendzuschlag auch üppig bezahlen lassen will.

Ja, mit Jule und Garance läuft es weiterhin nur sehr mäßig. Anfangs mochte ich Garances zupackende Art noch, die gewisse Strenge, ihre Konsequenz – eben ganz französische Gouvernante. Und Jules Kritik hatte ich zunächst noch für Widerstand aus Prinzip gehalten, den Versuch, mich vielleicht doch noch zu einem Engagement ihrer Ex-Babysitterin/Jetzt-Stiefmutter Alina oder ihresgleichen zu überreden. Und da ist mir Garance ja nun eindeutig lieber!

Aber Madame la Kinderfrau hält schon sehr starr an ihren Erziehungsprinzipien fest. Und überhaupt: Wo bleibt eigentlich diese Garance? Sie hätte doch schon seit zehn Minuten hier sein sollen. Ich werde mein erstes Date in Frankreich vermasseln, weil ich wahrscheinlich noch später eintreffe, als es der lässigste Franzose – und damit auch mein charmanter Beau – jemals wagen würde.

Jetzt steckt Jule ihren Kopf zur Tür herein. »Kommt Garance etwa nicht?«, fragt sie hoffnungsfroh.

Volltreffer, Mademoiselle!

»Doch, doch. Sie muss jeden Moment hier sein.«

»Hm«, Jule legt ihren Kopf ein bisschen schief und scheint angestrengt nachzudenken. »Sonst komme ich eben einfach mit zu deiner Verabredung.«

Prickelnde Aussichten.

10. Kapitel

Der Kellner ist sichtlich irritiert.

Ich auch. Seit einer gefühlten Ewigkeit sitze ich nun schon hier allein im »Le Cinq«, von Philippe keine Spur. Dabei war ich – dank Garance, die immerhin doch noch eintrudelte – selbst schon reichlich verspätet, habe aber Philippe von weitem im Restaurant nicht entdecken können. Deshalb habe ich vorsichtshalber noch ein paar Minuten das Restaurant umkreist, um sicherzugehen, einen Alleinauftritt zu vermeiden.

Vergeblich.

Stattdessen sitzen wir – »me, myself and I« – in dem wohl derzeit angesagtesten Restaurant der Stadt, in dem an einem Samstagabend natürlich nur Paare speisen. Etwas unbeholfen blättere ich in meinem Arbeitsordner mit Philippes neckischem Post-it und schreibe schließlich Bettina eine SMS. Hauptsache beschäftigt.

Französin werden ist mit Nordeuropäerinnen-Maßen und intakter Armbanduhr manchmal ein echter Sch...-Job. *(20:24, 8. Oktober)*

Wovon redest du, Kleines? *(20:26, 8. Oktober)*

Kenne jetzt das dritte Gebot der Französinnen: Du sollst immer unpünktlich sein. Aber richtig! *(20:28, 8. Oktober)*

Kann mich nicht an die ersten zwei erinnern. Sorry. Bin auf dem Weg zu Cocktailparty. Wie geht's dir? *(20:30, 8. Oktober)*

Schlecht geht's.

Gut geht's. Danke. 1. Gebot: Du sollst nicht naschen, 2. Du sollst keine Jogginganzüge tragen. *(20:32, 8. Oktober)*

Ach so, die. Sind mir egal. Trage zum Training nur Funktionskleidung. Kann auch sehr sexy sein. Außerdem nasche ich sowieso nie, wie du weißt. *(20:34, 8. Oktober)*

Elende Streberin!

Ich bereite mich jetzt auf das Gefühl des dieses Mal wortwörtlich Sitzen-Gelassen-Seins vor, lasse die letzte Woche Revue passieren und suche nach Hinweisen, dass Philippe unsere Verabredung platzen lassen würde.

Aber die gab es nicht! Vielmehr hatte er sich, wenn wir uns in *der* »École Polyglotte« über den Weg liefen, praktisch jedes Mal überaus charmant bestätigen lassen, dass ich am Samstag auch wirklich kann.

Trotzdem wünsche ich jetzt vorsichtshalber schon einmal alle Männer endgültig zur Hölle und erwäge den richtigen Zeitpunkt für einen geordneten Rückzug aus dem Restaurant. Und nehme mir vor, nie wieder auch nur annähernd pünktlich irgendwohin zu kommen. Jedenfalls nicht in Frankreich.

#

Fünf Minuten später.
Jetzt reicht's. Wenn ich vorgebe, die Toilette anzusteuern, kann ich vielleicht ohne große Erklärungen das Restaurant verlassen. Erhobenen Hauptes versuche ich, meinen Stuhl so leise und unauffällig wie möglich nach hinten zu rücken. Sehr gut, jetzt langsam in Bewegung ...

Aber klar! Genau jetzt kommt natürlich Philippe zur Tür herein. Er trägt ein weißes Hemd zur schwarzen Anzughose und das Jackett elegant über der Schulter.

Hugh Grant auf dem Weg zur Verleihung der Goldenen Palme in Cannes. Mmmh …

Er hat mich noch nicht entdeckt. Weniger elegant lasse ich mich jetzt wieder auf meinen Stuhl fallen und studiere eifrig meinen Ordner. Der Ober weist Philippe den Weg zu mir.

Wollte ich gerade gehen? Nein!

Habe ich etwa verzweifelt gewartet? Aber nein!!!

»Pardon fürrö meine Värspäää-tun-ge«, sagt Philippe, als er meinen Tisch erreicht. »Isch atte noch eine wischtig Telefonat.«

Natürlich keine schäbige Palme, ehrenvoller Amnesty-Einsatz!

»Es tut mirre leid, isch weiß, dass ihr Deut-schen immer seid pünktlisch.«

Nicht mehr lange.

»Kein Problem. Ich hoffe, du hattest Erfolg?«

Philippe setzt sich. »Pardon, womit?«

Na, mit der Befreiung eines Unschuldigen aus dem Todestrakt in …

»Ah, mit der Tellefonn? Oui, oui.« Philippe deutet jetzt auf diesen Ordner, der zugegeben in dem doch eher vertrauten Ambiente dieses Restaurants ziemlich deplatziert wirkt. »Und du ast tatsäschlisch an das Arbeit gedacht?«

Äh, natürlich. Das hier ist ein Geschäftsessen!

Mangels passender Antwort nicke ich nur und klemme mir diese widerspenstige Haarsträhne hinters Ohr, die mir Friseur Jean-Louis als letzen Schrei verkauft hat und die eigentlich irgendwo mitten in meinem Gesicht herumhängen müsste.

»Du siehst wuunderschönn a-us«, bemerkt Philippe. »Du ast sischerr Ungerr.«

Und wie!!!

»Es geht. Eigentlich nicht besonders. Ich nehme wohl nur einen Salat.«

Natürlich werde ich auch an *diesem* Abend an meiner Diät festhalten. Ich kann ja unmöglich mein Benchmark-Kleid aufs

Spiel setzen, solange ich hier in Frankreich keinerlei Chance auf ein neues Outfit habe.

Der Kellner, der mich die letzte halbe Stunde so misstrauisch beäugt hat, widmet sich jetzt unserer Bestellung. Ich wiederhole meinen Wunsch nach Salat.

»Und anschließend?«, erkundigt er sich. »Was wünschen Madame anschließend?«

»Nichts, c'est tout, das war's.«

»Wie bitte? Nur einen Vorspeisensalat für die Dame?«

»Genau«, sage ich und klappe entschlossen die Speisekarte zu.

»Wie Madame wünschen«, entgegnet der Ober schnippisch und kritzelt mit zusammengepressten Lippen auf seinem Notizblock herum. Dann wendet er sich betont Philippe zu.

So wie der Kellner mich jetzt mit Nichtachtung straft, hält er mich sicher für unkultiviert, für den Inbegriff des Gastwirte-Horrors in Gestalt nicht französischer Touristen, die jedes Jahr im Sommer die Gastronomie des gesamten Südens in schwere Sinn- und Umsatzkrisen stürzen.

In Frankreich bestellt man sich nun einmal meistens ein vollständiges Menü: Aperitif, Vorspeise, Hauptgericht, Käse, Dessert. Dazu einen sündhaft teuren Wein, eine Flasche Perrier und vielleicht noch einen Café. 50 Euro pro Person ist da mitunter schon eine Rechnung auf Discount-Niveau.

Vor allem so manche Reisenden aus Deutschland sind aber dafür berüchtigt, sich vielleicht eine Vorspeise *oder* ein Hauptgericht zu bestellen, aber meistens einfach nur die Käseplatte. Wenn dann die Camemberts und Roqueforts in Tischplattenformat aufgefahren werden, schneiden sie sich riesige Stücke davon ab und essen sie mit Unmengen von Baguette, von dem sie mehrmals einen Nachschub verlangen.

Aber das mache ich ja nicht!

»Und der Wein, Monsieur?«, erkundigt sich der Ober bei Philippe, der allein die einzige Weinkarte für unseren Tisch bekommen hat. Philippe hatte inzwischen seine ordnungsgemäße

Bestellung abgeschlossen, die bei jedem Gang ein überschwängliches Lob des Kellners auslöste.

»Wir nehmen einen Châteauneuf du Pape.«

»Seeeehr gute Wahl, Monsieur«, raunt der Ober.

Hey, ich muss fahren!

»Und natürlich einen Aperitif, und zwar ...«, fügt Philippe hinzu.

Werde ich auch gefragt?

»... einen Kir Cassis, s'il-vous-plaît.«

Nein, wohl nicht.

#

Kurze Zeit später serviert der Kellner zwei Gläser Kir und stellt einen Teller mit Appetithäppchen zwischen uns. »Voilà, die ›amuses-bouches‹«, sagt er wie mit einem Tusch.

Ta-ta-ta-taaaaa!

Ja, damit kann mein Mund sich bestimmt amüsieren: kleine Ziegenkäseröllchen im Speckmantel, Mini-Baguettes mit Olivenpaste und niedliche Stücke Blätterteiggebäck. Lecker! Und wenn ich danach nur noch einen Salat esse, wird die Kaloriensumme schon irgendwie Kleid-verträglich stimmen.

Mmmh, dieser Kir: leckerster Weißwein mit einem Schuss fruchtigem Cassis-Likör. Ach, da würde ich doch gleich noch einen nehmen.

Herr Ober?!

Aber schon kommt der Rotwein, von dem mir Philippe gleich nachschenkt, kaum dass ich den ersten Schluck genommen habe.

Ich habe hier wohl nicht so furchtbar viel zu melden.

»Ich habe mir das Konzept für den Tag der offenen Tür einmal angesehen«, sage ich.

»Serr gutt. Aber, Andscha, ersäll mirr doch ein bischen von dir, von Berlain, eures Aupt-stadt très en vogue, von das Lebben ...«

»Äh …«

»Also, isch persönlisch finde Berlain ja gans ervorraggend. Isch war dort mehrrmalls, als …«

#

Einen viertelstündigen Monolog später hat mein eloquenter Charmeur einen Teller mit Gänseleberpastete vor sich stehen, seine Vorspeise.

»Ier, Andscha, das du musst probierren. Das ist götlisch«, sagt er, streicht etwas Pastete auf ein Stück Baguette und schiebt es mir mit seinem gewinnenden Hugh-Grant-Lächeln förmlich in den Mund.

»Mmh, ja, sehr gut. Also, wenn ich das richtig sehe, müssen wir für den Tag der offenen …«

»Möschtest du noch ein bisschchen Wein?«, fragt Philippe, während er mir schon das nächste Glas einschenkt.

»Na ja, also …«

#

Der Ober hat mir eben mit hochgezogenen Augenbrauen meinen Salat serviert. »Für die Dame nur einen Salat«, hat er dazu ins Restaurant gebrüllt. Philippe isst auch Salat, allerdings als Beilage zu einem riesigen Steak mit knusprigen Pommes.

Ich nehme einen neuen Anlauf für die berufliche Besprechung. Dafür sind wir ja schließlich hier, dafür habe ich Kinderfrau Garance engagiert, und tatsächlich muss ich wohl einen Beitrag zu dieser Werbeveranstaltung leisten, wenn ich an der Schule irgendetwas erreichen oder zumindest keinen Ärger mit meiner Chefin bekommen will. Und überhaupt bin ich nun einmal eher korrekt.

»Philippe, lass uns doch noch kurz einen Plan entwerfen …«

»Ier, sieh mal: rosé! Perfekt. Besser man kann nischt bratenn ein Steak. Das du musst probierren.«

Philippe spießt ein Stück seines Steaks auf seine Gabel. Auch die landet in meinem Mund. Ja, das schmeckt schon ganz gut. Sehr zart, sehr saftig. Genau genommen ziemlich lecker. Geradezu grandios.

»Möschtest du auch ein paar ... wie sagtö ihrr: Pommes?«
Aber klar. Immer her damit.

#

Der Rotwein ist praktisch alle. Meinem Geisteszustand nach zu urteilen, muss ich das meiste davon getrunken haben. Philippe erzählt viel, inzwischen die meiste Zeit auf Französisch. Leider habe ich immer noch nicht herausgefunden, wo er sich denn nun genau politisch engagiert. Er reagiert eher ausweichend auf meine Fragen. Vielleicht darf er nicht darüber sprechen. Ein Undercover-Agent für die Menschenrechte, wahrscheinlich in Tschetschenien, und russische Auftragskiller sind hinter ihm her.

Ich erlebe den Abend wie im Rausch, vor allem im Alkoholrausch, wie ich mir wohl eingestehen muss. Entsprechend kann ich Philippes französischem Redefluss auch nicht hundertprozentig folgen. Klar ist aber, dass er sehr geistreich und offenbar überaus belesen ist. Vor allem die Europäische Union hat es ihm angetan. »Ist es nicht wunderbar, wie die Länder zusammenwachsen?«, frohlockt er. »Und Frankreich und Deutschland vereinen sich ja geradezu!«

Äh, ja also, wenn du das sagst ...

Philippe wählt seinen Käse auf der riesigen Platte aus, die der Kellner auf einem Rolltisch herangefahren hat.

Ich bediene mich jetzt selbst auf Philippes Teller, mache aber einen Bogen um diesen doch etwas sehr schimmeligen Edelschimmelkäse, den mir Philippe als das Größte überhaupt anpreist. Der Kellner kommt an unserem Tisch vorbei. Sein Blick ist halb triumphierend, halb vorwurfsvoll: Mein Widerstand ist gebrochen, die Rechnung wird für den Ober aber trotzdem etwas mager bleiben.

Zum Dessert bestellt Philippe jetzt gleich zwei Portionen

Mousse-au-Chocolat und eine Flasche Champagner. Wieder einmal eher ungefragt.

Aber ach, egal. »Vive la France!«

#

»Andscha, isch habe misch eute abend präschtig amüsiert«, sagt Philippe, als wir aus dem Restaurant kommen. Er hat die Rechnung beglichen, die ich im Übrigen überhaupt nicht zu Gesicht bekam. Erst im Nachhinein fiel mir auf, dass in meiner Speisekarte gar keine Preise gedruckt waren. Von Gleichberechtigung keine Spur.

Auch egal. Ich bin *ein bisschen* betrunken, was angesichts von so viel Alkohol nach tagelangem Fasten vielleicht auch kein Wunder ist.

»Wir müsen dringendö noch wereinbarren eine Geschäftsessen, es noch gibt zu bespreschen sehrr viel.«

»Das stimmt.« Ich stopfe den vernachlässigten Arbeitsordner in meine Tasche und entdecke dabei mein hektisch blinkendes Handy, das mir einen verpassten Anruf signalisiert. Oh Schreck: Ist das womöglich Jules Tagesmutter? Aber das Display sagt »Nummer unbekannt«. Hm.

»Philippe, entschuldige, ich muss schnell einen Anruf abhören.«

»Janis, ich bin's, Monika. Ich komme wieder nach Europa! Dann haben wir uns alle .... krrrch .... zu erzählen. Werde erst einmal ... krrrch ... will aber auch nach ... krrrch ... kommen. Oh shit! Die Verbindung ist nicht so ... Mach's gut, Janis-Liebling. Sei nicht immer so pessimistisch. Genieß dein Leben. Nimm alles mit, was du kriegen kannst, okay?!«

Ich will mein Handy wieder in die Tasche stecken und verliere dabei ein bisschen das Gleichgewicht.

»Ist etwas nischt in Ordnuunge?«, fragt Philippe.

Das ist ja wie bei unserer ersten Begegnung. Nur dass Philippe jetzt nicht seine Hand *auf*, sondern gleich seinen ganzen Arm *um* meine Schultern legt.

Ich lehne mich ein bisschen an.

Meine Schwester würde mich für so viel weibliche Schwäche mit 50 Sit-ups strafen und mich ermahnen, dem schönen Franzosen zu zeigen, wer hier das Heft in der Hand hält.

Meine Mutter würde mir einen Joint anbieten, damit der Abend noch ein bisschen lustiger wird.

Mir persönlich fällt ein, dass Männer ja ziemlich viel Ärger bringen. Und ich schleunigst die Notbremse ziehen sollte. Aber dieser Arm, wie angenehm. Und Philippe riecht irgendwie auch so gut … Mmh …

»Andscha, ça va?«, erkundigt sich Philippe und öffnet sein Cabrio, das er direkt vor dem »Le Cinq« geparkt hat. »Isch werde disch besserr farren nach Ause.«

»Nein, wirklisch nischt nötig …«

Ups.

»… nicht nötig, meine ich. Vielen Dank.«

»Nein, isch kann das nischt verantworten. Du bist den französischen Wein nischt gewohnt. Die Polisei das gar nischt gern sieht, wenn man trinkt und nischt kann farren. Isch kenne jemanden im Ministeri- …«

…öm, ich weiß.

»…öm, der kennt sisch aus damit. Du kannst ab-olen dein Auto morggen.«

Morgen? Da sind wir beide doch längst auf dem Weg in die Karibik, wo wir ein schnuckeliges Anwesen am Meer beziehen und bis ans Ende unserer Tage von Luft und Liebe leben.

»Andscha? Örst du misch? Du scheinst et-was abwesennd. Darf isch bringen disch nach Ause?«

»Erst einmal ja, aber morgen dann in die Karibik!«

»Pourquoi pas?!«

11. Kapitel

»Ihre Tochter ist wirklich schlecht erzogen«, lautet die vorwurfsvolle Begrüßung von Jules Abendmutter, als ich die Wohnungstür hinter mir zuziehe. »Ein einziges Theater, seit Stunden. Und ihre Suppe hat sie auch wieder nicht gegessen! Ach ja, und ihre Schwester, Madame Kirsch aus Deutschland, hat angerufen, drei Mal!«

Bis vor fünf Minuten hatte ich mich noch gefühlt wie mit 18. Nur dass es Kir, Rotwein und Champagner waren statt Batida de Coco, Blue Curaçao und Asti Spumante, die mein Hirn so angenehm blockierten. Und Philippes Cabrio natürlich schicker ist als der VW Polo von … von … wie hieß er doch gleich? Und küssen kann Philippe natürlich auch besser, Franzose eben. Manche Vorurteile bestätigen sich ja glücklicherweise.

Und manche bösen Vorahnungen leider auch.

Nämlich, dass Garance Dur überaus streng ist und auch bei mir nichts durchgehen lässt. Jedenfalls kein Teenager-Geknutsche im Auto vor der Haustür, wenn sie ihren Arbeitstag längst beendet haben möchte.

Philippe hatte leider in Sichtweite meiner Wohnung geparkt. Und Garance hatte wohl schon ungeduldig am Fenster gestanden und auf mich gewartet. Auf jeden Fall rief sie mich dann auf dem Handy an, erklärte, dass Jules Benehmen untragbar sei und ich jetzt sofort nach Hause kommen müsste. Weit hätte ich es ja nicht mehr.

In diesem Moment sah ich sie oben am Fenster stehen.

Und da zeigte sich die Schattenseite des »Ich-bin-wieder-18-

Feelings«, denn jetzt hatte ich in meiner eigenen Wohnung noch weniger sturmfreie Bude als damals in der Frauen-Kommune, in der meine Mutter mit uns wohnte.

Philippe wäre sicher gern noch auf einen Café mitgekommen, aber er blieb unter diesen Umständen lieber im Auto und gab sich ganz verständnisvoll. Trotzdem zweifelte ich daran, dass er jemals noch einmal Interesse haben wird, mit einer alleinerziehenden Mutter auszugehen. Jedenfalls nicht mit mir. Ich winkte ihm bei seiner Abfahrt zaghaft zu und wankte kurz darauf die knarzende Treppe nach oben.

Garance Dur verlangt umgehend ihren Wochenend-Nachttarif, in bar, und stürmt aus unserer Wohnung, in die nach ihrem wütenden Gezeter endlich Ruhe einkehrt.

Aber was ist das? Ich höre Jule in ihrem Zimmer leise weinen. Als ich ihre Tür öffne, sitzt sie auf ihrem Bett, mit geröteten Augen, Kuschelfrosch Napoleon fest umschlungen.

»Julchen, was ist denn bloß los?« Ich setze mich zu meiner Tochter aufs Bett und drücke sie an mich – krank vor Schuldgefühlen und voller Wut auf Garance, die wer weiß was mit Jule angestellt hat, und vor allem auf mich, dass ich uns in diese Lage manövriert habe.

Rabenmutter!

»Sie hat mich nich ans Telefon gehen lassen. Aber das war doch Betty! Das habe ich an der Nummer auf dem Telefon ganz genau gesehen. Irgendwas mit 6 und 9. Das *ist* Betty. Ächt! Aber Garance hat mir das nicht geglaubt. Und mir das Telefon weggerissen. Sie war sauer, weil ich diese eklige Pampe nich gegessen habe.«

»Die Suppe?«, erkundige ich mich vorsichtig und streiche Jule über die tränennassen Wangen.

»Nein, die *Pampe*! Mit Garance will ich niiiieee wieder essen. Die soll überhaupt nich mehr kommen. Die ist so gemein. Napoleon mag sie auch nich.« Jule schnieft in ihren Plüschfrosch. »Die schimpft die ganze Zeit nur rum. Auch wenn ich gar nichts mache. Und wenn ich ein ganz kleines bisschen kleckere, dann wird die total sauer. Die ist doof, doof, oberdoof!«

»Jetzt beruhige dich erst einmal ein bisschen. Wir überlegen morgen ganz in Ruhe, was wir machen.«

»Muss nich überlegen! Du gehst abends einfach nich weg. Is doch klar!«

»Julchen, so einfach ist das leider nicht. Ich muss manchmal ...«

»... im Restorang essen?«

»Ja, also ich meine: Nein, das muss ich natürlich nicht unbedingt.«

Werde ich wohl auch nicht mehr. Jedenfalls nicht mit Philippe.

»Mama! Hörst du mir überhaupt zu?« Jule ruckelt an meinem Arm.

»Nein, entschuldige, Jule«, sage ich und drücke sie an mich. »Was hast du gesagt?«

»Na, dass du eben abends nich im Restorang essen musst. Und schon gar nicht mit so einem, der mein neuer Papa werden soll!« Jule japst jetzt nach Luft, wird rot im Gesicht und dürfte gleich mit einem schrecklichen Heulkrampf ganz L'Oublie-en-Provence aus dem Schlaf reißen.

»Aber Jule, nein! Wie kommst du denn darauf?«

»Hat Garance gesagt.«

»Nein, das ist Unsinn. Das ist ein Kollege von mir, wir mussten etwas für die Sprachenschule besprechen.«

Räusper.

»Aber Garance hat gesagt, dass der mein neuer Papa werden soll.«

»Julchen, hier geht es nicht um einen neuen Papa. Den brauchen wir doch gar nicht. Wir kommen doch auch so ganz prima zurecht, oder?«

»Hm«, schnieft Jule.

Ich werte das als ein Ja.

»Papa soll wieder bei uns wohnen und auf mich aufpassen!«

Oder doch eher als ein Nein?

»Jule, das geht nicht. Mama und Papa wohnen nicht mehr zusammen. Das weißt du doch. Aber wir haben dich alle beide ...«

»Ich weiß: gaaaaanz doll lieb. Das sagst du immer! Aber warum habt ihr *euch* denn nicht mehr lieb?«

Weil dein Papa meinte, er könne mit einer knackigen 20-Jährigen selbst wieder jung sein. Dabei ist das ja mitunter gar nicht so toll ...

»Das passiert manchmal, Jule, da kann keiner etwas dran ändern.«

»Auf jeden Fall will ich überhaupt gar nich und nie, nie, nie mehr, dass Garance auf mich aufpasst! Kann ich nich doch zu Bernadette gehen, wenn du arbeitest?«

»Nein, Julchen. Bernadette hat dich immer gern unten in der Bäckerei. Aber abends muss sie nun einmal oft auf ihre eigenen Enkelkinder aufpassen. Und ab und zu braucht sie auch einfach mal Ruhe. Das habe ich dir doch schon erklärt.«

»Dann soll eben Oma kommen.«

Och, nö, bitte nicht!

»Weißt du, Jule, Oma ist doch ...«

»... in den Bergen! Ganz weit weg. Ich weiß! Merde!«

»Wie bitte?«

»Merde. Das heißt Scheiße«, erklärt Jule nüchtern.

»Das weiß ich auch. Deshalb sagt man es ja auch nicht.«

»Scheiße.«

»Jule!«

»Hm. Dann soll eben Betty kommen.«

Nein, nein ...

»Nein! Jule, Betty muss doch immer ganz viel arbeiten. Die hat gar keine Zeit.«

»Dann müssen wir eben eine nettere Babysitterin suchen. So eine wie Alina.«

Die Alternativen werden nicht wirklich besser. Aber immerhin legt sich Jule jetzt in ihr Bett und lässt sich von mir zudecken. »Machst du das, Mama? Suchst du uns eine Alina?«

Überhaupt gar nicht und nie, nie, nie mehr.

Jule sieht mich flehend an.

»Hm.«

»Ehrlich?«

»Wir finden sicher eine Lösung. Es tut mir leid, dass der Abend für dich so blöd gelaufen ist. Und jetzt schlaf bitte.«

»Ich hab's!« Jule springt auf und sitzt plötzlich wieder hellwach im Bett. »Ich schlafe einfach immer bei Chloé!«

»Nein, Jule, das geht nicht.«

»Nur weil du Chloés Papa nicht magst. Du bist ächt gemein.«

Rabenmutter eben.

»Jule, so einfach ist das nicht, sieh mal …«

»Dann komme ich eben einfach mit zu deiner Arbeit! Merde alors!«

»Jule! Das *sagt* man nicht!« Mehr fällt mir mit 1,5 Promille, nach einem ziemlich abrupt beendeten Rendezvous und einem Erziehungs-Super-GAU nicht ein. Aber Jule stört das wenig, die Müdigkeit scheint langsam Oberhand zu gewinnen.

»Okee, dann komme ich also mit in deine Schule. Gute Nacht, Mama«, sagt sie leise, lächelt mich zaghaft an, lässt ihren Kopf aufs Kissen plumpsen, rückt Napoleon zurecht und schließt die Augen. Ich decke sie wieder zu, gebe ihr einen Kuss, gehe zur Tür, stehe noch minutenlang da und sehe Jule an.

Haben Rabenmütter ein schlechtes Gewissen?

#

Ich werde Trost in einer von Jules Smarties-Packungen suchen. Ich selbst besitze ja keine Süßigkeiten mehr, und ich werde Jule bei Jean-Yves gegenüber im Tabac ganz schnell neue Smarties kaufen. Das hier ist schließlich ein akuter Notfall. Und als Rabenmutter habe ich ja ohnehin nichts mehr zu verlieren.

Ich lasse mich also auf mein Samtsofa fallen, sortiere gedankenverloren und ziemlich müde die Schokopastillen nach Farben, bevor ich den Großteil systematisch und schuldbewusst verdrücke. Dann mache ich mich auf den Weg, um endlich ins Bett zu gehen und diesen schrecklichen Tag abzuhaken.

Doch in diesem Moment klingelt das Telefon. Es ist mitten in der Nacht, und das Display bestätigt meine eigentlich ohnehin schon sichere Ahnung: 004969 … Bettina.

»Wer war denn diese Zicke bei euch am Telefon? Die hat mich nicht mit Jule sprechen lassen! Das ist ja wohl bitte nicht Jules Kinderfrau?! Und warum bist du überhaupt nicht an dein Handy gegangen?«, fragt mein Schwesterherz ohne ein Wort der Begrüßung.

»Weil ich zum Essen …«

»Na, ist ja jetzt auch egal. Schwesterchen, es ist alles so fantastisch! Er ist ein wahrer Traum. Er …«

»Wer«, frage ich. »Dein Leonardo Schweiger, dieser Til di Caprio?«

»Hä?« Ich habe Bettinas Schwärmerei jäh unterbrochen. »Wen meinst du?«

»Na, deinen neuen Freund aus der Personalabteilung.« In meiner Hand befinden sich jetzt noch die rosa-lila-grünen Rest-Smarties in den Ski-Overall-Farben der frühen 90er-Jahre. Die roten, braunen, gelben und blauen Smarties habe ich schon gegessen.

»Ach, der! Nein, der war eine echte Niete. Außerdem ist das doch schon *ewig* her.«

Eine Woche, oder?

»Klar.«

»Nein, er heißt Oliver und arbeitet im Devisenhandel. Vom Sehen kannte ich ihn schon länger. Na, das ist ja auch *kein* Wunder. Bei *der* Erscheinung! Habe ihn heute Abend beim Bankers-Cocktail näher kennengelernt. Er sieht aus wie Hugh Grant!«

»Oh! So ein Zufall. Ich war heute Abend auch mit einem Hugh Grant …«

»Also, Oliver ist wirklich …«, unterbricht mich Bettina, um

sich kurz darauf gleich selbst zu unterbrechen. Ausreden lassen ist einfach nicht ihre Stärke. »Wie bitte? Was hast du gesagt, Kleines?? Du und ein Hugh-Grant-Modell???«

»Nenn mich nicht Kleines. Und das mit den Männer-Modellen finde ich persönlich eigentlich auch nicht so passend.«

»Warum musst du immer den Moralapostel spielen? Hab doch mal Spaß! Also: Was ist jetzt mit *deinem* Hugh Grant?«

»Nicht ist. Das war nur ein Geschäftsessen …«

»Haha, das sind doch die besten Dates!«

»… und es hat sich sowieso erledigt«, versuche ich, meiner Schwester schnell den Wind aus den Segeln zu nehmen. Ich erzähle knapp vom jähen Ende meiner Verabredung, verliere in meiner Verwirrung aber wohl auch leider ein oder zwei Worte über Philippes unbestreitbaren Charme und seine Weltgewandtheit.

Ein schwerer Fehler.

»Anja, du bist ja wirklich so etwas von verkrampft, total unflexibel und überhaupt völlig lebensunfähig. Wie kannst du denn einen solchen Mann auf der Straße stehen lassen?«

Weil Garance … nein, nicht gut.

»Weil ich vielleicht eine Tochter habe, der ich nicht irgendwelche fremden Männer in die Wohnung schleppen möchte?«

»Ach, nun stell dich doch nicht so an. Wie kommt es eigentlich, dass sich so jemand vom Kaliber Hugh Grant für dich …«

… interessiert?

»Ja, Bettina? Was wolltest du sagen?«

»Also, ich meine, solche Hugh Grants sind ja in der Regel seit Jahren in festen Händen. Meiner übrigens auch, aber was soll's?! Aber in deinem Fall fragt man sich ja schon …«

… ob da nicht irgendwas faul ist?

Hm???

»Bettina, das war ein Geschäftsessen. Nichts weiter.«

»Klar. Weißt du was, ich komme demnächst mal mit meinem Hugh, also ich meine mit Oliver, vorbei. Du musst ihn unbedingt mal kennenlernen. Und die beiden Hughs sich auch. Stell dir das mal vor! Das wäre doch toll, oder?«

»Ja, toll.«

»Also, es wird zwar so kurz vor der Bilanzvorlage nicht ganz einfach werden, aber sobald Oliver und ich uns beide frei machen könnten, springen wir in mein kleines Auto und machen eine Spritztour nach Cannes, Nizza und St. Tropez. Dein Dorf liegt doch da irgendwie auf dem Weg, oder?«, erkundigt sich Bettina.

»Ja, irgendwie schon. Bettina, ich bin müde. Wir besprechen deine Pläne ein anderes Mal, einverstanden?«

»Gut, aber stell dich nicht mehr so blöd an, Kleines, okay? Mit den Männern, meine ich. Vor allem.«

Mit dieser überaus aufbauenden Ansage meiner Schwester wanke ich schließlich ins Bett – und kann dann natürlich nicht einschlafen.

Ein bisschen autogenes Training wird sicher wirken.

Ich bin ganz ruhig, gelassen, leicht ...

...

...

...

... um mich herum ist es ruhig, gaaanz ...

Wieder klingelt das Telefon. Ich schrecke hoch und bereue noch in derselben Sekunde, dass ich das Gespräch angenommen habe. Das ist bestimmt schon wieder Bettina.

»Liebes, da bist du ja!«

Nicht Bettina. Noch schlimmer: meine Mutter!

»Janis-Liebling, das kann doch wohl nicht dein Ernst sein!«

Schön, dass wir uns mal wieder sprechen.

»Da hattest du endlich mal die Aussicht auf einen interessanten, charmanten und dazu noch intelligenten Mann ...«

Bettina hat gepetzt.

»... und was machst du? Lässt ihn ... krrch ... der Tür stehen ... krrch.«

Meine Mutter ist zwischen diesem Knistern kaum zu verstehen. Sie klingt ein bisschen wie aus dem Weltraum. Und irgendwie kommt ihr Anruf auch wirklich aus dem All, denn sie meldet sich ja per Satellitentelefon von ihrer Trekking-Tour, wenngleich wohl zum letzten Mal – eine Woche auf den Macchu Picchu mit Luxus-Zelt im Basislager und Sherpa inklusive für nur 3890 Euro.

Ein ganz ordentliches Monatsgehalt für normale Menschen, aber bei meiner Mutter gelten seit ein paar Jahren andere Größenordnungen. Sie war nämlich zwischenzeitlich und sehr kurzfristig mit dem Manager einer internationalen Hotelkette verheiratet, der aber ihren Aktionismus nicht lange durchgehalten und auf ihrer Hochzeitsreise beim Heli-Ski-Fahren einen Herzinfarkt erlitten hat.

Seit aber dieser Hotelmanager namens Ludger das Zeitliche gesegnet hat – in den Armen meiner Mutter mitten auf einer kanadischen Tiefschnee-Piste – hat meine Mutter finanziell ausgesorgt. Jedenfalls hängte sie umgehend ihren Job als Feng-Shui-Beraterin an den für sämtliche Energieströme genau richtig platzierten Nagel. Sozusagen als goldenen Handschlag kassierte sie nämlich Ludgers Erbe und noch bar auf die Hand eine ansehnliche Summe von der Hotelkette. Schließlich hatte sie ja als letzten Auftrag das Büro des inzwischen an ihren doch etwas zu üppig fließenden Energien gestorbenen Managers umgeräumt. So hatten sie sich kennengelernt.

»Das kann doch wirklich nicht wahr sein, Janis«, wettert meine Mutter weiter.

Wie ich dieses »Dschänniss« hasse! Selbst mitten in der Nacht, immer noch von Restalkohol geflutet und ohnehin am Ende meiner Kräfte, löst dieser Name bei mir mittelschwere Übelkeit aus. Oder liegt es *gerade* am Alkohol? Zusammen mit der Foie Gras, den Pommes, dem Käse, der Mousse au Chocolat, den Smarties …

»Ich heiße Anja« ist alles, was ich hervorbringen kann.

»Ich weiß, ich weiß. Also, Janis, hör gut zu. Dein Umzug nach Frankreich war doch nun endlich mal eine gute Idee. Jetzt reißt du mal die ganzen Mauern in deinem Kopf ein und fängst an, das Leben zu genießen! Stell dich nicht immer so an. Sonst muss ich noch vorbeikommen und ein paar Barrieren in deiner neuen Wohnung ... Ich ... krrrrrch ... ja bald ... Europa ...«

Eigentlich wollte meine Mutter nach der Macchu-Picchu-Tour noch eine ganze Weile in Peru bleiben. Aber langsam verdichten sich die Hinweise, dass man wohl mit ihrer Rückkehr rechnen muss.

Die Telefonverbindung wird immer schlechter, mir geht es langsam besser. »... krrrch .... Wir brechen hier die Zelte ab und wollen zum Abschluss noch heute auf den ... krrrrrr ... Einen dicken Kuss für mein Julchen, bis bald, Janis!«

Bei meiner Mutter heiße ich Janis, wie die von ihr so verehrte Janis Joplin. Dabei ist die schon ungefähr so lange tot, wie ich auf der Welt bin. Das muss endlich aufhören. Das nächste Mal werde ich es ihr unmissverständlich erklären, jawohl.

Schließlich habe ich doch schon vor fast sechs Wochen mein neues Leben begonnen!

Alles hat sich geändert.

Ich habe nämlich ...

1. ... drei Kilo abgenommen (*aber infolge der 12.000 Kalorien von Foie Gras bis Smarties an diesem Abend wohl auf einen Schlag auch gleich vier wieder zugelegt*)
2. ... halb verhungert den Willen zum Stilwandel demonstriert (*bin dabei allerdings sowohl in der neckischen Boutique als auch im Schuhgeschäft für jedermann an der magischen Zahl 42 gescheitert*)
3. ... die nettesten Vermieter der Welt entdeckt (*durch die ich jedoch in der als Croissant- und Törtchen-Paradies getarnten Kalorien-Hölle gelandet bin*)
4. ... die ersten drei Gebote des erfolgreichen Französinnen-Seins erkannt (*aber keines wirklich dauerhaft befolgt*)
5. ... eigenständig und vor allem ohne die Hilfe meines Ex-

manns mein Leben als alleinerziehende Berufstätige organisiert *(mal davon abgesehen, dass die Tagesmutter wohl so gut
wie entlassen ist und Jule demnächst in meinem abendlichen
Deutschkurs für Manager sitzt)*

6. ... meiner Tochter großherzig die neue Freundin aus
schlechtem Haus gegönnt *(und damit regelmäßigen Umgang
mit diesem Stinkstiefel von Vater in Kauf genommen)*

7. ... gelernt, dass Jule in Frankreich wohl kein Mädchen-
name ist *(wogegen ich aber nichts machen kann)*

8. ... ein Rendezvous mit niemand Geringerem als Frankreichs wahrscheinlich einzigem Hugh Grant gehabt *(und
dieses nach übereinstimmender Familienmeinung wohl mehr als
gründlich vermasselt)*

9. ... so richtig Sch... gebaut *(sagt man aber nicht)*

10. ... Merde!

12. Kapitel

Am nächsten Morgen, Sonntag, 10. Oktober
Der Koordinator für der Tag von die offenen Türen setzt nächste Treffen von die Arbeitsgruppe an für dieser Samstag, 20 Uhr. Ich küsse dich, Philippe *(11:43, 10. Oktober)*

»Isch küüsse disch.« Huuuu ...

Arbeitsgruppe sagt zu. Welcher Konferenzsaal? *(11:50, 10. Oktober)*

Besprechung stattfindet im »Sabotage«, Treffpunkt an der Fontaine, Boulevard Rochechouart. *(12:01, 10. Oktober)*

Ist notiert. Entschuldigung bitte wegen gestern. *(12:04, 10. Oktober)*

Warum Entschuldigung? Es war ein wunderschöner Abend. Fortsetzung folgt? *(12:08, 10. Oktober)*

Mais oui, cheri. *(12:08, 10. Oktober)*

Am Abend
Freudensprünge: 1
Gestartete Anrufe bei Philippe: 6 (pro Stunde)
Textentwürfe für Telefongespräch mit Philippe: 134
Erfolgte Anrufe bei Philippe: 0
Stunden bis zum Wiedersehen mit Philippe: 38
Stunden bis zum endgültigen Restalkoholabbau: noch 3

In der Innenstadt abgestellte Autos: 1
Aspirin-Tabletten: 4
Gefühlter Übelkeitsgrad auf Skala bis 10: 10
Eingenommene Kalorien: 0
Schlechtes Gewissen gegenüber Jule: 100 Prozent
Zicke-Zacke-Hühnerkacke-Spiele: 23
Kicker-Partien: 24
Genehmigte Fernsehstunden: 4,75
Gefeuerte Tagesmütter: 1
Anrufe aus Frankfurt und den Anden: 8
Davon angenommen: 0
Zweifelhafte Briefe im vernachlässigten Postkasten: 1

Madame
Anja Kirsch
1, Place du Marché
13577 L'Oublie-en-Provence

Aufenthaltsgenehmigung

Sehr geehrte Madame Kirsch,

als aus dem nicht europäischen Ausland Zugezogene sind Sie verpflichtet, sich im Rathaus Ihres neuen Wohnortes registrieren zu lassen und eine Aufenthaltsgenehmigung zu beantragen. Auch müssen Sie sich einen französischen Führerschein ausstellen lassen, damit für ggf. gemeldete Verkehrsverstöße in der zentralen Verkehrssünderkartei Punkte registriert werden können. Für diese Vorgänge müssen Sie Folgendes bereithalten:

Ihr Familienbuch,

eine amtlich beglaubigte Kopie Ihrer Geburtsurkunde sowie ggf. der Geburtsurkunden ihrer Kinder,

ggf. zwei amtlich beglaubigte Kopien Ihrer Heiratsurkunde,

ggf. drei amtlich beglaubigte Kopien Ihrer Scheidungsurkunde,

Ihre Aufenthaltsgenehmigung,
Ihren französischen Führerschein.

Mit besten Empfehlungen,
i.A. Chantal Chevalier
Jean-Pierre Pommery, Bürgermeister

Offene Fragen: 7
  – Warum *nicht europäisches* Ausland?
  – Ist Deutschland aus der EU ausgetreten und ich habe es verpasst?
  – Welche Verkehrsverstöße?
  – Was ist mit Philippes Freund im Ministeri-öm?
  – Woher soll ich einen französischen Führerschein nehmen?
  – Woher die Aufenthaltsgenehmigung?
  – Wer spinnt hier?

13. Kapitel

Am nächsten Tag: Montag, 11. Oktober, 17:59
In Jules Klassenzimmer

Nie im Leben wird *mein* Hintern auf *diesen* Stuhl passen, niemals! Aber eine größere Alternative als dieses Kinderstühlchen mit einer Sitzfläche nicht viel größer als ein DIN-A4-Blatt ist in Jules Klassenraum absolut nicht in Sicht. Heute hat Jules Lehrerin zum Elternabend geladen, und ich werde mich wohl oder übel auf einen dieser Zwergenhocker quetschen müssen. Einige Mütter mit sehr französischem DIN-A5-Po haben bereits mühelos Platz genommen.

Jule hatte mir vorhin schon angekündigt, dass sie eine Supergeheim-Nachricht für mich auf Deutsch hinterlegt hat. Die Schüler haben nämlich heute Nachmittag auf Anweisung der Lehrerin große Namensschilder gemalt, damit sich die Eltern abends genau auf den richtigen Platz setzen und einmal original die Perspektive ihrer Kleinen mitbekommen können.

Ich schreite also durch die Reihen, offiziell auf der Suche nach Jules Namensschild. Inoffiziell hoffe ich, vielleicht doch noch einen Erwachsenenstuhl oder meinetwegen auch ein Kissen auf dem Boden zu finden. Doch in diesem Moment wedelt in der dritten Reihe auch schon eine hilfsbereite Mutter mit ihrem Notizblock und deutet auf das Namensschild hinter ihr.

Julie

Bettinas Idee, Jule in Julie umzuwandeln, scheint bei meiner Tochter Zuspruch gefunden zu haben. Ist ja auch ein wirklich schöner Name, aber für *meine* Jule finde ich ihn doch etwas gewöhnungsbedürftig: »Dschüliiiie«, fast wie dieses »Dschüll« neulich von der Direktorin.

Ich nicke der Mutter zu und gebe höflich vor, auf den mir zugewiesenen Platz in der Reihe hinter ihr zuzusteuern. Trotzdem lasse ich meinen Blick weiter durch den Klassenraum schweifen. Ein Schild mit »Jule« kann ich aber nicht ausmachen.

Tja, und dann entdecke ich neben dem »Dschüliiiie«-Namensschild einen weiteren Zettel.

Vür Mama, fon Jule

Die eigenwillige Rechtschreibung und die exklusiv deutschen Ü-Pünktchen lassen keinen Zweifel mehr zu, dass ich Jules Platz erreicht habe. Und die mindestens zwei Dutzend Herzen signalisieren mir, dass mir Jule diese Wochenendkatastrophe verziehen hat – wahrscheinlich dank meiner Intensiv-Friedensinitiative mit Kickern, Spielen und Fernsehen satt.

Also lasse ich mich auf dieser Sitzgelegenheit in Melkschemel-Ausmaßen nieder und hoffe inständig, dass sie nicht unter meinem Gewicht zusammenbrechen wird.

Jetzt dreht sich die hilfsbereite Mutter, die mich an Jules Tisch gelotst hat und nun direkt vor mir sitzt, zu mir um und lächelt. »Hallo, ich bin Nathalie Dupont, die Mutter von Alex.«

Alex? Welcher Alex?

»Ihre Tochter sieht Ihnen ja sehr ähnlich! Mein Sohn hat mir Julie neulich schon einmal vorgestellt. Das hat Julie Ihnen doch sicher erzählt.«

Nein, keineswegs.

»Ach, natürlich, ja! Schön, Sie kennenzulernen. Ich heiße Anja Kirsch.«

In diesem Moment setzt sich eine andere Mutter neben diese Madame Dupont, die beiden begrüßen sich mit Küsschen rechts, Küsschen links und wieder Küsschen rechts. Durch das Fenster des Klassenraums entdecke ich Jule, die im Innenhof der Schule mit ein paar Jungs Fangen spielt, für die sich heute Abend wohl auch keine Betreuung gefunden hat. Ich spüre, wie sich der Rand der Stühlchen-Sitzfläche schmerzhaft in mein gut gepolstertes Hinterteil schneidet.

Meine neue Bekanntschaft aus Reihe drei wendet sich jetzt wieder mir zu. Sie erinnert mich an meine beste Freundin aus der Grundschule. Die habe ich zwar schon seit Jahrzehnten nicht mehr gesehen, aber so müsste sie jetzt aussehen. Ihre langen, dunkelbraunen Haare hat sie locker mit einer Spange hochgesteckt. Allerdings ist die Frau vor mir kleiner und dazu sehr zart. Französin eben.

»Und, haben Sie schon überlegt, ob Sie die Klasse vielleicht auf den Bauernhof begleiten können?«, fragt sie.

Bauernhof?

»Äh …«

Doch bevor ich mich bei der freundlichen Mit-Mutter erkundigen kann, was ich denn jetzt mal wieder nicht mitbekommen habe, begrüßt uns die Lehrerin, Mademoiselle Pointcarré. Sie ist eine für französische Verhältnisse unglaublich unscheinbare junge Frau mit kurzen, schwarzen Haaren und frei von jeder Schminke.

Die Eltern – zu 90 Prozent Mütter – verstummen, zücken Papier und Kugelschreiber und blicken die Grundschullehrerin erwartungsvoll an.

Der Platz neben mir bleibt leer. Ich schiele auf das Schild, auf dem in rosafarbener Schrift und mit vielen Schnörkeln »Chloé« geschrieben steht.

Mist! Ich habe es wohl verdrängt, aber natürlich sitzt Jule neben Chloé. Und damit einer von Chloés Erziehungsberechtigten neben *mir*. Vielleicht heute ja mal die Mutter. Damit läge sie ganz im Trend, wenn ich mich so umschaue. Doch weder Chloés Mutter noch ihr schrecklicher Vater sind weit und breit zu sehen. Dabei geht es jetzt los.

Zum Glück ist der Elternabend schon für 18 Uhr angesetzt

gewesen, so dass die Französinnen anschließend flink ein Fünf-Gänge-Menü zaubern können und ich mit Jule noch ein bisschen Tischfußball spielen, ihr einen Teller mit belegten Broten und ein paar Tomatenspalten als Alibigemüse vorbereiten kann. Die Lehrerin schreibt jetzt die Tagesordnung des Elternabends an die Tafel, die allerdings Fünf-Gänge-Menü wie Kickerpartie ernsthaft infrage stellt.

Erstes Thema ist die Klassenfahrt, von der ich noch nichts gehört habe, die aber mangels Betreuungspersonals offenbar ohnehin hochgradig gefährdet ist. Als Termin ist Mitte November vorgesehen, die Anreise per Bus soll drei Stunden dauern und größtenteils durch die südlichen Alpen-Ausläufer führen. Das Thema der Klassenfahrt ist »Von der Milch zum Käse«.

Kurz: Kälte, Kotztüten, Kuhstall.

Daran dürfte es wohl auch liegen, dass sich bisher nur die Großmutter einer Schülerin – eine pensionierte Kinderkrankenschwester – als Begleitperson gefunden hat. Und das, obwohl das Vorhaben doch schon seit Schuljahresbeginn bekannt ist, wie zumindest die Lehrerin behauptet.

Die Reaktion meiner Mit-Eltern lässt erahnen, dass ich tatsächlich die einzige Unwissende bin. Alle stimmen ein großes Wehgeschrei an, dass so spät im Kalenderjahr einfach überhaupt keine Urlaubstage mehr übrig seien. Keine Chance, auch wenn man ja ach so gern die lieben Kleinen begleiten wollte.

Das Fazit: Die Klassenfahrt ist akut bedroht, wenn nicht doch noch eine zweite Betreuungsperson die heldenhafte Oma unterstützen wird.

Ich blättere in meinem Kalender. Die Fahrt ist für Freitag bis Sonntag geplant, es geht eigentlich nur um einen einzigen Arbeitstag, den 12. November. Und für mich sogar um nicht einmal einen halben, denn ich unterrichte nur am Freitagabend. Ob mir die Guillotin freigeben wird? Unwahrscheinlich, zumal es sich ja auch noch um einen dieser heiklen Abendkurse handelt. Aber einen Versuch ist es wert. Sonst muss ich eben plötzlich schwer erkranken – es wird wohl die schon vor Jule erprobte Magen-Darm-Grippe herhalten müssen.

Zaghaft hebe ich also die Hand.

Das Ergebnis: Noch bevor ich meine Bereitschaft in passende Worte fassen kann, applaudiert die Elternschaft, und die Lehrerin spricht mir – der Mutter von »Dschüliiiie won Assel« – ein großes Dankeschön aus.

Won Assel! Göttlich! Ralphs adlige Familie wäre mit der linguistischen Nähe der Sippe zu dem wenig aristokratischen Kellertierchen sicher nicht sehr glücklich. Dazu noch dieser leicht koreanische Einschlag: Won. Sehr schön! Es ist fast schade, dass sich mein Kontakt zu Ralph auf essenzielle Organisationsfragen beschränkt. Das hätte ich ihm wirklich gern erzählt.

Dann schreibt die Lehrerin unter Tagesordnungspunkt 1.5.a »Klassenfahrt, Betreuung, Eltern« erleichtert meinen Namen an die Tafel – oder das, was sie dafür hält: Anna Quiche.

#

Eine Stunde später.

Wir haben jetzt Tagesordnungspunkt 7.3.c (Hygiene-Erziehung/Unterstützung im Elternhaus/Händewaschen nach Toilettenbesuch) erreicht. Mittlerweile ist die Aufmerksamkeit der meisten Eltern längst nicht mehr bei den Ausführungen von Mademoiselle Pointcarré, die ihr Publikum irgendwo bei TOP 4.5.g (Kollektiv-Goûter/Wochenplan/ausgewogene Ernährung) verloren haben muss. Die anderen Mütter und wenigen Väter plaudern – mehr oder weniger im Flüsterton – mit ihren Nachbarn.

Ich male ein bisschen auf meinem Notizzettel: Pumps, die auch in Größe 42 noch attraktiv aussehen, daneben meine Converse und meine Joggingschuhe, schließlich noch …

Plötzlich öffnet sich die Klassentür, das allgemeine Gemurmel erstirbt, und alle blicken gespannt zur Tür. Selbst in Frankreich wagen wohl nur die wenigsten, eine ganze Stunde zu spät zu kommen. Wer könnte ...

Natürlich! Es ist Eric Leroy, mein designierter Tischnachbar!

Ohne ein Wort zu sagen, geht er durch den Klassenraum, nickt der Lehrerin kurz zu und steuert direkt den Platz neben mir an – schließlich der einzige, der noch frei ist. Na, wunderbar! Ich straffe meinen Rücken und atme tief durch. Kampfbereitschaft, höchste Stufe.

Monsieur Leroy lässt sich wortlos neben mir nieder, greift sich ebenso wortlos den Kugelschreiber aus meiner Hand und schreibt auf meinen Zettel »Bonjour Madame«.

Ich sehe ihn fragend an, doch bevor ich reagieren kann, fügt er noch in einer schwer leserlichen, da sehr nachlässigen Handschrift hinzu: »Schönes Gemälde« mit einem Pfeil zu meinem Stillleben aus Traum-Pumps, Converse, Joggingschuhen und ...

... Baguettes, in jedem Schuh eines. Die habe ich wohl gerade gedankenverloren noch dazugemalt.

Ups.

Diese peinliche Baguette-Szene neulich in unserem Treppenhaus, als Monsieur Leroy seine Tochter abholte, hätte ich mein Unterbewusstsein doch gern allein verarbeiten lassen.

Eric Leroy grinst verschmitzt und schenkt jetzt der Lehrerin den wohl aufmerksamsten Blick, den sie an diesem Abend bekommen dürfte. Klar, er muss ja auch eine ganze Stunde aufholen.

Gleichzeitig flegelt er sich auf das Kinderstühlchen und macht sich dabei so breit, dass ich unwillkürlich an den äußersten Rand unseres Tischchens rücke. Ich fühle mich 30 Jahre zurückversetzt, als sich mein Grundschultischnachbar ähnlich platzhirschmäßig verhalten hat.

»Entschuldigung«, zische ich Eric entgegen und hole mir meinen Kugelschreiber zurück. »Ich hoffe, ich nehme Ihnen nicht zu viel Platz weg.«

Er schüttelt den Kopf, lächelt leicht – und bewegt sich keinen

Millimeter. Stattdessen nimmt er sich meinen Notizzettel, fragt kurz »Darf ich?« und reißt sich auch schon ein Stück ab.

»Äh, Moment mal ...«

»Den Kuli ...«, sagt Eric nüchtern, schnappt sich den Stift und schreibt ein paar Worte von der Tafel ab. Das Einzige, was ich erkennen kann, ist »Anna Quiche«.

Ich!

Sozusagen.

In diesem Moment tauchen Jule und Chloé kichernd und eng umschlungen im Schulhof vor dem Klassenfenster auf. Sie winken uns zu.

Die Mutter von Alex hat sie auch gesehen und dreht sich zu uns um. »Die beiden sind ja wohl wirklich die besten Freundinnen«, flüstert sie. »Wie füreinander bestimmt!«

»Hm«, murmelt Monsieur Leroy.

»Hm«, grummele ich.

Mit etwas irritiertem Blick wendet sich Alex' Mutter wieder der Lehrerin zu. Ich versuche, meinen Nachbarn so gut es geht zu ignorieren. Die letzten zehn Minuten dieses Elternabends verbringe ich deshalb nicht mehr wirklich auf diesem Ministuhl, der mein Gesäß immer mehr schmerzen lässt, sondern mit Philippe in Paris.

In meinen Träumen schlendere ich mit meinem Hugh Grant Arm in Arm über die Champs-Elysées, gemeinsam erklimmen wir den Eiffelturm, schippern in einem dieser neckischen Boote auf der Seine herum und geben uns auf Montmartre den Schwur der ewigen Liebe. Natürlich versinkt gerade in diesem Moment die Sonne hinter dem Häusermeer, ein Straßenmusikant lässt eine Geige erklingen, und Philippe schließt mich, Anja Kirsch, in seine Arme.

»Anja Kitsch«, höre ich meine taffe Schwester lästern. Meine Mutter höhnt dazu: »Ewige Liebe, wie langweilig!« Und ich frage mich, ob ich die ganze Sache nicht etwas überinterpretiere. Schließlich hat Philippe heute den ganzen Tag nicht angerufen. Ich natürlich auch nicht, weil mir dafür immer noch kein Vorwand und schon gar kein passender Text einfällt.

Glücklicherweise steuert Mademoiselle Pointcarré jetzt langsam, aber unverkennbar auf ein Ende des Elternabends zu. Ob ich als Belohnung für diese Tortur heute Abend vielleicht einmal eine Tüte Chips genauer unter die Lupe nehmen sollte? Mein Magen hat sich nach diesem Großeinsatz-Wochenende wieder beruhigt, und heute Morgen habe ich mich seit langem mal wieder auf den Gebäck-Korb unserer Vermieter gestürzt. Wäre doch zu schade, im Paradies zu leben und nichts davon zu haben! Und da der heutige Tag wegen des Croissants zum Frühstück, der Pizza heute Mittag und der kleinen niedlichen Nuss-Honig-Schnitte im Bioladen heute Nachmittag ohnehin nicht in die Geschichte der französischen Essdisziplin eingehen wird, kann ich ja wohl auch noch ein paar Chips genießen.

Jule wird begeistert sein! Gleich, wenn dieser Elternabend endlich zu Ende ist, ich mich *endlich* erheben kann …

Aber allein die Vorstellung, von diesem Mini-Stühlchen aus 50 Zentimetern Höhe wieder aufzustehen, ist schon eine Herausforderung, die mich an mein doch ziemlich vernachlässigtes Fitnesstraining erinnert und den Chips-Gedanken schnell wieder in die Hirnabteilung der verbotenen Fantasien zurückverbannt – direkt zu Philippes Liebesschwur im Sonnenuntergang von Paris.

»Mama, was essen wir heute Abend?«, fragt Jule ziemlich unvermittelt, als wir uns nach Ende des Elternabends auf dem Schulhof wiedertreffen. Sie hält Chloé immer noch fest umschlungen, und die beiden geben wirklich ein lustiges Paar ab: Jule mit ihrem ziemlich herausgewachsenen und deshalb gar nicht mehr so kurzen Kurzhaarschnitt (»Ich will gaaaanz lange Haare haben, so wie Chloé«), ihrem Bayern-München-Fan-Pulli, den sie trotz ihrer innigen und leicht symbiotischen Verbindung zu Chloé gelegentlich immer noch trägt (schließlich ist das nach den Trikots und Jules Spielkünsten zu urteilen die Siegermannschaft auf ihrem

147

Kickertisch), und ihren Slim-Cut-Jeans (das Ergebnis eines überraschenden Mode-Anfalls meiner Tochter mit folgendem H&M-Besuch und ein sicherer Beweis dafür, dass sie beim Körperbau nicht nach mir kommt). Daneben Chloé, die mit ihren fünf Jahren eine so vollendete Eleganz repräsentiert, die ich sicher auch bis 50 nicht mehr schaffen werde.

»Äh, weiß noch nicht, vielleicht …«

»Auf jeden Fall was Leckeres«, erklärt Jule. »Ich habe nämlich Chloé und ihren Papa zum Essen eingeladen.«

»Du hast was?« Ich sehe mich auf dem Schulhof um, kann Eric Leroy aber nicht entdecken.

»Chloé kann, hat sie schon gesagt. Ihr Papa bestimmt auch. Das ist doch okee, oder, Mama?«

Nein!

»Och, nö, Jule, das passt mir aber eigentlich nicht ganz so gut.«

Eric taucht auf dem Schulhof auf und nähert sich seiner Tochter. Die diplomatischen Verwicklungen dieser Jule-Chloé-Freundschaft erreichen gerade eindeutig eine neue Eskalationsstufe.

Eric hat jetzt unsere Hörweite erreicht und bedeutet seiner Tochter lächelnd, dass sie mit ihm nach Hause kommen soll. Chloé schüttelt den Kopf und winkt ihren Vater zu sich, der daraufhin lässig zu uns herübergeschlendert kommt.

»Papa, wir essen bei Julie!«, jubelt Chloé und nimmt ihren Vater in den Arm.

»Ach ja?«, fragt er ungläubig nach.

»Nein, nein, das ist ein kleines Missverständnis«, werfe ich eilig ein. »Jule hatte Chloé eingeladen. Aber ich habe gar nichts vorbereitet für so viele Leute, und …«

… überhaupt!

»Aber Mama, wir sind doch nur vier. Und wir wohnen doch ga nich weit weg. Da können wir doch alle zusammen nach Hause gehen und auf dem Weg schnell noch was einkaufen«, schlägt Jule vor.

»Nein.«

»Oder wir machen einfach eine Tüte Chips auf.«

Niemals!

»Nein, Julchen.«

»Das machen wir doch imma so«

»Jule! Das stimmt doch gar nicht!«

Eric grinst. Er versteht bestimmt alles, obwohl Jule natürlich Deutsch mit mir spricht. Aber die Tendenz dieser Diskussion ist wohl relativ leicht zu erkennen, zumal Jule Chloé nicht loslässt und gleichzeitig an mir herumzerrt.

»Dohoch. Und Chips sind ja auch viel leckerer als irgendson blödes Brot mit Käse …«

»Nein.«

»Dann eben Nudeln mit Soße.«

»Nein.«

»Oh, Mama. Du bist ächt doof!!!«

Eric zieht jetzt Chloé von Jule weg, legt den Arm um seine Tochter, erklärt ihr irgendetwas Unverständliches und sicher nicht sehr Schmeichelhaftes über mich und dirigiert sie dann Richtung Parkplatz.

»Bon appetit«, ruft er mir noch zu, und ich meine, ein amüsiertes Lächeln um seine Mundwinkel entdeckt zu haben.

»Komm, Jule, wir gehen jetzt nach Hause.«

Aber Jule streikt. Und zwar gründlich. Sie schiebt ihre Unterlippe nach vorn und legt ihre Stirn in tiefe Zornesfalten, hält die Arme fest vor ihrem Bauch verschlungen und dreht mir jetzt den Rücken zu.

»Nein!«, erklärt sie wütend.

»Geht's?«, erkundigt sich in diesem Moment Nathalie Dupont und deutet mit mütterkonspirativem Blick auf Jule. Meine neue Bekanntschaft vom Elternabend hat eben nur ein paar Meter weiter gestanden und sich mit anderen Eltern unterhalten.

»Geht so«, murmele ich und zucke etwas hilflos mit den Schultern. »Jule wollte …«, setze ich an, um den Konflikt diskret anzudeuten. Doch Nathalie fällt mir ins Wort.

»Ehrlich gesagt, habe ich ein bisschen mitbekommen, was los ist«, sagt sie erst auf Französisch, um dann auf Deutsch hinzuzufügen: »Natürlich wollte ich nicht lauschen, aber ich spreche ein bisschen Deutsch, die Sprache fasziniert mich.«

Unvermittelt muss ich an Philippe denken, aber Nathalies Aussprache ist um Klassen besser.

»Sie sprechen aber wirklich sehr gut Deutsch. Wo haben Sie das denn gelernt?«

»Wir können uns auch gern duzen …«

Das geht jetzt aber schnell. Unnahbare Franzosen, pah!

»… Ich heiße Nathalie, aber das weißt du ja schon. Also, ich war als Austauschschülerin mehrmals ein paar Wochen in Deutschland, im Norden, da, wo das höchste Hochdeutsch gesprochen wird, oder wie sagt man? Wo kommst du her?«

»Aus Berlin.«

»Oh, die Hauptstadt. Sehr angesagt, da gibt es doch diese …«

Erst ein bisschen langsam, aber dafür praktisch akzentfrei auf Deutsch und dann ohne Unterlass wieder auf Französisch plaudert Nathalie auf mich ein. Nach ein paar Minuten meine ich, dass sie nicht nur aussieht wie meine Grundschulfreundin, sie *ist* auch ein bisschen so. Schon lange habe ich mich nicht mehr so schnell so gut mit jemandem verstanden – auch wenn ich nicht alles im Detail verstehe. Ich könnte ihr noch stundenlang zuhören, aber inzwischen stehen wir mit der schmollenden Jule praktisch alleine auf dem Schulhof.

»Nathalie, willst du nicht noch auf einen kleinen Aperitif mit zu uns nach Hause kommen?«, frage ich sie. »Vielleicht ein Bier, wie in Deutschland? Wir wohnen nicht weit weg.«

»Bier?«, fragt Nathalie erstaunt nach.

Mist, Bier passt wohl irgendwie nicht.

»Äh …«, stottert Nathalie. »Jetzt? Ja, also … ich weiß nicht, ob das …«

Wie sagt man? Es dauert Jahre, bis man in Frankreich Freunde findet. Ich war doch zu voreilig!

»Na, dann vielleicht ein anderes Mal«, rudere ich zurück.

»Ach, warum eigentlich nicht?«, erklärt Nathalie plötzlich. »Ich muss aber kurz zu Hause anrufen und das mit meiner Schwiegermutter klären.«

Huch.

Nathalie zückt ihr Handy und erreicht offenbar gleich ihre Schwiegermutter. Ich versuche vergeblich, nicht zu lauschen. Aber sagt sie da nicht die ganze Zeit »Sie«?

Hallo?

»Vielen Dank, Madame«, verabschiedet sie sich schließlich von der Mutter ihres Mannes, als spreche sie mit einer Geschäftspartnerin. Dann sagt sie zu mir gewandt: »Geht klar, Madame Dupont hat schon alles erledigt.«

Madame Dupont? Das ist doch sie selbst? Schizophrenie?

»Meine Schwiegermutter hat die Kinder geduscht ...«

Nein, nein: Sie nennt ihre Schwiegermutter Madame Dupont!

»... und sie haben gut gegessen. Alles in Ordnung.«

Düstere Erinnerungen an Garance Dur und ihre strengen Wasch- und Essrituale mit Jule kommen auf. Dieses Land gibt mir durchaus Rätsel auf.

»Madame war zwar etwas beunruhigt, dass ich einfach so wegbleibe«, fährt Nathalie fort. »Aber Jonathan, das ist mein Mann, ist noch nicht zu Hause, deshalb war sie dann doch einverstanden. Jetzt lass uns aber gehen. Der Elternabend hat wirklich lange genug gedauert, oder?«

»Äh, ja. Auf jeden Fall. Sag mal, entschuldige die Indiskretion, aber du siezt deine Schwiegermutter?«

»Ja, klar, das ist mitunter so üblich. Das ›Du‹ ist doch für Ehemänner, Kinder, Freunde und so weiter reserviert. Und ehrlich gesagt: Madame Dupont und ich sind eigentlich keine Freundinnen.«

14. Kapitel

Kurze Zeit später
Mit Jule und Nathalie zuhause

Jule ist außer sich. Auf dem ersten Teil unseres kurzen Heimwegs mit Nathalie quer durchs Dorf schwieg sie beharrlich. Und als wir eben beim »Casino«, dem Mini-Supermarkt, zwei Tüten Chips erstanden haben, antwortete sie demonstrativ nur auf die Fragen von Jean-Claude.

»Na, was macht die Mannschaft?«, erkundigte sich der Besitzer des Tante-Emma-Ladens bei ihr und meinte damit die deutsche Nationalmannschaft. Jule aber dachte, es gehe um ihre Tischfußballmannschaft, und erzählte ihm von dem abgebrochenen Kopf eines Spielers.

Natürlich verstand Jean-Claude gar nichts und kratzte sich die ganze Zeit den wohl in unserem Dorf obligatorischen Bart, den er ganz individuell leicht angegraut trägt. »Poivre sel« – wie es auf Französisch heißt, oder Pfeffer und Salz.

Nach dem Einkauf verschärfte Jule ihren Boykott noch und blieb mindestens zwei Meter hinter Nathalie und mir zurück. Und zuhause angekommen, beschimpfte sie mich wüst, obwohl ich ihr eine kleine Extraschüssel voll Chips hingestellt, ein Brot mit ihrem Lieblingsstreichkäse geschmiert und ihr dazu sogar noch eine Cola angeboten habe. Die habe ich in letzter Zeit immer im Vorratsschrank stehen – falls uns die echte Magen-Darm-Grippe einholen sollte –, gleich neben den Bierflaschen, die eigentlich für die Fußballtisch-Spediteure bestimmt gewesen waren.

Die Bierflaschen lege ich jetzt ins Eisfach, damit sie schnell kühl werden.

»Mit Chloé wolltest du nicht Chips essen, aber jetzt …«, wettert Jule.

Objektiv nicht so leicht zu widerlegen.

»Und das alles nur, weil du ihren Papa komisch findest, das weiß ich genau!«

Schlaues Kind.

»Das ist gaaaanz ungerecht und ganz, ganz fies. Und sowieso ist alles total merde! Ich will zu Papa!«

Jule verschwindet in ihrem Zimmer, knallt die Tür zu und versperrt sie dem Rumpeln nach zu urteilen von innen mit dem berühmten Kickertisch.

Nathalie sieht mich mitfühlend an. »Kopf hoch«, sagt sie. »Das war bei Camille, Alex' großer Schwester, auch so. Sie hatte zunächst große Schwierigkeiten, unsere Trennung zu verkraften.«

»Ach, du bist auch geschieden?«

Obwohl ich das ja formal noch gar nicht bin.

»Nein, mit dem Vater von Camille war ich nie verheiratet. Er war, wie soll ich sagen, ein echter Schürzenbrecher!«

»Ein was?«

»Ein, wie sagt man, Herzensjäger? Moment, ich hab's! Schürzenzipfel. Nein, doch nicht. Rock…«

»*Schürzenjäger*, meinst du?!« Ich muss schmunzeln, eine Wohltat nach Jules Auftritt.

»Ja, genau!« Nathalie lacht mit. »Siehst du, jetzt geht es dir schon besser. Was macht eigentlich das Bier?«

»Huch, noch eine Minute, und das Bier wird im Eisfach platzen.« Schnell hole ich die Flaschen, schenke ein, frage Jule durch die verschlossene Tür noch einmal, ob sie nicht doch ein bisschen Cola möchte, bekomme eine weitere Abfuhr und stoße dann mit Nathalie an.

»Auf die Klassenfahrt!«, sagt sie lächelnd. »Toll, dass du mitfährst.«

»Ja, mache ich gern. Bin mal gespannt, wie das wird. Ich fand den Elternabend übrigens ziemlich ermüdend. Ist das immer so?«

»Ja, ganz normal. Aber was ist denn mit dem Vater von Chloé?«

»Nichts ist mit dem Vater von Chloé, wenn er nur nicht der Vater von Chloé wäre. Jule würde am liebsten die ganze Familie adoptieren, weil sie Chloé so toll findet. Aber meiner Meinung nach ist dieser Vater ein, ein, ein ...«

»... ein merkwürdiger Mensch. Das stimmt. Sehr verschlossen. Alex ist ja schon seit zwei Jahren mit Chloé in einer Klasse. Eigentlich wird keiner aus ihrem Vater schlau.«

Aber keiner hat so viel mit ihm zu tun wie ich!

»Sag mal«, Nathalie nippt ein bisschen an ihrem Bierglas, das aber immer noch doppelt so voll ist wie meins. »Ein ganz anderes Thema: Wie hast du dich eigentlich zum Umzug nach Frankreich entschieden? Das ist ja schon ein bedeutender Schritt.«

Ich nehme einen großen Schluck und erzähle Nathalie in groben Zügen von Ralph, Alina, den Gummibärchen, den SMS und dem ganzen Schlamassel, der darauf folgte.

»Oje«, sagt Nathalie. »Das ist ja der Klassiker. Nur in verschärfter Form. Das tut mir wirklich leid. Die Midlife-Crisis ist mir bei Camilles Vater zum Glück erspart geblieben. Da war er schon längst über alle Berge. Und Jonathan ist wohl noch nicht alt genug. Ich kann mich eigentlich nicht beschweren: Er kümmert sich wirklich auch super um Camille, nicht nur um unsere gemeinsamen Kinder.«

»Wie viele Kinder hast du denn?«

»Drei ...«

Wow. Ich dachte, du wärst gerade mal 30.

»Zuerst Camille, und dann mit Jonathan zusammen Alex und Lucille. Jonathan ist für alle drei ein wunderbarer Vater. Das rechne ich ihm sehr hoch an. Wie ist denn dein Verhältnis zu Julies Vater?«

»Na ja, als ich noch in Berlin war, also kurz nach unserer Trennung, haben wir Jule zuliebe versucht, einen guten Kontakt zu haben. Und Ralph kümmerte sich tatsächlich um Jule, allerdings am liebsten und vor allem vor Publikum. Er war der Sonnyboy, ich die Heulsuse – so ging es ein paar Wochen lang. Aber wenn ich ihn mal ohne tosenden Beifall für den Vorbild-Exmann brauchte, war er mit Sicherheit nicht da.«

»Wie ärgerlich, obwohl ja viele Männer schon nicht für die Kinder da sind, wenn man noch zusammen ist. Da habe ich ja zur Abwechslung mal Glück.« Nathalie nimmt wieder einen Schluck von ihrem Bier. Es scheint aber trotzdem nicht weniger zu werden. Auch die erste Tüte Chips habe ich gleich alleine aufgegessen.

»Jedenfalls wollte ich Ralph wohl auch zeigen, dass ich sehr gut ohne ihn klarkomme. Und dann entdeckte ich diese Anzeige: ›Ein Jahr als Deutschlehrerin nach Frankreich‹. Wenn das nicht wie gerufen kam?!«

Nathalie sieht mich verständnislos an: »Wieso?«

»Frankreich – ist doch klar: Das ist doch das Land der Supermütter: elegant, schlank, immer charmant und auf dem Sprung in ein schickes Büro mit mindestens einem spannenden Job und wahrscheinlich auch zwei bis drei aufregenden Liebhabern. Das wollte ich auch!«

»Äh, also …«

»Na ja, das ist ja auch nur so eine Vorstellung.«

»Klar. Das Krankenhaus, in dem ich arbeite, ist nach klassischen Standards jedenfalls nicht wirklich schick. Und unser Schwesternzimmer kann man eigentlich auch nicht als Büro bezeichnen. Aber ich glaube, ich verstehe, was du meinst …«

Und das Thema Liebhaber?

Doch Nathalie fährt fort: »… Immerhin arbeiten hier praktisch alle Frauen, es gibt keine – wie sagt ihr in Deutschland? – Rabenmütter.«

»Ja, so sagt man. Leider.«

»Bei uns gibt es so etwas nicht. Wir haben nicht einmal ein Wort dafür.«

»Ja, davon hatte ich schon gehört. Ein Hoch auf die französische Sprache.« Wir stoßen an, und Nathalies Bier schwappt gefährlich in Richtung Glasrand.

»Dafür haben wir die ›mère-poule‹, eine … Glucke! Ich werde von meinen Kolleginnen oft so genannt, weil ich meinen Mittwoch habe.«

»Weil du *deinen* Mittwoch hast? Ich verstehe nicht ganz …«

»Weil ich am schulfreien Mittwoch nicht arbeite.«

»Das reicht, um als Glucke durchzugehen?«

»Nein, nicht ganz. Nach Dienstschluss am Nachmittag rase ich immer aus dem Hospital, um meine Kinder direkt aus der Schule abzuholen.«

»Was solltest du denn sonst machen? Um halb fünf.«

»Nun, viele Eltern lassen ihre Kinder nach der Schule noch im Hort, bis sie sie später am Abend abholen können, oder sie haben eine ›nounou‹ engagiert.«

»Eine was?«

»Eine ›nourrice‹, eine …«

»Ach: Tagesmutter! Ich weiß, das habe ich schmerzhaft gelernt. Aber ich habe um halb fünf noch nie eine ›nounou‹ vor der Schule gesehen. Oder sollten etwa die ganzen Frauen …«

»Natürlich, bei mindestens der Hälfte von ihnen handelt es sich natürlich nicht um Mütter, sondern um Tagesmütter. Bei ihnen sind die Kleinen nach Schulschluss untergebracht, bis die Eltern von der Arbeit kommen. Es gibt auch Eltern, die schicken ihre Kinder morgens in den Hort oder zur Tagesmutter, dann in die Schule inklusive Essen und Mittagsbetreuung und anschließend wieder Hort oder Tagesmutter. Damit kann man locker zehn bis elf Stunden füllen. Gut, das ist schon ein bisschen extrem. Aber manchmal geht es auch einfach nicht anders, die Leute brauchen eben beide Gehälter.«

Langsam lüftet sich das Geheimnis der berufstätigen Supermütter in Frankreich. Und das Wort Rabenmutter gibt es nicht. Sehr praktisch!

Nathalie unterbricht meine Gedanken: »Eines musst du mir unbedingt noch erzählen: Was hat denn dein Ex zu deinem Entschluss zum Auswandern gesagt?«

»Nicht viel: Ich sei ja sowieso nur für ein paar Monate in Frankreich, und er werde Jule besuchen kommen.«

»Oh, hat er das wirklich vor?«

»Nein, ich glaube kaum. Ich will es jedenfalls nicht hoffen.«

»Und Julie will jetzt wirklich zu ihrem Vater? Oder sagt sie das nur aus Wut, wegen vorhin?«

»Sie vermisst ihn schon, aber sie will nicht länger in Ralphs Liebesnest übersiedeln. Das hatte sie vor unserem Umzug noch zeitweise vor. Und dass es nicht mehr so ist, dazu dürfte mein werter Ex wohl selbst seinen Teil beigetragen haben.«

»Die wollen ihre Ruhe haben, oder?«

»Genau. Aber Jule fühlt sich in ihrem neuen Zuhause inzwischen recht wohl …« Aus Jules Zimmer ist jetzt wieder lautes Gepolter zu hören. »Also, das denke ich zumindest. Vor allem wegen Chloé und wegen unserer Vermieter und ihrer Croissants. Die Bäckersleute verwöhnen uns. Manchmal ein bisschen zu sehr.«

»Meine Großmutter hat in ihrem ganzen Leben nicht mehr als drei Croissants gegessen, weil sie auf ihre Linie geachtet hat. Dagegen bin ich richtig unvernünftig«, kichert Nathalie und nimmt sich wie zur Betonung einen Chip.

Einen ganzen!

»Und mit deinem Umzug nach Frankreich wolltest du es deinem Ex auch ein bisschen zeigen, oder?«, erkundigt sich Nathalie.

»Genau, und ich dachte wirklich, hier könnte ich ganz locker auch als Alleinerziehende meinen Beruf klarkriegen, aber dann kam meine Chefin mit den Abendkursen. Und natürlich bin ich schon vor schlechtem Gewissen umgekommen, weil ich mir für abends jemanden engagieren musste«, sage ich. »Glucke im Endstadium, du verstehst?«

»Interessante Diagnose.«

»Aber demnächst werde ich Jule wohl mit zu meinen Abendkursen nehmen müssen. Und für mein Treffen mit Philippe habe ich noch gar keine Lösung.«

Ups.

»Philippe?«

Zu spät.

»Äh, ja, ein Kollege. Wir bereiten zusammen für die Sprachenschule den Tag der offenen Tür vor. Wir treffen uns das nächste Mal am Samstagabend.«

»Die klassische Zeit für Arbeitsgruppentreffen …« Nathalie grinst.

»Ich weiß, ein etwas seltsamer Termin. Und er findet im ›Sabotage‹ statt. Kennst du das?«

»Im ›Sabotage‹?! So, so! Ja, das kenne ich. Das ist ein sehr angesagtes Kulturzentrum …«

Ach ja?

»… Dort gibt es oft ziemlich spektakuläre Konzerte, also eine gaaanz ruhige Atmosphäre für eine kleine Konferenz unter Kollegen …«

»Oh! Aber für die Verabredung habe ich ja ohnehin keine Betreuung. Deshalb wird sie am Ende wohl sowieso ausfallen. Ich habe gerade unsere Kinderfrau entlassen. Und ich drücke mich ein bisschen darum herum, eine neue Babysitterin zu suchen. Die letzte lebt ja jetzt mit meinem Exmann zusammen und, ach, das ist wohl mein ganz persönliches Trauma.«

»Dann probier doch mal einen Babysitter. Also, einen Mann, meine ich …«

Hm? Interessante Perspektive.

Nein, nicht wirklich.

»… Aber weißt du was? Wenn du deinen, ähem, Termin hast, schläft Jule einfach bei uns! Alex wird von der Idee begeistert sein.«

Jule wohl weniger.

»Oh, das ist aber wirklich furchtbar nett. Ich spreche mal mit ihr darüber.«

In diesem Moment öffnet Jule ihre Zimmertür, schreitet wortlos durchs Wohnzimmer und kehrt mit den Chips, der Cola, dem

Käsebrot und … dem Telefon … in ihr selbstgewähltes Exil zurück. Sie dürfte von den Alex-Übernachtungsplänen gehört haben. Und damit steuere ich wohl auf einen neuen Nebenkriegsschauplatz zu. Jules Verhältnis zu Jungs hat sich nämlich reichlich abgekühlt, seit Prinzesschen Chloé auf die Bühne getreten ist.

Nathalies Handy klingelt. Ich verziehe mich diskret in die Küche, um Chips- und Biernachschub zu holen. Aus Jules Zimmer dringen Wortfetzen. Sie telefoniert! Ich verstehe nichts. Aber sehr wahrscheinlich war es doch keine so brillante Idee, die wichtigsten Nummern einzuspeichern und die dazugehörenden Tasten mit kleinen Fotos zu versehen. Ich hatte irgendwo gelesen, dass kleine Kinder sich in der Ferne sicherer fühlen, wenn sie mit einem Tastendruck Oma und Opa in der Heimat anrufen können. Nur, so einfach ist das bei uns ja nicht.

Ralphs Eltern haben den Kontakt zu mir mehr oder weniger unmittelbar und wohl auch einigermaßen endgültig abgebrochen, als ich meinen Entschluss zum Frankreich-Aufenthalt verkündet hatte. Das war nicht weiter schade, denn auch meine Ex-Schwiegermutter müsste ich eigentlich siezen – wenn man nach dem Freundschaftsgrad geht. Ein Opa meinerseits ist namentlich ja nicht bekannt, und ein Ferngespräch mit Oma Monika auf dem Macchu Picchu kann schon schnell mal die Hälfte eines Wocheneinkaufs im Hypermarché kosten. Auf unserem Telefon kleben deshalb Bilder von Tante Bettina und Papa Ralph.

Mit beiden sollte Jule jetzt lieber nicht telefonieren!

»Tut mir leid«, sagt Nathalie, als ich zu ihr ins Wohnzimmer zurückkehre. »Aber ich muss jetzt los. Jonathan verspätet sich mal wieder.«

Das kenne ich. Kauf keine Gummibärchen!

»Und meine Schwiegermutter will nach Hause. Vielen Dank für die Chips und das Bier – das war wirklich wie in Deutschland!«

»Aber dein Bier ist doch noch fast voll. Und du hast auch

praktisch nichts gegessen. Soll ich uns vielleicht noch ein richtiges ...«

»Nein, nein, vielen Dank. Weißt du, ich bin nicht so an Bier gewöhnt. Und Chips esse ich eigentlich kaum. So, ich muss mich jetzt leider wirklich beeilen. Madame Dupont macht sich sonst Sorgen!«

#

Etwas später am selben Abend
Mit einem zischenden »Kirschschschsch« meldet sich meine Schwester gewohnt resolut am Telefon.

»Hallo Bettina, du bist ja zu Hause?!«

»Hey, Kleines, schön, dass du anrufst. Endlich!«

»Hast *du* vorhin mit Jule telefoniert?«

»Nein, ich habe nur am Sonntag ungefähr fünf Mal versucht, dich zu erreichen. Aber da ist niemand drangegangen. Ich habe mir schon richtig Sorgen gemacht.«

Nicht nötig, ich lag nur im Koma.

»Oh, da war ich wohl laufen. Aber mit Jule hast du *heute* nicht telefoniert?«

»Nein. Warum ist das denn so wichtig? Hoffentlich gibt es keine Probleme bei euch?!«

»Ach, Jule ist mal wieder etwas wütend. Gerade ist sie wortlos in ihrem Bett verschwunden. Und wahrscheinlich hat sie vorhin Ralph angerufen und ihm ganz große Schauergeschichten erzählt.«

»Oh, nein. Dann überleg dir doch schon mal etwas Nettes für die Dame vom Jugendamt.«

»Sehr witzig. Aber unwahrscheinlich, dass die hier auftaucht. Für französische Verhältnisse bin ich ja die absolute Glucke.«

»Nicht nur für französische, Dickerchen.«

»Hör auf, Bettina. Nein, ich meine eher, was den Umgang mit Kindern angeht. In Frankreich gibt es definitiv keine Rabenmütter. Toll, was?«

»Ja, ein Problem weniger. Hast du das heute gelernt?«

»Genau. Und dass Französinnen ihre Schwiegermütter siezen. Weil sie nicht unbedingt mit ihnen befreundet sein müssen.«

»Das ist doch praktisch. Die Regel kannst du ja jetzt tatsächlich einhalten. Mit den anderen klappt es bestimmt nicht so gut, oder? Die Figur-Disziplin. Das Naschverbot.«

Heute wieder besonders nett, Schwesterherz!

»Ach was. So streng ist das hier gar nicht ...«

Nathalie hat heute Abend zwei Chips gegessen.

»... Außerdem passe ich längst wieder in mein tolles Kleid ...«

Was ich dringend mal überprüfen muss!

»... weißt du, das, wo der Busen so gut zur Geltung kommt.«

»Muss man den denn wirklich noch extra zur Geltung bringen?«, kichert Bettina.

Du Plattfisch. Ablenken, sonst gibt's Streit.

»Wie geht's denn deinem Oliver?«

»Oh, gut. Seeehr gut, glaube ich. Willst du ihn mal sprechen? Er liegt direkt neben mir. Und das Telefon habe ich übrigens auf laut gestellt ...«

15. Kapitel

Dienstag, 12. Oktober, 08:10
Beim Frühstück mit Jule

»Magst du dieses komische Vogelfutter ächt?«, fragt mich Jule und tunkt ihr Croissant in eine »bol« voll heißem Kakao. Sie ist nach unserem Krach vom Vorabend plötzlich wieder sehr gut gelaunt, sogar etwas übermütig, fast ein bisschen angriffslustig. Der Grund ist mir ein Rätsel.

Mit betont angewidertem Blick verfolgt sie, wie ich mir meine Biomüsli-Grundmischung in meine Schüssel schütte und Weizenkeime, Leinsamen und Sonnenblumenkerne darüberstreue.

Ab heute kehre ich nämlich zur guten alten Biokost zurück, die in Berlin schon immer meine Schokoladen-Diät unterstützt und mein Gewissen beruhigt hat. Dieses ewige Hungern à la Française bringt mich auf Dauer nicht weiter. Denn früher oder später am Tag taucht hier ja doch wieder irgendwo ein Croissant auf, eine Rocher-Kugel bei Jean-Yves drüben im Tabac, oder ein besonders listiges Nougat de Montélimar wartet an der Kasse bei Jean-Claude im »Casino« auf mich. Und natürlich ein Törtchen von Monsieur und Madame Croizet. Oder zwei. Oder drei. Und denen ist mit leerem Magen kaum zu widerstehen. Und Croissants sind jetzt den Wochenenden vorbehalten! Ordnung muss sein.

In Frankreich ist Bio zwar nicht leicht zu finden, da diese Art Nahrung immer noch ein mehr oder weniger trauriges Schattendasein fristet. Beim Gemüse aus dem Supermarkt heißt Bio hauptsächlich garantiert in Plastik eingeschweißt, wahrscheinlich aus Holland importiert und schon so gut wie verschimmelt. Bei allen anderen Produkten heißt es vor allem sündhaft teuer. Aber trotzdem habe ich mich gestern Nachmittag mit Biomüsli eingedeckt, das mich von jetzt an als solide Grundlage durch den Tag bringen soll. Ganz unten in einer riesigen Einkaufstüte versteckt, habe ich es am Eingang der Backstube vorbei in unsere Wohnung geschmuggelt. Ein wahrer Schatz also.

Hm, lecker.

»Hm, lecker!«, sagt Jule und versenkt ihr Croissant tief im Kakao.

»Jule, das macht man nicht.«

»Quatsch, das machen alle so. Madame Croizet mit dem Baguette in ihrem Kaffee, Chloé mit einem Keks im Orangensaft, der Papa von Chloé mit …«

»Schon gut, schon gut. Das will ich gar nicht wissen. Dann stell bitte wenigstens den Teller unter dein Croissant, damit du den Tisch nicht so vollkrümelst.«

»Ach, Mama, hier braucht man zum Frühstück doch keinen Teller! Das macht Madame Croizet auch so. Du hast ääächt keine Ahnung. Das ist wie mit dem Becher und der Schüssel. Das hast du ja am Anfang auch nicht kapiert. Aber guck ma, das geht doch viel besser!« Jetzt verschwindet das nächste Stückchen Croissant mit weiten Teilen von Jules Fingern erst in der Kakaoschüssel und dann in Jules Mund.

»Jule!«

Seufz.

Jule scheint mein ursprüngliches Projekt »Französin werden« für sich entdeckt zu haben und dabei direkt auf die Überholspur eingeschert zu sein: Croissants gehören in den Kakao, der wiederum in eine Müslischüssel und nicht in einen Becher, das »goûter« am Nachmittag ist heilig, und abends möchte Mademoiselle jetzt immer etwas Warmes serviert bekommen. Kategorie Fleischklößchen und Pommes. Nur Chips sind natürlich immer noch besser als ein warmes Essen.

Aber ein belegtes Brot? Wie barbarisch!

»Man muss ja nicht alles ganz genauso machen wie die Franzosen. Vor allem beim Frühstück, wenn … Jule, jetzt lass dieses Croissant aus deinem …«

»Papa kommt uns besuchen.«

»Wie bitte?«

Vor Schreck gieße ich viel zu viel Milch in mein Müsli, und dazu noch einen großzügigen Klecks daneben, direkt auf die Tischdecke.

»Iiieh, Mama, das macht man aber nicht! Also, Papa kommt schon gaaaanz bald. Hatta mir vasproooochen.«

Ätsch-bätsch, hast du vergessen zu sagen.

»Wie versprochen? Wann versprochen?«

»Na, gestern Abend. Habe Papa angerufen. Weil ich das ganz doof fand, dass du mit Nathalie Chips gegessen hast. Aber Chloé durfte nicht kommen!«

»Aber Jule. Wir können doch Chloé gern mal wieder einladen. Gestern Abend passte es einfach nicht so gut, weil …«

»Weil du ihren Papa nich magst! Aber jetzt kommt *mein* Papa, und der versteht sich bestimmt super mit Eric. Dann kann Chloé mich immer besuchen, wenn ich es will.«

»Was hat Papa denn genau gesagt?«

»Dass er gerade gaannz viel Arbeit hat …«

Aha.

»Aber dass er dann bald kommt. Und dass Garance zur Hölle fahren soll. Aber ich habe ihm erklärt, dass man das nicht sagt.«

»Klar.«

»Und Mama?! Zu Alex will ich auch nich. Ich habe das genau gehört. Wenn ich da schlafen muss, wenn du wieder im Restorang essen gehst oder so, dann sag ich das Papa! Heute frage ich Chloé, ob ich bei ihr schlafen kann!«

»Nein! Jule, das geht nicht. Das macht man nicht. Man lädt sich nicht selbst ein. Und überhaupt müssen so etwas die Erwachsenen regeln.«

»Dann musst *du* mich da eben einladen.«

Aaaaah!

»Komm, Julchen, wir finden schon eine Lösung.«

»Ja: Wenn du abends weggehen willst, dann musst du Chloés Papa fragen, ob ich bei denen schlafen kann. Sonst mache ich das selbst. Oder ich komme eben mit dir mit. Genau! So machen wir das!«

»Nein, Jule, das geht nicht. Das ist Mamas Verabredung, und zwar mit einem Kollegen.«

»Und warum kann ich da nicht mit? Ist der nicht nett?«

»Doch, der ist sogar sehr nett.«

»Mag der mich nicht?«

»Doch, sicher mag Philippe dich.«

»Philippe? Ach der?! Das ist doch gar kein Kollerege von dir. Das ist doch der, der mein neuer Papa ...«

»Jule, jetzt ist aber Schluss!«

»Gut, dann komme ich also mit. In deine Schule darf ich ja wohl auch mit. Und da sind ganz viele Kolleregen. Aber wenn du nicht willst, dann sage ich eben Papa, dass er ...«

»Okay, Jule, ich frage Chloés Vater.«

#

Zwanzig Minuten später
Auf dem Weg zur Vorschule

In die Vorbereitung dieser Selbsteinladung investiere ich jetzt schon mehr Zeit und Hirn als in so manche Unterrichtsstunde. Dabei bin ich eine gewissenhafte Lehrkraft, ehrlich! Aber dieses Vorhaben ist ja auch nichts gegen ein bisschen Präteritum, ein paar Präpositionen und die Possessivpronomen. Nein, dieses Projekt würde auch Profidiplomaten vor eine gewisse Herausforderung stellen. Nach meinen bisherigen Überlegungen gibt es folgende Optionen:

1. die säuselnde Unschuldsversion:

»Lieber Monsieur Leroy. Nun sind unsere Töchter ja schon eine ganze Weile wirklich gut befreundet. Und Jule wollte Chloé schon so lange soooo gern mal zu einer Pyjama-Party einladen. Aber leider, leider klappt das bei uns gerade nicht so gut. Könnten die beiden die Party nicht bei Ihnen feiern? Zum Beispiel am nächsten Samstag?«

Nicht gut.

2. die wehleidige Psycho-Tour:

»Ach, Monsieur, stellen Sie sich vor: Nach langer Einsamkeit und seit einem tragischen Zwischenfall bei der letzten Verabredung habe ich nun endlich mal wieder ein Date, leider aber auch immer noch eine ausgeprägte Babysitterin-Phobie, die meine Tochter unbewusst spürt und sich deshalb ihrerseits vor Babysittern fürchtet. Unsere fürsorgliche Nachbarin muss ein halbes Dutzend eigene Enkelkinder hüten, und die brutale Kinderfrau musste ich leider unehrenhaft entlassen. Kann Jule vielleicht mal bei Ihnen übernachten? Vielleicht … am nächsten Samstag?«

Nicht viel besser.

3. die harte Befehlsnummer:

»Monsieur Leroy, ich kann Sie zwar bekanntlich überhaupt nicht ausstehen, aber Sie können das *ganz einfach* ändern: Passen Sie nächstes Wochenende eine Nacht auf meine Tochter auf! Keine Widerrede.« Dazu den zackigen, etwas herrischen Deutsch-Akzent, den die Franzosen aus zahllosen Zweite-Weltkriegs-Filmen kennen.

Im Sinne der Völkerverständigung, der deutsch-französischen Freundschaft und meiner Verabredung mit Philippe vielleicht auch keine gute Lösung. Aber egal, irgendwas muss jetzt passieren, denn dort steht sie: die Ente, mit im Stand rasselndem Motor und umhüllt von einer graublauen Abgaswolke, hinter der nur schemenhaft Eric und Chloé Leroy auf dem Weg zum Schultor zu erkennen sind.

Jule jubelt, zerrt mich hinter Vater und Tochter her und erklärt beiden irgendetwas, als wir sie erreichen. Ich verstehe nichts. Es ist Französisch. Ich verstehe meine eigene Französisch sprechende Tochter nicht!

Dafür verstehe ich Eric Leroy sehr gut, als er – nachdem Chloé ihm mit ihrem Ellenbogen in die Seite boxt hat – knapp erklärt: »Chloé und ich machen am Samstag eine kleine Party. Julie ist eingeladen und kann auch bei uns übernachten. Ich glaube, das passt Ihnen ganz gut, oder?«

#

Eine Stunde später
In der »École Polyglotte«

Kaffeepause im Lehrerzimmer. Überall um mich herum ist das akzentschwere Französisch meiner Kollegen aus gut einem Dutzend Ländern zu hören. Aber mich erreichen die Stimmen irgendwie nur gedämpft, denn Philippe hat sich mit dieser überaus wichtig aussehenden Arbeitsmappe zum Tag der offenen Tür zu mir gestellt. Wenn wir nicht bald etwas unternehmen, werden die Türen allerdings fest verschlossen bleiben, denn die Planung ist ja bisher wichtigeren Dingen zum Opfer gefallen.

Doch auch jetzt erklärt mir Philippe, der Kulturcrack, schwärmerisch, welch modernes und unheimlich angesagtes Stück wir am Samstag im »Sabotage« hören werden. Die eigene Bildung dürfe ja auch nicht zu kurz kommen, und die Organisation unseres Projekts bekämen wir schon noch hin, erklärt er. Während der ganzen Zeit fällt eine besonders forsche Strähne seiner entweder nicht zu bändigenden oder besonders gut auf lässig gestylten Haare ziemlich dekorativ auf seine dezent gebräunte Stirn.

»Ier, sieh mall«, sagt Philippe jetzt, zückt sein Handy und stellt sich so dicht neben mich, dass sich unsere Schultern zwangsläufig berühren. »Das ist eine Viddeo-Clip von das Aufführrung vor zwei Wochen in Parie. Die Kriitiker *und* der Püblik warren begeii-stertö.«

Viel erkennen kann ich auf dem Handy-Bildschirm nicht. Und hören eigentlich rein gar nichts. Fragend blicke ich Philippe an, der mit seinem Handy nun noch dichter an mich heranrückt.

Mmmmh …

»Dies ist ein Stüüück der Musik seeehr modern«, erklärt Philippe mit sanfter Stimme. Ich hänge wortwörtlich an seinen Lippen und verfolge genau, wie er dieses überaus charmante Deutsch zustande bekommt. Doch plötzlich werde ich jäh aus meinen Beobachtungen gerissen.

»Da sind Sie ja!«, ruft Schuldirektorin Madame Guillotin. »Und auch Madame Kirsch ist da. Wie läuft denn die Arbeit Ihres, nun sagen wir mal, kleinen Komitees?«

»Oh, wir machen große Fortschritte«, erklärt Philippe, ohne eine Sekunde zu zögern. »Der Zeitplan steht, die Einladungen sind praktisch fertig, alles läuft perfekt.«

Äh …

»Sehr gut, Monsieur Foulie. Ich habe auch nichts anderes von Ihnen erwartet.«

»Madame Kirsch trägt ebenfalls sehr engagiert zum Gelingen unserer Arbeitstreffen bei«, sagt Philippe.

Nein, nicht rot werden, Anja. Nicht …

»Ah, bon. Na, wenn *Sie* das sagen. Dann: weiter so!«, ruft sie, ziemlich laut. Im Lehrerzimmer wird es still.

Könnte es sein, dass uns jetzt alle anstarren?

Mein Kopf glüht. Wenigstens Madame Guillotin dürfte das aber glücklicherweise entgehen, denn sie blickt die ganze Zeit nur Philippe an. Mich ignoriert sie konsequent. Schließlich dreht sie sich um und verlässt schnellen Schrittes das Lehrerzimmer.

»Bon, isch muss auch in das Unterrischt«, sagt Philippe, haucht mir einen Kuss auf die Wange und lässt mich im Strom der nun ebenfalls aus dem Lehrerzimmer eilenden Kollegen stehen.

Alison, meine Kollegin aus England, macht kurz bei mir Halt. »Dann weiter so«, imitiert sie lachend Madame Guillotin. »Wenn Sie Tipps für Ihr kleines Komitee wollen, fragen Sie mich ruhig. Ich war vergangenes Jahr in der Planungsgruppe für das Sommerfest – mit Monsieur Foulie.«

»Wie darf ich das verstehen?«

»Genau so, wie Sie es sich jetzt denken. Good luck.«

Können Sie bitte sofort dieses süffisante Lächeln einstellen?

»Thanks.«

#

Am Nachmittag
Zuhause vor dem Computer

Der Café crème dampft auf meinem Schreibtisch in seinem Schüsselchen, ein leckeres Croissant wartet daneben – auf mich, nicht aufs Wochenende. Man soll es mit den guten Vorsätzen ja nicht übertreiben.

Ich habe noch ein bisschen Zeit, bis ich Jule abholen muss, und werde endlich mal eine Mail an Heike, Susanne und Annette schreiben. Bei meinen Kolleginnen und Freundinnen aus Berlin habe ich mich seit Wochen nicht gemeldet. Das schlechte Gewissen nagt, aber Auswandern und Französin werden ist eben wirklich ein Vollzeitjob. Na ja, jetzt kann ich ihnen ja endlich berichten, wie es läuft, und mich erkundigen, was in Berlin so …

Hallo? Was ist das?

To: AnjaKirsch@schoolmail.com
From: Ralph.von.Hassel@MarquardtConsulting.com
Date: 12. Oktober; 13:01
Re: Pflichten

Anja,

Jule hat sich bei mir beklagt, dass du deiner Pflicht als Erziehungsberechtigter nicht nachkommst. Wie kannst du ihr eine Verabredung mit ihrer besten Freundin dauerhaft verwehren?! Und warum bekommt sie um Himmels willen nicht genug zu essen? Jule ist auch meine Tochter, deshalb fordere ich dich hiermit auf, diese

Missstände umgehend zu beheben. Andernfalls muss ich persönlich einschreiten.

Dörte Karstensen
i.A. Ralph von Hassel
Senior Partner
Marquardt Consulting

Wer ist denn nun bitte Dörte Karstensen? Lässt Ralph seine Privatpost jetzt von seiner Assistentin erledigen?

To: Ralph.von.Hassel@MarquardtConsulting.com
From: AnjaKirsch@schoolmail.com
Date: 12. Oktober; 15:44
Re: Re: Pflichten

Ralph,
spinnst du?
Gruß an Dörte.
Anja Kirsch
Deine Ex-Partnerin

So, jetzt aber die Mails schreiben. Obwohl … oje, noch eine Nachricht in meinem Elektro-Postkasten, die wahrscheinlich keinen Aufschub duldet.

To: AnjaKirsch@schoolmail.com
From: Bettina.Kirsch@Handelsbank.de
Date: 12. Oktober, 12:47
Re: Wir kommen!

Hallo Kleines,
wir können tatsächlich eine ganze Woche freimachen. Ist das nicht wunderbar?! Wir, also Oliver und ich, haben jetzt erst mal den Flug nach Nizza gebucht. Das ist doch besser, als mit dem Auto von

Frankfurt aus loszufahren. Aber unten am Mittelmeer mieten wir uns einen schicken Flitzer und kommen dich besuchen! Zweites November-Wochenende. Du hast doch sicher nichts vor, oder?

Liebe Grüße an Jule,

Betty

PS: Monika will offenbar in Frankfurt bleiben. Bei mir! Weißt du, warum?

Nichts weiß ich. Jedenfalls nicht über meine Mutter. Dafür aber sehr sicher, dass ich Mitte November keine Zeit habe. Und nicht einmal zu Hause bin, weil ich mich ja dann mit Jules Klasse auf einem Bauernhof vergnügen werde. Gegen eine Visite meiner Schwester ist die Aussicht auf pädagogisches Waten durch Kuhfladen, Rühren in hoffentlich kontrolliert schimmelnder Milch und das Stapeln fertiger Käselaibe fast so attraktiv wie eine Woche Club Med »all inclusive« auf den Malediven.

To: Bettina.Kirsch@Handelsbank.de
From: AnjaKirsch@schoolmail.com
Date: 12. Oktober, 15:52
Re: Re: Wir kommen!

Liebe Bettina,

ich freue mich natürlich, dass du mich besuchen willst. Aber am zweiten November-Wochenende habe ich leider schon andere Verpflichtungen. Wie schade! Aber sicher klappt es ein anderes Mal.

Beste Grüße

Anja

PS: Freust du dich gar nicht, Mama zu sehen?

PPS: Nenn mich nicht Kleines.

PPPS: Und unsere Mutter nicht Monika!

So, wem schreibe ich zuerst? Heike? Susanne? Oder Annette? Oder doch eine Serienmail? Nein, zu unpersönlich. Aber besser als nichts. Vielleicht sollte ich ...

»Ping! Sie haben Post«, teilt mir mein Computer jetzt mit.

Natürlich! Von Bettina. Meine Schwester ist BlackBerry-Junkie, reagiert auf E-Mails genauso schnell wie auf SMS und würde auch noch aus dem Kreißsaal binnen Minuten antworten, sollte sie doch noch Kinder bekommen. Jedenfalls kommt Bettinas Antwort auf meine Absage umgehend und quetscht sich in meinem Post-Eingangskorb natürlich vor die zehn noch ungeöffneten Mails.

Typisch, vorgedrängelt wie bei der Geburt! Vermutlich hat sie das damals getan, um unserer Mutter gleich ein kumpelhaftes »Hey Monika« entgegenzukrähen, während ich – als die natürlich Schwerere von uns beiden – mich noch durch den Geburtskanal quälte und unsere Mutter seit jeher brav »Mama« nenne. Aber »Monika«? Das geht doch nicht!

To: AnjaKirsch@schoolmail.com
From: Bettina.Kirsch@Handelsbank.de
Date: 12. Oktober, 15:59
Re: Re: Re: Wir kommen!

Kleines,

hast du einen Neuen? Fährst du mit ihm im November auf einen romantischen Trip nach Paris? In diesem Fall sei dir vergeben. Vermassele es nicht.

Betty

PS: Oliver ist gerade bei mir eingezogen. Kein Platz für Monika.

PPS: Was macht eigentlich dein Hugh Grant? Fährst du mit ihm weg? Nun erzähl doch mal!

PPPS: Du bist echt verklemmt, was diese Namen angeht. Und sonst auch.

Schlechte Aussichten für meine Freundinnen, die in der Regel viel nachsichtiger sind mit mir und um die ich mich mehr kümmern sollte als um meine Schwester. Aber irgendwie gibt es so etwas wie eine unsichtbare Verbindung zwischen Bettina und mir. Fast ein bisschen unheimlich. In meinem nächsten Leben komme ich ohne nervigen Zwilling auf die Welt, jawohl!

In diesem Leben kann diese Mail allerdings nicht unbeantwortet bleiben. Mit 40 kann ich mir *das* nun wirklich nicht mehr gefallen lassen!

To: Bettina.Kirsch@Handelsbank.de
From: AnjaKirsch@schoolmail.com
Date: 12. Oktober, 16:03
Re: Re: Re: Re: Wir kommen!

Bettina,

ich erwarte doch etwas mehr Respekt von dir. Ich verbiete dir hiermit endgültig, mich »Kleines« zu nennen. Ich meine das ernst. Und mein Privatleben geht dich überhaupt nichts an.

Anja

Ha! Das tat gut. Ich beiße in mein Croissant, das heute besonders saftig schmeckt. Genau genommen tropft gerade ein bisschen, äh, Kaffee aus meinem Croissant.

Ich habe es offenbar gedankenverloren in den Kaffee getunkt. Ich muss zugeben, dass es wirklich ausgesprochen lecker …

Jetzt klingelt das Telefon. Das Display meldet Bettina. Natürlich!

»Anja, Liebes, jetzt stell dich doch bitte nicht so an«, säuselt sie.

»Hm.«

So einfach geht das nicht. Ich bin ernsthaft beleidigt.

»Ich habe das doch nicht so gemeint«, setzt Bettina nach und fügt dann hinzu: »Ja, das kann zur Unterschrift.«

»Wie bitte?«, erkundige ich mich. »Welche Unterschrift?«

»Ach, sorry, ich meinte meinen Assistenten. Jetzt bin ich aber wieder ganz bei dir.«

Natürlich. Ganz und gar.

»Hm.«

»Anja, ich möchte wirklich gern wissen, wie es mit deinem Hugh Grant weitergegangen ist. Schließlich sind wir doch Schwestern! Zwillinge sogar …«

Allerdings. Leider.

»… mir kannst du das doch anvertrauen … Nein, die Konferenz ist schon um 17 Uhr, ja, der gesamte Vorstand. Jetzt aber schnell! Anja? Bist du noch da? Tut mir leid, das war meine Sekretärin. Also, was ist mit Hugh? Du sagst ja gar nichts. Sag doch wenigstens endlich, ob du mit ihm an diesem Wochenende … Oje, du bist ihn sicher schon wieder los, oder? Na, Kopf hoch, Klei… äh, Anja, da wird sich schon ein anderer …«

»Hör auf!«, schreie ich ins Telefon. »Ich habe es wirklich satt, von dir so behandelt zu werden. Und im Übrigen läuft es ganz hervorragend mit ›meinem Hugh‹. Aber hör auf, ihn so zu nennen.«

»Hoppla. Ist ja gut. Ich weiß doch aber gar nicht, wie er heißt.«

»Philippe.«

»Wow, wie romantisch, ganz französisch! Und er sieht wirklich auch aus wie Hugh Grant? Wie mein Oliver?«

»Keine Ahnung, wie dein Oliver aussieht. Das spielt ja auch gar keine so große Rolle. Wichtiger ist ja wohl, dass er überaus interessant, einfühlsam, gebildet …«

»Natürlich, natürlich … Aber, sag mal, wie kommt es denn eigentlich, dass er noch nicht in festen Händen ist?«

Wutentbrannt drücke ich den roten Knopf meines Telefons und nehme mir vor, das nächste halbe Jahr nicht mehr mit meiner Schwester zu sprechen. Auf jeden Fall nicht über Philippe. Denn ihre Frage heißt ja übersetzt so viel wie: »Wie kommt es eigentlich, dass sich so ein Adonis der Extraklasse, da auch mit inneren Werten ausgestattet, für jemanden wie dich interessiert?«

Unverschämtheit!

Hm, obwohl, wie kommt es eigentlich, dass …

Anja! Schluss jetzt!

Endlich die Mails schreiben an …

Och, nö, jetzt kommt auch noch eine SMS von Bettina. Nerven auf allen Kanälen.

Sorry, sei wieder lieb. Dein Schwesterherz. *(12. Oktober, 16:19)*

Pffffh!

16. Kapitel

Samstag, 16. Oktober, am Nachmittag
»Du siehst toll aus«, sagt Nathalie und zupft meine Haare in Form. Gerade hat sie mir gekonnt einen Lidstrich verpasst, der mich in nichts Geringeres als eine echte »femme fatale« verwandelt.

Nathalie stand überraschend bei mir vor der Tür, als ich mich in der letzten Vorbereitungsphase für mein Date mit Philippe befand. Sie hatte in der Bäckerei Baguette für das abendliche Familien-Fünf-Gänge-Menü gekauft und wollte sich vor dem einsamen Kochen noch ein bisschen unterhalten. Ihr Jonathan scheint immerhin auch mal den Küchendienst zu übernehmen, regelmäßig den Müll wegzubringen und kann durchaus die Spülmaschine in Gang setzen. Damit hat sie es schon recht gut getroffen, denn nach ihren Beschreibungen dürften die meisten Herren der französischen Schöpfung wohl eher Totalausfälle in Sachen Gleichberechtigung bei der Hausarbeit sein.

Aber das ist ja ein viel zu deutscher Ansatz, »wir« Französinnen sind da ja ganz anders. Wir managen Küche und Kinder mit einem hinreißenden Lächeln auf den perfekt geschminkten Lippen.

Also, ich noch nicht wirklich, aber Nathalie scheint das bestens hinzubekommen. Und noch nie hat sie sich darüber beklagt, dass sie zusätzlich zu ihrer eigenen Arbeit auch noch die gesamte Organisation der Familie an der stets verführerisch rouge-geröteten Backe hat.

»Das wird ein grandioser Abend mit deinem Liebhaber«, sagt Nathalie. »Fast beneide ich dich ein bisschen.«

Äh.

»Also, ich meine, dass du einen aufregenden Abend vor dir

hast. Wir speisen heute mal wieder ›en famille‹. Du weißt schon, Madame Dupont kommt zu Besuch.«

Die Schwiegermama! Ja, da sind meine Aussichten besser.

»Aber so ist es nun einmal«, seufzt Nathalie. »Schade, dass Julie nicht bei uns logiert. Das hätte sicher etwas Stimmung gebracht.«

»Ja, sicher. Vielen Dank noch einmal für das Angebot, aber Jule ist überglücklich, dass ich sie bei Chloé und diesem Sturkopf von Vater übernachten lasse.«

»Das ist aber schon nett von dem Leroy, dass er Julie einlädt, oder? Wie hast du das bloß gemacht? Auf die französische oder die deutsche Art?«

»Wie geht denn deiner Meinung nach die deutsche Art?«

»Nun, sehr direkt und ziemlich resolut ...«

Ah, die harte Befehlsnummer. Hatte ich das vor? Naaahein ...

»... so waren die Mädels jedenfalls immer bei meinem Schüleraustausch. Wir Französinnen haben uns immer gewundert, dass die Jungs das mitgemacht haben. Ihr seid die Bosse. Das funktioniert mit den Männern hier nicht. Man muss ihnen zumindest das Gefühl geben, der Überlegene zu sein.«

»Hm, das war bisher tatsächlich nicht so mein Stil. Was ist denn mit der Gleichberechtigung?«

»Ach was, viel zu kompliziert. Immer schön charmant und verheißungsvoll lächeln. Dann bekommt man alles, was man will. Das hat bei meinem ›petit copain‹ in Deutschland damals auch sehr gut geklappt.«

»Kann ich mir vorstellen. Aber irgendwie auch heikel.«

»Ach was. Das kriegen schon kleine Mädchen hin: anschmiegsam und zielbewusst, wie eine Katze. Das funktioniert grandios.«

»Tja, die Strategie dürfte dann wohl Chloé bei ihrem Vater angewandt haben. Wahrscheinlich hat *sie* ihn dazu gebracht, Jule einzuladen. Ich hätte da jedenfalls keine Chancen gehabt.«

»Na, Hauptsache, Julie ist glücklich und du kannst dein Rendezvous so richtig genießen.«

»Ich weiß schon, wie: Immer schön schnurren, und alles hört auf mein Kommando, richtig?«

»Na ja. So ungefähr.«

#

Am Abend

Bei Chloé

Die Musik ist laut. Sehr laut. Aber auch sehr, sehr gut: Dire Straits, »Sultans of Swing«, fast bis zum Anschlag aufgedreht. Der Putz in dem bekanntlich ziemlich renovierungsbedürftigen Treppenhaus bröckelt wortwörtlich, als ich bei Chloé vor der Tür stehe – mit einer aufgeregt hüpfenden Jule im Schlepptau, ihrem Köfferchen für Wochenendreisen und meiner eigenen etwas nervösen Vorfreude auf meine Verabredung mit Philippe.

Chloé, heute etwas blass um die große Nase, hat uns die Tür geöffnet und den Blick freigegeben auf Eric, der jetzt mit zwei Flaschen Bier in den Händen am hinteren Ende des weitläufigen Flurs auftaucht. Er ruft mir irgendetwas zu, was ich aber wegen der lauten Musik nicht verstehe. Die Nachbarn müssen entweder taub sein, zu den Gästen gehören oder ihn spätestens übermorgen verklagen. Wie immer trägt Eric eine Jeans, über der heute lässig ein hellblaues Hemd hängt. Die Ärmel hat er hochgekrempelt.

Zum ersten Mal seit langer Zeit, vielleicht zum ersten Mal seit meinem Umzug nach Frankreich, fühle ich mich tatsächlich ein wenig overdressed in meinem Wuchtbrummen-Anzug, den ich für heute Abend ausgewählt habe. Nein, das Benchmark-Kleid ist inzwischen wirklich zu kalt, und … ach, irgendwie auch ein ganz, ganz kleines bisschen zu eng. Unter der Jacke trage ich mein glänzend rotes Top und an den Füßen – der Internet-Handel mit Übergrößen macht es möglich – meine neuen Auch-in-Größe-42-supersexy-Pumps.

Auf denen stehe ich jetzt mal wieder ziemlich verloren im

Türrahmen, denn Jule ist längst mit Chloé verschwunden, Eric kommt auf mich zu und bringt eine Wolke Pizzaduft mit.

Mmh, im Ofen brutzelt sicher eine leckere Quattro Stagioni …

»Hallo! Wichtige Verabredung heute, was?«, fragt Eric, mustert mich, klemmt sich ein Bier unter den Arm und streckt mir zum Gruß die Hand entgegen.

Huch.

Dabei hatte ich mich schon auf eine besonders unhöfliche bis nicht existente Begrüßung gefasst gemacht.

»Möchten Sie auch ein Bier?«, erkundigt sich Eric und hält mir eine der Bierflaschen entgegen, noch bevor ich diese geradezu intime Begrüßung per Handschlag meines ärgsten Feindes irgendwo einordnen kann.

»Nein, danke, ich bin nicht so an Bier gewöhnt«, zitiere ich Nathalie – eine glatte Lüge in meinem Fall.

»Ehrlich? Na, dann nicht.« Chloés Vater lässt seinen Arm mit der Bierflasche sinken und schiebt die Wohnungstür langsam mit dem Fuß zu.

Ja, da war er wieder, Monsieur Leroy, der Super-Gentleman.

»Sie können Julie morgen im Laufe des Vormittags abholen. Auf Wieder…«

»Äh, Moment, hier ist noch meine Handy-Nummer. Falls es irgendwelche Probleme geben sollte. Aber eigentlich hat Jule kein Heimweh. Sie hat schon oft bei Freundinnen geschlafen, und …«

»Keine Sorge«, murmelt er und greift sich den Zettel, den ich schon zu Hause vorbereitet hatte. »Wir kommen schon klar. Noémi wird sich um die beiden kümmern.«

Ah, Chloés Zofe.

»Erwarten Sie denn viele Gäste?«, erkundige ich mich.

»Nein, nur so zwei, drei Dutzend Kollegen von mir.«

Nur? Eine mittelgroße Party also. Das dürften also eher ganze Stapel Quattro Stagioni sein, die mir langsam doch ein bisschen Appetit machen. Dazu ein kleines Bierchen? Natürlich hätte ich schon gern gewusst, womit Monsieur Schweigsam denn so sein

Geld verdient und wer also diese Kollegen sind. Und wo sich denn eigentlich die geheimnisumwitterte Madame Leroy herumtreibt.

»Hm«, murmele ich.

»Machen Sie sich keine Sorgen ...«

Wie fürsorglich!

»... Das sind alles nette Leute. Julie fühlt sich hier wohl.« Eric deutet hinter sich, wo Jule und Chloé kichernd Luftschlangen im Flur verteilen. Jule winkt mir zu, in ihren Augen ist ein Strahlen aus der Weihnachten-Geburtstags-Kategorie zu erkennen.

Sogar Eric Leroy lächelt. »Julie geht es gut hier, nicht wahr, Julie?«

»Ouiiiii«, antwortet Jule. »Los, Mama, bleib doch auch hier. Eric hat sicher noch eine Pizza für dich, oder?«

»Klar.«

»Mamaaaa, bitte!«

Hm.

»Nein, Schatz, du weißt doch, dass ich ...«

»Und notfalls hätte ich auch noch ein Bier übrig.«

Hmmmm.

»Mamaaaaa!«

»Nein, vielen Dank, aber ...«

... gut, dass Sie nicht noch einmal die Pizza erwähnt haben und der »Sultans-of-Swing«-Song gerade zu Ende ist, sonst hätte ich es mir vielleicht doch anders ...

\#

*Zwei Stunden später
Im »Sabotage«*

Ich fühle mich *immer noch* overdressed.

Ich sitze in einer Scheune.

Philippe hatte nämlich leider vergessen, das winzige Detail zu erwähnen, dass das »Sabotage« nicht nur ein sehr angesagtes, sondern auch sehr alternatives und noch viel abgelegeneres Kulturzentrum auf dem Land ist – im Klartext: etwa 60 Minuten Fahrzeit von jeglicher Zivilisation entfernt. Nathalie hatte ebenfalls nichts davon erwähnt, vielleicht kennt sie das »Sabotage« doch nur vom Hörensagen.

Okay, ich hätte vielleicht auch mal im Internet recherchieren können, wo genau unsere neueste »Konferenz« stattfinden würde. Aber ich hegte einfach keinen Verdacht. Philippe hatte von einer sehr exklusiven Veranstaltung geschwärmt, für die er nur Karten über einen »copain«, also einen Freund, aus der Szene bekommen habe.

Als politisch engagierter Kulturfreak organisiert Philippe sicher selbst regelmäßig Benefizkonzerte – für Waisenkinder in Moldawien oder Erdbebenopfer in Haiti. Dazu lädt mein moderner Robin Hood wahrscheinlich die gesamte Bourgeoisie der Stadt ein, die bei etwas gepflegter Kammermusik ordentlich Geld springen lässt. Nicht zuletzt deshalb wähnte ich mich schon in einem der Adelspaläste am Prachtboulevard in der Innenstadt, mit Stuckdecken und sehr erlauchtem Publikum auf pompösem Mobiliar.

Stattdessen hocke ich jetzt aber auf einer Holzbank der Kategorie Oktoberfest, ausrangiert. Ist die un-be-quem! Außerdem muss ich feststellen, dass mein rotes Top der einzige Farbklecks in diesem doch sehr minimalistisch gekleideten Publikum ist. Alle um mich herum tragen schwarz! Auch Philippe, bei dem der schwarze Rollkragenpulli aber weniger intellektuell als vielmehr ziemlich sexy wirkt.

Unwillkürlich schlinge ich meine Anzugjacke enger um mich, um das in diesem Rahmen doch etwas zu bieder lebensbejahend anmutende Rot zu verbergen.

»Iist dier kalt,.Andscha?«, erkundigt sich Philippe und zieht mich eng an sich, ohne auf eine Antwort zu warten.

Mmh … eigentlich doch eine sehr angenehme Konferenz, Holzbank hin oder her. Auch den Auftakt für diesen Abend habe ich Philippe längst verziehen. Bei unserem Treffen in der Innenstadt war Philippe nämlich erstens mal wieder zu spät und ist dann zweitens wie selbstverständlich in meinen Kombi geklettert. Sein Auto sei gerade in der Werkstatt, bei einem »copain«, und deshalb müssten wir uns wohl irgendwie arrangieren. Übersetzt: »Anja, du fährst!«

Aber das war ja auch überhaupt kein Problem, schließlich lerne ich gern dazu, was die französische Fahrweise betrifft – vor allem mit Philippes Hand irgendwo recht angenehm platziert zwischen meinem rechten Oberarm und meinem Nacken.

Unter Philippes Beifall drückte ich auf der Hinfahrt also vor jeder rot werdenden Ampel aufs Gaspedal, hupte, wenn vor mir so ein völlig unfranzösischer Spielverderber gebremst hatte und doch tatsächlich auf Grün zu warten schien, stellte jegliches ohnehin völlig überflüssige und uncoole Blinken ein, startete auf der Landstraße selbstmordgeeignete Überholmanöver und meditierte mich nur Minuten später unter Philippes Anleitung in eine Zen-hafte Reglosigkeit, als eine Schafherde gemütlich die »route nationale« überquerte. »Da man kann machenn garrr nischts«, sagte Philippe und streichelte meinen Arm.

Dann erreichten wir das »Sabotage«, das zu einem alten Gutshof gehört. Bei Tageslicht ist es sicher wunderschön. In der Dunkelheit aber fiel mir vor allem das Kopfsteinpflaster des Parkplatzes auf, in dem meine Absätze immer wieder steckenzubleiben drohten. Zum Eingang des »Konzertsaals« führte schließlich ein Weg, der nach dem Herbstregen der vergangenen Tage so sumpfig ausfiel, dass statt Pumps eher Gummistiefel angesagt gewesen wären. Die hätte es selbst hier problemlos in Größe 42 gegeben, wenn auch wohl nur in anglergrün.

Philippe hatte bei meinen Balancierübungen durch den Matsch einen Arm um meine Schulter gelegt und sich erkundigt: »Soll isch disch traggen, Andscha?«

Wie bitte? Hältst du dich für einen der Klitschkos und mich für Sarah Jessica Parker? Oder willst du, dass dieser Geschäftstermin mit ein bis zwei Verletzten in der Notaufnahme endet?

»Nein, nein, es geht schon. Vielen Dank«, antwortete ich tapfer, legte meinen Arm um seine Hüften und krallte mich auf dem Weg in die Scheune an Philippes Jackett fest.

Aber das ist jetzt eigentlich längst alles vergessen, schließlich sitze ich mittlerweile im Arm des wohl attraktivsten Mannes von ganz Südfrankreich in dem wahrscheinlich trendigsten Konzert von ganz Europa.

»4'33« von John Cage steht auf dem Programm. Eine Bildungslücke, die in Kürze sicher sehr angenehm geschlossen wird.

In diesem Moment tritt der Dirigent auf die Bühne, die vor allem an ihrer aus Strohballen geschaffenen Begrenzung zu erkennen ist. Ihm folgt ein Pianist sowie ein vollständiges Orchester, dessen Mitglieder sich in zwei Reihen aufstellen und ihre Instrumente hingebungsvoll in ebenfalls mitgebrachte Kästen und Koffer einpacken.

Einpacken?

Der Pianist schließt unhörbar den Klavierdeckel. Der Dirigent hebt den Taktstock, und …

… nichts passiert. Jedenfalls akustisch. Stille. Bis auf das Rascheln, das der Dirigent mit seinem Frack und seinen Notenblättern beim engagierten Taktstock-Fuchteln erzeugt.

Ich linse diskret zu Philippe, der aber keine Miene verzieht.

Hallo?

Immer noch Stille. Das Orchester rührt sich nicht. Das Publikum auch nicht.

…

Seit ein paar Minuten geht das nun schon so. Doch jetzt lässt der Dirigent den Taktstock sinken, und alle um mich herum klatschen enthusiastisch.

»Wier dreiunddreißisch iist eine wischtige Stüück der Neuene Müüsike«, raunt mir Philippe ins Ohr und lässt seine Finger über meine Wange streifen. »Es stellt die üblische Definission von la musique in Fragge.«

Allerdings.

»Wie von der Kompositeur vorrgeschribben, soll das Orchesterr schweigenn wier Mii-nuten und dreiunddreißisch Sekunnden. Du verstähsst?«

Durchaus. Ist mir aber egal.

Seine Hand hat jetzt mein Ohrläppchen erreicht, und seine Lippen nähern sich meinem Mund.

»Das iist wiederre sehrre gefraggd. Hat es dirre gefallene?«

»Nun ja …« Weiter komme ich zum Glück nicht, denn Philippe küsst mich – gefühlte vier Minuten und 33 Sekunden lang.

Dann erstirbt der Beifall, und Philippe hört leider auf zu küssen, und die schwarz gewandete Gesellschaft schickt sich an, die Scheune zu verlassen. Offenbar sind die Musiker doch nicht bereit, als Zugabe noch einmal minutenlang dumm herumzustehen. Oder sie haben einfach Hunger.

Wie Philippe.

»Lass uuns noch einen Appen essennä ge-en«, sagt er, legt wieder seinen Arm um meine Schultern und führt mich aus der Scheune.

»Isch kennö ier in die Nä-e ein er-worragende Restaurant, das ist – wie sagged man – sehrre gefraggd ist. En vogue, du verstähsst?«

Und ob. Da gibt es wahrscheinlich nichts als leere Teller.

»Ja, gern, warum nicht?«, sage ich.

Aber mein Bauchgefühl sagt etwas ganz anderes, nämlich dass wir eigentlich dringend diese blöde Arbeit erledigen müssen, mir ein kleiner Café durchaus reichen würde, vor allem im Arm von Philippe, und dass man dann ja mal sehen kann, wie sich der Abend so entwickelt.

Und mein Bauch höchstpersönlich – also der echte, der mit den eineinhalb Speckrollen – meldet sich mit einem unangenehmen Ziehen in der Magengegend. Zu meiner großen Überraschung verspüre ich auch praktisch keinen Hunger. Aber egal, »einen Appen« werde ich notfalls schon herunterbekommen, keine Frage.

»Wunderbarre, isch werde dir präsentierrenne die französische Küsche, die wahre Haute-Cuisine, nischt dieser Touristen-Fraß in die Stadt, sondärne die eschte Küsche der Provence, ›la cuisine du terroir‹, du verstähsst?«

Terror-Küche?

Mein Magen protestiert gurgelnd.

»Aber natürlich«, lüge ich.

»Du wirst es libben, das Essen, meine isch, oh là là!«, haucht mir Philippe ins Ohr und knabbert ein bisschen an meinem Ohrläppchen.

Bon appetit!

#

Zehn Minuten später

Im »Pot au Feu«

Die Auberge steht der Scheune in der Kategorie Baufälligkeit kaum nach. Aber schon auf der Fahrt hat mir Philippe versichert, dass das Restaurant in der Region seinesgleichen suche. Ich suchte währenddessen vor allem die kurvenreiche Straße, die im wieder einsetzenden Regen und mit Philippes Hand auf meinem Bein gar nicht so einfach zu treffen war. Er habe im »Pot au Feu« vorsichtshalber schon einmal einen Tisch reservieren lassen, sagte Philippe. Von einem »copain«, der die Köchin kennt. Anderenfalls wäre da frühestens in drei Jahren ein Tisch zu bekommen.

Madame, die Köchin, sei nämlich in ihrer doch sehr männlich geprägten Zunft eine absolute Ausnahmeerscheinung, erklärt mir Philippe jetzt, nachdem wir im Restaurant Platz genommen haben. Schon seit Jahren sei sie eine Anwärterin auf einen der begehrten Michelin-Sterne. Das nächste Mal würde es sicher klappen. Auch ihr Sommelier habe Spitzenrang.

Sommelier? Noch bevor ich in den Tiefen meines von der Fahrt gut durchmischten Gehirns nach einer passenden Übersetzung fahnden kann, steht der Weinkellner auch schon vor uns und erklärt wortreich die verschiedenen Einflüsse, die den Bordeaux XY zu einem der besten seiner Klasse gemacht hätten. Philippe nickt bei jeder Beschreibung genießerisch und wissend – und bestellt eine Flasche für schlappe 65 Euro, wie er mir zuraunt. Auch das Menü wählt Philippe aus. Nicht nur *sein* Menü, sondern auch *meins!*

Was sagte Nathalie? »Wir geben den Männern das Gefühl, der Chef zu sein, aber eigentlich bestimmen wir.« Den letzten Teil muss ich wohl noch üben.

»Isch abe eine Menü ausgewählt, die dir wird tseigenn das ganze Repertoire französischer Kochkunst«, freut sich Philippe.

Och, nö. Mein Magen.

Doch noch bevor ich protestieren kann, steht auch schon ein Teller Weinbergschnecken vor mir. Die Tiere sehen genauso aus wie im Garten meiner Oma, wo sie auf den hellen Terrassenplatten immer eine glänzende Schleimspur hinter sich hergezogen haben und eher früher als später dem Blaukorn meines Opas zum Opfer gefallen sind.

»Mit eines bisschchen Knobe-lauch siind sie besonders délicieux!«, sagt Philippe, spießt das erste Weichtier auf eine kleine spitze Spezialschneckengabel und steckt sie mir in den Mund.

Ja, der Knoblauch ist wirklich gut und zum Glück so reichlich, dass er erfolgreich von der Konsistenz der Schnecke ablenkt. Ich unterdrücke einen Hustenreiz und versuche, mich auf Philippes Augen und das wirklich romantische Ambiente in dieser Auberge zu konzentrieren. In einem offenen Kamin prasselt natürlich ein Feuer, auf unserem Tisch brennen zwei Kerzen in einem eleganten Silberleuchter, daneben steht ein Rosen-Bouquet, das vermutlich nicht viel günstiger war als die Flasche Bordeaux. Auch das Gedeck ist im extremen Kontrast zu dem doch sehr rustikalen Gebäude gewählt: edelstes Silberbesteck mit einer etwas unübersichtlichen Zahl an Werkzeugen, darunter besagte Schneckengabel.

Philippe hat jetzt Austern serviert bekommen, bringt die erste mit einem Tropfen Zitronensaft zum Zucken – ein Zeichen für ihre Lebendigkeit – und schüttet sie mir praktisch direkt in den Mund. Hier versagt auch die größte Besteckauswahl.

Dann verdrückt er selbst eine Auster. »Köstlisch!«

»Kein Zweifel«, schnurre ich und versuche, nicht an die überaus lebendige Meeresfrucht in meinem Magen zu denken.

»Die französische Küsche iist wirklische etwas gaaanz besonderes«, schwärmt Philippe ganz unbescheiden. »Isch weiß, auch iin Deutsche-londe es gieebt viele Lecker-eien: Schweins-axe miiet Sau-erkraout, Saumaggen, Kalbs-sünge uund so weitter. Du kannst sischer sehr gutte kochen.«

Hm. Diese Gerichte gehören nun gar nicht zu meinem doch sehr italienisch angehauchten und kindkompatiblen Pizza-Nudel-Programm. Und überhaupt: Wieso sollte ich gut kochen können?

»Du bist doch, wie saggt man, ein Mensch des Genüsses, nischt wahr?«

Genussmensch? Heißt das übersetzt etwa dick?

»Aberre auch diie Fransösinnen – wie Madame die Köschin hier, wie meine Muuter, meine Grosmuuter, du verstehst – siind begnaddete Köschinnen.«

»Aber natürlich.«

Ich blicke voller Sorge zum Kellner, der uns in diesem Moment als Zwischengang die legendären Froschschenkel serviert.

Napoleon!

Hätte der Kellner mir gesagt, es handele sich um die Beine besonders leckerer Zwerghühner, hätten sie mir eventuell sogar gemundet. Der Gedanke an den zwar hübsch mit Seerosen bewachsenen, aber doch recht trüben Teich zuhause in L'Oublie-en-Provence verdirbt mir allerdings ein bisschen den Appetit. Genau genommen habe ich das Gefühl, dass mein Magen gerade eine ganz französische Revolution gegen die geballte Kochkunst dieses Landes anzettelt.

Aber warum muss auch alles, was in der Küche dieser »grande

nation« Rang und Namen hat, entweder kriechen, wabbeln oder quaken?

#

Eine halbe Stunde und einen riesigen Berg winziger Froschknochen auf meinem Teller später landet ein Mini-Huhn – es handelt sich wohl um eine Wachtel – auf meinem Teller. Langsam sehne ich mich doch ein bisschen nach Crêpe, Croque, Quiche und all den anderen einfacheren Ausführungen der französischen Küche. »Basse cuisine« sozusagen.

»Andscha – ihr Deutschen abbt so schönne Nammen«, schwärmt Philippe. »Isch weiß ja, dass es eißt eigentlisch Anja, aber Andscha mirr gefällt so gut. Andscha Kiirsch, Andscha la cérise … wunderbar.«

Anja, die Kirsche? Na ja.

Philippe sieht mir tief in die Augen und erklärt mir dann, worum es sich bei den »tripes« auf dem Teller am Nachbartisch zur Linken handelt. Das deutsche Wort fällt ihm nicht ein, aber es handelt sich nach seinen Beschreibungen wohl um Kutteln, also rein anatomisch um den Vormagen von Wiederkäuern – in diesem Fall einer Kuh.

Wollte ich das wirklich wissen?

Langsam wachsen meine Zweifel an der französischen Küche so, dass ich selbst einen harmlosen Croque eher misstrauisch beäugen würde und eine vegetarische Tiefkühl-Pizza durchaus zu schätzen wüsste. Oder auch einfach gar nichts. In diesem Sinne lasse ich die Wachtel wieder zurückgehen.

Ganz selbstständig, unfranzösisch sozusagen. Ein Skandal.

»Aaaah«, jubelt Philippe zufrieden. Natürlich nicht über meinen leisen Aufstand, den ich mit der Abfuhr an die edle Wachtel geprobt habe. »Isch wusste es doch, Madame die Köchin, iiist wirklisch sehrre begabt. Wie schadde abber, meine Liebbe, dass dir nischt mundet meine Menü«, seufzt Philippe jetzt.

»Doch, doch, das ist alles sehr lecker, aber meinem Magen geht es einfach nicht so gut.«

Sehr schlecht, um genau zu sein.

Am Nachbartisch zur Rechten erspähe ich nun die Käseplatte, auf der sich ein schon ziemlich gut gereifter Camembert selbstständig gemacht hat und auf dem schweren Holzbrett schier unaufhaltsam in Richtung des doch ziemlich schwarz schimmelnden Nachbarkäses zu fließen scheint.

Jetzt ist mir wirklich schlecht. Hochgradig übel sozusagen.

»Philippe, ich möchte jetzt lieber nach Hause«, sage ich zaghaft, denn Philippe isst mit großem Appetit seinen gefüllten Schweinefuß an Linsenragout, trinkt das letzte Glas Bordeaux wie schon die drei davor und deutet begeistert auf das Käseangebot, das auch er inzwischen entdeckt hat.

»Mais non, ma chérie.«

Ma chérie …

»Wir abben doch noch gar nischt gegessen die Käse …«

Zum Glück.

»Philippe, es tut mir leid. Aber ich fahre jetzt nach Hause. Entschuldige mich bitte. Vielleicht kannst du dir ja ein Taxi nehmen. Mir geht es wirklich nicht gut.«

»Abber nein, ma cérise …«

Meine Kirsche???

»Isch werde disch natürlich begleitenne. Nein, isch werde fahren disch nach Ause, das ist doch selbst-werständliisch.«

»Ich weiß nicht, ob das nach all dem Wein, den du getrunken hast, wirklich so eine gute Idee ist. Lass doch *mich* lieber fahren. Ich bin praktisch nüchtern.«

»Wie bitte, das isch abbe nischt verstanden.«

Ich erinnere mich an Nathalies Weisheiten zur Pflege eines männlichen Egos und säusele: »Ich sagte, danke, dass du fährst.«

Wird schon gutgehen. Hauptsache, ich komme hier weg.

#

Als wir gefühlte drei Stunden Autofahrt später endlich in L'Oublie-en-Provence eintrafen, ging es mir tatsächlich ein bisschen besser. Wir hatten das Restaurant unter den überaus kritischen Augen der anderen Gäste verlassen. Ein Menü von Madame der Mega-Köchin abzubrechen muss schon einem wahren Sakrileg gleichkommen.

Ich verstand nicht, was Philippe dem Sommelier, dem Kellner und der Empfangsdame erklärte, aber er muss meinen Zustand deutlich übertrieben haben. Philippe stützte mich, als würde ich in den nächsten Minuten zusammenbrechen. Während er der Empfangsdame am Ausgang der Auberge zunickte, raunte er mir ins Ohr: »Dir wird es sischer gehen gleisch viel besserr.«

Doch davon konnte vorerst leider keine Rede sein: Im Vergleich zu dieser Rückfahrt auf dem Beifahrersitz neben dem reichlich alkoholisierten Philippe erschien mir meine Hinfahrt in dieses Kleinod der französischen Kochkunst inzwischen wie ein Ausflug in dem gut gepolsterten, absolut gesicherten Fahrzeug des Papstes – 50 Meter über den Petersplatz im Papamobil, im Schritttempo.

Auf dem Weg vom »Pot au Feu« nach L'Oublie-en-Provence kam mir nämlich die eine oder andere Leitplanke gefährlich nahe, rote Ampeln und Stoppschilder ignorierte Philippe konsequent. Der Zustand der Landstraße trug auch nicht gerade zum Reisekomfort und zur Sicherheit bei, da Philippe entweder mit Vollgas in die Schlaglöcher raste, um dann abrupt auf die Bremse zu steigen, oder den Dellen im Asphalt im großen Bogen auswich – über die Gegenfahrbahn, was im Vergleich zum Graben auf der anderen Seite noch das kleinere Übel zu sein schien.

Ich schwor mir, Jule nie wieder allein zu lassen, sollte ich diese Fahrt überleben.

Aber ich war auch gerührt von Philippe, der offenbar untröstlich über meinen Zustand war. »Mais, ce n'est pas possible, das ist völlig unmöglich, dass du nischt verträggst das französische Küsche.« Er beugte sich zu mir, hauchte mir einen Kuss auf die Wange und fragte: »Was kann isch nur tun für disch, mon amour?«

Geradeaus fahren und auf die Straße achten.

Ganz Französin, flüsterte ich anmutig: »Du machst das wunderbar, Philippe.«

#

Ich leistete auch keinerlei Widerstand, als Philippe eben wie selbstverständlich die Treppe zu meiner Wohnung hinaufkam. Warum auch? Mir geht es tatsächlich viel besser!

Inzwischen habe ich uns einen Kaffee gekocht und schäme mich fast ein bisschen für meine Gastronomie-Untauglichkeit. Irgendetwas stimmt da nicht, schließlich fanden in meinem Magen mitunter auch schon zwei Portionen Spaghetti Carbonara, ein Bananen-Weizen und eine Tafel Schokolade Platz. Aber der ländlichen Küche Frankreichs ist er offensichtlich nicht gewachsen. Jedenfalls nicht heute.

»Mais chérie, ce n'est pas grave, das macht doch nichts«, sagt Philippe und zieht mich auf mein Sofa. »Das Wischtigste ist doch, dass es dir jetzt geht widder besserr und dass wir siinde susammen.« Philippe streicht mir eine Haarsträhne aus dem Gesicht, lässt seine Hand über meinen Nacken gleiten und küsst mich.

Wie schon in der Kulturscheune vergesse ich auch jetzt wieder alles – vom Lautlos-Konzert über das eigenwillige Essen bis zur Höllenfahrt durch die nächtliche Provence – und fühle mich in den Armen meines edlen Franzosen *sehr* französisch. Mit ihm lasse ich mich in die samtenen Kissen meines Canapés sinken und …

Das Telefon klingelt.

Nein! Ich werde nicht drangehen! Ich werde doch nicht schon wieder ein Date mit …

Auch Philippe ignoriert das Telefon konsequent und zieht mir meine Anzugjacke aus.

Jetzt piepst auch noch mein Handy.

Nein, nein, nein. Ich gehe nicht dran!

Jetzt streift Philippe langsam den Träger meines Tops über meine Schulter …

»Guten Tag, sie sind verbunden mit dem Anrufbeantworter von Anja Kirsch und Jule von Hassel. Bitte hinterlassen Sie ihre Nachricht nach dem Pfeifton.«

»Piiiiiiep.«

»Julie ist krank«, tönt mir Chloés Vater aus dem Anrufbeantworter entgegen. »Ihr ist schlecht. Sie müssen sie wohl abholen. Bis gleich.«

»Piiiiiep.«

Ich sehe Philippe an, der ein bisschen um Fassung zu ringen scheint. Er räuspert sich, rückt sein schwarzes Kultur-Event-Outfit zurecht und erklärt: »Isch begleite disch, keine Sorge! Wir müüssen doch sä-en, was deine Kleine at.«

Wie ritterlich! Ein perfekter Patchwork-Vater!

#

Widerstandslos nehme ich auf dem Beifahrersitz meines Kombis Platz. Philipp startet den Motor. In L'Oublie-en-Provence gibt es kaum Kurven und genau zwei Ampeln, deshalb kann ich das Wagnis im Sinne der französisch-weiblichen Anschmiegsamkeit durchaus eingehen.

Und schon ein paar Minuten später erreichen wir sicher das Appartementhaus von Eric Leroy. Philippe manövriert meinen Kombi direkt vor der Haustür in eine winzige Parklücke – nach sehr französischer Methode, bei der das Scheppern von Stoß-stange an Stoßstange dezent mitteilt, dass nun zum Rangieren kein Platz mehr bleibt.

Die Musik dringt noch um einiges lauter aus Erics Wohnung als vor ein paar Stunden, als ich Jule hier abgeliefert habe.

Wir klingeln. Nichts passiert.

»Ich werde vom Handy aus anrufen«, sage ich. »Das Telefon hören sie vielleicht eher als die Türklingel.«

»Wie du meinnst, Chérie«, murmelt Philippe etwas abwesend und blickt auf das Taxi, das mit laufendem Motor neben uns auf der Straße steht.

Der Fahrer hat eben schon zweimal gehupt, war aber auch nicht gehört worden. Jetzt steigt er aus seinem Auto aus, schlägt wütend mit der flachen Hand auf die Kühlerhaube und brüllt: »Merde!«

Philippe winkt ihm zu. Er will ihm sicher behilflich sein. Gleich wird er ihm sagen: »Monsieur, wir versuchen auch, jemanden bei dieser schrecklich lauten Feier auf uns aufmerksam zu machen. Wenn wir drin sind, sagen wir Bescheid, dass draußen ein Taxi wartet.« Im Sinne der Solidarität, französisch eben.

Doch Philippe wendet sich an mich: »Liebbling, isch werde eimge-enn. Deine Tochtär braucht disch jetzt sischer ganz für sisch allein. Isch küsse disch«, sagt er und winkt mir zu, als stehe er auf einem Karnevalswagen und ich in der Menschenmenge. »Offentlich du ast disch nischt angesteckt bei deine Tochter«, fügt er hinzu. »Und ischh mich nischt bei dir, du verstähst?«

Durchaus.

Philippe wendet sich dem Taxifahrer zu, klopft ihm kumpelhaft auf die Schulter und verhandelt kurz. Dann steigen beide ein und brausen davon.

Als ich noch den Rücklichtern des Taxis hinterherstarre, das meinen geplatzten Traum vom perfekten Patchwork-Vater nach Hause oder wer weiß wohin befördert, geht hinter mir die Haustür auf, und Eric Leroy tritt auf die Straße. In seinem Arm hält er Jule, die ihren Kopf an seine Brust gelehnt hat. Sie erscheint mir plötzlich viel kleiner als noch vor ein paar Stunden. Sie wirkt so zart und sehr verletzlich.

»Ich bringe sie Ihnen ins Auto«, erklärt Eric und steuert auch schon meinen Kombi an.

Jule, bleich wie zerflossener Camembert, hebt ihren Kopf, blinzelt mich an und flüstert: »Mama, mir is soooo schlecht.«

»Ich weiß, mein Schatz, du bist ein bisschen krank. Aber dir geht es bestimmt ganz schnell wieder besser.«

Jule antwortet nicht, schließt wieder die Augen und kuschelt sich an Eric.

Hallo? Eigentlich sollte Jule doch jetzt zu *mir* wollen! Ihre Ärmchen um *meinen* Hals schlingen und sich von *mir* trösten lassen!

Zur Nebendarstellerin degradiert, gehe ich neben Jule her und streiche ihr über die Haare. »Wir fahren jetzt nach Hause, dann wird alles wieder gut, okay?«, flüstere ich.

Jule antwortet immer noch nicht. Ich wende mich an Eric Leroy: »Vielleicht sollte ich lieber mit Jule direkt ins Krankenhaus fahren, so schlecht, wie sie aussieht.«

»Nein, nein, das ist nur die ›gastro‹, Magen-Darm-Grippe«, sagt er. »Die hatte Chloé bereits gestern. Heute ging es ihr aber schon besser.«

Na, prima, das hätten Sie mir ja vorhin mal sagen können, dass Chloé schwerkrank und hochansteckend war, als ich sie hier abgeliefert habe. Dann hätte ich Jule doch gleich wieder mitgenommen, mein Date abgesagt, mir dieses schwachsinnige Konzert erspart, keine hüpfenden, zuckenden oder kriechenden Spezialitäten zu mir genommen, und alles wäre gut gewesen. Aber an so etwas denkt jemand wie Sie natürlich nicht!

»Monsieur Leroy! Sie hätten mir ja auch mal sagen können, dass …«

»Da kann man nichts machen. Die ›gastro‹ erwischt jeden einmal.«

»Ach ja?«

»Ja«, gibt Eric zurück und lässt Jule jetzt auf den Kindersitz gleiten, schnallt sie an, schließt die Tür und beäugt kritisch mein Auto. »Kommen Sie denn da wieder raus?«, fragt er.

»Wo raus?«

»Na, aus der Parklücke«, sagt er und zeigt auf meinen Autoschlüssel. »Soll ich?«

»Nein!«

17. Kapitel

Gut eine Woche später, abends
Zuhause auf dem Samtsofa (allein, tja ...)
Ich räume die diversen Ordner meines Handys auf und stolpere über Bettinas letzte SMS.

Sorry, sei wieder lieb. Dein Schwesterherz. *(12. Oktober, 16:19)*

Oh! Das ist schon fast zwei Wochen her. Und seitdem haben wir keinen Kontakt mehr gehabt. Dabei bin ich inzwischen gar nicht mehr richtig wütend auf Bettina. Eigentlich fehlt sie mir sogar ein bisschen. Der alte Zwilling-Zwang kommt wieder durch. Ich werde meiner großen Schwester also einen Brief schreiben, einen richtigen, auf Papier. Ganz altmodisch ...

L'Oublie-en-Provence, 24. Oktober
Liebe Bettina,
    heute bekommst du einen richtigen Brief, mir ist gerade danach. Ich habe in den letzten Tagen öfter vergeblich versucht, dich zu erreichen. Und nun herrscht zwischen uns schon seit fast zwei Wochen Sendepause. Aber immerhin habe ich es in der Zwischenzeit sogar geschafft, endlich mal meinen Berliner Freundinnen und Kolleginnen vom Stand der Dinge zu berichten.
    Dabei gab es zuletzt leider nicht viel Erfreuliches, Jule und ich waren nämlich beide krank. Nein, eigentlich nicht wir beide, jedenfalls nicht gleichzeitig, sondern immer schön der Reihe nach: Zuerst litt Jule zwei Tage lang unter der berüchtigten Magen-Darm-Grippe. Die »gastro« erwischt hier tatsächlich jeden irgendwann einmal. Aber, ehrlich gesagt, wenn ich eine Mikrobe wäre, würde ich mich

auch in Südfrankreich niederlassen: angenehm mildes Klima, viel Rohmilchkäse und wenig Kinder, die sich in entscheidenden Momenten mal die Hände waschen würden. Jule dürfte sich bei ihrer Freundin angesteckt haben. Aber das ist ja im Nachhinein auch nicht so wichtig. Jedenfalls ließ Jule sich von mir verarzten und ausgiebig verwöhnen. Am dritten Tag ihrer Krankheit fand sie wohl einfach Gefallen an der vielen Cola, die ich ihr zu trinken gab, und den unzähligen Büchern, die wir zusammen lasen, sowie dem Dauer-Fernsehen, das ich ja nur in Ausnahmefällen dulde. Aber eigentlich war sie längst wieder gesund.

Dann war ich allerdings an der Reihe. Die fiesen Viren brauchten bei mir etwas länger, um sich durchzusetzen, denn mit den ersten Symptomen hatte ich leider schon Tage zuvor beim Besuch eines sterneverdächtigen Restaurants mitten auf dem Land zu kämpfen. Und dann wurde ich richtig krank! Ich weiß, ich soll mich nicht so anstellen, aber du hast ja auch noch nie eine gut erholte Fünfjährige zuhause gehabt, während du dich selbst nur mit Mühe auf den Beinen halten konntest.

In der »ÉEcole Polyglotte« musste ich mich bei meiner erwartungsgemäß wenig verständnisvollen Chefin krankmelden. Das war kein großes Vergnügen. Zumal auch mein Kollege Philippe (ja, Hugh Grant), mit dem ich übrigens an jenem Abend essen war, ebenfalls krank geworden war. Anscheinend hatte es ihn noch schlimmer erwischt als mich, jedenfalls hatte ich am Telefon den Eindruck, dass er ziemlich leidet.

Ich selbst bin gar nicht mehr aus dem Haus gegangen. Abwechselnd haben meine Freundin Nathalie und unsere Vermieterin, Madame Croizet, den Schulweg mit Jule übernommen. Also, den Hochmut der Franzosen, die angeblich jahrelang neue Nachbarn ignorieren, kann ich nicht bestätigen. Aber vielleicht ist das auch eher in Paris so, hier jedenfalls nicht! Einmal kam sogar dieser anstrengende Vater von Jules Freundin Chloé vorbei. Unangemeldet stand er um halb neun mit Chloé vor der Tür, um Jule zur Schule zu bringen. Und um eine DS in unsere Wohnung zu schmuggeln, wie mir erst heute klar geworden ist. Die war in der Tüte mit der Cola und den Salzstangen versteckt, die er mir wortlos überreichte. Cola und Salzstangen! Das war eine echte Überraschung, schließlich vertrauen die Franzosen eher auf Chemiekeulen im Großformat.

Nathalie und Madame Croizet haben sich einen richtigen Wettstreit geliefert, wer die größte Tüte aus der winzigen Apotheke unseres Dorfes zu mir schleppen kann. Jeden Tag kamen neue Medikamente, die mich schnell wieder auf die Beine bringen sollten. Als Erstes kippte mir Nathalie die Rote-Kreuz-Entwicklungsländer-Grundausstattung auf den Küchentisch. Die hatte ich zum Glück schon weggeräumt, als Madame Croizet kurze Zeit später mit einer Tüte voll Elektrolyt-Lösungen, Pillen und Pulvern aufkreuzte, die auch für ein ganzes Dorf im Sudan gereicht hätten.

Inzwischen geht es mir schon viel besser. Ich fühle mich mindestens fünf Kilo leichter – eine praktische Seite der »gastro« – und voller Tatendrang. Aber ausgerechnet heute fangen die Allerheiligen-Ferien an, so eine Art Herbstferien. Auch die Sprachenschule hat geschlossen, und unser Dorf ist wie ausgestorben. Bald sind wirklich *alle* weg. Nathalie fährt zum Beispiel morgen mit ihrer Familie ans Meer, um noch die letzten Sonnenstrahlen auszukosten.

Wie steht es denn um deine Urlaubspläne? Es tut mir leid, dass ich an dem geplanten Termin nicht da bin. Ich begleite Jules Klasse auf einen Bauernhof. Dafür muss ich eine Doppelstunde Unterricht schwänzen – und eine Magen-Darm-Grippe werde ich dann wohl nicht vorschieben können. Hoffentlich habe ich hinterher nicht gleich die nächste.

So, Bettina, meld dich doch bald mal wieder. Muss ja nicht gleich ein so langer Brief sein wie dieser. Aber: Auch wenn wir uns manchmal etwas anzicken, deine Klartext-SMS fehlen mir schon ein bisschen.

Liebe Grüße
Deine Anja

PS: Hast du Neuigkeiten von Mama?

PPS: Wie geht es »deinem« Hugh Grant eigentlich?

PPPS: Ja, du hast natürlich mal wieder Recht: Meiner ist vielleicht doch ein kleines bisschen mehr als ein Kollege.

... wenn vielleicht auch nicht der ideale Patchwork-Vater.

#

»Hm, das war ja nicht so nett, oder?«, fragt Nathalie, der ich eben am Telefon erst vom jähen Ende meines Dates berichten kann. Aus Rücksicht auf Jule hatten wir das Thema vorher vermieden, als Nathalie zur Krankenpflege vorbeikam.

»Ach eigentlich habe ich Philippe die Flucht im Taxi längst verziehen«, sage ich. »Ist ja mehr als menschlich, und genützt hat es ihm auch nichts. Am Telefon hat er wirklich sehr gelitten: unter dieser Krankheit selbst und weil sie uns so brutal voneinander getrennt hat. Das hat er wirklich hübsch formuliert.«

»Hm«, murmelt Nathalie mit immer kritischerem Unterton.

»Und schlimmer ist ja noch, dass wir uns jetzt so lange nicht wiedersehen.«

»Warum?«

»Weil Philippe jetzt erst einmal in Urlaub gefahren ist.«

»Ohne dich?«

»Diese zwei Wochen Skiurlaub mit seinen ›copains‹ sind schon seit Monaten geplant. Sie fahren in eine Skihütte, irgendwo ganz oben, Les Deux Alpes oder so. Sie gehört seiner Familie, und Philippe revanchiert sich nun bei seinen Freunden für Konzertkarten, Autoreparaturen ...«

»Verstehe. Anja, ehrlich gesagt, frage ich mich ...«

»Ja, ich weiß, was du sagen willst. Als er mir gestern seine Pläne eröffnet hat, ist meine Stimmung auch rasant auf den absoluten Nullpunkt gesunken. Aber vorhin kam eine SMS, die allein schon wegen der vielen Grammatikfehler so bezaubernd ist, dass es mit meiner Laune sofort wieder etwas bergauf ging. Ich lese sie dir vor, okay?«

»Anja, ich weiß nicht, aber …«

»Also, Philippe hat geschrieben …

Anja, mein Herz. Ich habe schlecht dir zu erklaeren, wie du mich vermisst. Ich zaehle das Tage bis wir uns das Wiedersehen. Ich kusse dich, Philippe.

Entzückend, oder? Also ehrlich gesagt hat mich erst ein bisschen irritiert, dass er die Tage bis zu unserem Wiedersehen zählt. So ähnlich hatte Ralph, mein Ex, seine fehlgeleitete SMS an die Babysitterin formuliert. Aber wie soll man auch sonst seiner Sehnsucht Ausdruck verleihen, oder?«

»Ja, natürlich, nur dass …«

»Jedenfalls fand ich Philippes SMS so wunderbar romantisch, dass ich ihn sofort angerufen habe.«

»Und?«

»Fehlanzeige.«

Genau genommen hatte ich statt Philippe eine sehr weibliche, sehr sinnliche Stimme am Telefon, die mir auf Französisch erklärte, dass mein gewünschter Gesprächspartner nicht zu sprechen sei. Ihrem Tonfall nach zu urteilen hätte sie auch Werbung für Telefonsex machen können. In Frankreich sind sogar die Mailbox-Damen irgendwie sexy.

»Und? Hast du eine Nachricht hinterlassen?«

»Nein. Aber ich werde ihm gleich eine SMS schicken. Das ist doch eine gute Idee, oder?«

»Ja, vielleicht«, murmelt Nathalie. »Ich frage mich nur, ob … oh, Anja, entschuldige, aber Lucille ist wieder aufgewacht. Ich muss mich um sie kümmern. Jonathan packt schon das Auto. Wir wollen morgen ganz früh los. Wir sprechen uns nach den Ferien!«

#

Lieber Philippe, ich vermisse dich auch sehr und kann es kaum abwarten, dich wiederzusehen. Kuss, deine Anja. *(24. Oktober, 21:56)*

Ach, ich bin mit dem Leben versöhnt. Jetzt schreibe ich selbst solche SMS, mit denen Ralph unsere doch furchtbar eintönige Ehe beendet hatte. Alles wird gut und Philippe sicher sofort antworten.

#

Kurz nach Mitternacht

Ich gehe jetzt ins Bett, keine SMS.

#

Am nächsten Morgen

Mein Handy signalisiert blinkend eine Nachricht.

Ouiiii! Sie ist von Philippe.

Mein liebes Kirschchen. Du mir fehlst enorm. Es gibt keinen Sinn für das Leben ohne dich – auch nicht auf das Piste. Mit mein ganzes Herz, Philippe. (25. Oktober, 10:34)

Entzückend! Sogar das »Kirschchen« gefällt mir! Allerdings habe ich doch etwas Schwierigkeiten, mir vorzustellen, wie Philippe schwermütig »das Piste« herunterfährt. Und eigentlich gibt es dieses Mal auch noch mehr Grammatikfehler. Bisher waren seine SMS irgendwie eloquenter ausgefallen. Aber: »Tant pis«, macht nichts. Allein die Botschaft zählt!

Ich würde ihn ja am liebsten anrufen, aber dieses Mal werde *ich* bis zum nächsten Tag warten. Jawohl! Es kann schließlich nicht schaden, sich ein bisschen rarzumachen.

#

Es klappt! Noch eine SMS von Philippe, dabei habe ich noch gar nicht geantwortet. Und ich wollte auch gar nicht mehr antworten, sondern liege schon längst im Bett. Bei Philippes Nachricht handelt es sich genau genommen sogar um eine MMS. Auf dem angehängten Foto ist *mein* ganz persönlicher, sehr französischer und deshalb noch viiiiel attraktiverer Hugh Grant zu sehen.

Wow! Er ist dezent gebräunt, hat wunderschöne, aber irgendwie auch etwas weinselige Augen, wie ich sie schon von unserem Ausflug in die Haute-Cuisine-Auberge kenne, und natürlich ein zauberhaftes Lächeln auf den Lippen. Mmmmh …

Im Hintergrund sind bunte Lichter zu sehen, die ich einer einsamen Ski-Hütte irgendwie nicht zuordnen kann. Aber »tant pis«.

Ich öffne die Nachricht.

Drágám szeretnék töltidöt romantikus hétvégi párizsi! En már a szállodai reservé 13 és november 14. *(25. Oktober, 22:17)*

Was ist das? Die Nachricht muss irgendwie fehlgeleitet sein. Falsch adressiert. Wie damals bei …

… Ralph!

Quatsch. Das kann einfach nicht sein. Ausgeschlossen. Deshalb werde ich jetzt schlafen.

18. Kapitel

Ralph rast die Skipiste hinunter, vor ihm fährt unsere Babysitterin Alina in einem sehr knappen Bikini. Ich komme einfach nicht hinterher, meine Ski sind viel zu lang. Immer wieder lande ich unsanft auf meinem Hintern, der in einem dicken rosa-lila-grünen Overall steckt. Zum Glück hält jetzt Philippe direkt neben mir mit einem eleganten Hüftschwung an. Er will mir aufhelfen und hält mir seine Hand entgegen. Ich setze mich ein bisschen auf. Doch plötzlich klingelt sein Handy – aber gar nicht mehr mit dieser hübschen Melodie, deren Titel mir einfach nicht einfallen will. Sondern sehr eindringlich. Sehr wie eine Klingel. Driiiiiiiing. Und immer lauter. Philippe holt sein Telefon aus der Tasche seiner Skijacke, meine Hand greift ins Leere. Ich rutsche die Piste herunter, mit meinem Po auf den Skiern. Immer schneller …

#

Dienstag, 26. Oktober, gegen neun Uhr morgens
Zuhause, im Bett

»Aaaaaah!«

»Mama. Mama! Mamaaaaah! Jetzt wach doch endlich auf. Da steht so eine Frau mit einer Blume vor der Tür.«

»Julchen! Was ist los?«

»Die hat schon gaaaanz oft geklingelt. Ganz laut!«

»Ja? Oh. Ich glaube, ich habe schlecht geträumt.«

»Kann sein. Jetzt komm!«

Verwirrt stürze ich aus dem Bett, werfe mir meinen Bademantel über und lasse mir von Jule am Balkonfenster zeigen, was vor unserer Tür los ist.

Dort steht ein Fleurop-Lieferwagen, daneben eine Frau, die mich jetzt leider entdeckt und aufgeregt zu sich winkt.

Auf dem Weg nach unten versuche ich, meine Haare mit den Fingern in halbwegs erträgliche Form zu bringen. Doch der Blick der Fleurop-Dame sagt eindeutig, dass mir das nach Französinnen-Standards so gar nicht gelungen ist.

Wortlos drückt sie mir eine Rose in die Hand, springt in ihren Lieferwagen und braust davon. Auf der Karte steht:

Pour Anja, mon amour. Philippe

»Von wem is 'n die?«, fragt Jule, die mir zur Haustür gefolgt ist.

»Von Philippe, meinem Kollegen.«

»Aha«, sagt sie mit einem Blick, der mir fast spöttisch vorkommt, und geht die Treppe wieder hinauf.

Das ist ja *wirklich* entzückend! Wen interessiert da noch diese Kauderwelsch-SMS von gestern Abend. Das war vielleicht einfach nur ein Spaß mit seinen »copains«. Ich werde Philippe nachher eine SMS schicken.

#

Doch er kommt mir zuvor: Seine nächste SMS erreicht mich nach Dusche und Frühstück, mitten in der vierten Partie »Junior-Monopoly« des Tages.

Ich möchte mit dir eine romantische Ausflug nach Paris machen. Ich habe gebucht für 13./14. November eine Hotel. (26. Oktober, 11:01)

Hui! Paris!! Meine Träume werden wahr!!!

Aber Moment mal: Gebucht? Mitten auf der Piste?

Und überhaupt: 13. und 14. November? Das klingt irgendwie nicht gut.

Wochenende?

Mitte November?

Das Wochenende auf dem Bauernhof!

Bingo.

»Was 'n jetzt schon wieder los?«, motzt Jule, der die Unterbrechung nicht sonderlich gefällt.

»Nichts, nichts.«

»Gut. Du bist auf der Achterbahn gelandet. Ich kriege fünf Euro von dir.«

Jule würde es mir nie verzeihen, wenn ich doch nicht mit auf den Bauernhof fahre und am Ende mangels Betreuer auch noch der ganze Ausflug abgesagt wird. Nein, das kann ich nicht machen.

»Eine Fünf! Hihi, hab schon gewürfelt. Und du hast gar nicht gemerkt, dass ich eben auf deiner Geisterbahn war ...«

Aber wenn ich eventuell einen Ersatz für mich finden könnte, dann hätte ich sogar eine wunderbare Lösung für das Babysitter-Problem, das so ein Wochenendtrip ja zwangsläufig aufwerfen würde. Obwohl Jules Begeisterung auch bei dieser Strategie sicher nicht Bayern-München-Fankurven-Niveau erreichen wird.

Vielleicht könnte Nathalie mich auf dem Bauernhof vertreten? Ja, die Idee ist gut. Sie ist ja ohnehin in ihrem Krankenhaus schon als Glucke berühmt, da kann sie sich doch durchaus einen Tag freinehmen. Eigentlich wundert es mich ohnehin, dass sie sich nicht selbst gemeldet hat. Und nach dem Elternabend haben wir nie richtig über diese Fahrt gesprochen. Ja, ich werde Nathalie fragen! Hoffentlich erreiche ich sie in ihrem Urlaubsdomizil.

Am Abend desselben Tages
An Jules Bett

»Julchen?«, säusele ich meiner Tochter ins Ohr, die sich in ihre Decke gekuschelt hat. Es ist spät geworden. Vor lauter Tagträumerei habe ich die Zeit ein bisschen aus den Augen verloren.

»Hallo Julchen, schläfst du schon?«

»Hm.«

»Sag mal, es wäre doch bestimmt gar nicht so schlimm, wenn vielleicht eine andere Mama mit auf den Bauernhof kommen würde, oder?«

»Nö«, murmelt Jule im Halbschlaf.

Yesss!

»Wir könnten zum Beispiel Nathalie fragen, ob sie nicht ...«

»Meinetwegen. Die kann auch mitkommen.« Jule schließt wieder die Augen.

Auch?

Da waren sie wieder: Diese ganz elementaren Grundlagen zum Thema kindlicher Logik, mit denen ich eine Eskalation unserer kleinen Verständigungsschwierigkeit jetzt vielleicht noch verhindern könnte, die mir aber leider fehlen. Den Kurs muss ich an der Uni irgendwie verpasst haben, wie so manche andere nützliche Dinge auch. Auf jeden Fall hätte mir ein bisschen Vorbereitung auf die Realität als berufstätige Mutter – nicht nur in Frankreich – durchaus gutgetan.

In meinem nächsten Leben werde ich deshalb die Vorlesung über »Katastrophen in der Literatur des 18. bis 20. Jahrhunderts« sausenlassen, um beim Roten Kreuz einen handfesten Erste-Hilfe-Kurs zu besuchen. Das hätte mir sicher auch geholfen, als Jule damals mit dem Bobby-Car in die Glasvitrine gesaust ist. Auch auf das Anglistik-Seminar über »Post-apocalyptic fiction« werde ich nach meiner Wiedergeburt souverän verzichten und mich stattdessen in Zeitmanagement, Führungskompetenz und Yoga weiterbilden. Nützlich bei Arbeit, Sport und Spiel. Dazu noch ein Mediations-Crashkurs für UNO-Blauhelme, vielleicht als Blockseminar in den Semesterferien. So als Profi-Unterhändler hätte ich die Sache hier sicher längst locker im Griff. Aber für all das ist es in diesem Leben ja nun ein bisschen zu spät.

»Julchen, ich meinte eher, wenn Nathalie mitkommt, dann würde Mama vielleicht in der Zeit einen kleinen Ausflug nach Paris ...«

»Waaaas?« Jule setzt sich auf und starrt mich mit weit geöffneten Augen an. »Du willst nich mit?«

»Na, also …«

»Abba Mama, das ist gaaanz …«, Jule schnieft. »Das ist ja voll fies. Ich hab mich schon soooo darauf gefreut.«

»Ich weiß, mein Schatz, aber …«

»Wieso willst du denn nich mit mir verreisen?«

»Ach, Julchen, natürlich will ich mit dir verreisen, es ist nur, dass …«

»Hast du mich denn nich liehieb?«

»Aber natürlich, Julchen! Wie kommst du denn darauf? Ich habe dich ganz schrecklich lieb.« Ich drücke Jule an mich.

»Dann kommst du also mit.«

Seufz.

»Ja, ich komme mit.«

»Na, dann is ja alles okee. Nacht, Mama.«

»Gute Nacht, Julchen.«

Ich decke Jule zu und drücke ihr einen Kuss auf die Wange.

Nein, leider wird mein Plan auf keinen Fall klappen: Nathalie kommt nicht mit auf den Bauernhof. Sie hat vorhin noch aus dem Urlaub zurückgerufen und meinen Paris-Traumluftballon endgültig platzen lassen.

»Ich würde dir wirklich gern helfen, Anja«, hat sie mit echtem Bedauern gesagt. »Aber ich fahre doch genau an dem Wochenende schon mit Camilles Klasse nach Avignon. Das hatte ich noch gar nicht erwähnt? Dabei war es gar nicht so einfach, Madame Dupont, also meine Schwiegermutter, du weißt schon«, kicherte sie, »zum Betreuungseinsatz zu überreden. Aber ich habe Jonathan schließlich herumgekriegt, dass *er* mit ihr spricht. Und das hat geklappt.«

Ich nahm mir vor, bei Gelegenheit die Spielregeln in französischen Familien genauer zu recherchieren. Zuerst werde ich aber Philippe für dieses Wochenende absagen müssen. Ein erster Anruf scheiterte schon mal wieder. Also eine SMS, die kommen ja meistens doch irgendwann an.

Lieber Philippe, ich würde furchtbar gern mit dir nach Paris fahren. Wäre vielleicht auch ein anderes Wochenende möglich? Kuss, Anja (26. Oktober, 22:56)

Am liebsten hätte ich noch hinzugefügt:

Vielleicht hätten wir den Termin vorher besprechen können? Das ist ja ein bisschen kurzfristig. Und hatte ich dir nicht sogar von der Klassenfahrt erzählt?

Aber damit hätte ich mich ja gleich wieder als überorganisierte, überfeministische Deutsche geoutet, die sich nur ungern die Zügel aus der Hand nehmen lässt. Und sicher sollte die Reise eine Überraschung sein, sehr leidenschaftlich, sehr spontan. Philippe ist eben ein echt französischer Liebhaber. Aber irgendwie auch ganz schön unpraktisch, wenn die Termin-Koordination nicht klappt.

19. Kapitel

Samstag, 6. November
Nach 15 Kilometern morgendlichem Waldlauf (Bettina)
Nach zwei Schüsseln Müsli und drei Café crème (Anja)

»… was soll's?«, schnaubt Bettina ins Telefon. »Wir hatten eine schöne Zeit. Und warum sollte nicht auch ich mal verlassen werden«, schließt meine Schwester ihre Leidensgeschichte der vergangenen Wochen. Tatsächlich und wohl zum ersten Mal in ihrem Leben hat sich einer ihrer Lover zuerst verabschiedet: Oliver aus dem Devisenhandel. Tja, das ist eine schnelllebige Branche.

»Zum Schluss schien er sich mit Monika besser zu verstehen als mit mir«, faucht Bettina. »Dann kann er auch gerne gehen.«

»Mit Mama?«

»So könnte man sagen.«

»Wie jetzt?«

»Ich möchte die Details gar nicht so genau wissen. Also auch nicht darüber reden. Sie hat ein paar Tage bei mir Station gemacht und ist dann zu einem Psychologie-Workshop verschwunden. Irgendwo auf dem Land, in einem Schloss. Und Oliver zog am selben Tag aus.«

»Hm. Bei mir hat sich Mama noch gar nicht gemeldet.«

»Oooooh, du Arme. Jetzt aber nicht weinen, okay? Sie hatte einfach keine Zeit, nehme ich an. Ihr geht es bestens, mach dir bloß keine Sorgen! Ehrlich gesagt bin ich froh, dass ich beide los bin, Monika und Oliver. Aber sag mal, Klei… äh … Anja. Wie läuft es denn mit *deinem* … warte … ich hab's gleich, genau, Philippe? Was macht er so?«

Tja, gute Frage.

»Schwer zu sagen. Er macht sich vor allem rar, aber überschüttet mich mit Blumenlieferungen und Textnachrichten.«

»Ich verstehe gar nichts.«

Ich auch nicht.

»Also, wir hatten ja dieses recht vielversprechende Date, eigentlich immer noch ein Geschäftstermin, aber irgendwie dann doch sehr romantisch. Nur leider ging es etwas abrupt zu Ende, weil …«

»Oh Anja, nicht schon wieder!«

»Bettina, das war wirklich nicht meine Schuld.«

Ein Integrationspunkt für mich: »Das ist nicht meine Schuld« gilt unter kritischen Kennern als einer der Lieblingssätze der Franzosen …

»Ist ja gut. Was war also los?«

»Also, zuerst waren wir in diesem Konzert. Etwas merkwürdig, aber …

…

…

Tja, und am Ende waren wir alle krank, hab ich dir doch schon geschrieben: Jule, ich und Philippe auch. Ja, und dann ist er in Skiurlaub gefahren …«

»Skiurlaub? Einfach so? Ohne dich?«

»Ja, ja und ja. Aber per SMS hat er mich gleichzeitig zu einer Paris-Reise eingeladen.«

»Wusste ich's doch! Habe doch gleich gesagt, dass du auf einen Romantik-Trip fährst. Toll, Klei…«

»Warte! Ich musste aus Termingründen absagen.«

»Wie bitte? Absagen? Aus Termingründen?!«

»Ja, der Bauernhof mit Jule.«

»Anja, das ist doch jetzt nicht wahr, oder?«

»Doch. Du hast keine Tochter, also keine Ahnung!«

»Ist ja gut. Und dann?«

»Nichts dann. Philippe meldete sich nämlich einen Tag lang nicht auf meine SMS mit der Absage. Natürlich konnte ich mich nur mit Mühe zurückhalten, ihn auf dem Handy anzurufen ...«

... aber das wäre ja wohl nicht im Sinne der unnahbaren Schönheit gewesen, die ich ja nun mal sein will. Apropos Schönheit: Ich muss dringend mal wieder meine Augenbrauen zupfen und meine French Manicure restaurieren lassen.

»... und dann hat er eine SMS geschrieben. Warte, ich lese sie dir vor:

Oh, mein Herz, es wohl soll nicht sein. Sind wir wie eine tragische Paar der Liebe, die nicht finden einander? Ich bin wolkig. Dein Romeo.«

»Wolkig?«, fragt Bettina irritiert.

»Er meinte wohl betrübt. Das ist doch entzückend, oder?«

»Ja, irgendwie schon. Aber hat er dir denn keinen anderen Termin für eine Paris-Reise vorgeschlagen?«

Volltreffer, Schwester.

»Nein. Vielleicht ist das zu banal für einen Romeo?«

»Hm.«

»Dafür kam die nächste rote Rose. Dann wieder eine SMS, wieder eine rote Rose ... eine Woche lang ging es so: Täglich eine SMS und eine rote Rose.«

»Aber er rief nicht an, stimmt's?«, bohrt Bettina nach.

»Ja, stimmt. Und als ich es dann doch mal probierte, war auf der Mailbox Sendepause.«

»Seltsam.«

»Geheimnisvoll, oder? Ist doch aber auch spannend!«

Bei Bettina im Hintergrund höre ich jetzt Tastaturgeklapper. »Was machst du denn da? Hörst du mir gar nicht zu?«

»Doch, doch! Erzähl weiter!«

»Auf jeden Fall war Philippe nicht zu erreichen. Meine Stimmung hat sich wirklich verfinstert und irgendwann den Schlechte-Laune-Stand der Dame vom Fleurop-Geschäft erreicht. Sie wurde nämlich mit jedem Tag ein kleines bisschen unfreundlicher, wenn sie mir die elegant verpackte Blume mit einer kleinen Karte daran in die Hand drückte.«

»Wieso das denn?«

»Sie musste immer extra aus dem zehn Kilometer entfernten, etwas größeren Nachbardorf nach L'Oublie kommen. Dabei hatte sie in den Ferien wohl auf ein paar ruhige Tage gehofft, ihren Laden aber nicht geschlossen.«

»Tja, selbst schuld.«

»Genau. Sogar die Croizets, meine Vermieter, sind zu ihren Verwandten nach Nordfrankreich gefahren und haben die Bäckerei eine Woche zugemacht.«

»Keine Croissants für dich, Dick…«

»Bettina! Du solltest mich mal sehen. So eine französische Magen-Darm-Grippe macht ungemein schlank.«

»Hm. Das glaube ich nicht!«

»Dann komm doch einfach vorbei. Du wolltest doch sowieso mit Oli… ups.«

»Wenn du diesen Namen noch einmal erwähnst, komme ich trotzdem!«

»Klingt wie eine Drohung.«

»Ist es auch. Was hat dein Philippe denn in diesen SMS geschrieben?«

»Große Zukunftsmusik. Warte mal, eine habe ich hier noch.«

»Eine? Du hast sie doch *alle* im Dauerspeicher, oder?«

Stimmt.

»Nö. Aber eine ist zufällig noch da:

Anja, mit dir ich möchte verbringen das Rest meine Leben. Lass uns in den Süden gehen, ans Meer.«

»Wow!«

»Ach, weißt du, ich nehme das eigentlich nicht ganz so ernst …«

... In meiner Fantasie haben Philippe und ich nur längst ein wunderhübsch restauriertes Haus direkt an der Küste gekauft, schlendern Hand in Hand am Stand entlang und leben von der Meeresluft und – natürlich – der Liebe. Aber irgendwie ...

»... irgendwie weiß ich inzwischen gar nicht mehr so recht, was ich von dieser SMS- und Rosen-Salve halten soll.«

»Ich ehrlich gesagt auch nicht, Schwesterherz. Dein Romeo könnte ja jetzt auch einfach bei dir statt auf irgendeiner Piste sein! Oder die Paris-Reise verschieben statt dir das Blaue vom Cote-d'Azur-Himmel zu versprechen!«

»Du hast Recht. Wie – fast – immer, Schwesterherz.«
Leider.

#

Am Abend
Welch ein Glück, dass ich in Frankreich bin! Dieses Land ist einfach wunderbar. Vor allem beim Stadtbummel. Jule und ich sind den ganzen Nachmittag durch die engen Gassen der Altstadt geschlendert und haben in einer netten, kleinen Bar Pause gemacht. Für mich gab es einen »Café crème« und für Jule das Kinder-Nationalgetränk »sirop à la menthe« – Pfefferminz-Sirup mit Wasser oder auch Flüssigkaugummi in E-142-grün. Hat Jule natürlich bei Chloé kennengelernt.

Mit unserer Bestellung haben wir wohl die französischen Erwartungen erfüllt und wurden vom Kellner mit einer schnellen und freundlichen Bedienung belohnt. Schließlich sind wir ja auch längst keine unerfahrenen Touristen mehr, die mit »Café au lait« und Apfelschorle für Chaos sorgen. Apfelschorle gibt es in dieser Form überhaupt höchst selten, und »Café au lait« hat mit den deutschen Erwartungen an einen Milchkaffee so viel zu tun wie Magermilchjoghurt mit Tiramisu.

Aber bei diesem oberleckeren »Crème« konnte ich die Ferien noch einmal Revue passieren lassen, die jetzt wider Erwarten doch langsam zu Ende gehen. Für Jule waren sie eine echte Bewährungsprobe, denn zu ihrem großen Unglück ist auch Chloé verreist. Und zwar zum Familienhauptsitz der Leroys, dem Schloss mit den Einhörnern im Park, wie Jule behauptet.

Jule dürfte in ihren Tagträumen also längst eine WG in Chloés Dornröschenschloss bezogen und jedem einzelnen Einhorn einen wohlklingenden französischen Namen gegeben haben, der alle »Dschüll«- und »Dschülie«-Fans begeistern würde und von solchen Sprachkatastrophen wie Anna Quiche zehn Langenscheidt-Großwörterbücher entfernt ist.

Chloé selbst dürfte sich ein bisschen langweilen, denn sie hat ihre als Krankheits-Notfall-Versorgung bei uns deponierte DS vergessen. Vor lauter eigener Langeweile fing auch ich an, mich für dieses Ding zu begeistern. Jule und ich fahren also seit Tagen Autorennen und pflegen Chloés virtuellen Hund. Und ich frage mich, wie es wohl Chloés Meerschweinchen und ihrer Schildkröte während Chloés Abwesenheit geht. Damit nicht am Ende eines der Viecher bei uns landet, habe ich bisher nur mich selbst gefragt, nicht Jule.

Dabei habe ich in diesen Tagen viel mit Jule gesprochen. Sehr viel. Mein einziger erwachsener Gesprächspartner war eigentlich Jean-Claude vom »Casino«, der in L'Oublie die Stellung hielt. »Ach, wissen Sie. Ich habe ja keine Familie«, sagte er neulich, als wir bei ihm einkauften. »Da kann ich auch hierbleiben.« Etwas gerührt kaufte ich ihm gleich noch eine große Tüte Süßigkeiten aus dieser entzückenden Bonboniere für Jule ab. Ja, tatsächlich nur für Jule. Nach meiner krankheitsbedingten Kalorien-Auszeit bin ich noch Schokoladen-clean, fühle mich wunderbar und habe heute deshalb sogar einen neuen Shopping-Anlauf gewagt.

Dabei habe ich mir einen sehr eleganten Trenchcoat zugelegt, der mir sogar in der französischen 42 passt, sowie ein paar Herbststiefel, die wie durch ein Wunder in meiner Größe vorrätig waren und trotzdem einigermaßen feminin aussehen.

»La vie est belle!«

Jule kleideten wir in einem entzückenden Kinderklamottenladen komplett neu und *sehr* französisch ein. Mehrere Kleider gehören jetzt zu ihrer Garderobe, sogar noch eins in rosa, und diesmal ist es weniger schlicht, sondern sogar richtig mädchenhaft.

»Vive la France!«

Und ich werde ab sofort zu meinem Grundsatz zurückkehren, dass Männer doch nur Ärger bringen, Philippe nach diesem Taxi-Skiurlaub-SMS-Intermezzo offiziell zu meinem Ex erklären und mich ganz um meine Tochter, meinen Job, meine Figur, Fingernägel und Haare kümmern.

»Mais oui!«

Und jetzt kümmere ich mich erst einmal um meine E-Mails.

To: AnjaKirsch@schoolmail.com
From: Ralph.von.Hassel@MarquardtConsulting.com
Date: 05. November, 22:24
Re: Scheidung

Liebe Anja,

unsere Scheidung verzögert sich. Ich habe gestern ein Schreiben meines Anwalts bekommen. Es gibt noch so viele Formalitäten zu erledigen. Das ist schwierig, solange du in Frankreich bist. Vielleicht können wir das Ganze etwas aufschieben.

Dein Ralph

PS: Wie geht es unserer Jule? Ich vermisse sie sehr. Wann passt euch ein Besuch?

Gar nicht.

To: Ralph.von.Hassel@MarquardtConsulting.com
From: AnjaKirsch@schoolmail.com
Date: 06. November, 19:16
Re: Re: Scheidung

Ralph,

Jule geht es gut. Sie bekommt genug zu essen und regelmäßig ihre Freundin zu sehen. Scheidung sofort, bitte.

Anja

Das Telefon klingelt, voller Genugtuung über meine Antwort nehme ich etwas abwesend ab und melde mich mit einem unverbindlichen »Allô?!«. Ganz Französin. Es wäre zwar praktisch, sich mit Namen zu melden, tut hier aber niemand. So hat der Anruf für den – und vor allem *die* – Angerufene aber auch immer den Hauch des Geheimnisvollen.

»Anja? Bist du's? Hier ist Ralph.«

»Oh, das ging aber schnell.«

»Ich habe gerade deine Mail bekommen, auf meinem neuen Smart ...«

»Schon gut, was gibt es denn?«

»Schön, deine Stimme zu hören ...«

Hallo?

»... Du klingst ein bisschen fremd, so französisch.«

Tatsächlich?

»Ralph, wenn du mich nicht verstehst, kann ich auch gern Frau Karstensen eine Mail schicken. Oder hat die keine Zeit mehr, auf Mails zu antworten? Zu sehr mit dir beschäftigt?«

War das zickig?

»Ach, Anja. Es tut mir leid wegen dieser Mail. Da hatte mich meine neue Sekretärin falsch verstanden. Sie sollte eigentlich nur einen Text aufsetzen.«

Ach so ...

»Viel freundlicher«, fügt Ralph hinzu.

Na, dann ...

»Und sie sollte ihn auch nicht gleich wegschicken. Aber du weißt ja, manchmal verselbstständigen sich die Angestellten so ein bisschen.«

Ja, so wie zum Beispiel Babysitterinnen und Gummibärchen.

»Ist schon okay ...«

Ich bin der Großmut in Person!

»... Warum rufst du also an?«, erkundige ich mich so nonchalant wie möglich.

»Ich wollte mal hören, ob es für dich in Ordnung wäre, wenn wir das Formelle unserer Scheidung ein bisschen verschieben würden«, druckst Ralph herum. »Das ist wirklich nicht leicht, wenn einer der Eheleute im Ausland ist. Du müsstest zum deutschen Konsulat fahren und so weiter und so fort. Das wäre doch alles eine recht große Belastung, auch für Jule.«

Hier stimmt was nicht.

»Natürlich. Was ist los, Ralph?«

»Nichts, nichts. Es ist einfach so, wie ich sage.«

»Ja, meinetwegen. Dann regeln wir das eben, wenn ich wieder da bin.«

»Gut. Vielleicht finden wir ja auch eine Lösung, wenn ich euch besuchen komme. Ich dachte so an nächstes Wochenende.«

»Ganz schlecht, Ralph. Das geht wirklich gar nicht. Da sind wir beide auf Reisen.«

Auf dem Bauernhof. Leider. Alternativ könnte ich nämlich auch durch Paris bummeln mit ... Philippe.

Durch den Louvre streifen mit ... Philippe.

Allein schon Metrofahren wäre sicher atemberaubend mit ... Philippe.

»Wie ihr beide?«, fragt Ralph.

Ganz zu schweigen von einer lauschigen Pension, mit ...

»Du mit ...?«

»Philippe, äh, ich meine Jule natürlich«

»Philippe? Wer ist denn das?«

Mein eigentlich gerade wegen Undurchsichtigkeit zum Ex erklärter Verehrer. Oder doch nicht so ganz Ex?

»Ralph, ich glaube nicht, dass dich das etwas angeht«, antworte ich meinem einzig wahren Ex.

Huuuuh, tut das gut.

»Aber was Jule macht, geht mich schon etwas an.«

»Wir sind auf Klassenreise. Jule fährt mit ihrer Schule auf einen Bauernhof, und ich komme als Begleitung mit.«

»Oh. Und dieser Philippe auch?«

Leider …

»… nein.«

»Wer ist das denn überhaupt? Hast du etwa einen Freund?«

Nein, wie sollte ich? Ich bin doch noch verheiratet! Ich warte lieber auf einen knackigen Babysitter im zarten Alter von 20 Jahren und fange noch einmal ganz von vorne an.

»Ralph, ich habe jetzt keine Zeit mehr. Danke für deinen Anruf, das mit der Scheidung geht schon klar. Mach's gut.«

»Hey, Anja, warte mal. Ich möchte gern noch Jule sprechen.«

»Moment, ich verbinde«, sage ich, während ich Jule das Telefon ins Kinderzimmer bringe.

Dann gehe ich zurück ins Wohnzimmer, lege meine einzige CD von Gloria Gaynor auf, klicke vor auf »I will survive«, drehe den Lautsprecher voll auf und singe mit:

At first I was afraid, I was petrified,
Kept thinking I could never live wihout you by my side …

Ein paar Sekunden später lugt Jule um die Ecke, den Telefonhörer am Ohr. »Mama?«, fragt sie etwas erstaunt. Ich antworte nicht und trällere noch ein bisschen lauter:

But then I spent so many nights
thinking how you did me wrong …

»Hey, Mama!«, Jule kommt jetzt auf mich zu. Ich nehme sie an die Hand, wirbele sie herum und gröle wie mit 16 auf Konzerten von BAP oder Grönemeyer. Gloria Gaynor habe ich leider verpasst, bevor sie zur eher exklusiven Ikone der Schwulenbewegung wurde. Und sie singt soooo schön …

And I grew stroooooong!

»Papa will dich noch mal sprechen …« Jule hält mir das Telefon hin, das in akuter Lebensgefahr schwebt. Ich schüttele nur den Kopf und lasse Jule eine Pirouette drehen.

»Waate mal, Mama, Papa kommt uns be…«

And I learned how to get along!

Jetzt habe ich Jule von der Spontan-Disco begeistert. Sie drückt mir entschlossen das Telefon in die Hand und tobt nun selbst tanzend durch die Wohnung.

Gut, dass die Bäckerei geschlossen ist.

Schade, dass Ralph nicht taub ist.

»Anjaaaa!«, brüllt er aus dem Hörer. »Ist bei euch alles in Ordnung?«

Etwas außer Atem schnappe ich mir die Fernbedienung, klicke die Musik unter Jules Protest etwas leiser und sage zu Ralph: »Ja, alles bestens.«

»Ich komme euch besuchen, also ich meine natürlich, ich komme Jule besuchen. Wenn es nächstes Wochenende nicht geht, dann eben später. Schreib mir einfach eine Mail, wann es dir passt.«

Ich antworte nicht, sondern stelle das Telefon ganz dicht an die Box, aus der Gloria Gaynor gerade verkündet:

And so you feel like droppin' in and just expect me to be free, now I'm saving all my loving for someone who is loving me!

20. Kapitel

Bettina, es hat gutgetan, mit dir zu sprechen. Habe übrigens Ralph abgewimmelt. Er wollte wirklich kommen! Philippe habe ich jetzt auch abgehakt. (8. November, 18:34)

Sehr gut. Ich sage auch immer: Ein Ex mehr oder weniger … Aber gib das Franzosen-Projekt vielleicht doch nicht gleich ganz auf! Lieben Gruß an Jule. (8. November, 18:36)

Jule kommt jetzt gleich wieder mit zum Unterricht. Muss ich ein schlechtes Gewissen haben? (8. November, 18:44)

Nein. (8. November, 18:46)

Bitte nicht so gesprächig! (8. November, 18:55)

Bin sehr beschäftigt, sorry. (8. November, 18:57)

Wie heißt er? (8. November, 18:59)

Ladenschluss! (8. November, 19:00)

Montag, 8. November, 20:15
Im Unterricht in der »École Polyglotte«
Jule hat sich gerade an den Lehrertisch gesetzt, eine Tüte Bastelmaterial darauf entleert und Kuschelfrosch Napoleon daneben drapiert. In ihre Ohren hat sie sich die Kopfhörerstöpsel meines

eigentlich museumsreifen Sony-Walkman gestopft, in dem wiederum ihre Cassette »Bibi Blocksberg verliebt sich« steckt. Jule singt das Begrüßungslied: »… du kleine Hexe, komm zu uns, sei unser Freund …«

Vorhin habe ich sie wieder einmal durch den Hintereingang in die Sprachenschule geschmuggelt. Reine Vorsichtsmaßnahme, denn Madame Guillotin selbst arbeitet natürlich *nicht* am Abend. Aber man weiß ja nie. Und meine Chefin wäre sicher nicht begeistert von der Präsenz meiner Tochter, die ihr wahrscheinlich schon rein ästhetisch ein Dorn im wachsamen Auge wäre.

Jule trägt nämlich schon ihren Schlafanzug.

Mich plagt ein furchtbar schlechtes Gewissen, dass Jule seit dem unrühmlichen Abgang unserer Kinderfrau jetzt regelmäßig bis 22 Uhr in meinem Unterricht sitzen muss – zu einer Zeit, zu der Kinder in »ordentlichen« Familien längst von Mama oder Papa eine schöne Geschichte vorgelesen und einen liebevollen Gutenachtkuss bekommen haben.

Nach ihrer ersten Teilnahme an meinem Abendkurs schlief Jule auch prompt im Auto ein und war zuhause nur noch mit Mühe zum Übersiedeln ins Bett zu überreden. Auch den Pyjama musste ich ihr im Halbschlaf überstreifen. Also kommt Jule jetzt im Schlafanzug mit – natürlich stets im repräsentativsten Modell, das wir haben, und mit einem Pulli darüber, damit es nicht ganz so auffällt.

Bei meinen »Schülern« – immerhin zwischen 45 und 60 Jahre alt – kommt Pyjama-Jule sehr gut an. Auch jetzt linst Marie-Odile, die 55-jährige Sekretärin in Altersteilzeit, wieder schmunzelnd zur in sich versunkenen, halblaut singenden Jule.

»Psst, Jule«, sage ich, rüttele ein bisschen an ihrer Schulter und halte mahnend meinen Zeigefinger vor die Lippen.

»Ach, lassen Sie sie doch«, protestiert Marie-Odile, die Jule ganz offensichtlich besonders ins Herz geschlossen hat. Sie hatte auch gleich beim zweiten Mal, als Jule mitkam, eine Tüte »fraise tagada« dabei. Die Haribo-Erdbeeren genießen in Frankreich

Kultstatus. Und Jule eroberte endgültig die Herzen meiner Schüler, als sie großzügig mit der Tüte die Runde machte und jedem eine Frucht aus Zuckerschaum anbot, bevor sie den Rest selbst vertilgte.

In meinem Abendkurs mit Jule folgten immer neue Süßigkeiten: selbst gebackene Kekse von Hortense, der Hotelwirtin, eine Tüte »Nougat de Montélimar« von Véronique, der Frau von der Touristeninformation, und schließlich eine ganze Kiste nobelster Pralinen von François, dem Manager, der nächstes Jahr beim Deutschland-Geschäft seines Konzerns das Ruder herumreißen soll.

Der Deutschkurs entwickelt sich also langsam zum Kaffeekränzchen. Die Stimmung ist hervorragend, und meine Schüler haben größtes Verständnis dafür, dass die nächste Unterrichtsstunde wegen des Bauernhof-Ausflugs ausfallen wird.

Gerade habe ich schon einmal groß »Schönes Wochenende« an die Tafel geschrieben und damit die heutige Lektion über Grußformeln eingeleitet. Es passte hervorragend, denn dieser Deutschkurs hat nur am Montag- und Freitagabend Unterricht, so dass eigentlich schon heute – am Montag – das Wochenende beginnt. Am Freitag werde ich mich schließlich schon mit Jule und ihrer Klasse auf den Weg zu Misthaufen und Melkmaschine machen. Ich betrachte es nur als fair, meine Schüler vorher von meiner geplanten »Krankheit« zu informieren, die mich Freitag niederstrecken wird.

»Das ist doch sehr praktisch, der Donnerstag ist ja ohnehin ein Feiertag«, erklärt Hortense. »Dann haben wir ein sehr langes Wochenende.«

»Feiertag?«

»Ja, der 11. November. Waffenstillstand nach dem Ersten Weltkrieg.«

»Der wird noch gefeiert?«

»Ja, durchaus.«

Na, ist ja auch erst knapp hundert Jahre her.

»Ach so.«

»Und wenn er – wie dieses Jahr – auf einem Donnerstag liegt, nehmen sich die meisten Leute ohnehin am Freitag frei. Ein Brückentag sozusagen. ›On fait le pont.‹ Sie etwa nicht?«

»Nein, äh …«

Aber genau das dürfte Madame Guillotin gedacht und mir deshalb nicht freigegeben haben. Und deshalb dürften sich auch kaum andere Eltern zur Begleitung gefunden haben, weil nämlich alle ein langes Wochenende haben wollen. Blöde Franzosen!

Jetzt geht die Tür des Klassenraums auf, und Jean-Jacques, der germanophile, aber chronisch überdurchschnittlich verspätete Chemieprofessor, schlendert herein. Trotz seines Vornamens trägt er keinen Schnauzbart.

»Gutten Abbend und ent-schuuldi-gungg«, sagt er – wie üblich. Doch diesmal setzt er sich nicht diskret auf seinen Platz in der letzten Reihe, sondern macht einen Umweg zu Jule. Aus einer Plastiktüte holt er einen Plüschfrosch, den er Jule feierlich überreicht.

»Bitte schöön, Yulé«, sagt er und versucht, Jule deutsch-korrekt auszusprechen. »Das ist ein Freund für deinen Frosch«, fügt er auf Französisch hinzu und zeigt auf ihren bereits zum Kurs-Maskottchen avancierten Napoleon.

»Oh, toll!«, ruft Jule, rupft sich die Stöpsel aus den Ohren und sagt formvollendet: »Merci, Jean-Yves.«

Jean-Yves? Oh, nein. Nicht noch mal die Nummer!

»Jean-Jacques«, raune ich Jule zu. »Jean-Yves ist unser Nachbar, der Sü-ßig-kei-ten-ver-käuf-er.«

»Ach so«, murmelt Jule. »Merci, Jean-Claude.«

Die Runde beginnt zu kichern.

»Nein, Jule, nicht Jean-Claude, das ist der Mann aus unserem Supermarkt«, erkläre ich. »Jean-Jacques, Jule. Du musst dich bei Jean-Jacques bedanken!«

Jean-Jacques, Jule. Nicht Jean-Yves, nicht Jean-Claude und auch nicht Jean-Pierre, der Bürgermeister. JEAN-JACQUES!

»Jean-Äh …«, sagt Jule.

»Ach was, ist schon gut«, meint Jean-Jacques. »Aber wie soll denn dein neuer Frosch heißen?«, setzt er nach. »Der braucht doch noch einen schönen Namen.«

Alle blicken gespannt auf Jule.

»Jean *Tout Court*«, erklärt sie knapp und lässt die beiden Amphibien über den Lehrertisch toben. Auch die Klasse tobt.

Hä?

Jule steckt sich zufrieden die Kopfhörer in die Ohren, und Marie-Odile erklärt mir das Geheimnis von »Jean *Tout Court*«. »Einfach Nur Jean«, solle das heißen, und man könne es doch gut zu jenen Jean-Mitbürgern sagen, die über keinen weiteren Namen verfügen.

»Aha! Da weiß Jule wohl mehr als ich!«

»Sieht so aus, Frau Lehrerin«, freut sich François, der Manager mit leichten Problemen, seine mangelnde Autorität in dieser Veranstaltung zu akzeptieren. »Hat sie wahrscheinlich in der Schule gelernt.«

Wahrscheinlich.

Die anderen lachen begeistert und lassen die Packung Lebkuchen vom deutschen Discounter kreisen, mein heutiger Beitrag zur gemütlichen Runde. Auch ich greife zu, schließlich sind es die ersten der Saison.

»Nun aber zurück zu den verschiedenen Möglichkeiten, sich auf Deutsch zu verabschieden«, sage ich und stecke das letzte Stück meines Lebkuchens in den Mund.

In diesem Moment öffnet sich wieder die Klassentür, und Madame Guillotin steht vor mir!

Ihre Gesichtszüge erstarren. Die Türklinke noch in der Hand, lässt sie ihren Blick über das Weihnachtsgebäck schweifen, mustert dann Jule, die sich gerade die Lebkuchenkrümel an ihrem Dschungelbuch-Schlafanzug mit dem Kokosnuss-jonglierenden Bären Balu auf dem Bauch abwischt, und bleibt schließlich an den beiden Fröschen hängen.

Der Blick der Guillotin ist in etwa so liebevoll wie der des Dschungelbuch-Tigers Shir Khan nach einer Woche auf Diät.

»Madame Kirsch!«, herrscht sie mich an und wirft die Klassentür mit einem lauten Knall zu. »Wer ist das?« Ihr Blick ist starr auf Jule gerichtet.

»Das ist Jean Tout Court«, antwortet Jule an meiner Stelle, zupft sich abermals die Tonstöpsel aus den Ohren und hält mit ihrem unschuldigsten Lächeln den neuen Frosch in die Höhe.

Die Direktorin schnappt nach Luft. In den Reihen von Marie-Odile, Jean-Jacques, Hortense und ihren Kollegen ist unterdrücktes Gelächter zu hören. Aber niemand spricht.

Außer Jule.

»Guck ma, und das da ist Napoleon«, erklärt sie feierlich und drückt ihren inzwischen altgedienten Frosch an sich. »Aber eigentlich muss das hier Napoleon sein«, setzt Jule ernst nach. »Hier, guck doch ma«, fordert Jule meine Chefin auf und zeigt auf den gerade erbeuteten Frosch, »der hier hat nämlich eine Krone und einen Königsumhang, und Napoleon ist doch ein König, oder?«

Madame Guillotins Blick verfinstert sich weiter. »Ein Kaiser«, presst sie hervor. »Kein König. Und auch kein *Frosch!*«

Jule ignoriert diese Spitzfindigkeit, schmiegt sich an ihren Napoleon und erklärt: »Und der hier ist soooo süß, aber der hat keine Krone, er ist also ganz einfach, so wie Jean Tout Court.« Jule steht der Stolz über ihre intellektuelle Höchstleistung ins Gesicht geschrieben. Hach, ich könnte sie küssen! Aber die Lage ist so entspannt wie kurz vor Shir Khans finalem Zugriff.

»Das wird Folgen für Sie haben«, keift mich Madame Guillotin an, dreht sich auf ihren Absätzen um, reißt die Tür auf und …

… bleibt abrupt stehen.

Vor der Tür steht Philippe, frisch von der Skipiste, tiefgebräunt und mit einem sehr attraktiven Dreitagebart. Und – wie war das? – seit neuestem mein Ex-Verehrer.

Seufz.

Er wollte gerade auf der anderen Seite an die Tür klopfen und hielt dafür immer noch seine rechte Hand bereit, die damit ziemlich fehlplatziert auf Madame Guillotins spitze Nase zielt.

»Monsieur Foulie! Was machen *Sie* denn hier?« Madame Guillotin hat ihre erste Verblüffung offenbar schnell weggesteckt.

»Oh, bonsoir Madame«, raunt Philippe und setzt ohne Zögern zu einer Runde Begrüßungsküsse an. Ein wirklich seltsamer Brauch: Bis dahin hatte ich nicht einmal geahnt, dass man auch seine Chefs küssen könnte. Und dann auch noch *diese* Chefin … Aber in diesem Moment scheint es mir wohl der richtige Schachzug zu sein – und ohnehin eine Selbstverständlichkeit für Philippe.

»Wie schön, Sie hier anzutreffen, Madame«, erklärt er souverän. »Ich wollte ohnehin etwas sehr Wichtiges mit Ihnen besprechen.«

»Monsieur Foulie, ich freue mich auch, Sie zu sehen …«, sagt die Guillotin in einem merklich sanfteren Tonfall.

Die Masche zieht …

»… Aber Sie können mich doch hier eigentlich gar nicht erwartet haben. Um diese Uhrzeit. Da arbeite ich doch üblicherweise gar nicht.«

Eins zu null für Madame.

»Nun, also …«, Philippe fehlen die Worte.

Mir steigt der Schweiß auf die Stirn.

»Und was tragen Sie da überhaupt mit sich herum?«, fragt sie Philippe, der ein rotes Paket mit einer wunderschönen silbernen Schleife unter dem Arm hält.

»Äh, das ist Arbeitsmaterial für Madame Kirsch. Sie wissen doch, für den Tag der offenen Tür.«

»Ach, deshalb hängt auch dieses Herz an der Schleife«, gibt die Guillotin bissig zurück und zupft die Spitzen ihres Haarhelms im Prinz-Eisenherz-Stil zurecht.

»Nun, also …«, stammelt Philippe.

Ich spüre, wie mir das Blut in den Kopf schießt. Die Guillotin wendet sich jetzt wieder mir zu. »Madame Kirsch, ich dulde keine Liebschaften im Kollegium!«

Ich? Liebschaft? Und überhaupt: Ist das hier die Armee?

»Aber ...«

»Kein aber. Und denken Sie bloß nicht, ich hätte Ihre Nachricht auf der Tafel nicht verstanden: Sie wollen die nächste Stunde ausfallen lassen! Ich weiß sehr wohl noch, dass ich Ihnen den strategisch so günstig gelegenen 12. November nicht freigegeben habe! So funktioniert das hier nicht! Aber Sie haben sich darüber hinweggesetzt. Sie werden von mir hören«, schreit die Guillotin und stürmt zur Tür hinaus.

Jule sieht mich entsetzt an. »Mama? Hast du Mist gebaut?«, fragt sie leise.

Ja, ich bin eine echte Rabenmutter, nämlich weil du hier sitzt und Zeugin dieser maßlosen Ungerechtigkeit werden musst.

Doch bevor ich antworten kann, keift Madame Guillotin: »Kommen Sie, Monsieur Foulie, ich muss mit Ihnen sprechen.« Während ihre Pfennigabsätze schon durch den Flur hallen, steckt mir Philippe das Geschenkpaket zu und küsst mich auf den Mund.

»Huuuuuuh!«, tönt es von Marie-Odile und Co., die in ihrem Alltag wohl mit Romantik etwas unterversorgt sind.

»Wer bist 'n du eigentlich«, fragt Jule und zeigt auf Philippe, der jetzt schon die Klassentür erreicht hat.

»Isch binn Philippe«, sagt er und fügt mit einem charmanten Lächeln hinzu: »Isch biin der Gelibbte deiner Muuter.«

Hm.

»Oh là là«, tönt es jetzt aus den Reihen meiner Schüler.

»Hä?«, erkundigt sich Jule in vollendeter Eloquenz.

»Isch libbe deine Muuter«, sagt Philippe und folgt dann – mit einem charmanten Lächeln auf den Lippen – unserer Chefin.

Kaum ist die Tür geschlossen, bricht mein Kurs »Deutsch-für-Berufstätige« in Applaus aus.

»Was 'n jetzt los, Mama?«, fragt Jule, die immer verwirrter wirkt.

Rabenmutter!

»Ich erkläre dir das alles später, mein Schatz.«

»Okee«, sagt sie und stopft sich – wieder ganz entspannt – die Kopfhörer in die Ohren.

Rabenmütter gibt es in Frankreich nicht. Vive la France!

#

Etwa eine Stunde später
Vor der »École Polyglotte«

Philippe lehnt lässig an der Außentreppe. Er hat offenbar auf uns gewartet.

»Andscha, chérie«, sagt er und hält mich sanft am Arm fest. »Was iiest los? Ast du disch denn gar nischt gefreut übber meine Rosenn?«

»Doch, natürlich. Vielen Dank.«

»Aber warum du ast disch über-aupt nischt gemeldet?«

Bitte?

»Ich habe es öfter versucht, aber immer nur deine Mailbox erreicht.«

»Aah oui, natürlisch«, stöhnt Philippe. »Die Ski-ütte liggt in eines wie saggt man Loch des Fünkes.«

»In einem Funkloch?«

»Genau.«

So, so. Funkloch. Aber SMS schicken war kein Problem? Seltsam. Ach, einfach nicht darüber nachdenken, Anja!

»Es tut mir sehrr leid. Aber sagg, ast du schon meine kleine Geschenk ge-öffnet? Das iiest für unseres näschstes Arbeiitstreffen. Du weißt schon: der Tagg der offennen Türr.« Philippe lächelt jetzt wieder sein Hugh-Grant-Lächeln, und mein guter Vorsatz, die Finger von ihm zu lassen, gerät endgültig ins Wanken.

Vorsichtig hole ich jetzt aus der Verpackung ein Buch. »Kochen für Verliebte« lautet der Titel. Darauf sind Austern zu sehen, und dazu zwei Champagner-Gläser vor einem Sonnenuntergang.

Wie diskret.

»Oh, vielen Dank. Aber ...«

... ich bin nur ein bisschen hin- und hergerissen, Monsieur Foulie! Denn Ihre Avancen erscheinen mir zwar umwerfend, aber irgendwie auch ein bisschen seltsam und zu viel.

»Nischt abber. Das iist für disch, damit du kennenlernst die rischtige Seite der französischen Küsche. Wann ast du Seit?«

Nächstes Wochenende jedenfalls nicht. Da bin ich ja auf dem Bauernhof.

»Näschstes Wochenende bin isch ja ... isch meine, du biist ja unabkömmlisch, oder?«

Kein Wort über Paris.

Bin ich hier im falschen Film?

Oder ist das hier einfach der falsche Mann?

»Ja genau, da bin ich unterwegs. Deshalb kann ich ja auch an *dem* Termin nicht mit nach ...«

Jule, bis eben schon fast im Halbschlaf, unterbricht mich jetzt plötzlich und wendet sich an Philippe: »Bist *du* das etwa? Willst du meine Mama küssen?«

»Jule! Was soll das denn?«

»Oh là là? Isch wusste gar nischt, dass ihr Deutschen doch seid so direkt in Sachen Libbe. Ist das tatsächlisch so, Andscha?«

»Hat Garance gesagt«, schaltet sich Jule ein. »Meine doofe Tagesmutter. Und Mama will dich auch küssen, in ächt.«

»Jule!«

»Na, dann! Ruf misch an, Andscha, wenn dir danach iest. Nach telefonnieren, meine isch natürlisch.«

»Natürlich.«

21. Kapitel

Dienstag, 9. November, 08:40
Vor Jules Schule

»Ich kapier das nicht«, sagt Jule keuchend. Im Laufschritt nähern wir uns der Schule. »Seid ihr nun verliebt oder nich – du und dieser Philippe?«

Gute Frage.

»Weiß auch nicht. Komm, Jule, wir sind schon viel zu spät dran. Wir haben wirklich gründlich verschlafen. Wenn wir uns nicht beeilen, ist das Schultor zu.«

»Abba das musst du doch wissen! Und ich auch. Also, ich glaube, Garance hatte doch Recht.«

»Garance? Deine Tagesmutter? Was hat die denn damit zu tun?«

»Na, die hat doch gesagt, dass dieser Philippe mein neuer Papa werden soll.«

»Jule, das ist wirklich Blödsinn.«

»Wieso denn?«

»Na, selbst wenn wir ineinander verliebt sein sollten ...«

»... siehst du! Also doch!«

Das ist eine Hypothese, eine Annahme, eine Theorie!

»Egal. Also selbst wenn, heißt das doch nicht gleich, dass wir ...«

»... heiraten? Also, ich bin ja in Pierre verliebt. Und wir heiraten später bestimmt. Er hat schon ja gesagt.«

»Äh, Moment mal ...«

»Und Mama?! Weißt du was?«

Was kommt jetzt wohl?

»Nein, mein Schatz, was denn?«

»Wir haben uns *auch* schon mal geküsst.«

»Waaas?! Pierre hat dich geküsst? Aber du bist doch gerade erst fünf!«

»Ja, schon ganz groß, oder?«

»Ja, ja klar. Aber wolltest du das denn über…«

»Nein, Mama. Du kapierst ja gar nix. *Ich* habe *ihn* geküsst. Und dann war Alex ganz sauer.«

»Welcher Alex?«

»Na, Alex Alex. Der von deiner Chips-Freundin.«

»Und wieso war der sauer?«

»Na, natürlich weil Alex auch in mich verliebt ist. Aber in den bin ich nicht verliebt. Den kann Chloé haben.«

»Ach, ist Chloé in Alex verliebt?«

»Ja, natürlich! Sag mal, Mama, du hast ja ächt keine Ahnung.«

Nein, vielleicht wirklich nicht. Du dafür wohl umso mehr.

»Mama, und weißt du wahas? Dieser Philippe ist nicht der Richtige für dich.«

Ach?!

»Und wieso bitte?«

»Na, wie der schon spricht! Da versteht man ja gaaaa nix. Aber wenn es sein muss, dann will ich unbedingt einen Bruder. Eine Schwester habe ich ja schon.«

»Hä?«

»Wie bitte, heißt das, Mama! Chloé und ich sind Schwestern. Das spielen wir immer, ich und … guck ma, Mama, da *ist* ja Chloé!«

Jule winkt wild ihrer Freundin zu, die gerade eben durch das Schultor geschlüpft ist. Wir haben uns auf 50 Meter Entfernung genähert.

»Chloé! Waaate!«

Doch in diesem Moment schließt sich das schwere Tor automatisch.

»Mist! Julchen, wir haben es verpasst. Jetzt müssen wir bei der Direktorin klingeln. Komm schnell!«

In diesem Moment fährt Chloés Vater in seiner Ente an uns

vorbei. Aus dem offenen Fenster zeigt er amüsiert auf seine Armbanduhr. Sein Blick sagt: »Ein bisschen spät heute, oder?«

Grrrr ...

Jule und ich haben jetzt den Hintereingang der Schule erreicht und klingeln – wie es von Sündern wie uns erwartet wird. Madame die Direktorin öffnet höchstpersönlich. Jetzt kommt sicher die Standpauke wegen der Verspätung.

Doch die Schulleiterin sagt nur knapp zu Jule: »Du hast noch Schokolade am Mund.«

Ups. Tatsächlich. Schließlich hatte Jule sich auf dem Weg zur Schule nur schnell das »pain au chocolat« aus Madame Croizets Körbchen vor unserer Wohnungstür gegriffen und ziemlich unkontrolliert verdrückt. In mir kommen unangenehme Erinnerungen an meine letzte Begegnung mit der Direktorin auf, als ich das eine Zitronentartelette im Mund und das zweite in der Hand hatte.

Doch die Direktorin fügt jetzt relativ freundlich hinzu: »Komm rein, Julie, und geh schnell in deine Klasse.«

Oui! Sie hat tatsächlich »Dschülie« gesagt. Juhu! Dank Jules neuer Kleidchen-Garderobe hat also auch die Direktorin mitbekommen, dass es sich bei meinem Kind um ein Mädchen handelt. Ein Schritt weiter auf der französischen Integrationsleiter.

Mich beäugt die Doppelgängerin meiner eigenen Chefin allerdings wieder überaus kritisch – obwohl ich doch jetzt völlig frei bin von jeglichem Naschwerk. Aber irgendwie taxiert sie mich auch eher vom Hals abwärts.

Was stimmt denn jetzt schon wieder nicht?

Natürlich habe ich an diesem Morgen nicht die Zeit gefunden, mich für französische Verhältnisse auch nur halbwegs korrekt aufzurüschen. Aber dafür ist Jule immerhin jetzt in der Schule, und wir müssen den Unterricht nicht noch später stören. Das ist doch schon mal etwas. Und könnte von der Direktorin ja auch durchaus mal gewürdigt werden ...

Doch weit gefehlt: Sie schürzt nur etwas abfällig die Lippen, zieht kritisch eine Augenbraue hoch und wendet sich endlich von mir ab. Ich fühle mich irgendwie wie eine Aussätzige, Integration leider doch gescheitert.

Der Platz vor der Schule ist menschenleer. Tatsächlich habe ich heute alle Franzosen in Sachen Unpünktlichkeit geschlagen, als sonst so überpünktliche Deutsche. Immerhin.

Doch was ist das? Da biegt doch allen Ernstes Nathalie in ihrem unförmigen Transporter um die Ecke. Sie ist tatsächlich *noch* später dran als ich! Sie fährt einen dieser Kastenwagen, die wohl eigentlich für Handwerker gedacht sind, in Frankreich aber bei kinderreichen Familien Kultstatus genießen.

Nathalie braust mit dieser »Kangoo«-Kiste vor den berüchtigten Hintereingang der Vorschule, winkt mir kurz zu, steigt aus und nimmt mit Alex denselben Weg, den ich zuvor mit Jule gegangen bin. Ein entschuldigender Blick für die Direktorin, ein kleiner Schubs – und Alex ist abgeliefert.

»Warte kurz auf mich«, ruft sie mir jetzt fröhlich zu. »Ich bringe noch schnell Camille und Lucille weg.« Von weitem sehe ich, wie Nathalie mit Camille dieselbe Prozedur an der Grundschule 20 Meter weiter absolviert und dann Lucille zur ebenfalls benachbarten Krippe bringt.

Wow! Und ich habe mich wegen eines einzigen Kindes aufgeregt. Und das auch noch zehn Minuten früher. Nathalie springt jetzt wieder in ihren »Kangoo« und nimmt Kurs auf mich.

Das Fahrzeug zeichnet sich vor allem durch seine Höhe aus, und ich frage mich immer, ob die Franzosen ihre vielen Kinder eigentlich darin stapeln. Hässlich sind diese Gefährte auch, und deshalb werden mir die genauen Gründe für diese Leidenschaft wohl für immer ein Rätsel bleiben.

Genauso wie die kollektive Ohnmacht, in die meine hiesigen Mitbürgerinnen fallen, wenn Johnny Hallyday im Fernsehen auftaucht. Dieser einstige Rockrebell zählt mittlerweile an die 70 Jahre, sieht aus wie knapp 90 und lebendig mumifiziert. Aus dem faltigen Gesicht leuchten einem surreal hellblaue Augen entgegen, die bei meinen Altersgenossinnen offenbar noch für weiche Knie sorgen. Ein Phänomen. Aber auch Gerard Dépardieu und schon Jean-Paul Belmondo sind ja ganz objektiv keine Schönheiten.

Allerdings beschränkt sich diese Schwäche der Franzosen für das eher Unvollkommene leider auf Autos und Männer. Bei Frauen gelten ja eher Carla-Bruni-Standards – die Nathalie voll erfüllt.

Sie trifft jetzt bei mir ein, etwas außer Atem, aber lächelnd wie immer, und drückt mir die obligatorischen Begrüßungsküsse auf die Wangen.

»Ça va?«, erkundigt sie sich.

»Ça va«, antworte ich und fühle mich wieder ein bisschen französischer. Denn selbst wenn es einem noch dreckiger geht als mir heute Morgen, ist das immer noch die richtige Antwort.

»Habt ihr euch gut von eurer Krankheit erholt?«, fragt Nathalie weiter. »Wie waren die Ferien?«

»Wunderbar.«

Von ein bis zwei ziemlich nervigen Ex abgesehen.

»Schön. Am Meer war es auch toll. Und heute Morgen sind wir wohl beide ein bisschen spät dran«, lächelt Nathalie. »Wir haben Camilles Schulrucksack nicht gefunden! Alex hatte ihn in der Gefriertruhe versteckt, um seine Schwester zu ärgern. Tja. Und was war bei dir los?«

»Ach, gestern Abend ist es spät geworden. Ich musste unterrichten, und dann tauchten auch noch meine Chefin *und* Philippe auf.«

»Geht es ihm besser?«, fragt Nathalie jetzt auf Deutsch. »Ihn hat doch euer Date auch krank gemacht, oder?«

Hm. Das kann nur ein Sprachproblem sein.

»Ja, er war auch krank. Aber danach war er in seinem Skiurlaub, und er hat mich nicht angerufen.«

»Was? So ein Schuft.«

»Ja, Funkloch, sagt er. Aber er hat mich seltsamerweise trotzdem mit Liebes-SMS überhäuft. Und mit Blumen.«

»Blumen?«

»Ja, eine Rose täglich. Per Bote.«

»Oooh, wie romantisch. Und hat sich ein neuer Termin für eure Paris-Reise gefunden?«

»Nein. Davon ist keine Rede mehr.«

»Hm. Also, ich weiß ja nicht. Lass ihn ordentlich zappeln, dann wirst du schon sehen, ob er es ernst meint oder nicht.«

»Er hat mir ein Kochbuch geschenkt. Für Verliebte!«

»Eh, oui! Aber zu deinem nächsten Date mit wem auch immer gehst du auf jeden Fall nicht in diesem Aufzug, oder?«

Ich blicke an mir herunter. In der Eile war ich vorhin in meine Jeans gesprungen, hatte mir meine Strickjacke übergeworfen und war mit meinen Socken aus Bio-Baumwolle in meine Birkenstock geschlüpft. Ich bin natürlich ungeschminkt, habe es gerade mal so geschafft zu duschen und meine noch feuchten Haare nur schnell zu einem Zopf zusammengebunden, so dass an den Schläfen jetzt wohl die grauen Strähnen besonders gut zur Geltung kommen.

Ich muss Nathalie eine ganze Weile mit offenem Mund angestarrt haben. Und jetzt bringe ich – so als wandelnder Faux-pas – nur ein entschlossenes »Äh …« heraus.

Nathalie legt ihre Hand auf meinen Oberarm. »Oh, entschuldige, Anja. Das meinte ich nicht so. Aber als ich dich da so gesehen habe, dachte ich mir, dass du dir vielleicht deines Outfits gar nicht so bewusst warst …«

In Berlin wäre ich vor Jules Kindergarten überhaupt nicht aufgefallen. Man hätte mich höchstens gefragt, ob ich mir denn so leicht bekleidet mitten im November den Tod holen will und ob die Birkenstock aus Filz oder Nubuk-Leder sind.

»Ist schon gut. Wie hast du es denn geschafft, hier so perfekt aufzulaufen?«, frage ich und deute auf ihre seidig geföhnten Haare, ihr dezentes Make-up, die elegante Hose, die ihre superschlanken Beine umspielt und bis über die High Heels reicht. Letztere dürfte sie in ihrem Krankenhaus wohl kaum gebrauchen können, aber für den Fünf-Minuten-Auftritt vor der Schule sind sie offenbar absolut unentbehrlich.

Nathalie kichert: »Na, ich bin eben richtig zu spät gekommen. Nicht nur ein bisschen.«

»Nathalie, darf ich dich was fragen?«

»Klar, alles. Immer.«

»Sind deine Beine epiliert? Auch jetzt, meine ich, mitten im November, unter der Hose, auf dem Weg ins Krankenhaus, zur Arbeit?«

»Ja, natürlich. Man weiß ja nie. Habe ich gestern Abend erledigt. Aber ich bin eigentlich auch ein bisschen nachlässig«, fügt Nathalie hinzu, wohl um mich zu trösten. »Pardon Anja«, sagt sie und wirft sich ihren Seidenschal über die Schulter. »Ich muss jetzt wirklich zur Arbeit, eigentlich hätte ich schon vor einer Stunde anfangen müssen.«

Vor einer Stunde? Na, da bist du ja fast noch pünktlich. Immer schön lässig bleiben!

#

Etwas deprimiert gehe ich durch die blasse, aber immer noch angenehm wärmende Herbstsonne nach Hause. Ein bisschen sehne ich mich jetzt nach Berlin, wo das Leben als Frau irgendwie weniger anstrengend war – vielleicht von Gummibärchen und Ehemänner verschlingenden Babysitterinnen und der November-Kälte einmal abgesehen. Auf jeden Fall scheint in Frankreich einfach keine Französin aus mir werden zu wollen. Und deshalb werde ich mir heute mal eine großzügige Auszeit von diesem Projekt gönnen!

Also schlurfe ich genüsslich in meinen Birkenstocks in die Bäckerei, bestelle mir ein Extra-Pain-au-chocolat, bekomme von Madame Croizet noch eine heiße Schokolade dazu und setze mich zu ihr in die Backstube. In der Bäckerei herrscht die Ruhe nach dem morgendlichen Sturm, und meine Vermieterin/Ersatzmutter/Trösterin in allen Lebenslagen hat Zeit.

»*Ma chère*, was ist denn los? Was läuft nicht so, wie es sollte? Ist es wegen der Polizei, die heute Morgen hier war?«

Ich lasse meine Tasse auf den riesigen, mehlstaubigen Tisch knallen. »Die Polizei?«

»Ja, zwei Beamte. Die müssen aus der Stadt gewesen sein. Ich kannte sie nämlich gar nicht. Sie wollten mit Ihnen sprechen. Haben Sie Probleme?«

Ja, jede Menge, zum Beispiel

- *mit der Unmöglichkeit, jeden Tag wie für ein Model-Shooting zurechtgemacht vor Jules Schule, zur Arbeit oder im Supermarkt zu erscheinen,*
- *mit meinem Haarwuchs an den falschen Stellen oder in der falschen Farbe,*
- *mit meiner mit der französischen Mode einfach nicht wirklich kompatiblen Teutonen-Figur,*
- *mit der lächerlichen Tatsache, dass ich es bei meiner Chefin schon zum Eklat gebracht habe, bevor ich überhaupt den eigenen Unterricht schwänzen konnte,*
- *mit der gewissen Herausforderung, als Alleinerziehende ein supersinnliches Date mit niemand Geringerem als einem französischen Hugh Grant zu organisieren und es ohne Katastrophe enden zu lassen und nicht zuletzt*
- *seine wahren Absichten zu durchschauen.*

Aber mit der Polizei?

»Nein«, antworte ich wahrheitsgemäß.

»Na, dann wird das ja sicher nur ein Irrtum sein«, beruhigt mich Madame Croizet und schenkt mir ein bisschen heiße Schokolade nach. »Ach, bevor ich es vergesse, die Post war auch schon da. Es waren gleich zwei Einschreiben für Sie dabei, und ich habe mir erlaubt, sie anzunehmen. Unser Postbote ist da ja ganz kooperativ.«

Sie steckt mir zwei Umschläge zu. Auf dem einen prangt die Tricolore, die französische Nationalflagge, auf dem anderen das Logo der »École Polyglotte«.

Ich habe den Eindruck, Madame Croizet versucht, so gelassen wie möglich zu erscheinen. Dann schiebt sie aber doch nach:

»Wenn Sie irgendwie in Schwierigkeiten sind, helfen wir Ihnen gern. Mein Jacques hat da so seine Drähte nach oben.«

Mit meinen beiden mysteriösen Umschlägen gehe ich nach oben in unsere Wohnung, die ich trotz allem immer noch so idyllisch finde wie am ersten Tag.

Alles ist gut. Bestimmt ...

Madame
Anja Kirsch
1, Place du Marché
13577 L'Oublie-en-Provence

Mahnung

Sehr geehrte Madame Kirsch,

mit gebührender Dringlichkeit fordern wir Sie als aus dem nicht europäischen Ausland Zugezogene hiermit auf, sich binnen zwei Wochen nach Eingang dieses Schreibens im Rathaus registrieren zu lassen, eine Aufenthaltsgenehmigung und einen französischen Führerschein zu beantragen. Wir erinnern daran, dass Sie dafür Folgendes bereithalten müssen.

– Ihr Familienbuch in beglaubigter Übersetzung,
– zwei amtlich beglaubigte Kopien Ihrer Geburtsurkunde sowie ggf. der Geburtsurkunden ihrer Kinde‚r
– ggf. drei amtlich beglaubigte Kopien Ihrer Heiratsurkunde,
– ggf. vier amtlich beglaubigte Kopien Ihrer Scheidungsurkunde,
– Ihre Aufenthaltsgenehmigung,
– Ihren französischen Führerschein.

Mit besten Empfehlungen,
i.A. Chantal Chevalier
Jean-Pierre Pommery, Bürgermeister

... nicht. Nichts ist gut!

École Polyglotte

Madame
Anja Kirsch
1, Place du Marché
13577 L'Oublie-en-Provence

Abmahnung

Sehr geehrte Madame Kirsch,
   mit Bestürzung musste ich feststellen, dass Sie Ihrer vertraglichen Verpflichtung zu einem qualitativ hochwertigen Unterricht an der École Polyglotte nicht nachkommen. Deshalb muss ich Sie hiermit abmahnen. Ein weiterer Zwischenfall wird zwangsläufig Ihre Kündigung nach sich ziehen.

Hochachtungsvoll
Augustine Guillotin
Direktorin

Hallo Bettina, habe die Polizei am Hals. Und eine Abmahnung. Aber sonst ist alles okay. Danke der Nachfrage. (9. November, 09:10)

Oh. Aber doch nicht so garstig. Was hast du denn ausgefressen? Du bist doch eigentlich immer ganz brav. (9. November, 09:12)

Keine Ahnung. Auf jeden Fall habe ich bald genug vom Französin-werden. Ist nicht leicht. (9. November, 09:15)

Was Neues gelernt? (9. November, 09:16)

Ja: Französinnen sind einfach besser als alle anderen Frauen. (9. November, 09:19)

Das heißt? (9. November, 09:20)

Überirdisch schlank, immer auf High Heels, makellos geschminkt, geföhnt und in allen Lebenslagen gründlich epiliert. Mir reicht's. (9. November, 09:24)

Le Fromage
(Der Käsegang)

22. Kapitel

Freitag, 12. November, 08:35
Im Reisebus mit 23 Fünfjährigen
Heute Morgen ich habe mich für Gummistiefel, Fleece-Pulli, Trekkingjacke und Pferdeschwanz entschieden. Das Anti-Französinnen-Programm sozusagen. Sehr souverän. Und sehr schlau, wie ich finde. Immerhin geht es auf den Bauernhof, und es regnet in Strömen.

Vor ein paar Minuten habe ich mit Jule in der vorletzten Busreihe Platz genommen. Dort sind wir gelandet, weil wir völlig unbewaffnet und ahnungslos zum Treffpunkt an der Schule gekommen waren. Wer vorn sitzen will, muss nämlich reisekrank sein und dies durch hochpotente Medikamente, eventuell auch eine Großpackung homöopathischer Kügelchen oder mindestens ein Armband zur Druckpunkt-Massage beweisen.

Haben wir alles nicht. Aber Jule stört der Verweis auf die billigen Plätze nicht sonderlich, denn sie wollte vor allem neben mir sitzen und sorgte sich den ganzen Morgen, ob sie dafür wohl das offizielle D'accord aus der Chefetage bekommen würde. Kaum am Bus angekommen, fragte sie ihre Lehrerin: »Maîtresse, kann ich …« Ich bin ein bisschen zusammengezuckt, als sie sie nicht Mademoiselle Pointcarré oder einfach Elodie nannte, sondern »Lehrerin«. Und das heißt auf Französisch aus noch ungeklärten Gründen »maîtresse« – genau wie die Geliebte. Sie war einverstanden.

Maîtresse kommt jetzt durch den Gang, zählt ihre Schützlinge und lächelt mich freundlich an. »Ein Glück, dass es doch noch geklappt hat«, sagt sie zu mir, sichtlich erleichtert.

Ja, ich finde es auch nett von mir, dass ich mich beim Elternabend freiwillig gemeldet habe.

Ich nicke mit einem großherzigen Lächeln.

»Die Fahrt stand ja wortwörtlich bis zur letzten Minute auf dem Spiel«, fährt Maîtresse fort.

Na, so knapp war es nun auch nicht.

»Ja, ja.«

»Aber jetzt können wir gleich los. Wir warten nur noch auf die zweite Begleitperson.«

Ach ja, die pensionierte Kinderkrankenschwester, die sicher vor nichts zurückschreckt. Gut, dass sie mitkommt.

Ich nicke wieder. Irgendwie habe ich Sprachhemmungen vor Jules Lehrerin.

»Aaaah, da ist er ja«, ruft sie jetzt erfreut.

Er?

»Mama, Mama!«, brüllt Jule. »Da kommt Chloé.«

Und ihr Vater. Was will der denn hier?

»Chloéeeeeeee! Hier bin ich!«, schreit Jule.

Chloé hat Jule jetzt auch entdeckt und kommt auf uns zu. Ihr Vater hat eine Hand auf ihre Schulter gelegt und läuft durch den Mittelgang direkt hinter ihr her.

Natürlich, wieder eine Extrawurst! Die anderen Eltern mussten sich auch draußen von ihren Kindern verabschieden!

»Mama, kann vielleicht doch Chloé neben mir sitzen? Guck ma, die ganze Reihe dahinten ist doch noch frei«, erklärt Jule und zeigt auf die Hinterbank.

Ich ziehe um und überlasse Chloé meinen Platz.

»Na, die ›Poleposition‹ ist das ja hier nicht gerade«, sagt jetzt Eric Leroy und ...

... lässt sich auf den Sitz neben mir fallen.

»Wie bitte?«

»Ich sagte, dass Sie mir keinen so tollen Platz freigehalten haben«, erklärt Eric Leroy beiläufig.

»Ich habe Ihnen überhaupt keinen ... Was *wollen* Sie überhaupt hier?«

»Dasselbe wie Sie: ein bisschen durch den Kuhmist waten.

Aber so gut ausgestattet wie Sie bin ich natürlich nicht«, sagt Eric und zeigt grinsend auf meine Gummistiefel.

Ich wende mich demonstrativ von ihm ab und blicke aus dem Fenster. Dort stehen neben ein paar Vätern Dutzende Mütter in filigranen Stilettos am Rande riesiger Pfützen. Ihre frisch in Form geföhnten Haare schützen sie mit großen Regenschirmen. Ihren Kindern winken sie huldvoll zu.

Bis auf Nathalie, die überraschenderweise in Jeans und Turnschuhen erschienen ist, mich entdeckt hat und mir in Zeichensprache irgendetwas zu verstehen geben will. Ich zeige ihr mein Handy, und tatsächlich holt sie jetzt ihres aus der Tasche. Der Bus setzt sich in Bewegung.

Entschuldige meinen Kommentar von gestern. Du siehst toll aus, egal was du anhast. Und dein Outfit ist wie gemacht für einen Schulausflug. (12. November, 08:47)

Merci ☺ (12. November, 08:48)

Wer sitzt denn da neben dir? Ich kann nichts erkennen! (12. November, 08:50)

Jetzt geht der Bus in die erste Kurve. Aber wie! Ich muss mich ordentlich anstrengen, um einen angemessenen Sicherheitsabstand zu diesem Leroy zu halten.

Eric Leroy. Ist wohl kurzfristig als Betreuer eingesprungen. Hast du das etwa nicht mitbekommen? (12. November, 08:53)

Wer hat eigentlich gesagt, dass ich nicht reisekrank werde?

Nein. Hatte ich nicht. Na, dann viel Spaß. Muss jetzt zum anderen Bus. Camilles Klasse fährt auch gleich los. Mal sehen, mit wem ich mich vergnügen darf … (12. November, 08:56)

Schlimmer als der Leroy kann es ja wohl nicht sein. Mir ist schlecht. (12. November, 08:59)

Jetzt schon? Alles Gute. (12. November, 09:01)

Danke. Du kommst zu spät zum Bus. (12. November, 09:03)

Nein, nein. Abfahrtstermin war erst vor 15 Minuten. (12. November, 09:05)

Na, dann ist ja alles in bester Ordnung. So für die lässige Französin …

#

Zwei Stunden später.
Der Busfahrer dürfte seinen Führerschein irgendwo in Frankreichs afrikanischen Ex-Kolonien gemacht haben – so wie der überholt und jedes Schlagloch voll ausfährt. Inzwischen haben wir die Autobahn schon wieder verlassen. Leider, denn mit den zahlreichen Radarfallen und der stabilen Mittelleitplanke war die Strecke noch einigermaßen vorhersehbar und erträglich.

Doch jetzt, auf der Landstraße und mitten in den ersten Ausläufern der Südalpen, nimmt der Bus jede Kurve mit, als gelte es, der schlimmsten Höllenschaukel auf dem Oktoberfest Konkurrenz zu machen. Mir ist so schlecht wie schon seit meinem Ausflug in dieses Beinahe-Sterne-Restaurant auf dem Land nicht mehr.

»Geht es Ihnen nicht gut?«, erkundigt sich Eric Leroy und blickt kurz von seiner Zeitung auf, in die er sich seit der Abfahrt vertieft hat. »Ist es schon wieder die ›gastro‹, oder vertragen Sie etwa das Busfahren nicht?«

Die ›gastro‹ kam von Ihrer Tochter, vielen Dank noch mal!

»Nein, alles bestens, Monsieur Leroy«, gebe ich zurück und versuche, mich auf die nächste Kurve zu konzentrieren.

Mein Nachbar faltet seine Zeitung zusammen. »Dann ist es ja

gut. Sagen Sie mal, jetzt, wo wir zusammen auf Klassenfahrt gehen, können wir uns ja eigentlich auch duzen, oder?«

Niemals.

»Ich heiße Eric, aber das wissen Sie ja schon, oder?«

»Hm.«

Jetzt streckt er mir die Hand entgegen und – ich muss zweimal hinsehen – lächelt mich an.

Also, ganz vielleicht könnten wir uns duzen. Aber eigentlich will ich erst eine Entschuldigung für diese Parkplatz-Demütigung vor der Schule, für die unverschämte Unpünktlichkeit jedes Mal, wenn Sie Chloé bei uns abholen mussten, für diese blöde Magen-Darm-Grippe, die mir die Ferien so gründlich ver…

»Also?«, insistiert er.

Jule und Chloé tauchen jetzt kichernd hinter den Sitzen der vorletzten Reihe auf und starren mich an.

»Ja, warum eigentlich nicht?« Ich schüttele Erics Hand. »Ich heiße Anja.«

Nicht Anna.

»Ich weiß, Anna.« Eric lehnt sich zurück.

Aaaaah!

»Ich sagte An-ja!«

»Ich doch auch«, murmelt Eric und schließt die Augen.

Ganz offensichtlich bin ich nicht die Einzige mit Magenproblemen, denn die Lehrerin flitzt seit geraumer Zeit von Sitzreihe zu Sitzreihe. Sie hat eine große Rolle dabei, von der sie Säckchen im Gefriertüten-Design abreißt und an reisekranke Kinder verteilt. Jule geht es zum Glück gut. Sie nimmt mich kaum noch wahr und blödelt mit Chloé, ihrem neuen Geliebten Pierre und dem unglücklich in sie verliebten Alex in der Reihe vor ihr herum.

Jetzt kommt die Lehrerin zu uns nach hinten und wedelt bedrohlich mit der Kotztüten-Rolle.

»Darf ich Sie bitten, mich ein bisschen zu unterstützen? Mir ist auch nicht so gut«, sagt sie. »Ich würde mich gern einen Moment vorn auf den Beifahrersitz setzen.«

Ich auch.

Sie hält die Rolle zwischen Eric Leroy und mir in die Luft.

Ich sehe hinüber zu meinem Nachbarn. Der hat jetzt auch noch den Kopf nach hinten gelegt und …

… schnarcht.

Grrrr!

»Vielleicht können *Sie* das übernehmen«, fragt mich erwartungsgemäß die Lehrerin, nach einem etwas irritierten Blick auf Eric. Sie selbst wird jetzt richtig grün im Gesicht und auch etwas schwach auf ihren sehr schlanken und sicher gründlich epilierten Beinen. Ich greife mir also die Tüte und quetsche mich an dem schlafenden Eric vorbei.

»Viel Erfolg«, klingt es dabei leise an mein Ohr.

Ich *muss* mich verhört haben.

»Wie bitte?«

Keine Reaktion.

Kurz vor Mittag

Ob es in den französischen Ex-Kolonien solche engen Serpentinen-Straßen und solche großen Busse gibt? Wir haben den auf einer Bergkuppe liegenden Bauernhof fast erreicht, doch die letzte Haarnadelkurve stellt selbst diesen Höllenfahrer vor Probleme. Mitten in der Kurve hat er den Bus angehalten, weil dessen Wendekreis offenbar einfach zu groß ist. Und jetzt nähert sich das Bus-Heck für meinen Geschmack etwas zu offensiv dem Abhang.

Nach rund fünf Rettungsaktionen mit Plastiktüten und Papiertaschentüchern habe ich wieder in der letzten Reihe Platz genommen, aber am anderen Seitenfenster, weit weg von diesem faulen Leroy. Allerdings sieht der Abgrund von diesem Fenster aus nicht sooo gemütlich aus. Die Lehrerin scheint das Problem gar nicht wahrzunehmen, da sie mich bei der Kinderversorgung inzwischen wieder abgelöst hat.

Jetzt legt der Fahrer krachend den Rückwärtsgang ein und manövriert den Bus noch weiter in Richtung sicheren Tod.

»Hey, Moment mal, sollten wir nicht lieber das letzte Stück laufen?«, rufe ich verzweifelt in den Bus voller kichernder, kreischender und k...er Kinder.

Niemand hört mich.

Fast niemand.

»Nur die Ruhe«, sagt Eric, der strategisch sehr günstig kurz vor der Ankunft aus seinem Nickerchen erwacht ist.

»Oh. Guten Morgen. Ich wünsche, wohl geruht zu haben. Nachdem Sie die überaus anspruchsvolle Aufgabe des Reisekrankheits-Managements verweigert haben, könnten Sie ja vielleicht jetzt mal etwas tun!« Ich zeige aus dem Fenster. »Wir müssen den Bus evakuieren! Wir können doch nicht warten, bis wir mit den ganzen Kindern in die Tiefe fallen!«

Eric kommt an mein Fenster und ignoriert dabei selbst die in Frankreich geltenden Minimalstandards für zwischenmenschlichen Sicherheitsabstand. Trotz der vielen Begrüßungsküsse gibt es die durchaus, aber die gelten natürlich nicht für diesen ungehobelten Kerl.

»Hey, Vorsicht«, protestiere ich. »*Ich* sitze hier.«

»Das sehe ich. Hast du Angst, dass der Bus hier hinten in der Ecke Übergewicht bekommt?«, grinst Eric und streicht über seinen dezenten Bauchansatz. »Dabei sind wir doch beide schlank und rank.«

»Lassen Sie mich bitte durch!« Ich versuche, mich an Eric vorbeizudrängen.

»Ich dachte, wir wären inzwischen beim Du?!«

»Ich will jetzt aussteigen. Jule, komm mit!«

»Ganz ruhig bleiben.« Eric greift nach meinem Arm. »Kein Grund zur Panik. Der Fahrer hat das sicher unter Kontrolle. Du weißt ja selbst ganz genau, dass es auch beim Einparken eigentlich immer einen Weg gibt.«

»Also, das ist doch wirklich der Gipfel!«

»Nein, noch nicht ganz. Noch zehn Meter, dann sind wir da.«

Genau in diesem Moment ertönt das tiefe Brummen des Diesels, das die Rückkehr in den Vorwärtsgang signalisiert, und der Bus rollt tatsächlich die letzten Meter Richtung Einfahrt des Bauernhofs.

Jule dreht sich zu uns um. »Hey, Eric, der Fahrer ist ja wohl cool, oder?«, sagt sie fröhlich und blickt dann zu mir. »Oh! Mama, geht es dir nicht gut?«

»Doch, doch, alles bestens.«

»Du siehst in der Tat ein bisschen krank aus«, sagt Eric.

»Vielen Dank!«

Auch für die Erinnerung, dass ich mich noch dringend bei meiner Chefin krankmelden muss.

Kaum dem Bus entkommen, ziehe ich mich zurück und rufe die »École Polyglotte« an. Die Guillotin ist nicht da, also berichte ich ihrer Sekretärin von meinen Kopfschmerzen. In Hörweite steht plötzlich Eric Leroy – und schüttelt mahnend, aber mit einem amüsierten Blick den Kopf.

#

Am Abend

Der Bauernhof ist, höflich ausgedrückt, doch recht urtümlich. Am nur noch mit Mühe in den Angeln hängenden Tor aus ziemlich morschem Holz hat uns vorhin ein älteres Ehepaar empfangen, das sich vor circa drei Jahrzehnten von der Zivilisation verabschiedet haben dürfte. Mann und Frau sind eigentlich nur dadurch zu unterscheiden, dass Mann ein kleines bisschen mehr Bartwuchs aufweist. Die Frau in ihrem Zottel-Look ist schon ein echter Schock, hatte ich mich doch gerade erst an den Epilierungswahn meiner Mitbürgerinnen gewöhnt.

Aber so weltfremd die beiden aussehen, so geschäftstüchtig dürften sie sein. Sie haben zwei Ställe in Schlafräume sowie eine Scheune in einen Speisesaal umgebaut und halten sich noch genau eine Alibi-Kuh, ein paar Ziegen, Schafe, jede Menge Hühner und Fliegen in den kuschelig warmen Restställen. Statt von der Landwirtschaft leben sie von den Subventionen aus Paris und Brüssel für pädagogisch wertvolle Klassenreisen.

Den Nachmittag habe ich mit Eric, Jules Lehrerin und 24 begeisterten Kindern im absoluten Matsch verbracht. Im Morast eines Ackers, im Sumpf einer gut durchgeregneten und vollgesch…en Schaf- und Ziegenweide und nicht zuletzt im Dreck des Kuhstalls. Ein radikales Kontrastprogramm zum Asphaltschulhof.

Die meisten Mädchen waren erwartungsgemäß begeistert von den kleinen Schafen und der Hofkatze, aber viele Jungs vermissten auf diesem Mini-Hof natürlich Traktoren, Mähdrescher und andere Ungetüme.

Viele Jungs?

Na, eigentlich gibt es nicht wirklich viele Jungs in Jules Klasse. Sie besteht genau genommen aus 16 Mädchen und acht Jungs.

Das ist doof für die Jungs, was mir allerdings ziemlich egal ist. Das ist aber auch doof für mich ganz persönlich, wie ich in genau diesem Moment feststelle.

»Madame Quiche, wenn Sie so freundlich sein wollen, die Mädchen zu duschen?«, hat die Lehrerin gerade gesagt und sich zu einer wichtigen Besprechung mit den zu Animateuren gewandelten Ex-Bauern verabschiedet. »Monsieur Leroy übernimmt dann wohl die Jungen«, ruft sie uns noch im Gehen zu.

»Aber gern«, gibt Eric freudig zurück und lächelt mich an, irgendwie triumphierend.

#

Eine knappe Stunde später

Eric steckt seine große Nase in den Mädchen-Duschraum.

»Raaaaauuuuus«, keift eine mir unbekannte Schönheit im zarten Alter von fünfeinhalb, wenngleich längst wieder vollständig bekleidet. »Das hier ist nur für Mädchen!«

Jule rollt demonstrativ mit den Augen. »Das ist Coralie, die ist voll doof. Hab ich schon imma gesagt«, raunt sie mir zu.

Eric lässt sich von dieser Coralie nicht sonderlich beeindrucken. »Immer noch nicht fertig?«, fragt er mich in einem leicht vorwurfsvollen Tonfall. »Also, wir Männer haben das Ganze schon längst erledigt«, fügt er hinzu, während ich ausgerechnet seiner Chloé die Lockenpracht föne.

»Monsieur Leroy! Wenn Sie vielleicht so freundlich wären, mir …«

»Ich dachte, wir wären beim Du?«

»Ist jetzt egal, helfen Sie mir gefälligst beim Fönen von 16 Mädchen!«, brülle ich gegen den Lärm an.

»Ich finde Fönen überflüssig.«

Das sieht man.

»Das sagt Papa immer«, erklärt Chloé beiläufig und so, dass wohl nur ich es hören kann. »Aber dann föhnt mir Noémi die Haare.«

Ah, Miss France. Natürlich.

»Die macht das ganz toll.«

Heißt das, ich habe gerade versagt?

»Jetzt beeilt euch, Mädels, gleich gibt es Essen«, ruft Eric.

Mädels? Ich bin 40! Etwas mehr Respekt, bitte.

»Monsieur Leroy! Es ist November, ziemlich kalt, und wir haben die Verantwortung für diese Kinder.«

»Ich habe vor allem Hunger, aber wenn du unbedingt willst, Anna.«

»Anja!«

»Wie bitte? Ich verstehe nichts, der Fön ist so laut.«

#

Ruhe. Endlich herrscht Ruhe in den beiden Schlafräumen, und ich sitze mit Jules Lehrerin, Eric und unseren Gastgebern in deren Wohnküche. Ich schreibe Nathalie eine SMS. Sie wird sich bestimmt freuen zu erfahren, dass alles in Ordnung ist und dass auch ihr Alex inzwischen selig schlummert.

»Was machen Sie denn da?«, erkundigt sich der Bauer.

Spiegelei braten.

»Eine SMS schreiben«, erkläre ich geduldig. »Das sind kurze Textnachrichten, die über das Mobiltelefon übertragen werden.«

»Nein, werden sie nicht.«

»Doch, durchaus.«

»Nein, hier nicht. Kein Netz«, erklärt er trocken.

»Kein Netz«, bestätigt jetzt auch das Display meines Handys.

Es gibt sie also tatsächlich, die Funklöcher in den Bergen. Ich muss an Philippe denken, der bei seiner Skitour mit seinen Kumpels nicht zu erreichen war. Vielleicht war er wirklich in einem Funkloch. Vielleicht war ich wirklich zu misstrauisch! Und warum sollte er auch nicht mit seinen Freunden in Urlaub fahren? Ich habe es mit meiner deutschen Sturheit gründlich vermasselt. Und Bettina hat wahrscheinlich Recht: Ich habe einfach kein Händchen für den Umgang mit Männern.

Trotzdem: Statt in der absoluten Einöde mit einem Waldschrat, einem unverschämten Rüpel und acht fünfjährigen Jungs als einzige Vertreter der Y-Chromosom-Fraktion könnte ich jetzt mit Philippe in Paris sein. Nach einem wunderbaren Konzert vielleicht noch in einer edlen Bar ein Gläschen Champagner schlürfen, dann …

»Hier, für Sie«, sagt der Bauer und stellt ein Wasserglas vor mich auf den Tisch. Beim Inhalt dürfte es sich aber nicht um Wasser, sondern um Schnaps handeln. Der Bauer hat nämlich gerade eine Flasche entkorkt, auf der kein Etikett klebt. Wahrscheinlich ist der Fusel selbstgebrannt, und morgen sind wir alle blind.

Ich rieche an meinem Glas und stelle erleichtert fest, dass es sich zumindest um Birnen- und nicht um Kirschschnaps handelt. Ein Witz auf meine Kosten weniger, das kann um diese Uhrzeit entscheidend sein.

»Prost«, sagt die Lehrerin auf Deutsch und hält mir ihr Schnapsglas entgegen. Dann fährt sie auf Französisch fort: »Keine Angst, das war es dann auch schon mit meinen Deutschkenntnissen. Wir Franzosen sind ja nicht so begabt, was Fremdsprachen angeht. Oder was meinen Sie?« Mademoiselle Pointcarré blickt ihre anwesenden Mitfranzosen an.

Bauer, Bäuerin und Eric brummen gedämpft.

In der Tat, sprachlich nicht so begabt.

Die Lehrerin aber lässt sich nicht beirren. »Vielleicht liegt es an der Art, wie wir Fremdsprachenunterricht an den Schulen erteilen. Vielleicht etwas zu theoretisch. Madame Quiche …«

… Kirsrrrsch!

»… Sie kennen sich da doch aus. Sie sind Deutsch-Lehrerin, richtig?«

Der Bauer schenkt Schnaps nach.

»Ja, aber an einer Sprachenschule eher für Erwachsene. Und bei uns unterrichten auch nur Muttersprachler …«

… die wie ich die relative Unfähigkeit der Franzosen in diesem Bereich durchaus bestätigen können. Aber: Pssst.

»Ah, wie interessant. Dann schlagen Sie sich also auch mit dem Akzent meiner Mitbürger herum.«

»Na ja, also …«

Immer schön höflich bleiben!

»Sie können es ruhig sagen«, fällt mir die Lehrerin ins Wort. »Wir haben große Probleme vor allem mit der Aussprache des Englischen.«

In der Tat, eine einzige Katastrophe.

Ich schweige diplomatisch.

»Tja«, setzt Maîtresse zum Philosophieren an, »liegt es an der nicht immer erfreulichen gemeinsamen Geschichte Englands und Frankreichs? Oder eventuell an der unterschiedlichen …«

»Äh, ich fürchte, jetzt konnte ich Ihnen gerade nicht ganz folgen. Das Französische ist ja auch nicht immer einfach. Was mein-
ten Sie genau, Mademoiselle Pointcarré?«

»Also, ich erläuterte die Korrelation zwischen …«

Jetzt schaltet sich Eric ein: »Se Frentsch kannott spiek Iiinglisch verriie vell.«

O Gott, ich muss kurz vor der Alkoholvergiftung stehen.

»Pardon, ich habe nicht verstanden«, sage ich zu Eric.

»Ei ßädd, se titscherr ßädd, se Frentsch noo Iiinglisch noo gu-
uud. Ei hont tu elp ju, soo ei tokk Iiinglisch.«[*]

Englisch? Ich dachte, das war Finnisch rückwärts.

»Ah, natürlich. Vielen Dank. Aber so schlimm ist es doch gar
nicht.«

»Das ist nett von Ihnen«, sagt Maîtresse, »wenn auch leider
nicht wahr.«

*Du sollst nicht lügen gehört meines Wissens nicht zu den Geboten
erfolgreicher Französinnen.*

Die Lehrerin hält jetzt etwas unvermittelt ihr Glas feierlich
in die Höhe. »Ihnen allen vielen Dank für Ihre Unterstützung
heute. Es war ein sehr erfolgreicher Tag für mich und ein Tag voller Abenteuer für die Kinder. Auf morgen! Und lassen Sie uns
das Förmliche doch vergessen, oder?« Sie hält uns ihr Glas zum
Anstoßen entgegen. »Ich heiße bekanntlich Elodie.«

Ich stoße mit ihr an. »Ich heiße Anja.«

»Ach ja?«, grinst Eric. »Ich dachte, Anna!«

---

[*] »I said, the teacher said, the French no English no good. I want to help
you, so I talk English.«

23. Kapitel

Es ist schon eine Weile her, dass ich auf einem Etagenbett mit Jugendherbergsmatratze geschlafen habe. Ich darf mir ein Zimmer mit Elodie teilen. Sie hat mir, der betagteren Madame, sogar höflich den Vortritt für das auf den ersten Blick orthopädisch korrektere Bett gelassen, aber trotzdem habe ich furchtbar schlecht geschlafen. Mein Rücken schmerzt wie nach drei Wochen Campingurlaub, und mein Kopf dröhnt von diesem Schnaps.

Aber immerhin bin ich nicht blind, wie ich beim Anblick des grandiosen Chaos im Mädchenschlafzimmer feststellen kann. Jede einzelne Schmuddelsocke zwischen Bergen von Stofftieren, Schlafanzügen und Decken erkenne ich gut. Ich sehe sogar Napoleon und Jean Tout Court, die Jule bis zur Froschmaulspitze zugedeckt hat.

Zusammen mit Elodie helfe ich den Mädchen beim Anziehen und versuche, ein bisschen Ordnung zu schaffen. Dann gehen wir alle in den »Speisesaal« zum Frühstück.

Natürlich sitzen dort längst die Jungs und Eric, der am Erwachsenentisch gerade ein Stück Baguette genüsslich in einer Schüssel mit tiefschwarzem Kaffee versenkt.

Iiiieh.

Jule, wie immer Arm in Arm mit Chloé, blickt mich triumphierend an.

»Siehst du, Mama, ich habe dir doch gesagt, dass auch die Erwachsenen ...«

»Ist ja gut, das ist doch jetzt nicht so ...«

»Doch, ist schon wichtig«, erklärt sie und zieht mich zu Eric.

Die beiden Mädchen fallen Eric um den Hals, und der nimmt Chloé auf den Schoß. »Eric!«, sagt Jule und zeigt auf das tropfende Brot in Erics Hand, »meine Mama findet das voll eklig. Kannst du ihr nicht mal erklären, dass man das so macht?«

»Hm. Lieber nicht, Jule. Geht mal los, ihr beiden, und holt euch Frühstück. Dann setzt ihr euch an den großen Tisch mit den anderen Kindern, einverstanden?«

»Okay, Papa.« Chloé drückt Eric einen Kuss auf die Wange.

Wow, so etwas kenne ich von Jule ja gar nicht.

»Okay, Mama«, sagt sie und gibt mir ebenfalls einen Kuss.

»Vive la France!«

Eric tunkt sein Baguette-Stück wieder in den Kaffee und steckt es sich dann ganz in den Mund.

Iiiieh. Iiieh und noch mal iiieh.

»Setz dich doch«, murmelt er. »Oder ist dir das hier nicht vornehm genug?« Dann verschwindet fast seine ganze Nase in der Kaffee-Baguette-Krümel-Schüssel.

»Guten Morgen, übrigens«, sage ich und stelle meine Tüte Bio-Müsli auf den Tisch. An dem kleinen Buffet hole ich mir zwei Schüsseln und fülle eine mit Kaffee. Zurück am Tisch, lasse ich mein Müsli in die zweite Schüssel rieseln.

Eric beobachtet mich stumm. Der Blick sagt eindeutig: »Iiiieh!«

»Ist was?«, frage ich und schneide mir einen Apfel ins Müsli.

»Das ist eine Kaffeeschüssel. Kein Vogelnapf.«

»Nein, das ist eine Müslischüssel. Ausnahmsweise kann man daraus auch mal Kaffee trinken.«

»Hm«, grunzt Eric.

Ich gieße Milch über mein Müsli. Eric verzieht sein Gesicht.

»Was ist?«, frage ich.

»Jetzt mögen es auch die Vögel nicht mehr. Schade drum.«

#

Ich habe selten so großen Hunger gehabt. Und selten so wenig Appetit. Der Bauer hat uns nämlich heute Morgen gezeigt, wie aus Milch Käse wird – eine Erfahrung, die meine kulinarische Zukunft entscheidend beeinträchtigen wird. Die Expedition fing im etwas muffig riechenden Stall an, wo der Bauer, umringt von 24 begeisterten Kindern und Hunderten Fliegen, die Kuh Elise gemolken hat. Dann ging es in die riesige Küche, wo die Bäuerin der Milch in einem überdimensionalen Kübel Lab zusetzte – also irgendwelches Zeug aus einem Kälbermagen, was ich eigentlich doch nicht so genau wissen wollte – und das Gemisch mit einem Holzlöffel zweifelhafter Herkunft und Bakteriendichte umrührte.

Schon da sehnte ich mich nach der hübsch angerichteten und vor allem klinisch reinen Käsetheke im »Spar« bei mir um die Ecke in Berlin. Sogar ein abgepackter Gouda in Scheiben von »plus« erschien mir plötzlich überaus attraktiv.

Doch dann durften wir mit dem Bauern noch die gestapelten Käselaibe in ihren unterschiedlichen Reifungs- und Geruchsstufen bewundern.

Fast erleichtert war ich also, als uns die Bäuerin zum Brotbacken abholte. Im Speisesaal hatte sie sechs Tische vorbereitet, auf denen jeweils ein großer Berg Mehl lag. In Vierergruppen sollten die Kinder Hefe ins Mehl bröseln, Wasser dazugießen und das Ganze ordentlich durchwalken.

Mein Einwand, sie sollten sich vielleicht vorher noch die Kuhstall-Hände waschen, wurde tatsächlich erhört. Allerdings war just in diesem Moment die Seife alle geworden, das Wasser sowieso kalt und ein Handtuch für 24 Kinder wohl auch nicht gerade zweckmäßig.

1: 0 für die Mikroben.

»Die Hygiene lässt ja ein bisschen zu wünschen übrig«, flüsterte ich Elodie zu, die gerade meiner Gruppe beim Kneten zuschaute. Sie nickte, ebenfalls etwas besorgt, und hinderte dann den kleinen Jeremy daran, sich einen Klumpen rohen Teig in den Mund zu stecken.

»Verweichlichte Städter«, raunte mir Eric vom Nachbartisch zu, wo er Alex und Pierre Teigkrümel von der flachen Hand in den Mund zu schnippen versuchte.

»Darf ich Sie …«, setzte ich an.

»Dich!«

»… dich daran erinnern, dass wir im selben Dorf wohnen. So viel zum Thema ›Städter‹. Und im Übrigen hoffe ich sehr, dass Alex nicht ernsthaft krank wird. Ich werde nämlich keine Probleme damit haben, seine Mutter über den wahren Grund zu unterrichten.«

»Petze, Petze«, lachte Eric und steckte sich genüsslich eine etwa tischtennisballgroße Kugel Teig in den Mund.

Inzwischen haben wir die fertig gebackenen Brote, ein paar kleinere Käseleibe sowie jede Menge Eier und kleine Würstchen einen Bergweg hinauftransportiert und uns zum Picknick niedergelassen. Die Sonne scheint, es ist ungewöhnlich warm und die Landschaft absolut atemberaubend.

So viel zum Positiven.

Die Höhe raubt mir auch etwas den Atem, und ich bin ziemlich froh, mich auf diese Picknickbank sinken lassen zu können. Inzwischen habe ich meine Trekkingjacke ausgezogen, sie ist einfach zu warm, und meine Füße qualmen nicht schlecht in meinen natürlich aus Deutschland importierten Profiwanderschuhen.

Ich versuche, den Gedanken an Elises Stall, an die vielen dreckigen Hände im Brotteig und an die Salmonellen zu verdrängen, die die Kinder vermutlich just in diesem Moment mit den nicht gerade hartgekochten Eiern zu sich nehmen. »Œuf à la coq«, heißt das weiche, noch lauwarme Ei, in das die Kinder Brotstücke tauchen und das den Franzosen offenbar als Alibi dafür dient, ein warmes Mahl verzehrt zu haben.

Auch versuche ich, mein Hirn von einer Inhaltsanalyse dieser Würstchen abzuhalten. Erst neulich habe ich in der Zeitung über das Boudin-Fest gelesen, das jedes Jahr im Herbst in L'Oublie-en-Provence stattfindet. »Boudin« ist eine Blutwurst, die ich mir ungefähr so vorstelle wie dieses Objekt vor mir.

Trotz der intensiven Verdrängungsarbeit bekomme ich kaum einen Bissen herunter.

»Na, keinen Hunger?«, erkundigt sich Eric, der keinen Platz an den Picknick-Tischen mehr abbekommen hat und mit Wurst, Käse und Brot in den Händen neben mir steht.

»Geht so.«

»Wegen der rustikalen Lebensweise, stimmt's?«

»Hm. Sozusagen.«

»Ach, das wird uns nicht umbringen. Das härtet ab. Darf ich mir mal kurz deine Jacke leihen?«, sagt er und schnappt sich mein sündhaft teures Superthermo-Modell, lässt es auf den Boden fallen, setzt sich darauf und beißt genüsslich in sein dick mit Käse belegtes Brot.

»Äh.«

»Was ist?«, fragt er unschuldig.

»Meine Jacke!«

»Die ist wirklich gemütlich. Besser als jede Bank. Willst du dich zu mir setzen?«

»Die Jacke ist eigentlich nicht als Picknickdecke gedacht.«

»Ah, bon?« Eric prüft zwischen Daumen und Zeigefinger den robusten Hightech-Funktionsstoff und streicht dann sanft über das weiche Fleece-Innenfutter. »Ich verstehe, das ist *Ei Kualitie meiid ün Dschermanie!*«

»Wie bitte?«

»Kannst du etwa kein Englisch?«

»Doch, durchaus.«

»Na, also: Ich sagte, das ist *Ei Kualitie meiid ün Dschermanie ... leik ju.** «

#

---

* »High quality made in Germany ... like you.«

16:29 (eine Minute vor der üblichen »goûter«-Zeit)
Auf einem Felsplateau irgendwo mitten in den Bergen.
»Wann sind wir endlich da?«, fragt ein Mädchen.

Keine Ahnung.

»Ich habe Hunger«, erklärt ein Junge.

Ich auch.

»Wann gibt es ›goûter‹?«

Noch lange nicht.

»Ich kann nicht mehr!«

Ich auch nicht.

»Haben wir uns verlaufen?«

Ja, eindeutig.

»Nein, natürlich nicht«, beruhige ich die Kinder. »Wir sind gleich wieder am Bauernhof, und dann gibt es auch ganz schnell ›goûter‹!«

Neben mir kniet Eric auf dem Waldboden und studiert die Wanderkarte, die Mademoiselle Elodie uns mitgegeben hat. Sie hat die Klasse in zwei Gruppen aufgeteilt und ist selbst mit zwölf Kindern sowie dem Bauern unterwegs, der in diesem Wald wohl jede Tannennadel kennen dürfte. Wir machen eine Art Schnitzeljagd, die den Kindern die Natur näherbringen soll: Spuren von Tieren erkennen und gegebenenfalls mitbringen. Das war Standardprogramm in Jules altem Kindergarten, ist aber Ausnahmezustand in einer französischen Vorschule. Angeknabberte Tannenzapfen einsammeln, Hasenköttel liegenlassen, lautet die Direktive. Ich fand es bis eben recht amüsant.

Bis wir nämlich an diese Weggabelung gekommen sind und ich geradeaus in circa 50 Metern Entfernung rein gar nichts mehr sehen konnte außer einem atemberaubenden Blick auf das nächste Bergmassiv – und sonst nur Abgrund. Kein Geländer, kein Warnschild, aber dafür zwölf Kinder, die wahrscheinlich gleich wie die Lemminge eines nach dem anderen diesen Felsen herunterstürzen.

Eric sieht ziemlich ratlos aus. Beim Start unserer kleinen Wanderung hatte er souverän nach der Karte gegriffen und sich mit ein paar Jungs an die Spitze unserer Gruppe vorgearbeitet.

Alles schön traditionell. Frankreich eben. Nur ich hätte eigentlich der männlichen Führungskompetenz noch verbal applaudieren müssen. Oder ein bisschen schnurren.

Aber jetzt haben wir uns verlaufen.

»Darf ich mal?«, erkundige ich mich möglichst höflich und zeige auf die Karte.

»Hm. Ich glaube nicht, dass du ... ich meine, es ist doch bekannt, dass Frauen einen schlechteren Orientierungssinn haben als ...«

Oh, Mann, hat das einen Bart! Aber wie sag ich das auf Französisch?

»... So wie sie ja auch nicht einparken können.«

Touché.

»Bitte, gib mir die Karte«, säusele ich.

Schnurr.

»Na, wenn du darauf bestehst ...«

Es funktioniert.

Ich blicke auf die Karte, die eindeutiger nicht sein könnte. »Rechts«, sage ich und danke meinem Sportlehrer, den ich von der achten bis zur zehnten Klasse für seinen Orientierungslauf gehasst habe.

»Nein, links natürlich«, erklärt Eric.

»Also haben wir uns doch verlaufen?!«, brüllt jetzt ein Junge.

»Hast du dich im Weg geirrt, Eric?«, fragt ein anderer.

»Ja, ist doch klar, hat er«, sagt ein Mädchen.

»Dann gehen wir den Weg, den Anja will«, erklärt Chloé.

Eric schluckt.

»Ich will auch nach rechts«, sagt Jule.

»Rechts! Rechts! Rechts!«, tönt es mittlerweile aus zwölf Mündern.

#

Rechts war wohl eine Abkürzung. Eine recht steile sogar. Hoffentlich kommen die Kinder hier überhaupt heil runter. Geröll und glitschiger Boden, wohin man sieht. Ein richtiger Weg ist dafür nur mit Mühe zu erkennen.

»Gut, dass du heute deine Marschstiefel angezogen hast«, lästert Eric, der mit seinen leichten Joggingschuhen direkt vor mir mitunter knöcheltief durch den Schlamm watet und sich jetzt zu mir umdreht.

»Das sind modernste Trekking-Schuhe«, erkläre ich. »Guter Halt auch in schwierigstem Gelände. Am besten, du legst dir für deinen nächsten Schulausflug dieselben zu!«

»Jawoll«, sagt er auf Deutsch.

»Das ist nicht witzig. Schließlich musst du doch mit gutem Beispiel voran… aaaaaah!«

In diesem Moment trete ich in ein unerwartet tiefes Loch, das hinterhältig durch eine dicke Matsch-Schicht getarnt war. Ich rutsche aus und schlittere mindestens zwei Meter unkontrolliert den Berg herunter und lande schließlich …

… direkt im Arm von Eric, der selbst nur mit Mühe das Gleichgewicht halten kann.

Zwölf Kinder starren uns an, Chloé und Jule tuscheln, während ich mich schnell wieder ein Stück von Eric entferne.

»Hey, nicht so anschmiegsam!«, sagt er und lächelt.

»Wie witzig. Aber trotzdem, danke.«

»Du bist wohl doch nicht so die begnadete Bergsteigerin?«

»Aber du auch nicht das Naturtalent unter den Pfadfindern.«

»Es ist eben nicht immer alles so, wie es erscheint«, murmelt Eric.

»Nein, keinesfalls. Aber sieh mal: Da ist ja unser Bauernhof.«

#

»Na, auch genug von zwei Dutzend Kindern?«, fragt Eric. Er lehnt an der Außenwand des Speisesaal-Stalls, den ich gerade wegen akuten Sauerstoffmangels und Lärmüberversorgung verlassen habe.

»Nein, ich brauchte nur ein bisschen frische Luft.«

»Natürlich. Also, mir war es da drin eben entschieden zu laut.«

Ja, mir auch.

»Ach, nein. Sie sind eben lebhaft, die Kinder.«

»Ja, und manchmal ganz schön nervig.«

»So würde ich das nicht sehen.«

»Du möchtest gern perfekt sein, oder?«, fragt Eric, mit einer dampfenden Tasse Kakao in der Hand.

»Wie kommst du darauf? Und was geht dich das überhaupt an?«

»Nichts, aber so ist es doch, oder? Vielleicht war das nicht immer so, aber jetzt möchtest du noch mal so richtig durchstarten. So mit 35 …«

»Äh …«

»Ich weiß, du bist erst 25.«

»Sehr witzig.«

»Das ist doch völlig egal. Auf jeden Fall noch einmal zurück auf Los. Als ganz anderer Mensch.«

»Was soll diese Psychoanalyse? Wir kennen uns doch kaum.«

»Na ja, kaum ist ja wohl etwas untertrieben, schließlich bist du gerade eben noch in meinem Arm gelandet. Vor gar nicht allzu langer Zeit hast du deine Tochter bei mir geparkt, um einen wichtigen Geschäftstermin wahrnehmen zu können. Und ich hatte schon einmal das Vergnügen, dein Auto fahren zu dürfen.«

»Also, das ist doch wirklich die absolute …«

»… Wahrheit. Aber ich persönlich mag ja lieber kleine Schwächen.«

»Vor allem bei anderen, nehme ich an.«

»Nein, auch meine eigenen Fehler gefallen mir eigentlich ganz gut. Hier, möchtest du auch Kakao?«

»Nein, danke.«

»Das hieß doch bestimmt ja bitte, nicht wahr?« Eric hält mir seinen Becher direkt unter die Nase.

Hmmmm, riecht der lecker. Wie lange habe ich schon keinen Kakao mehr getrunken? Zu lange.

»Danke.« Ich greife zu und nehme einen großen Schluck Kalorienbombe, flüssig. »Welche Fehler hast du denn, mal abgesehen von ausgeprägter Arroganz, Dreistigkeit, Verschwiegenheit, chronischer Unpünktlichkeit und mangelndem Orientierungssinn?«

»Das war's«, grinst Eric. »Ach, nein. Noch etwas: eine Schwäche für Frauen in Wanderstiefeln, die Kakao auf der Nasenspitze haben und dabei versuchen, elegant zu sein.«

#

Spätabends

Die Einladung der Gastgeber zu einem Gläschen habe ich heute ausgeschlagen. Ich kann mich kaum noch auf den Beinen halten und werde jetzt sofort ins Bett gehen. Aber vorher hole ich mir noch ein Glas Wasser aus der Küche.

Auf dem Weg dorthin treffe ich Elodie, die auf dem Flur Streife läuft und unermüdliche Knirpse zurück ins Bett befördert. Vor der Küche angekommen, höre ich Eric in ein angeregtes Gespräch mit dem Bauern vertieft. So viel hat er ja noch nie gesprochen. Ich bleibe zögernd an der Tür stehen.

»Sehr konsequent, dass Sie den Job in dem Konzern aufgegeben haben«, sagt Eric. »Eine Arbeit, die einen nicht weiterbringt, sollte man nicht machen. Nur Geld zu verdienen kann ja nicht der Sinn des Ganzen sein. Das sehe ich ganz ähnlich.«

»Genau«, pflichtet ihm der bärtige Bauer brummend zu. »Zuletzt war ich ›Synergie-Manager‹. Wissen Sie, was das heißt?«

»Wahrscheinlich Mitarbeiter entlassen, oder?«

»Genau. Und ganz zum Schluss ist man selbst überflüssig. Dem bin ich aber zuvorgekommen und habe gekündigt. Und dann habe ich diesen alten Hof gefunden. Wir haben ihn gekauft, umgebaut und können jetzt das machen, was den Kindern und uns wirklich Spaß macht.«

Ich sollte jetzt entweder in die Küche gehen oder verschwinden.

»Ihre Frau stand hinter Ihrer Entscheidung?«, fragt Eric.

»Ja, ganz und gar. Sie hasste ihren Job zwar nicht so sehr wie ich meinen, aber als wir den Hof entdeckt haben, waren wir uns sofort einig.«

»Das ist leider nicht immer so. Und das Geld?«

»Na ja, unsere Einnahmen von der Arbeit mit den Kindern reichen. So üppig wie noch zu Manager-Zeiten leben wir natürlich nicht mehr, aber dafür viel besser. Wir sind glücklich so. Und Sie, was machen Sie beruflich?«

Eric räuspert sich.

Anja, du sollst nicht lauschen!

Obwohl, ist das ein Französinnen-Gebot?

Nein!

»Ich bin auch so eine Art Aussteiger. Ich bin Arzt, arbeite aber unter etwas ungewöhnlichen Bedingungen. Die zeigen einem, wie hart das Leben manchmal sein kann. Wahrscheinlich färbt das auch auf mich ab. Ich kann wohl etwas schroff sein. Sagt man mir jedenfalls nach. Tja, und der Rest hat bei mir auch nicht ganz so gut funktioniert wie bei Ihnen und Ihrer Frau.«

»Wieso? Sie haben doch eine entzückende Tochter bei sich und zu Hause sicher eine wunderbare ...« Eric senkt den Blick und lässt einen Finger langsam über den Rand seines Glases gleiten. »Ah. Ich verstehe«, sagt der Bauer. »Noch einen Schnaps?«

»Nein, vielen Dank. Ich werde mich jetzt mal hinlegen. Diese Bergluft macht wirklich müde ...« Eric schiebt seinen Stuhl zurück und stellt sein Glas in die Spüle. Dann steuert er die Küchentür an.

So leise und schnell ich in meinen Birkenstock kann, trete ich den Rückzug an. Als ich in unserem Zimmer ankomme, sitzt Elodie noch am Tisch und bereitet irgendetwas für morgen, den letzten Tag der Klassenreise, vor.

»Ich will nicht übermäßig indiskret sein, aber weißt du eigentlich, was mit der Familie Leroy los ist?«

Elodie dreht sich zu mir um.

»Jule ist ja nun schon eine ganze Weile wirklich eng mit Chloé befreundet. Aber eigentlich weiß ich nichts über Chloés Familie. Na ja, nur dass ihr Vater manchmal etwas, sagen wir ...«

»... ungalant ist?«

»Genau. Aber sonst kenne ich nur diese Geschichten von Jule und Chloé, die wohl eher der Märchenwelt entstammen: ein Schloss mit Einhörnern, eine Mutter, die mit einer goldenen Kutsche irgendwo hingefahren ist ...«

Elodie legt ihren Stift auf ihre Unterlagen. »Tja, viel mehr weiß ich auch nicht. Aber als Chloé vor zwei Jahren in die Vorschule gekommen ist, war ihre Mutter noch da. Sehr verschlossen. Sie war nicht glücklich hier. Und ein paar Monate später war sie plötzlich verschwunden. Im Kollegium haben wir nie etwas erfahren. Eric Leroy hat einfach nicht darüber gesprochen, und Chloé hat auch uns und den anderen Kindern diese Geschichte von der Kutsche erzählt.«

»Merkwürdig.«

»In der Tat. Und was Eric betrifft, glaube ich, dass ihn seine Tätigkeit etwas mitnimmt. Er arbeitet irgendwie im Gesundheitssystem, aber die Details kenne ich auch nicht. Ich weiß nur, dass er seine Tochter über alles liebt und die Situation wirklich gut meistert. So etwas spürt man ja als Lehrerin. Dann ist da ja auch noch diese junge Dame, die sich mit um Chloé kümmert.«

»Noémi? Jule beschreibt sie mir immer als eine Art Kinderfrau.«

»Hm. Ja, vielleicht ist sie das. Auch.« Elodie weicht jetzt meinem Blick aus. »Auf jeden Fall ist Chloé ein sehr ausgeglichenes Kind, was unter diesen Umständen nicht unbedingt zu erwarten wäre. Bei ihr zu Hause laufen viele Dinge wohl etwas unkonventionell, aber um Julie musst du dir da wirklich keine Gedanken machen.«

»Nein, nein. Ich wollte auch wirklich nicht zu neugierig sein.«

»Natürlich nicht«, sagt Elodie und lächelt freundlich, aber ziemlich müde. »Ich werde jetzt schlafen. Morgen ist noch einmal ein anstrengender Tag: nach dem Frühstück erst ein bisschen Naturkunde, dann noch eine Wanderung ...«

Oh, ja ...

»... mit einer Gruppe wieder in der Obhut von Eric Leroy und dir, wenn's recht ist.«

... durchaus gern, denn ich habe tatsächlich nicht viel, ja also, genau genommen so gar nichts gegen diesen, wie soll ich sagen, aus unerklärlichen Gründen irgendwie doch ziemlich ... sympathischen Rüpel!

»Dann Packen und die Rückfahrt.«

Hm. Schon?

24. Kapitel

Sonntag, 14. November, gegen 18 Uhr
Auf der Rückfahrt im Bus

Langsam nähern wir uns wieder der Zivilisation, obwohl sich mein Äußeres immer weiter davon entfernt hat an diesem Wochenende. Schade, dass Lehrerin Elodie eine eher untypische Französin ist. Ich hätte ja schon gern gewusst, ob die Klassiker es auch nach drei Tagen Bauernhof noch schaffen, im Hühnerstall wie auf einem Laufsteg aufzutreten. Aber da Elodie modisch gesehen eher zur pflegeleichten Minderheit der Französinnen gehört, werde ich das wohl leider nicht erfahren.

Der Bus schaukelt kontinuierlich bergab. Wieder sitzen Eric und ich ganz hinten, davor Jule und Chloé gefolgt von deren Fan-Club, bestehend aus Pierre und Alex.

Die ersten Kurven haben wir bereits hinter uns, die schlimmsten kommen aber noch. Zur Probe schalte ich mein Handy an – und tatsächlich: Wir haben das Loch des Fünkes inzwischen wieder verlassen, wie mir mein Telefon zuverlässig mitteilt:

Sie haben sechs Nachrichten in Ihrer Mailbox.

Nachricht 1: Freitag, 12. November, 11:45

»Janis, Liebes, hier ist Monika. Ich weiß, das ist jetzt etwas spontan. Aber Spontaneität hält jung und tut dir im Übrigen auch gut. Also, ich war ja neulich bei Bettina, und nun sollst du auch nicht zu kurz kommen. Oh, my god, wie lange haben wir uns eigentlich nicht gesehen? Ja, ich weiß, ich bin es, die immer so beschäftigt ist. Übrigens, dieses Psychologie-Seminar war einfach umwerfend. Ganz neue Einsichten – und das Ambiente war auch sehr nett, richtig bewusstseinserweiternd. Ich nehme also morgen den ersten Flieger zu dir. Du holst mich doch vom Flughafen ab, oder? Also, das ist Flugnummer LH4568, Ankunft 10:25. Bis morgen, Janis!«

Oh, oh.

Nachricht 2: Samstag, 13. November, 10:59
    »Janis-Schätzchen, ich stehe hier an der Ankunft, Terminal 2, direkt neben dem Zoll. Wo bist du denn?«

Im Höllenbus, kurz vor der Ohnmacht.

Nachricht 3: Samstag, 13. November, 11:20
    »Janis! Jetzt habe ich aber eigentlich keine Lust mehr zu warten. Zum Glück hat mir Bettina neulich schon deine genaue Adresse gegeben. Fast ein bisschen aufgedrängt, na ja, du kennst sie ja. Ich nehme mir jetzt ein Taxi und fahre in dein Dorf. Du bist doch sonst immer so häuslich, wo steckst du denn bloß?«

Auf dem direkten Weg in mein Verderben!

Nachricht 4: Samstag, 13. November, 13:03
    »Bonjour, ma chère. Hier ist Madame Croizet. Es ist Samstagmittag und … haben Sie keine Sorge, mit Ihrer Wohnung ist alles in Ordnung. Deshalb rufe ich nicht an. Aber bei mir im Laden steht Ihre Mutter. Sie kommt für mich etwas überraschend. Ich kann ja leider nicht so gut Englisch, und Deutsch ja sowieso nicht. Aber Ihre Mutter sagt wohl, ihr Besuch sei abgesprochen. Sollten wir uns da missverstanden haben, als Sie uns Ihren Zweitschlüssel fürs Wochenende gegeben haben? Jedenfalls gehe ich mal davon aus, dass Ihre Mutter willkommen ist, und werde ihr den Schlüssel geben. Ich hoffe, dass Ihnen das so recht ist.«

Neiiiiiin.

Nachricht 5: Sonntag, 14. November, 14:28

Andscha, mon amour. Isch biin untröstlisch, dass du disch meldest gar nischt mehr. Ast du meine Foto nischt bekommen? Und at dir mein kleines Geschenk denn nischt gefallen? Wann können wir endlisch wie Verlibbte kochen? Isch vermisse Disch.

Welches Foto?

Nachricht 6: Sonntag, 14. November, 14:32

Andscha, weiißt du was? Isch werde nach-er einfach mal vorbeischauenn bei dir.

O Gott, nein! Irgendwie ist mir das alles – viel zu viel!

Sie haben vier SMS:

Ich schicke dir ein Foto, damit du nicht ganz mich vergisst. Philippe (Samstag, 13. November, 20:31)

Ahaaa! Das Foto. Mmmh … Verdammt. Er sieht ja doch ziiiiemlich gut aus. So kultiviert, so elegant, so … hach, und diese Augen, dieses Lächeln, diese … Aber was ist denn das da im Hintergrund? Das sieht ja fast ein bisschen aus wie der …

Eiffelturm!

Moment, sollte Philippe etwa trotzdem nach Paris gefahren sein? Ohne mich? Mit einer anderen? Das kann nicht sein. Völlig unmöglich! Auf jeden Fall dürfte er inzwischen direkt auf dem Weg zu meiner Wohnung sein, wo meine Mutter …

Kleines, bin jetzt doch an die Côte geflogen. Cannes ist umwerfend. Auch und gerade allein. Setze mich morgen in Mietflitzer, bin abends bei dir. Nehme mir Hotel. Kuss für Jule. *(Samstag, 13. November, 20:44)*

… und meine Schwester schon auf ihn warten! Aaaaah …

Janis, Liebling. Ich habe jetzt die Energieströme in deiner Wohnung etwas optimiert. Und eure Ankunft recherchiert. Hole euch also vom Bus ab. Freust du dich? *(Sonntag, 14. November, 12:33)*

Neeeeeiiiiin!

Mein Handy signalisiert mir jetzt eine frisch eingetroffene SMS. Absender unbekannt.

Alles in Ordnung? Du siehst etwas besorgt aus. Schau mal nach links. Und lächeln! *(Sonntag, 14. November, 18:12)*

Ich drehe mich nach links und blicke frontal in Erics Handy, mit dem er jetzt ein Foto von mir macht. Und gleich noch eins. Und noch eins.

»Hey, was soll das?«

»Das ist Kunst. Das Werk heißt: Anna nach dem Bauernhof.« Eric dreht das Handy zu mir, so dass ich den letzten Schnappschuss sehen kann.

»Ich heiße An-JA! Gib das Handy her! Ich will das löschen. Ich sehe ja furchtbar aus.«

»Nein, du bist wunderschön«, sagt er.

»Meinst du das jetzt ernst?«

Eric grinst breit.

»Natürlich.«

Hm.

#

»Oma!!! Betty!!! Mama, guck ma. Da sind ja wirklich Oma und Betty! Sie sind wirklich gekommen.«

Ich hab's befürchtet.

»Ja, toll, nicht wahr, Julchen? Freust du dich?«

»Und wiiiiieee!« Jule hüpft auf ihrem Sitz in der Reihe vor mir völlig euphorisch auf und ab, während der Bus auf den Parkplatz vor der Schule von L'Oublie-en-Provence rollt.

»Hast du Besuch?«, erkundigt sich Eric, der gerade Chloés Rucksack von der Gepäckablage holt.

»Ja, etwas überraschend. Und ziemlich zahlreich.«

»Ist doch schön, wenn die Familie kommt.«

»Ja, ja.«

»Mama, guck ma«, Jule zeigt aus dem Fenster. »Da ist auch dieser … dieser …«

Philippe!

»… na Philippe, der, den du heiraten willst.«

»Jule! Hör jetzt endlich auf, so einen Quatsch zu erzählen. Und überhaupt geht das ja nicht *jeden* etwas an.«

Hat Eric eben gestutzt? Kurz innegehalten beim Einräumen von Chloés Kuscheltieren in ihren Rucksack? Nein, kann nicht sein.

»Wieso? Ist doch wahr!« Dann fügt sie kaum hörbar hinzu: »Leider.«

Eric wendet sich jetzt in die uns entgegengesetzte Richtung und sortiert seine eigenen Sachen. Der Bus kommt zum Stehen ,und für französische Schulverhältnisse strömen die Kinder wenig geordnet hinaus. Ich raffe meine Jacke und meine Tasche zusammen und will Jule folgen, die schon auf dem Weg zu unserem mittelgroßen Empfangskomitee vor der Schule ist.

Doch da hält mich Eric plötzlich am Arm fest. »Anna?«

»Ja?«

»Au revoir«, sagt er sanft und küsst mich auf die Wange.

Ein Mal! Er riecht nach Outdoor-Urlaub, nach Bergen, nach Wald … und ein bisschen nach Bauernhof.

Huch. Fand ich das jetzt tatsächlich … angenehm?

#

Draußen fallen die ersten Kinder ihren heute in gemäßigten Wochenend-Pumps stöckelnden Müttern um den Hals. Auch einige Väter in Freizeitklamotten à la Altrocker Johnny Hallyday sind erschienen. Jule wird von meiner Mutter und von Bettina förmlich zerdrückt. Die Arme. Und Bettina scheint ihr mal wieder ein besonders gelungenes Geschenk mitgebracht zu haben, wenn ich das richtig überblicke. Jedenfalls wedelt meine Schwester mit einem Schirm im besonders dezenten Frosch-Design: breites Maul auf giftgrünem Stoff, und obendrauf zwei überdimensionale Froschaugen. Aus der berüchtigten Serie »Bettys peinliche Froschgeschenke«. Aber Jule scheint sich – ihren Luftsprüngen und Umarmungen nach zu urteilen – wirklich unbändig über dieses grässliche Modell zu freuen, genauso wie über das Wiedersehen mit Tante Betty und Oma Moni.

Tante und Oma machen diesen Anreden im klassischen Sinn allerdings keinerlei Ehre: beide durchtrainiert, superschlank und gut gebräunt – meine Mutter vom Anden-Trekking, meine Schwester vom ständigen Marathon-Training, den Frankfurter Hightech-Solarien und vielleicht auch ein kleines bisschen Côte-d'Azur-Spätherbstsonne. Bettina trägt ihre Haare kurz à la Audrey Tautou, meine Mutter ganz ähnlich. Aus der Entfernung sind ihre Falten auch nicht so gut zu erkennen, so dass sie fast Schwestern sein könnten.

Gehöre ich wirklich dazu? Trotz Tautou-Haarschnitts kann ich zwar bei keiner von beiden echten französischen Chic entdecken, aber sie sehen wirklich *ziemlich* gut aus.

Unwillkürlich ziehe ich den Reißverschluss meiner Thermo-Jacke ganz nach oben, zupfe meinen Pferdeschwanz zurecht und lasse meinen Blick über diese schrecklich breiten Schenkel in meinen alten, mit reichlich Bauernhof-Erinnerungen in Form von Flecken sämtlicher Couleur verzierten Jeans hinunter zu meinen Bergschuhen gleiten. Nein, die Gummistiefel wären jetzt auch keine Rettung.

Zögernd steige ich aus dem Bus und sehe, wie Philippe die Begrüßungsszene meiner Familie aus einer gewissen Distanz beobachtet. Mit einem offenen Mantel über seinem schwarzen Rollkragenpullover sieht er sehr elegant aus. Ganz der Edel-Franzose. Aber gleichzeitig erscheint er mir fremd, irgendwie unwirklich.

Auch er scheint bei meinem Anblick erst ein bisschen zu stutzen, bevor er sagt: »Mon amour, wie schönn, disch widderzusehen.« Dann umarmt und küsst er mich.

Mmmmh …

Mmh …

Hm?

Hey, stopp!

Dieser Kuss dauert für meinen Geschmack und vor diesem Großpublikum entschieden zu lange. Endlich kann ich mich aus seiner Umarmung lösen.

Irgendetwas stimmt hier nicht.

»Janis! Mein Herz!« Meine Mutter nutzt die Gelegenheit und schließt mich in ihre Arme.

»Mama, das ist Philippe. Philippe, das ist …«

»Ach, Janis-Schätzchen, wir haben uns doch schon längst kennengelernt.« Mit dem Lächeln, das meine Mutter jetzt Philippe schenkt, könnte sie durchaus im Konkurrenzkampf der verheißungsvollen Französinnen bestehen. Wahrscheinlich nicht nur in ihrer Altersklasse. »Nicht wahr, Philippe?«, schiebt sie kokett hinterher.

»Aber natürlich, Monique«, sagt Philippe galant und irgendwie ein bisschen … hm … genau: routiniert. Und schon hat er meine Mutter in ein Gespräch verwickelt. Sie hängt förmlich an seinen Lippen, die ein unglaublich falsches Deutsch produzieren. Entzückend, denkt meine Mutter jetzt sicher.

Aus dem Augenwinkel sehe ich Eric, der von Noémi abgeholt wird. Die Perfektion in Person hat ihre Hand um seinen Nacken gelegt und haucht ihm einen Kuss auf die Wange.

Jetzt wendet sich Bettina zu mir: »Kleines! Hey, lass dich umarmen! Aber, wie guckst du denn? Drücken die Wanderschuhe?«

»Nein. Alles bestens. Schön, dass du da bist. Philippe hast du vermutlich auch schon kennengelernt?!«

»Ja, ja.«

Und? Spielt er in derselben Klasse wie einst dein Oliver?

»Sag, Kleines, wie war es auf dem Bauernhof?«

Nichts und.

»Hast du gut gemolken und ausgemistet? Ich sage dir, Cannes ist ja wirklich ein Traum. Ein Cocktail in einer Bar an der Croisette, und man ist nicht lang allein. Sehr mondän, très chic! Na ja, aber dein Dorf ist ja auch ganz schnuckelig. Vielleicht ein bisschen klein und irgendwie auch ziemlich abgelegen, aber so zum Ausspannen doch wie gemacht.«

»Hm.«

»So, Leute«, meldet sich meine Mutter zu Wort. »Wir sollten gehen! Ich habe nämlich eine Kleinigkeit vorbereitet, zuhause.«

Zuhause?

»Wie wäre es, wenn wir jetzt schnell das Gepäck in den Kofferraum werfen und abzischen? Betty, ich nehme deinen Mietwagen. Gib mir mal die Schlüssel, okay? Komm, Janis, wir fahren ein bisschen ›Mercedes-Benz‹. Hey! Ich habe dir ja so viel zu erzählen!«

Während ich mit Jule unsere Bauernhof-Rucksäcke im samtenen Kofferraum des von Bettina gemieteten Coupés verstaue, hüpft meine Schwester in Philippes inzwischen geschlossenes Cabrio. Im Rückspiegel sehe ich, wie Erics Ente scheppernd in Richtung abbruchreife Plattenbauten verschwindet.

»Janis-Liebling«, sagt meine Mutter, während sie den teuren

Benz durch die engen Straßen von L'Oublie-en-Provence steuert. »Dieser Philippe ist ja voll krass!«

»Mama! Wie redest du denn?«

»Das sagt man jetzt so. Wahrscheinlich hast du das in Frankreich noch nicht mitbekommen, aber ...«

»... aber du bist fast 60! Das sagen vielleicht 16-Jährige. Und in Berlin selbst die kaum noch, das ist schon längst wieder aus der Mode.«

»Nein, nein. Da irrst du dich. Auf jeden Fall finde ich es cool. Aber hör mal zu, da ist noch was viel Wichtigeres ...«

Hoffnungslos.

»Vielleicht könnt ihr euch ja irgendwie arrangieren. Du und deine Schwester.«

»Womit arrangieren?«

Meine Mutter reicht Jule jetzt ihren pinkfarbenen iPod nach hinten.

»Hier, sieh mal, Julchen, das ist mein neuer iPod. Voll krass, oder?«

»Hä«, tönt Jule von hinten. »Ach so, ein Walkman«, sagt sie dann etwas enttäuscht, steckt sich aber trotzdem die Kopfhörer ins Ohr. »Mamas ist aber viiiel größer.«

»Du hast noch einen Walkman? Oh, Schatz, du bist ja so was von ... Na, egal, jetzt können wir wenigstens reden. Hör zu, Janis-Liebling. Ich meine ja schon immer, dass man das alles ein bisschen lockerer sehen sollte. Du solltest deine altmodischen Vorstellungen vielleicht doch langsam mal aufgeben und ...«

»Mama, was hast du geraucht?«

»Nichts. Ich meine es ganz ernst. Also, dein Philippe, wie soll ich sagen, der ist ja sicher kein Kind von Traurigkeit, oder?«

Wie kommt es eigentlich, dass so einer ... Ich höre es schon!

»Nein, er ist ganz unterhaltsam, falls du das meinst.«

»Nicht direkt. Also, um es kurz zu machen: Als er vorhin zu uns nach Hause kam ...«

»Du meinst, zu *mir* nach Hause?«

»Ja, natürlich. Also, als er vorhin ankam, war Bettina schon da. Und manchmal ist es ja wirklich lustig, so mit Zwillingen. Sogar noch in eurem Alter …«

»Mama, komm zum Punkt.«

»Also, ich glaube, er hat euch verwechselt.«

Unmöglich.

»Jedenfalls hat er zu Betty gesagt: ›Chérie, du bist aber schlank geworden. Und dieser Haarschnitt steht dir auch viel besser.‹«

Nein!

»Ja, das waren seine Worte. Alles okay, Janis-Schätzchen? Take it easy, okay? Er hat es natürlich mit ganz viel von diesem bezaubernden französischen Akzent gesagt. Na ja, und Betty hat ihn ja dann auch aufgeklärt. Also genau genommen aber erst, als er sie schon geküsst hatte. Natürlich in der Annahme, sie sei du. Du verstehst?«

Durchaus.

»Oma, diese Musik ist aber voll doof.« Jule reicht den zu klein geratenen Walkman zurück nach vorn. »Hast du nicht Bibi Blocksberg?«

Meine Mutter ignoriert Jule und schaut mich an. »Hallo? Du sagst ja gar nichts?! Janis?«

»Ich heiße Anja.«

»Natürlich.«

25. Kapitel

Fünf Minuten später
Im Appartement über der Bäckerei

»Gefällt es dir?«, erkundigt sich meine Mutter und stößt wie einst Monsieur Croizet mit Schwung meine Wohnungstür auf. Direkt in der Mitte des kleinen Eingangsbereichs steht jetzt meine Palme, die ums Überleben kämpft, seit ich sie bei meiner simulierten Magen-Darm-Grippe mit Jules Gesundheitstee gegossen habe. Nun dürfte ihr Schicksal besiegelt sein, denn Sonnenlicht ist hier absolute Fehlanzeige.

»Komm mit, Janis, vor allem im Salon fließt die Energie jetzt viel besser als vorher«, schwärmt sie. »Du weißt ja, Feng-Shui eröffnet ungeahnte Möglichkeiten. Ich kann damit dein ganzes Leben auf den Kopf stellen.«

Das geht auch ohne Feng-Shui.

Meine Mutter zieht mich ins Wohnzimmer, wo mein Samtsofa jetzt schräg vor der Balkontür thront, mit dem Rücken zum Fernseher. Dieser wiederum sowie die beiden Sessel und der kleine Glastisch stehen mit maximaler Entfernung zueinander in je einer Zimmerecke. In der Mitte ist eine freie Fläche entstanden, die durchaus für eine mittelgroße Tanzparty reichen würde.

»Ganz frei können die Ströme so fließen. Völlig ungestört, ganz befreit von jeglichem Ballast ...«

... wie praktischen Überlegungen.

Aus dem Flur dringt lautes Gepolter zu uns, aus der Küche strömt ein Geruch, der mich irgendwie an Erdnussflips erinnert.

»Aua!«, brüllt Jule. »Mama, die Blume steht mitten im Weg! Und hier stinkt's. Wo ist eigentlich Betty?«

Gute Frage.

»Ich habe eine peruanische Spezialität vorbereitet«, sagt meine Mutter und wendet sich jetzt *meiner* Pfanne zu, die auf *meinem* Herd steht. »Cuy, das sind Meerschweinchen mit gerösteten Erdnüssen, scharfer Salsa ...«

»Meerschweinchen?«, kreischt Jule. »Wie Caramel?«

»Caramel?«, fragt meine Mutter zurück.

»Das Meerschweinchen von Chloé. Oma, das geht doch nicht!«

»Nein, das geht wirklich nicht«, sagt Oma und klingt etwas enttäuscht. »Ich habe auf dem Markt heute Morgen nämlich leider kein Meerschweinchen gefunden. Auch in eurem kleinen entzückenden Supermarkt waren die nicht vorrätig. Aber dieser Filialleiter, Jean-Claude, ist ja ein *ganz* entzückender Mann. Morgen bin ich übrigens mit ihm downtown verabredet. Er will mir die Stadt zeigen. Nicht die ausgetretenen Touristenpfade, sondern die geheimnisvolleren Ecken. Und ein echtes Kultrestaurant hat er mir versprochen. Na ja, jedenfalls geht mein peruanisches Gericht auch mit Kaninchen. Und das gab's auf dem Markt.«

»Das da ist Kaninchen?«, fragt Jule und zeigt mit ekelverzerrtem Gesicht auf die Pfanne, aus der weit die Läufe des Tierchens herausragen.

»Klar. Ist bestimmt auch lecker.«

Jule dampft ab in ihr Kinderzimmer.

Rums, das war die Tür.

Ruckel, ruckel ... jetzt kommt der Fußballtisch davor.

...

Nanu?

»Mamaaaa! Ich krieg den Kicker da nicht raus. Der steht auf einmal unter meinem Hochbett, der steckt fest!«, schreit Jule.

»Das macht nichts. Das ist Feng-Shui, von Ooooma.«

»Janis-Liebling. Würde es dir etwas ausmachen, mich nicht immer vor allen Leuten ›Oma‹ zu nennen?«

Vor welchen Leuten denn?

#

Eine halbe Stunde später

»Na, da seid ihr ja endlich!«, sagt Oma Monika zu Bettina und Philippe, die jetzt zur Tür hereinkommen.

Aber warum war mir eigentlich bis gerade gar nicht aufgefallen, dass die beiden tatsächlich ziemlich lange unterwegs waren?

»Deine Schwester hat sich schon Sorgen gemacht.«

Ja, aber eigentlich nur um meine Wohnung. Betty und Philippe können bleiben, wo die Meerschweinchen wachsen!

»Sorry, sorry. Wir haben uns irgendwie verfahren.«

In L'Oublie-en-Provence: eine Hauptstraße, vier Kreuzungen!

»Kein Problem, kommt doch rein«, sage ich betont gelassen. »Mama hat schon lecker gekocht. Es gibt Meerschweinchen.«

»Nein, leider nur …«, wirft meine Mutter ein.

»Mit gerösteten Erdnüssen, sehr delikat«, unterbreche ich sie.

»Das duftet sehr köstlisch«, sagt Philippe. »Aber, was wir werden essen, das isch abe nischt ganz verstann-den.«

»Meerschweinchen«, wiederhole ich. »Cochon d'Inde auf Französisch, wenn ich mich nicht irre.«

»Cochon d'Inde?« Philippe entgleiten ein bisschen die Gesichtszüge.

»Ja, eine Spezialität.«

»Ah bon? In Deutschland?«

»In der Familie Kirsch auf jeden Fall. Setz dich.«

Philippe hält die Stuhllehne fest und tritt nervös von einem Fuß auf den anderen, bevor er sich an den in die Mitte meiner Wohnküche gerückten *Eck*-Tisch sinken lässt.

»Keine Angst«, beruhigt ihn meine Mutter. »Es ist Kaninchen. Ich sehe schon ein, dass man die peruanische Küche nicht so einfach in Europa einführen kann. Darüber habe ich auch mit Jean-Claude vom ›Casino‹ ausführlich diskutiert. Die Vorlieben sind da ja über Generationen geprägt worden. Hier habt ihr gleich einen Drink, ihr mögt doch Portwein, oder?«

Bettina nimmt zwei Gläser, lässt sich auf dem Stuhl neben Philippe nieder und reicht eines an ihn weiter.

»Monika war gerade einige Zeit in den Anden und hat die dortige Küche für sich entdeckt«, erklärt meine Schwester Philippe. »Ich persönlich schätze ja mehr Geflügel, zum Beispiel eine Wachtel oder eine Taube.«

»Oh, ja, die siind serr gutt. Wie alle Köstlischkeiiten der franzöösischen Küsche, nischt wahr, Andscha?«

»Oh, aber ja!«

Mmmh ... meine Freunde, die Schnecken, Austern und ...

»Isch konnte vor allem überzeuugen Andscha miiet denn Schenkeln des Froosches, nischt wahr?«

Genau, die hatte ich noch vergessen.

»Frosch?«, stöhnt Jule, die gerade vorsichtig durch die Tür lugt. »Esst ihr die etwa auch? Booah, ist das eklig.«

Rumms. Die Tür ist wieder zu.

»Was at sie gesaggt, die Kleine?«, erkundigt sich Philippe.

»Schon gut.«

»C'est comme ça«, versucht sich jetzt meine Mutter mit ein bisschen Restfranzösisch.

»Comme ci, comme ça«, flötet meine Schwester. »Ich habe richtig Hunger. Wann geht es denn los?«

Wie kann ich euch helfen, wäre vielleicht die richtige Frage.

»Ein bisschen Geduld bitte. Bon chose veut avoir heure«, kichert meine Mutter und genehmigt sich einen großzügigen Schluck Portwein.

»Was soll das denn heißen?«, raune ich meiner Mutter zu.

»Gut Ding will Weile haben. So ist das beim Kochen. Ich bin inzwischen Anhängerin der Slow-Food-Bewegung: Alles schön langsam und ganz ausgiebig genießen«, sagt sie und kippt den letzten Schluck Portwein herunter.

»Slovvv Fuuudd?«, meldet sich Philippe mit erwartungsgemäß exzellentem Englisch zu Wort. »Daaas at seinen Urspruuung eigentlisch iin La France, wusstet ihr das, meine Dammen?«

Nein, aber wollten wir das wissen? Und stimmt das überhaupt? Irgendwie – nervt er.

»Dafürr iist La France ja schonn lange bekannnt: Wir kauufen nuur Gemüse der Saison friisch auf der Markt und Fleisch und Füsch immer nur di-rekte vom Producteur. Das at meine Groß-muuter so gemacht, meine Muuter … und Andscha macht das sischer genauuso, wenn wiir bald werden kochen nach meine kleine Buch mit die Rezepten, nisscht wahr?«

Bevor ich protestieren kann, ertönt Philippes Handy mit dieser klassischen Melodie, diesem Stück von, na diese, die …

»Die Europahymne!«, prahlt meine Schwester. »Wow, ich liii-iebe dieses Stück! Und du hast die Europahymne als Klingelton? Die ist doch aus der neunten Symphonie von Ludwig van Beethoven, oder?«

Streberin!

»Sehrr rischtig.« Philippe weist den Anruf nach einem kurzen Blick aufs Display ab und steckt sein Handy wieder in die Tasche seines Mantels, den er lässig über den Küchenstuhl geworfen hat. »Isch liiebbe es auch. Es iist so triümphall, so glorreisch – wie über-aupt L'Europe, n'est-ce pas?«

»Oh ja«, schnurrt Bettina und legt ihren Kopf ein bisschen schräg. Dann fährt meine soeben von mir zur Ehren-Französin erklärte Schwester fort: »Zwischen der Wiener Klassik und der Neuen Musik kann ich wenig finden, das mich wirklich fasziniert. Wieder etwas anfangen kann ich erst mit Komponisten wie …«

»John Cage?«, fragt Philippe.

Och, nö.

»Genau. Cage ist wunderbar!«

»Ja, das isch finde auch. Mit Andscha isch abe unlängst ge-ört 4'33 – göttlisch, nisscht waahrr, Andscha.«

»Ja, echt krass, und vor allem gut fürs Trommelfell.«

»Wie bitte, isch das abbe nisscht verstanden.«

»Macht nichts«, entgegne ich. »Entspannt euch alle einfach, gleich gibt es Essen.«

»Janis, Liebling, hilf mir doch mal kurz«, ruft mich meine Mutter zu sich und dem Kaninchen an den Herd. Kaum bin ich angekommen, flüstert sie in vertraulichem Tonfall: »Sag, Janis. Ich kenne dich doch, mein Herz. Dir geht das alles ein bisschen zu schnell, oder? Kann das sein?«

Aber nein.

»Fühlst du dich ein bisschen überrumpelt?«

Aber wieso denn?

Etwa weil

- *meine Wohnung verwüstet ist,*
- *auf meinem Herd ein niedliches Haustier brutzelt,*
- *oder weil meine Schwester vielleicht gerade dabei ist, niemand Geringeren als meinen Hugh Grant abzuschleppen?*

»Nein, nein. Überhaupt nicht. Fühlt euch alle wie zuhause!«

»Das stört dich alles wirklich nicht?«, fragt sie und blickt diskret Richtung Philippe.

»Nein.«

Nein, wenn ich genau darüber nachdenke: wirklich nicht.

#

Eine Stunde später
In Jules Zimmer

»Julchen, willst du wirklich gar nichts essen?«

»Nein, kein Hunger!«

»Auf Kaninchen?«

»Nein, auf ga nix. Die sollen alle wieder weggehen. Dieser Philippe ist doof, und Tante Betty ist auf einmal so komisch, und Oma hat ein Kaninchen getötet und …«

»Nein, nur gebraten.«

War das jetzt ein Trost?

»Bääääääh!«

Nein, der falsche Text.

»Wo schläft Oma eigentlich?«

»Gute Frage. Im Hotel?«

Hoffentlich.

»Und Tante Betty?«

»Auch.«

»In demselben?«

»Keine Ahnung, bei deiner Tante läuft jedenfalls unter drei Sternen nichts.«

»Hä?«

»Bettina übernachtet nur in den besten Hotels. Und die bekommen Sterne.«

»Dann hat unser Bauernhof bestimmt gaaaaanz viele Sterne.«

»Na ja, ich weiß nicht.«

Von Michelin sicher nicht.

»Doch! Da war es sooo toll«, schwärmt Jule jetzt und drapiert Napoleon und Jean Tout Court um ihr Kopfkissen herum. »Ich will da wieder hin.«

Ich auch.

»Ja, das war ein gelungener Ausflug. Schade, dass er vorbei ist. Aber wir haben ja noch die schönen Erinnerungen daran, nicht wahr?«

»Stimmt. Duhu, Mama? Du findest Eric *doch* nett, oder?«

»Äh, na ja … Wie kommst du denn jetzt darauf?«

»Nur so. Und?«

»Ja, Chloés Vater ist tatsächlich etwas umgänglicher, als ich zunächst dachte. Etwas eigenartig, aber sympathisch, natürlich ziemlich ungehobelt und schroff, aber dabei doch – ja, liebenswert. Eine vielschichtige Persönlichkeit, die wahrscheinlich eine interessante Geschichte hat, die es …«

»Mama?! Ich versteh ga nix. Können Chloé und ich jetzt Schwestern werden? So in echt, meine ich.«

»Jule, die Frage stellt sich eigentlich nicht.«

»Hä? Habe ich doch aber gerade.«

#

Kurz darauf

Im von Feng-Shui verschonten Bad (fest installiert, uff)

Auf dem Weg ins Bad habe ich eben einen Blick in mein Schlafzimmer geworfen und meine Ahnung bestätigt gefunden: Mein Bett hat nicht nur – wie erwartet – irgendwelchen Energieströmen Platz gemacht, sondern ganz offensichtlich auch vorübergehend den Besitzer gewechselt. Jedenfalls hat meine Mutter es frisch bezogen und ihr Supersexy-Negligé lässig übers Kopfkissen geworfen. Beim Gedanken an meinen eigenen Schlafanzug im praktischen Pyjama-Stil überkommt mich ein Anfall aus Enttäuschung und Sehnsucht zugleich.

Mir wird bewusst, dass mein Projekt, eine unwiderstehliche Französin aus mir zu machen, kläglich gescheitert ist – und niemand Geringeres als meine eigene Mutter hat es mir gerade auch noch einmal vor Augen geführt. Gleichzeitig würde ich jetzt nichts lieber tun, als mich in meinem kuscheligen, so gar nicht aufregenden Schlafanzug mit einer großen Tasse heißen Kakao an meinen Küchentisch zu setzen. Doch dieser ist ja leider belegt von meiner illustren Familie und meinem endgültig zum Ex degradierten Beinahe-Liebhaber Philippe.

Im Bad angekommen, wähle ich Nathalies Nummer.

»Oui, âllo?«

»Hallo Nathalie, entschuldige, dass ich so spät noch anrufe. Ich hoffe, ich störe nicht.«

»Anja! Du störst nicht, aber warum flüsterst du?«

»Damit mich niemand hört, natürlich. Ich muss dringend Asyl bei dir beantragen.«

»Wie bitte? Was ist los? Ist dir der Bauernhof nicht bekommen?«

»Doch, sehr gut sogar. Aber jetzt wird meine Wohnung von meiner Verwandtschaft belagert. Es ist wirklich verrückt. In meiner Küche sitzen meine Mutter, meine Schwester und Philippe.«

»Oh!«

»Und sie essen peruanisches Kaninchen, aber nur weil Meerschweinchen im ›Casino‹ gerade aus war. Sie übertreffen sich mit ihrem deutsch-französischen Kauderwelsch, verstehen vom anderen jeweils höchstens ein Viertel, aber Philippe ist der Star. Wie ein echter Hühnerstall.«

»Ich kann dir nicht ganz folgen.«

»Macht nichts. Sag mir einfach, wie ich die alle wieder loswerde!«

»Inklusive Philippe?«

»Ja, weil, weil …«

»… er ein Herzensjäger ist …«, sagt Nathalie und unterdrückt ein Kichern. »Ein Schürzenbrecher, ein … ach, du weißt schon.«

»Ja, ich weiß. Aber woher weißt *du* das?«

»Tja. Intuition. Wie hast du dich denn eigentlich so mit Eric Leroy vertragen?«

»Äh, ja, also … besser als befürchtet. Ehrlich gesagt, viel besser. Wie kommst du denn jetzt darauf?«

»Intuition. Und ich habe einen Sohn, der auf derselben Klassenfahrt war und so einiges erzählt …«

»Oh, tatsächlich? Nathalie, ich muss aufhören. Ich glaube, meine kleine Abendgesellschaft löst sich jetzt auf. Wir sprechen uns morgen.«

Verwirrt kehre ich in die Küche zurück. Bettina ist aufgestanden und gähnt hinter vorgehaltener Hand. »Anja, Kleines. Ich glaube, ich bin ein bisschen müde von der Fahrt. Ich denke, ich werde mich jetzt ins Hotel zurückziehen. Es sind schließlich auch ein paar Kilometer, bis ich da bin. In deinem Dörfchen hier gibt es ja keine angemessene Unterkunft. Entschuldige mich, ja?« Bettina fasst sich ein wenig theatralisch an die Stirn. »Ich habe auch etwas Kopfschmerzen, sorry. Aber wir haben sicher noch genug Gelegenheit, uns zu unterhalten.«

Darauf kannst du zehn Aspirin nehmen.

»Natürlich.«

Philippe faltet seine Serviette zusammen und folgt meiner Schwester aus der Wohnküche in den kleinen Eingangsbereich. »Isch werde jetzt auch ge-en, Andscha.«

Nur zu.

»Waaas?«, ruft meine Mutter sichtlich entsetzt und läuft hinterher. »Du willst schon gehen, Philippe? Wie schade«, fügt sie hinzu und überreicht ihm eine ihrer Visitenkarten. »Hier, wenn du mal in Berlin sein solltest, freue ich mich über einen Besuch.« Dann hält sie Philippe die Wange zum Kuss entgegen. »Es war mir ein Vergnügen, dich kennengelernt zu haben.«

»Miir auch, Monique.«

Küsschen rechts.

»Abber, isch denke …«

Küsschen links.

»… nach so langer Seit …«

Küsschen rechts.

»… Muutter und Tochter aben noch viel zu bespreschen, oder?«

Küsschen links.

»Sicher, sicher«, pflichtet ihm meine Mutter bei.

Los, Anja! Wenn schon nicht elegant und eloquent, dann wenigstens eigenständig und endlich erwachsen …

»Nein, nein«, erkläre ich ruhig. »Hier gibt es heute nicht mehr viel zu besprechen. Ich bin nämlich leider ziemlich erledigt von der Klassenfahrt. Deshalb werde ich gleich ins Bett gehen …«

… und zwar in meins!

»Wenn du also bitte deine Sachen packen würdest«, sage ich zu meiner Mutter. »Dann kann dich ja Bettina mit ins Hotel nehmen. In ihrem sicher großartigen Etablissement wird sich bestimmt noch ein Zimmer finden.«

»Janis, ja also …«, stammelt meine Mutter.

»Hey, Kleines, was soll das denn?«, fragt meine Schwester.

»Andscha, iist etwas nischt in Ordnungge?«, erkundigt sich mein endgültiger Neu-Ex.

»Alles bestens, aber ich heiße nicht Janis, nicht Kleines und schon gar nicht Andscha. Gute Nacht!«

Le Dessert

26. Kapitel

Liebe Anja, muss dringend zurück nach Frankfurt. Die Arbeit ruft. Sorry! Nimm's leicht. Alles. Das Leben ist für manche wohl doch ein Ponyhof. Betty

(15. November, 08:45)

Montag, 15. November, kurz vor neun Uhr
In der Bäckerei

Gerade habe ich Jule durch den strömenden Regen zur Schule gebracht, und jetzt bin ich mitten in einem Live-Déjà-vu: Als ich mich nämlich eben der Bäckerei näherte, winkte mir Madame Croizet schon durch das Schaufenster mit zwei Briefumschlägen zu. Jetzt sehe ich, dass auf dem einen wieder die französische Flagge prangt, auf dem anderen der Stempel der »École Polyglotte«.

»Hier, meine Liebe«, sagt Madame Croizet und hält mir die Umschläge entgegen, »es sind wieder zwei Einschreiben für Sie gekommen. Ich hoffe, es ist nichts Ernstes?!«

»Nein, nein.«

Nur meine Kündigung und die Ausweisung aus Frankreich.

»Dann ist es ja gut. Sagen Sie, Jules Klassenfahrt war ja wohl ein ganz besonderes Erlebnis, oder? Was ich heute Morgen schon alles gehört habe ...«

Nämlich?

»Ja, es war ein durchaus interessantes Erlebnis.«

»Aha. Na, ich verstehe schon, wenn Sie da noch nicht drüber sprechen wollen ...«

Äh?

»... also ein anderes Thema: Haben Sie denn noch einen schönen Sonntagabend mit Ihrer Familie verbracht?«, erkundigt sich Madame Croizet. »Ich habe gehört, dass auch Ihre Schwester gekommen ist. Das war ja wohl eine Überraschung, oder?«

»Allerdings. Sie musste aber schon wieder weg, zurück nach Frankfurt.«

»Oh, das tut mir leid.«

Mir nicht.

»Das ist schon in Ordnung. Wir haben ja alle viel Arbeit«, sage ich und sehe auf meine Briefe.

Obwohl ich mir in meinem Fall da nicht mehr so sicher bin.

»Ja, natürlich. Ach, meine Liebe, jetzt muss ich Ihnen doch noch etwas erzählen«, setzt Madame Croizet an und beugt sich vertraulich über den Tresen zu mir herüber. »Wissen Sie was? Wir haben inzwischen ein bisschen über diesen Leroy herausgefunden, Sie wissen schon, den Vater von Jules Freundin. Ich nehme an, das interessiert Sie mehr denn je.«

Eventuell. Ja, das könnte schon sein.

»Na ja, also, äh, warum denn?«

»Nun, L'Oublie ist ein kleines Dorf, da machen Neuigkeiten schnell die Runde. Wir wissen doch beide, wovon wir reden.«

»Ah, bon?«

»Und wissen Sie was? Mein Jacques sagt, dass dieser Eric aus gutem Haus ist. Er hatte ja schon geahnt, dass er zu dieser Familie gehört, die schon vor Jahrhunderten in diesem Schloss am Rande von L'Oublie ansässig war. Dann gab es aber irgendwie Streit, und man hat nichts mehr von ihnen gesehen. Das Anwesen steht seitdem leer. Bei dem Familienkrach ging es wohl um die Klinik des Vaters. Ein Pionier der Schönheitschirurgie. Er hat ordentlich damit verdient, auch wenn die Familie es eigentlich gar nicht mehr so nötig hatte. Altes Geld, Sie verstehen? Na ja, jedenfalls der junge Leroy, also Ihr Eric, hihi ...«

Moment mal ...

»... der hat zwar Medizin studiert, aber dann Flausen im Kopf gehabt. Na, wie es bei jungen Leuten eben so ist. Jedenfalls war er jahrelang im Ausland, in irgendwelchen Krisengebieten, Afrika und so. Dann kam er wieder, brachte sich sogar so ein ganz apartes Mädchen mit, eine Kanadierin, und alle in der Familie machten sich Hoffnungen. Na, Sie wissen schon: Heirat, die Klinik, ein Stammhalter. Aber dann ging irgendetwas gründlich schief, ich meine, mit seiner Verlobten oder Freundin, na jedenfalls der Mutter von Jules Freundin.

Die hatte sich wohl auch eher ausgerechnet, dass sie mit dem frischgebackenen Klinikchef in Saus und Braus in dem Schloss der Familie leben kann. Als der junge Leroy dann für einen Hungerlohn bei irgendeinem dieser Hilfsprojekte für illegale Einwanderer angefangen hat, ist sie einfach verschwunden. Erst sollte es nur für ein paar Wochen sein, zurück nach Quebec. Heimweh. Aber dann wollte sie gar nicht mehr in Frankreich leben und kündigte an, Chloé zu sich holen zu wollen. Doch bevor es dazu kommen konnte, verunglückte sie tödlich.

Eric Leroy hat es wohl bisher nicht übers Herz gebracht, seine Chloé über die Einzelheiten des tragischen Todesfalls aufzuklären. Also dass ihre Mutter längst über alle Berge war, als sie starb. Er findet sicher, dass sie noch zu jung ist, um die volle Wahrheit zu kennen. Und die Kleine hat wohl bisher nicht akzeptieren können, dass ihre Maman nicht mehr lebt. Schrecklich, nicht wahr?«

»Ja. Und deshalb die Geschichte mit der Kutsche, mit der die Mutter verschwunden ist. Ich verstehe.«

»Ja, meine Liebe. Und dann soll da ja diese junge Dame sein. Über die weiß ich aber nicht viel. Sie soll jetzt öfter mit der Leroy-Tochter gesehen worden sein.«

Noémi, die schweigsame Schönheit an Erics Hals …

»Das stimmt.«

»Ach, das wird wohl nur die Babysitterin sein«, vermutet Madame Croizet, und ich meine, einen aufmunternden Ton zu hören. »Oder so etwas Ähnliches?«

Ja, so etwas Ähnliches wohl. Die kenne ich.

Ich zucke mit den Schultern.

»Ach, meine Liebe, ich rede schon wieder viel zu viel. Haben Sie denn schon gehört, dass unser ›Casino‹ geschlossen hat? Für drei Wochen! Seit heute Morgen. Stellen Sie sich das mal vor. So lange hat Jean-Claude noch nie Ferien gemacht. Wir wundern uns alle. Und so plötzlich. So, jetzt lasse ich Sie aber wirklich in Ruhe. Wenn Sie irgendwie Hilfe brauchen, ich meine, wegen dieser lästigen Briefe, melden Sie sich, d'accord?«

L'Etat de la France

Madame
Anja Kirsch
1, Place du Marché
13577 L'Oublie-en-Provence

Vorladung

Sehr geehrte Madame Kirsch,

Sie haben die Frist zur Registrierung und Beantragung einer Aufenthaltsgenehmigung verstreichen lassen. Bitte finden Sie sich am Mittwoch, 1. Dezember, im Rathaus von L'Oublie-en Provence ein.

Mit besten Empfehlungen,
i.A. Chantal Chevalier
Jean-Pierre Pommery, Bürgermeister

Ist Chantal etwa diese Empfangsdame, die ich mit meiner Säuglingsbestellung verschreckt habe? Vielleicht brauche ich wirklich Hilfe. Ob allerdings Bernadette, die Bäckerin, die Richtige dafür ist?

École Polyglotte
Madame
Anja Kirsch
1, Place du Marché
13577 L'Oublie-en-Provence

Kündigung

Sehr geehrte Madame Kirsch,
  Sie sind am Freitag unentschuldigt Ihrem Dienst ferngeblieben.
Da ich Sie bereits wegen eines anderen Vergehens abgemahnt
habe, ist Ihnen hiermit gekündigt.

Hochachtungsvoll
Augustine Guillotin
Direktorin

Tatsächlich: Gefeuert!

Ich lasse mich an meinem Küchentisch nieder. Das war dann
wohl das frühzeitige Ende meines Aussteiger-Jahrs in Frankreich.
Ausgerechnet jetzt, da Jule sich so gut eingelebt hat. Wie soll ich
ihr bloß klarmachen, dass wir wieder nach Berlin zurückgehen?
Ihr wird Chloé fehlen, und mir ...

Eine gedämpfte Musik schreckt mich aus meinen Gedanken. Es hört sich an wie der Klingelton eines Handys. Irgendwie
klassisch. Das ist doch, genau: die Europahymne! Auf Philippes
Handy. Sollte er es etwa hier liegengelassen haben?!

Ich mache mich auf die Suche und habe offenbar die richtige
Fährte aufgenommen. Beethoven im Digitalsound wird nämlich
immer lauter. Doch jetzt verstummt die Musik plötzlich. Der An-
rufer hat aufgegeben. Mist.

Aber, Moment mal, da ist es ja! Es muss Philippe bei der Ab-
schiedsküsserei mit meiner Mutter aus der Manteltasche gefallen
sein. Jedenfalls liegt es im Eingangsbereich im Topf meiner halb-

toten Palme. Ich entschuldige mich mental bei Beethoven und stopfe das Handy ganz tief in die Erde. Die Pflanze muss ich auch bald mal auf den Müll bringen.

#

Am Nachmittag, zum Schulschluss
Vor Jules Klasse

»Mama?« Jule blickt mich erstaunt an, als sie aus ihrer Klasse kommt. »Was willst *du* denn hier?«

»Hallo Julchen. Ich freue mich auch, dich zu sehen.«

Und bald kann ich ganz oft zur Schule kommen, so ohne Arbeit ...

»Komm, Jule, zu Hause müssen wir mal was besprechen, okay?«

»Aber ich dachte, dass Oma mich abholt.«

Ich auch. Bis vor einer halben Stunde.

»Oder Tante Betty.«

Hm.

»Oma hat angerufen, dass sie sich verspätet. Sie ist noch in der Stadt unterwegs, kommt aber gleich bei uns vorbei. Und Bettina ist schon wieder in Frankfurt. Sie ist heute Morgen abgereist, als du in der Schule warst.«

»Waaaas? Aber ich habe doch noch gar nicht mit ihr Tischfußball gespielt.«

Wir nähern uns jetzt dem Schultor. Ich habe Jule tröstend den Arm um die Schultern gelegt, dabei könnte ich eigentlich ganz gut selbst einen gebrauchen.

»Ach, Julchen, Bettina kommt bestimmt bald mal wieder.«

»Weil *sie* jetzt Philippe heiraten ...«

»Schluss mit diesem ›Heiraten‹, Jule. Bettina sehen wir bestimmt bald wieder, weil wir ja jetzt kaum Zeit füreinander hatten. Aber wie kommst *du* eigentlich darauf, dass ...«

»Bettina mit Philippe, na, du weißt schon? Na, das sieht doch jeder, oder? Wie die sich gestern Abend angeguckt haben. Voll die ›amoureux‹!«

»Die was?«

»Na ›amoureux‹, die sind verliebt. Aber macht doch nix! Du magst doch jetzt Chloés Papa, oder? Ich habe mir das mit Pierre auch anders überlegt. Ich finde Alex jetzt doch viel netter … Oh, guck ma, Mama!« Jule legt eine Hand auf meinen Arm und zeigt mit der anderen Hand auf die andere Straßenseite – auf den berüchtigten Platz irgendwo zwischen Kirschlorbeer-Hecke und Bürgersteig. »Guck ma, Mama: Da drüben *ist* ja gerade Chloés Papa, und, und …«

Und Noémi. Die Überschöne manövriert formvollendet ihre in schwarzen Seidenstrümpfen steckenden Endlosbeine aus der Klapperente und zupft ihren Rock auf seine Maximallänge von zwei Handbreit über dem Knie zurecht. Dann schwebt sie auf ihren Megapumps zu Eric, legt ihren Arm um seine Hüften und schmiegt sich an seine Schulter.

Eric sieht kurz zu uns herüber, murmelt ein kaum hörbares »Bonjour« und wendet sich dann in Richtung Schule. Doch dann schüttelt er plötzlich Noémis Arm ab, macht kehrt und kommt auf uns zu.

»Komm«, sage ich zu Jule. »Wir müssen schnell nach Hause. Oma wartet bestimmt schon auf uns, und dann kannst du noch ein bisschen Zeit mit ihr verbringen, bevor sie auch wieder …«

»Aber Mama, willst du denn Chloés Papa gar nicht richtig begrü…«

»Nein!« Entschlossen ziehe ich Jule von der Schule weg. Im Augenwinkel sehe ich, wie Eric bewegungs- und sprachlos dasteht. Noémi greift schließlich nach seiner Hand und zieht ihn mit sanfter Gewalt Richtung Schule.

»Aber Mama! Ich habe eben noch Chloé erzählt, dass du jetzt doch in ihren Papa verliebt bist und nicht in Philippe.«

»Du hast was?«, fauche ich Jule an.

»Na, stimmt doch, oder?«, fragt Jule verstört.

»Hm.«

»Ach Mama, mach dir keine Sorgen, Noémi ist doch nur die Babysitterin.«

Na, dann.

#

»Kirsch«

»Janis, ich meine Anja, Liebling. Bist du's?«

»Ja, natürlich. Hallo Mama. Wo *bist* du denn? Jule wartet schon die ganze Zeit auf dich.«

»Du wirst es nicht glauben, aber wir haben heute ein ganz tolles Angebot entdeckt, nämlich einen …«

Wir?

»… dreiwöchigen Surf- und Wanderurlaub auf Guadeloupe. Die Insel gehört irgendwie auch zu Frankreich, ist aber in der Karibik, und deshalb ist das Wetter da auch viel besser als hier. Heute hat es ja den ganzen Tag ununterbrochen geregnet!«

»Jahaaa. Und?«

»Nun, der einzige Nachteil ist, dass der Flug schon heute Abend geht. Ich habe dann also gar keine Zeit mehr für Jule. Und für dich. Aber das ist wirklich ein einmaliges Angebot, das Jean-Claude da gefunden hat.«

»Wer ist denn Jean-Claude?«

»Der Kau-gum-mi-ver-käu-fer«, tönt Jule aus dem Hintergrund.

»Der Filialleiter eures entzückenden kleinen Supermarkts«, bestätigt meine Mutter. »Den hatte ich doch schon auf der Suche nach einem essbaren Meerschweinchen kennengelernt, als ihr noch auf diesem Bauernhof wart. Jedenfalls hat er mir heute die Stadt gezeigt. Hatte ich dir doch gestern erzählt. Hast du das etwa nicht mitbekommen?«

»Möglich.«

»War jedenfalls so verabredet. Tja und dann hat Jean-Claude

erzählt, dass er ja auch schon so lange keinen Urlaub mehr gemacht hat ...«

Auch?

»... und wir haben uns kurzfristig zu diesem Trip entschlossen.«

»Prima, du fährst also mit unserem Supermarkt-Verkäufer ...«

»... Filialleiter«, korrigiert mich meine Mutter.

»... mit unserem Filialleiter Jean-Yves ...«

»Jean-CLAUDE«, dröhnt es mir aus dem Telefonhörer und von Jule entgegen.

»Ach, egal. Jedenfalls guten Flug.«

»Anja, warte. Hast du Philippe heute gesehen?«

»Nein ...«

... nur sein Handy.

»Wieso?«

»Nur so.«

»Wieso?!«

»Das erkläre ich dir später. Also, Schatz, gib mir doch noch mal Jule, damit ich ihr wenigstens auf Wiedersehen sagen kann.«

Ich reiche den Hörer an Jule weiter.

»Tschüss Oma«, sagt sie knapp, trennt die Verbindung und trottet mit hängendem Kopf in ihr Zimmer.

Die Arme. Ihre Familie glänzt im Wesentlichen durch Abwesenheit, und ich habe außerdem gerade unser Auslandsjahr vermasselt. Ich folge ihr in ihr Zimmer.

»Hey Jule, wollen wir was spielen? Ein bisschen kickern? Oder vielleicht eine Runde Monopoly! Ich ziehe mir nur noch schnell etwas Bequemeres an, und dann machen wir es uns mit ein paar Chips auf dem Sofa gemütlich. Was meinst du?«

»Wir ham doch ga keine Chips mehr«, wirft Jule ein. »Und Jean-Claudes Laden ist ja jetzt zu, oder?«

»Ja, stimmt. Merde.«

»Mama!«

#

»Siebzig, achtzig, neunzig …« Jule zählt ihre Monopoly-Beute. »… zehnzig …«

»Das heißt hundert.«

»Okay, elfzig …«

»Hundertzeeeehn, also, Julchen, das geht so …«

»Hey Mama, es klingelt. Du musst zur Tür. Ich zähle weiter.«

»Es klingelt? Das habe ich gar nicht ge…«

Jetzt klingelt es Sturm. Jule hatte also Recht. Aber wer könnte das sein? Meine Mutter, die ihr Negligé vergessen hat? Philippe, der sein Handy zurückhaben will? Widerwillig gehe ich die Treppe hinunter, öffne die Haustür, und vor mir steht …

Eric.

»Chloé wollte so gern noch mal picknicken«, sagt er ziemlich unvermittelt. »Wie auf dem Bauernhof.« Dann schiebt er die in einem neckischen Regenmäntelchen steckende Chloé unter meinem Arm zu unserer Haustür herein. Er selbst bleibt im Regen stehen, sein Kapuzenpulli ist schon völlig durchweicht. »Aber es regnet.«

In der Tat.

»Wir haben eben in der Bäckerei noch die letzten Baguettes erstanden, waren also gerade in der Nähe, und da dachten wir, dass wir vielleicht …«

Ja, ich höre.

»Da dachten wir …«

Ja?

»Eigentlich wollte Papa mit dir essen gehen«, platzt Chloé heraus.

»Ähm, nein, also ja, ich meine …«, stottert Eric.

»Aber das geht nicht«, sagt Chloé, »weil dann niemand auf mich aufpassen kann. Noémi ist nämlich weg.«

Oh!

»Deshalb hat sich Papa gedacht, dass wir doch eigentlich einfach alle zusammen …«

»Juhu!«, brüllt Jule und kommt die Treppe heruntergestürmt.

Sie hat das Geldzählen offensichtlich aufgegeben und bis vor einer Sekunde regungslos am oberen Treppenabsatz gestanden.

Jetzt beendet Eric den Satz seiner Tochter: »... dass wir doch vielleicht alle zusammen picknicken könnten, wie auf dem Bauernhof.«

»Bei uns?«

»Ja, warum denn nicht?«, sagt Eric und hält mir eine Tüte und eine gigantische Isoliertasche entgegen. »Vielleicht im Wohnzimmer.«

»Klar. Warum denn nicht im Wohnzimmer?«, räume ich ein.

Dank Feng-Shui ist da Platz für ein ganzes Klassenpicknick.

»Los jetzt, Papa, gib die Tüte her!«

Chloé reißt Eric die Plastiktasche aus der Hand, aus der zwei Baguettes und eine Familienpackung Chips herausragen, und läuft damit zu Jule die Treppe hinauf. Die beiden tuscheln ziemlich laut, aber trotzdem unverständlich, da es sich um französischen Fünfjährigen-Slang handelt. Aber das Ergebnis ist unmissverständlich:

»Papa, los, komm. Wir wollen erst mal Tischfußball spielen.«

»Eric, biiiiiittte!«, bettelt Jule.

»Hm, aber nur, wenn wir die Partie dieses Mal zu Ende spielen dürfen.«

»Dürft ihr«, sage ich.

»Und wenn ich eventuell auch reinkommen dürfte.«

»Äh, natürlich.«

»Dann darf ich dich wohl auch höflich begrüßen«, fragt er lächelnd. »Du weißt schon, auf Französisch: Küsschen hier, Küsschen da.«

Ich weiß, obwohl ...

»Auch das.«

Wie war das noch mal: rechts-links-rechts?

Eric nähert sich meinem Gesicht ...

Oder doch links-rechts-links?

... und küsst mich auf den Mund.

Mmh.

Lange.

Mmmmhhh.

Ziemlich lange.

Mmmmmmmmmmhhhhhh!

So lange, bis Jule und Chloé laut johlend Beifall klatschen und kichernd in unserer Wohnung verschwinden und mir ganz schwindelig wird. Schön schwindelig.

#

Bei der Kickerpartie habe tatsächlich ich das entscheidende Tor geschossen, das uns vor einem blamablen 3:0 gegen Jule und Chloé gerettet hat. Eric hat mit gleich zwei Eigentoren zum Erfolg unserer Töchter beigetragen, und ich bin mir nicht sicher, ob es Absicht, mangelndes Talent oder vielleicht auch ein bisschen Nervosität war. Jetzt entkorkt er gerade die Weinflasche und stellt sie zu der großen Käseplatte, deren Einzelbestandteile er eben aus seinen Proviantüten gezaubert hat.

Wir haben uns doch gegen Wohnzimmerboden und für meinen großen Küchentisch entschieden, den ich in der Zwischenzeit wieder in seine Ecke geschoben habe. Schluss mit Feng-Shui.

»Hast du Schwierigkeiten?«, fragt Eric plötzlich und blickt auf die Briefe vom Rathaus und von der Guillotin, die ich auf dem Küchentisch liegengelassen hatte. »Ich will ja nicht indiskret sein …«

Aber nein …

»Ja, irgendwie schon. Ich bin rausgeflogen. Ich hab für die Klassenfahrt eine Unterrichtsstunde geschwänzt und hatte vorher schon eine Abmahnung.«

»Aber wieso denn geschwänzt? Du hast dich doch krankgemeldet! Das habe ich selbst gehört.«

»Ja, aber das reicht natürlich nicht. Aber wenn ich an diesen Brief von den Behörden denke, glaube ich, dass das noch das geringere Problem ist.«

»Wieso? Darf ich mal sehen?«

Ich schiebe Eric den Brief hin.

»Was hast du denn verbrochen?«

»Ich bin wohl mal zu schnell gefahren und habe vielleicht auch mal nicht ganz korrekt geparkt ...«

»Ja, das kann ich allerdings bestätigen.«

»Ha, ha. Jedenfalls muss ich wohl mal im Rathaus nachfragen, was da los ist.«

Eric überfliegt das Schreiben. »Nicht europäisches Ausland. Hast du das gesehen? Ich dachte, du bist aus Deutschland?«

»Ja, dachte ich auch. Also, ich meine, das bin ich auch.«

»Ach, ich kann mir vorstellen, woran es liegt. Hast du dich schon mal im Rathaus gemeldet? Also gibt es irgendeine Akte?«

»Ja, die hat diese Chantal angelegt, die wohl auch den Brief aufgesetzt hat.«

»Ich wette, dass sie in der englischen Computerliste statt Dschermanie Ghana angeklickt hat. Das kommt nämlich gleich darunter. Das passiert andauernd. Diesen ganzen Bürokratie-Kram kannst du abhaken, wenn aus Ghana wieder Dschermanie wird.«

»Deutschland, meinst du?«

»Ja, das war Englisch: Dscher...«

»Schon gut. Und woher weißt du das alles?«

»Ich habe bei meiner Arbeit viel mit Einwanderern zu tun. Allerdings mit denen, die hier nicht so willkommen sind wie attraktive Deutschlehrerinnen.«

»Danke.«

»Ach, fühlst du dich angesprochen?« Eric lächelt. »Zu Recht! Die Einwanderer vor allem aus Afrika haben dagegen allerdings wirklich Probleme, wenn sie solche Briefe bekommen. Aber das ist eine andere, lange Geschichte. Jetzt gibt es erst mal Piiick-Niiick!«, dröhnt Eric in Richtung Kinderzimmer.

#

Jule und Chloé schlafen. Nach Chips, Baguette, einer riesigen Tiefkühl-Pizza, Käse, Weintrauben und schließlich Mousse au Chocolat sind sie auf dem Kissen- und Deckenlager vor dem Fernseher eingenickt. Eric ist gerade dabei, Jule in ihr Hochbett zu tragen, wo schon Chloé friedlich schlummert. »Nein, nein, das ist nicht zu eng«, sagt er jetzt, als er meinen kritischen Blick bemerkt. »Die fallen schon nicht raus.« Dann schleichen wir uns einer nach dem anderen aus dem Kinderzimmer.

Eric legt seine Arme um meine Taille und vergräbt sein Gesicht in meinen Haaren. »Wir haben unser Dessert noch gar nicht gehabt, nicht wahr?«, sagt er.

»Äh, was meinst du jetzt genau?«, frage ich, greife mir das Telefon, werfe es auf den Deckenberg am Boden und kicke mit dem Fuß ein Kissen darauf. Ruhe!

»Die Mousse au Chocolat ...«

Ach so.

»... von dir selbst angerührt. Die ist bestimmt hervorragend. Du bist sicher eine begnadete Köchin.«

Das war Dr. Oetker. Aber egal.

In der Küche angekommen, nimmt sich Eric einen Löffel, taucht ihn genussvoll in die Schokocreme und hält ihn mir entgegen.

»Mmhh, lecker ...« Eric lässt den Löffel sinken und zieht mich an sich. Jetzt wird er mich sicher gleich küssen, mmmmmmh!

»Anja?«

Hm.

»Ja?«

»Wer ist dieser Philippe, den du laut Julie ...«

»Der Liebhaber meiner Schwester, ebenfalls laut Jule.«

»Ach?«

»Ja, es ist eben nicht immer alles so, wie es erscheint. Gegenfrage: Wer ist Noémi?«

»Noémi war Chloés Au-Pair.«

»War?«

»Ja, heute abgereist.«

»Nur Au-pair?«

»Sie könnte sich eventuell Hoffnungen auf eine Beförderung zu Chloés, sagen wir mal, Stiefmutter gemacht haben. Zuletzt vielleicht sogar ein bisschen zu intensiv. Das war etwas, nun, ich will nicht sagen lästig, aber anstrengend. Jetzt ist sie jedenfalls auf dem Rückweg nach Ungarn.«

»Ungarn?«

Die Überfranzösin ist gar keine Französin???

»Ja, sie kommt aus Ungarn. Hatte ziemliche Probleme mit dem Französisch ...«

»... und hat deshalb nicht mit mir geredet.«

»Unter anderem auch deshalb, ja.«

»Warum noch?«

»Sie war wohl eifersüchtig.«

»Eifersüchtig? Weil du mir schon bei unserer ersten Begegnung vor der Schule so liebevoll meinen Autoschlüssel vor die Füße geworfen hast?«

»Ich habe dir beim Einparken geholfen. Der Schlüssel ist mir aus der Hand gefallen.«

»Ach was? Du hast mir geholfen? Und dir ist der Schlüssel aus der Hand gefallen? Ich brauchte aber keine Hilfe, ich hätte das Einparken schon geschafft. Du hast mir nur keine Zeit dazu gelassen.«

»*Du* hattest es doch so eilig, Julie abzuholen.«

»Ja, natürlich. Aber deshalb hättest du ja vielleicht auch einfach kurz warten ...«

»Das ist nicht so meine Art«, sagt er und zieht mich an sich heran, lässt seine Hände durch meine Haare gleiten und nähert sich meinen Lippen.

»Moment! Das Thema ist aber noch nicht durch. Ich fand dich wirklich arrogant und unverschämt und ...«

»Ich fand dich von Anfang an perfekt.«

Perfekt? Ich?

»Das hast du aber ausgesprochen gut geheim gehalten.«

»Das *ist* so meine Art«, sagt Eric und zieht mich wieder in seinen Arm. »Und außerdem hast du dich nie dafür bedankt, dass ich dir Cola und Salzstangen mitgebracht habe. Dabei war ich so stolz, dass ich das deutsche Hausrezept auf Lager hatte! Weißt du noch? Als Julie und du, wie soll ich sagen, als ihr etwas unpässlich wart.«

»Unpässlich? Wir hatten Chloés ›gastro‹.«

»Und Chloés DS.«

»Oh, ja, vielen Dank! Da warst du in der Tat *sehr* hilfreich. Du bist manchmal wirklich ignorant, völlig …«

»*Du* bist jedenfalls bezaubernd.«

Seufz.

»Vor allem, wenn du dich so aufregst wie eben, bist du …«

»Unwiderstehlich?«

»Auf jeden Fall.«

»Hinreißend?«

»Natürlich.«

»Eloquent?«

»Manchmal.«

»Elegant?«

»Also, na ja …«

»Anmutig?«

»Hm.«

»Ich werte das als ein Ja! Grandios, ich bin also in deinen Augen wie eine Französin.«

»Aber nein! Wie kommst du denn *darauf*? Nein, nein!!!«

»Warum nicht?«

»Na, weil …«

»Ja? Ich höre.«

»Weil, weil … Keine Ahnung. Du bist wunderbar, so wie *du* bist! Im Original. Nicht anders.« Eric zieht mich wieder an sich, setzt erneut zu einem Kuss an.

»Eric?«

»Ja?«

»Ist das hier gerade ein Rendezvous?«

»Könnte man so sagen. Wieso?«

»Wenn meine Freundin Nathalie erfährt, dass ich zu meinem Rendezvous Jogginghose, Zeltpulli und Wollsocken getragen habe, dann muss ich zur Strafe eine Woche auf Stöckelschuhen mit ihrem Kangoo herumfahren und dabei Johnny Hallyday hören.«

Eric sieht mich fragend an.

»Dann habe ich ein Problem, will ich damit sagen. Deshalb werde ich mich jetzt noch schnell umziehen!«

»Ich glaube, das ist wirklich nicht nötig. Nicht mehr.«

27. Kapitel

Am nächsten Morgen, kurz nach halb neun
Irgendwo in L'Oublie-en-Provence

Dieses Dorf ist wirklich sehr klein. Da hatte Madame Croizet Recht. Und sie war heute Morgen auch die Erste, die Eric und mir augenzwinkernd zuwinkte, als wir gemeinsam das Haus verließen und unsere Töchter zur Schule brachten. Auch Mademoiselle Pointcarré, die Lehrerin, schien wissend zu lächeln, als Jule und Chloé von uns zeitgleich abgeliefert wurden.

Jetzt schlendern wir auf dem Rückweg am Rathaus vorbei und nehmen Kurs auf den »Casino«, der, wie man einem Zettel an der Eingangstür entnehmen kann, vorübergehend geschlossen ist. Eric legt seinen Arm um meine Schultern. Ach, ist es nicht traumhaft? Der wunderbarste Mann ganz Frankreichs an meiner Seite, schon bald werde ich einen neuen Job gefunden und dieses lächerliche Problemchen mit den Behörden gelöst haben, und dann gründen wir die perfekteste Patchwork-Familie, die Frankreich, nein Deutschland, ach ganz Europa je gesehen hat!

»Woran denkst du?«, erkundigt sich Eric.

Huch, das hat mich noch nie ein Mann gefragt. Das ist doch eigentlich mein Text! Jetzt bloß niemanden verschrecken mit Zukunftsplänen bis zur gemeinsamen Kreuzfahrt als glückliches Rentnerpärchen. Immer schön cool bleiben …

»Och, an nichts Spezielles …«

»Glaube ich dir nicht«, sagt Eric, als wir uns der Bäckerei nähern, und drückt mich an sich. Dann zeigt er auf mein noch immer gardinenfreies Wohnzimmerfenster über der Boulangerie und sagt: »Zu dir und dann zu mir, d'accord?«

Ich nicke und koste schon einmal die Vorfreude auf den nächsten Kuss aus, den mir Eric sicher gleich noch auf offener Straße vor den übrigen potenziell anwesenden 2998 Bewohnern unseres Dorfes geben wird.

Doch plötzlich schreckt mich Motorengeheul auf. Ich blicke auf den Marktplatz und sehe einen BMW, der energisch zwischen einer Platane und Erics Ente eingeparkt wird. Wie im Reflex löse ich mich ein bisschen aus Erics Umarmung. Jetzt erkenne ich Teile eines deutschen Kennzeichens: B-RH ...

»Was ist los?«, fragt Eric sanft und entfernt sich einen Schritt von mir. »Bekommst du Angst?«

»Ja.«

»Vor mir? Geht dir das alles zu schnell?«

»Nein, nein, aber ich fürchte, ich bekomme mal wieder Besuch.«

Nein! Das ist jetzt aber überhaupt nicht witzig!

In diesem Moment geht jedoch auch schon die Fahrertür auf, und Ralph steigt aus. »Anja, da bist du ja!«, brüllt er quer über den Platz und steuert auch schon auf uns zu. »Ich sag dir, das war vielleicht eine Fahrt. Mein neuer BMW schafft locker 220 Stundenkilometer. Ist ja ein bisschen verloren, dein Dörfchen hier. Aber ich habe dich ja gefunden. Hallo«, sagt Ralph und winkt mir etwas unbeholfen zu.

Dann streckt er Eric völlig unvermittelt die Hand entgegen. »Guten Tag, ich meine bonjour. Mein Name ist Ralph von Hassel, ich bin der Ehemann von Anja. Le mari, the husband, you understand?«

Eric sieht mich verwirrt an. Ich erkläre ihm auf Französisch: »Eric, das ist mein *Exmann* Ralph, Jules Vater.«

»Aber Anja, wieso denn Ex? Wir wollten das doch vergessen. Diesen ganzen Quatsch mit der Scheidung und so.«

»Wie bitte?«

Doch Ralph antwortet nicht. Vielmehr wendet er sich jetzt wieder an Eric. »Und wer sind Sie, wenn ich fragen darf?«

Eric dreht sich wortlos um, sieht mich über die Schulter noch einmal an und geht dann auf sein Auto zu.

»Eric! Warte.« Ich will hinterher, aber Ralph hält mich fest. »Wer ist denn das?«, insistiert er.

»Das geht dich nichts an. Und lass mich los! Verschwinde.«

»Na hör mal! Ich habe ja wohl das Recht, meine Tochter zu sehen.« Sein Ton wird jetzt schärfer.

»Eric!«, rufe ich noch einmal, in der Gewissheit, dass mich jetzt auch die wenigen noch verbliebenen Bewohner von L'Oublie-en-Provence kennen, die bisher noch nicht von »L'Allemande über der Bäckerei« gehört hatten.

Doch vergeblich. Eric ist bereits in seiner Ente verschwunden, mit schepperndem Motor rangiert er sein Auto aus der Parklücke. Bis auf einen Millimeter nähert er sich dabei dem schwarzen BMW meines Ex.

»Hey, kann der nicht aufpassen! Mein Auto«, brüllt Ralph, der auf seiner Fahrt wohl ein paar Energy-Drinks zu viel hatte.

»Ralph, schrei jetzt bitte nicht so rum. Es ist doch gar nichts passiert. Was willst du denn überhaupt hier?«

»Jule sehen.«

»Hättest du nicht mal anrufen können?«

»Habe ich seit gestern Abend ununterbrochen versucht. Aber du warst nicht da.«

Doch, aber das Telefon nicht ...

»Ach, gestern Abend hast du schon angerufen! Dann war deine Reise ja wirklich langfristig geplant.«

»Anja, können wir nicht irgendwo in Ruhe reden?«

»Worüber denn?«

»Ich glaube, also, vielleicht habe ich einen großen Fehler gemacht.«

»Aha.«

»Und wie du weißt, ist unsere Scheidung ja noch nicht sehr weit fortgeschritten, da könnten wir das Ganze doch auch noch stoppen und einfach wieder von vorn anfangen.«

»Wie bitte? Ralph, spinnst du? Was ist los?«

»Ich habe eingesehen, dass ich etwas falsch gemacht habe. Und jetzt bitte ich dich um Verzeihung und möchte, dass wir die ganze Sache vergessen.«

»Habe ich schon längst. Dich aber auch. Wenn du jetzt bitte wieder gehen würdest? Es gibt nichts zu besprechen. Du kannst Jule um halb fünf an der Schule abholen und sie nach Hause bringen. Das ist hier, wie du wohl schon weißt. Aber jetzt verschwinde, bitte.«

»Anja, *ich* bitte dich. Gib mir doch noch eine Chance.«

»Sag mal, ich fasse es wirklich nicht. Was ist eigentlich los?«
Irgendetwas stimmt doch hier ganz und gar nicht.

»Was ist denn mit Alina?«

Ralph tritt nervös von einem Fuß auf den anderen. »Ja, also, die Sache ist die, dass Alina vielleicht doch noch ein bisschen unreif ... ach Anja, niemand kennt mich doch so gut wie du ...«

»Du bist Alina also wieder los?«

»Nein, nicht direkt. Also, es ist so, dass Alina sich entschlossen hat, ihr Studium abzubrechen und doch erst einmal ein Au-pair-Jahr zu machen.«

Hört, hört.

»Oh, das tut mir aber leid. Wo geht sie denn hin?«

»Sie ist schon weg, nach Südfrankreich ...«

Gute Wahl.

»Und du bist ihr gerade hinterhergefahren, hast dir eine Abfuhr eingehandelt und versuchst es auf dem Rückweg dann mal bei mir, stimmt's?«

»Nein, Anja, so ist es doch gar nicht.« Ralph wendet sich wieder von mir ab. »Hey, was ist denn das da? Jetzt kommt da ja schon wieder so eine Kiste, die meinen BMW ...«

»Also: Alina hat genug von dir?«

»Was?«

»Ich sagte, Alina ist als Au-Pair nach Südfrankreich gegangen und hat sich von dir verabschiedet, richtig?«

313

Aber Ralph hört mir überhaupt nicht zu. Er beobachtet nur schweigend und mit weit geöffneten Augen sein Auto. Ich folge seinem Blick und entdecke einen Kangoo, der mir sehr bekannt vorkommt und der sich in die Parklücke hinter Ralphs Prestige-Kutsche quetscht: Nathalie mit ihrem Kinder-Kastenwagen! Sie winkt mir fröhlich zu, mustert dann Ralph und starrt mich verstört an. Und starrt …

Eine Sekunde zu lange.

Mit einem lauten Krachen landet ihr Kangoo an der glänzenden Stoßstange von Ralphs Neuwagen.

Wutentbrannt läuft Ralph auf sie zu und beschimpft die noch im Auto sitzende Nathalie mit seinem ganzen Repertoire an deutschen Schimpfwörtern.

»Beeindruckend«, sagt Nathalie aus dem heruntergekurbelten Fenster und in ihrem besten Deutsch. Ralph verstummt. »Beeindruckend, welch interessante Begriffe ich in meinen Deutschkursen doch verpasst habe. Tja, man lernt nie aus.« Dann steigt sie aus, sieht sich den Schaden an, zückt lässig einen Versicherungszettel und drückt ihn Ralph in die Hand.

»Pardon, mir ist da wohl ein kleines Malheur passiert. Aber meine Versicherung übernimmt den Schaden. Die Werkstatt hier am Ort kennt mich schon. Die arbeiten sehr gut. Sind Sie Ralph?«

»Ja«, brummt mein Ex.

»Und wo ist Ihr Gummibärchen? Ihre Alisa?«

»Alina!«, donnert Ralph, setzt sich in sein Auto, rangiert wutentbrannt aus der Parklücke und lässt das getönte Fahrerfenster geräuschlos heruntersurren. »Das ist eine bodenlose Unverschämtheit«, brüllt er Nathalie an. »Und überhaupt: Wie kann man nur so unfähig sein beim Autofahren?«

»Unfähig?«, fragt Nathalie mit gespielter Unschuld. »Ich? Aber nein. Es ist doch gar nichts passiert. Schickes Auto haben Sie da übrigens. Wieviel PS hat es denn so?«

Ich stoße Nathalie entsetzt in die Seite. »Was soll das denn?«

»Lass mich«, haucht sie nur zurück.

Aha, das war wohl die Französinnen-Technik »Gezieltes Anhimmeln«. *Aber so etwas wird bei so einem Sturkopf wie Ralph bestimmt nicht …*

»272, und er braucht nur 6,2 Sekunden von null auf hundert.« *Aaaah!*

»Oh là là«, raunt Nathalie bewundernd. »Ein echtes Prachtstück haben Sie da also.«

»Ja, in der Tat. Anja, Schatz, wann können wir reden?«

»Gar nicht. Und ich bin auch nicht dein Schatz. Sieh es endlich ein, Ralph. Es ist vorbei! Du hast es vermasselt.«

»Ich? Ich habe hier überhaupt nichts vermasselt. Ich bin reuevoll zu dir zurückgekehrt und hätte schon ein bisschen mehr Verständnis erwartet. Wenn ich Jule nachher von der Schule nach Hause bringe, besprechen wir das alles in Ruhe.«

»Da gibt es nichts zu besprechen.«

»Doch, doch. Du wirst sehen. Alles wird gut.«

Bevor ich noch etwas entgegnen kann, ist Ralph auch schon davongebraust.

Nathalie nimmt mich in den Arm. »Hey Anja, schön, dich zu sehen«, sagt sie sanft. »War der schon immer so?«

»Nein, eigentlich nicht. Es ist alles so schrecklich …«

»Aber Anja! Du weinst ja! Aber doch nicht wegen diesem Ralph, oder?«

»Nein, natürlich nicht.«

»Wegen Philippe?«

»Nein, schon gar nicht. Aber Eric …«

»Moment, ich habe da wohl irgendwas verpasst. Vielleicht können wir ja einen kleinen Kaffee bei dir trinken, und du erzählst mir alles?«

»Musst du denn gar nicht arbeiten?«

»Doch, eigentlich schon, aber ich bin mal wieder so hoffnungslos zu spät, dass ich heute vielleicht gar nicht mehr zum Dienst ins Krankenhaus fahre.«

»Geht das denn einfach so?«

»Na ja, natürlich nicht. Aber ein Freund von Jonathan ist Arzt, der kann mir ja vielleicht ein Attest …«

»Aha, schon klar«, sage ich und schließe meine Haustür auf.

»Und ich bin von dieser Fahrt mit Camilles Klasse auch wirklich ziemlich erledigt. Siehst du, ich komme ja kaum die Treppen bei dir rauf. Du kannst dir ja gar nicht vorstellen, wie groß dieser Papstpalast in Avignon ist, wenn man hinter 26 Kindern herlaufen muss. War das bei dir auf dem Bauernhof auch so anstrengend?«

»Nein, eigentlich war es einfach nur wunderbar, weil …«

»Entschuldige, aber was macht denn diese Palme hier mitten im Weg?«

»Das ist das Werk meiner Mutter. Sie ist Feng-Shui-Beraterin. Beziehungsweise sie *war* Feng-Shui-Beraterin.«

»Das ist vielleicht auch besser so. Und was leuchtet da unten in der Erde dieser bemitleidenswerten Pflanze?«

»Was? Ach, das ist das Handy von Philippe. Er hat es hier vergessen, und es hat mich mit diesem blöden Klingelton so genervt. Die Europa…«

»…hymne von Ludwig van Beethoven. Sehr schön, nicht wahr?«

Aaaaah!

»Ja, ja.«

»Sieh mal, es ist ja noch eingeschaltet. Und geht sogar noch!« Nathalie wischt ein bisschen Erde vom Display. »Na, mal sehen, was der tolle Hecht so auf seinem Smartphone hat.«

»Nathalie! Du kannst doch nicht einfach …«

»Doch, klar kann ich. Aber sag, was ist denn nun mit deinem Ex. Und mit Philippe.«

»Auch Ex.«

»Und Eric?«

»Also, das ist so … Warte, ich mache uns jetzt erst einmal einen Kaffee.«

»Gut. Aber sag mal, Anja, was ist das denn hier? Dieser Philippe hat ja sehr spezielle Apps.«

»Apps?«

»Applikationen, diese kleinen Programme auf dem Handy, mit denen man …«

»… das Wetter auf Mauritius checken kann oder Slang-Ausdrücke in Mandarin.«

»Vielleicht auch, aber Philippe hat hier eine interaktive Europakarte.«

»Ja und? Philippe engagiert sich ja irgendwie für Europa. Das wird was damit zu tun haben. Mit seinem politischen Einsatz für …«

»Politisch? Also, hier steht unter den Ländern jeweils ein Frauenname«, ruft Nathalie.

»Merkwürdig. Was soll das denn?«

»Keine Ahnung. Aber sieh mal, hier steht noch was. Direkt neben der Europakarte!« Nathalie reicht mir das Handy herüber.

Luc 26:25 Philippe

»Hm. Sieht aus wie ein Punktestand.«

»Ja, gib noch mal her. Ich schaue mal nach, ob ich noch irgendetwas zu diesem Luc finde …«

»Nathalie, ich weiß wirklich nicht, ob wir einfach so in Philippes Handy schnü…«

»Ha! Da ist was! Ich habe eine SMS von einem Luc gefunden. Aber nein, … also wirklich, das gibt's doch nicht …«

»Was denn? Jetzt spann mich doch nicht so auf die Folter. Lass mal sehen.«

»Aber Anja, ich weiß wirklich nicht, ob wir einfach so …«

»Jetzt gib schon her.«

Hey Philippe, habe am Wochenende die Kleine aus Estland flachgelegt. Damit steht es wohl 26:25 für mich. Fehlt nur noch Zypern! Ich mache das Rennen!

»Wie bitte? Philippe und sein Kumpel haben eine Wette laufen?«

»Sieht ganz danach aus.«

»Auf seinem Handy hat er also eine ... Europakarte seiner Eroberungen? ... Er will also aus jedem Land der EU ...«

»Hat er schon fast. Sieh mal. Wenn man hier klickt, dann sind die meisten Länder plötzlich grün. Und mit einem Namen und einem Datum versehen. Hier, sieh mal: Ludmila aus Tschechien, Alison aus England ...«

»Alison! Meine Kollegin!«

»Nur bei Ungarn und Deutschland fehlen noch Namen und Daten. Ungarn ist rot und Deutschland gelb. ›In Arbeit‹, heißt das wahrscheinlich.«

»Deutschland?«

»Ja, das fehlt ihm noch in seiner Sammlung. Erstaunlich, bei all den deutschen Studentinnen und Kolleginnen an seiner Sprachenschu... oh, pardon.«

»Schon gut. Das heißt, eine Ungarin hat Philippe auch noch nicht abgeschleppt?«

»So verstehe ich das«, sagt Nathalie.

»Da könnte ich ihm eventuell jemanden empfehlen, mit dem schönen Namen Noémi ...«

»Wie bitte?«

»Ach, schon gut. Ich kann es einfach nicht fassen. Dieses, dieses hinterhältige, durchtriebene, rücksichtslose ...«

»Ich weiß, was du sagen willst. Bist du sehr traurig?«

»Nein, entsetzt. Aber traurig nicht. Eigentlich ist Philippe mir schon seit einiger Zeit ziemlich gleichgültig. Ich wollte es wohl nur nicht so wahrhaben – er war nun mal so charmant, und er ist eben auch so wahnsinnig gut aussehend ... Ich hoffe nur, dass meine Schwester ...«

»Oh, sieh mal: Philippe hat auch ein Übersetzungsprogramm auf seinem Handy. Toll, damit kann man Texte in 15 verschiedene Sprachen übersetzen.«

»Jetzt verstehe ich so einiges: Dann waren also diese SMS, die ich damals aus seinem Skiurlaub bekommen habe, tatsächlich durch ein Übersetzungsprogramm gejagt. Deshalb waren die so wirr.«

»Genau. Google-Deutsch eben.«

»Und eine war ja wahrscheinlich ungarisch. Jetzt weiß ich auch, warum«, sage ich und stelle Nathalie einen dampfenden Milchkaffee hin.

»Warum?«

»Na, ist doch klar. Er wollte mit irgendeiner Ungarin nach Paris fahren und hat sie per SMS dazu eingeladen. Aber die Nachricht eben an eine falsche Adresse geschickt.«

»An deine?«

»So ist es. Mein Handy scheint solche fehlgeleiteten SMS irgendwie anzuziehen. Na ja, als die Ungarin absagte, hat er mir eben dieselbe SMS geschickt – übersetzt. Darf ich das Handy mal haben?«

Nathalie gibt mir das Telefon und nippt an ihrem Kaffee.

»Aha, am Ende ist er mit Pernille aus Dänemark gefahren.«

»Woher weißt du das?«

»Weil bei Dänemark der wunderhübsche Name Pernille und der 13. November stehen. Das war das Wochenende, an dem ich auf dem Bauernhof war und Philippe mit mir verreisen wollte.«

»So ein Schuft. Aber jetzt erzähl, was heute passiert ist.«

»Also, alles fing gestern Abend an, als …«

…

»Und jetzt ist Eric wortlos verschwunden«, beendet Nathalie meine Erzählung. »Hast du ihn schon angerufen?«

»Nein, keine Zeit, das war doch alles erst gerade passiert, und dann kamst du ja auch schon mit deinem Park-Auftritt!«

»Na, dann los.«

Ich suche nach Erics Nummer und stoße dabei auf die SMS, die er mir im Bus geschickt hat, bevor er diese Fotos gemacht hat.

»Er geht nicht dran. Nur die Mailbox. Ich schicke ihm eine SMS.«

Es ist nicht immer alles so, wie es erscheint. Wo bist du? *(16. November, 10:30)*

#

Über drei Stunden später.
Eric antwortet nicht. Ich schreibe Bettina eine SMS. Hauptsache beschäftigt.

Hallo Bettina, falls du noch Kontakt zu Philippe hast: Vergiss ihn! Du wärst nur die Nummer 26. Nicht dein Stil, oder? Anja *(16. November, 14:00)*

»Was denkst du eigentlich?«, brüllt meine Schwester drei Minuten später ins Telefon. »*Monika* hat ihm ihre Visitenkarte gegeben. Nicht ich! Ich würde dir doch nie einen Liebhaber ausspannen!«

Kein Kommentar.

»Ist ja gut. Ich wollte dich nur warnen, dass Philippe sein ganz eigenes Programm hat. Ihm fehlt nämlich nur noch je eine Eroberung aus Deutschland und Ungarn, dann hat er die ganze EU durch.«

»Wie bitte?«

»Ja, so ist es. Er hat sein Handy bei mir liegengelassen. Darauf ist eine interaktive Europakarte, die ...«

»Hast du geschnüffelt? Du? Anja?«

»Nein! Das war Nathalie.«

»Na, ist ja auch egal. Ich habe ja schon geahnt, dass da was nicht stimmt. Jedenfalls haben wir jetzt beide wohl das Kapitel

Hugh Grant endgültig abgehakt, oder? Den echten habe ich übrigens neulich live im Fernsehen gesehen. Wird im Alter ja nicht schöner, also sollten wir vielleicht nach einem anderen Modell Ausschau halten.«

»Wenn du es so nennen willst. Vielleicht. Ich muss jetzt zur Schule. Wer weiß, ob Ralph Jule wirklich abholt oder doch lieber mit seinem BMW in der Werkstatt bleibt.«

»Der hat jetzt einen BMW?«

»Bettina! Die Frage ist doch wohl eher: Warum ist Ralph bei dir in Frankreich? Und keine Sorge, dein TT sieht um Klassen besser aus als sein 6er Coupé.«

»Dann ist's ja gut. Und was will er? Also, Ralph, meine ich?«

»Halt dich fest – sich mit mir versöhnen, weil seine Alina abgehauen ist, als Au-pair nach Frankreich.«

»Ich glaub es nicht! Na, prima. Dann pass nur auf, dass du sie nicht versehentlich engagierst, falls sie mal die Familie wechselt.«

»Danke, guter Hinweis.«

Ralph. Es gibt wirklich nichts mehr zu besprechen. Es ist endgültig vorbei, ich will die Scheidung. Und mach mir bitte nachher vor Jule keine Szene. Anja *(16. November, 14:21)*

Gut zwei Stunden später

Anja. Habe verstanden. Hol du Jule ab. Auto noch in der Werkstatt. Dann muss ich gleich zurück nach Berlin. Ralph *(16. November, 16:29)*

Typisch! Ein einziger Totalausfall, mein werter Exmann. Soll er doch bei seinem Angeber-Auto bleiben und sich das nächste Au-pair als Deko auf den Beifahrersitz legen!

Schon 16:31! Na, wunderbar. Mir bleibt also noch genau minus eine Minute, um zur Schule zu hechten und Jule vielleicht gerade noch rechtzeitig abzuholen. Und passend zum Showdown schüttet es jetzt aus den gigantischen Wolken, die auch heute den Himmel über der Provence verhängen. Ich schnappe mir einen Schirm aus dem Haufen neben dem Kleiderständer, knalle die Tür zu und mache mich auf den Weg.

#

Am späten Nachmittag
Vor Jules Schule

»Maman!«, ruft Jule schon aus ihrer Klasse und stürmt auf mich zu. »Wo ist denn Eric?«, fragt sie auf Französisch.

»Julchen, das weiß ich auch …«

»Hier bin ich«, höre ich Eric, ziemlich außer Atem, hinter mir.

»Ah, super«, ruft Jule. »Chloé, komm! Dein Papa ist auch da. Wir gehen jetzt zu uns, und dann machen wir alles genau so wie gestern. Erst Kickern, dann Picknick, dann Fernsehen … und morgen wieder. Und übermorgen auch. Und überübermorgen. Und …«

Eric und ich sehen uns an. Und dann umarmt er mich und gibt mir einen Kuss. Von meinem Schirm tropft es auf meine schon völlig durchgeweichte Jeans, aber was macht das schon?

Doch plötzlich lässt Eric mich los und fragt: »Und dein Ex?«

»Den bin ich endgültig losgeworden«, flüstere ich, damit Jule erst gar nichts von dem Drama erfährt.

»So habe ich mir das gedacht«, sagt Eric. »Du hast ihm sicher sehr eloquent eine Abfuhr erteilt.«

»Genau. Und ich war überaus elegant dabei.«

»Aber natürlich.« Eric lächelt und setzt zu einem weiteren Kuss an.

»Moment«, wehre ich ab. »Vielleicht war ich sogar ein bisschen anmutig. Was meinst du?«

»Anja?«

»Auf jeden Fall aber geschmackvoll gekleidet und …«

»Anja?!« Eric blickt an mir herunter.

»Ja?«

»Dieser Frosch-Schirm steht dir wirklich ganz hervorragend.«

Merde.

Le Café

28. Kapitel

»Okay, es kann losgehen.«

»Weißt du noch den genauen Plan?«

»Ja: Rein ins Rathaus, Empfangsdame Chantalle ignorieren, Treppe rauf ins Bürgermeisterzimmer, Brust raus, Kopf ein bisschen schräg legen, in Gedanken schnurren und die Vorladung auf den Tisch gleiten lassen.«

»Sehr gut«, sagt Nathalie. »Jetzt machen wir an deiner Bluse noch einen Knopf mehr auf, und du wirst sehen, wie wunderbar das alles funktioniert.«

»Hey, lass das. Der Knopf bleibt zu.«

»Wie du meinst. Also los. Ich halte hier die Stellung.«

#

»Das ging aber schnell!«

»Tja, als Deutsche bin ich eben effizient. Sogar beim gezielten Bürgermeister-Flirt.«

»Und? Hat alles geklappt?«

»Ja, alle Briefe sind im Schredder, bei Gelegenheit könnte ich ja mal ein französisches Kennzeichen für mein Auto beantragen, hat er gesagt, und um die Strafzettel kümmert sich ein Freund vom Bürgermeister, der in Paris im Ministerium sitzt.«

»Sehr gut.«

»Vielen Dank, Nathalie! Das hätte ich ohne dich nie hinbekommen. Und den Erfolg müssen wir unbedingt feiern! Wie wäre es, wenn du am Samstag mit Jonathan und deinen Kindern zum Essen zu uns kommst? Eric und Chloé sind auch da, das wird sicher sehr nett.«

»Ja, gern. Was gibt es denn? Bier und Chips?«

»Nein, was denkst du denn! Ich werde natürlich ein echt französisches Fünf-Gänge-Menü zaubern. Erst frisches Saison-Gemüse auf dem Markt kaufen, das Fleisch direkt beim Bauern bestellen, der das Rind mit Vornamen kannte, und dann geht es los!«

»Hm. Das klingt verlockend. Aber wenn du das wirklich genau so machen willst, dann musst du langsam mal anfangen.«

»Aber so macht ihr Franzosen das doch. Hat uns Philippe ausführlich erklärt. Dessen Kochbuch werde ich natürlich auch zu Rate ziehen.«

»Ach, der hat ja keine Ahnung. Also, es hat sich nach meiner Erfahrung auch als sehr gut erwiesen, wenn man das frisch verarbeitete Saisongemüse schon mal sicher in der Kühltruhe hat. Da ist dann auch noch genug Platz für pfannenfertige Fleischstücke. Und die halbe Miete hast du ohnehin schon, wenn du als Vorspeise ›Coquilles Saint Jacques‹ servierst …«

»Hä?«

»Jakobsmuscheln. Wie? Kennst du die etwa noch nicht?«

»Nö.«

»… und zum Dessert ›Moelleux au chocolat‹.«

»Das kenne ich: warmer Schokokuchen mit flüssigem Kern. Mmmmmhhh, genau mein Fall! Aber den kriegt man doch selbst *nie* perfekt hin, oder?«

»Nein, natürlich nicht. Die Jakobsmuscheln auch nicht. Gibt es aber alles im Tiefkühlregal des Hypermarchés deines Vertrauens. Alles klar?«

»Mais oui!«

Le Chocolat

(kein eigener Menü-Gang und auch nur ein ganz klitzekleines Stück, zum Café, sozusagen nonchalant nebenbei, sehr stilvoll ... und seeeehr lecker)

Drei Monate später. Übrigens …

… habe ich meine Babysitter-Phobie mittlerweile überwunden. Eric macht das ganz wunderbar, wenn ich abends unterrichte.

… ist meine Kündigung der »École Polyglotte« inzwischen hinfällig. Ich habe da von einem Arzt meines Vertrauens ein Attest bekommen, dass ich schwer erkrankt war.

… hat meine Chefin natürlich schon gestutzt, dass die nachträgliche Krankschreibung von »Ärzte helfen illegalen Einwanderern« kam. Aber Madame Guillotin ist ja inzwischen sowieso die Sanftmut in Person, regelrecht handzahm ist sie geworden. Warum? Nun, mein Deutschkurs für Berufstätige sprach ihr eine kollektive Kündigungsdrohung aus, wenn ich nicht sofort wieder unterrichte. Ich bin gerührt.

… ist meiner Sprachenschule allerdings ganz plötzlich ein Französischlehrer abhandengekommen. Dafür hängt am Schwarzen Brett eine Postkarte aus New York, wo Philippe seine Rundreise durch alle 50 US-Bundesstaaten gestartet hat. Europa war wohl inzwischen abgehakt.

… leugnet meine Schwester immer noch, irgendwelche Aktien in dem EU-Liebhaberinnen-Smartphone-Application-Deal gehabt zu haben. Meine Mutter schweigt zum Thema Philippe beharrlich.

… habe ich heute meine Benchmark-Robe in die Altkleidersammlung gegeben. Wer braucht so etwas schon?

… muss ich jetzt ganz dringend los, um Eric in unserem in Kürze zu renovierenden Anwesen bei seinem Termin mit dem Innenarchitekten zu beraten – in Fragen des guten Geschmacks natürlich.

Dank

J'aimerais d'abord remercier Pauline pour son aide lors de la rédaction de ce livre, pour son soutien dans de multiples domaines tout au long de ces années et pour les nombreux moments passés ensemble à tant s'amuser. Un grand merci aussi à Anne-Sophie, Agnes, Laurence, Maguy et Sabine, mes très chères amies qui ont toutes tellement d'humour et qui m'ont tant appris.

(Ein herzlicher Dank vor allem an Pauline für ihre Unterstützung bei diesem Buch, für ihren Nachhilfeunterricht über Jahre hinweg und für die vielen Gelegenheiten, bei denen wir uns zusammen bestens amüsiert haben. Ein großes Dankeschön zudem an meine ebenfalls überaus geschätzten Freundinnen Anne-Sophie, Agnes, Laurence, Maguy und Sabine, die alle wunderbar humorvoll sind und mir so viel beigebracht haben.) ((Merci, Pascale!))

Auch Ulrike ein ganz großes »merci«, für die vielen französischen Einsichten bei so manchem »bière blonde«.

Übrigens: Französinnen trinken in der Öffentlichkeit kein Bier. Elke
(23:59, 31. März)

Ein herzliches Dankeschön an Gerke Haffner und Cathrin Wirtz, für Rat und Tat.

Schließlich ein ganz besonderer Dank meiner Familie für Geduld und sehr französische Gelassenheit.

PS: Ich entschuldige mich bei allen Ex, Smartphone-Besitzern, Babysittern, Tagesmüttern, Schuldirektorinnen, Bürgermeistern, Entenfahrern, Zwillingsschwestern etc., die in diesem Buch vielleicht nicht so gut weggekommen sind. Zum Glück kenne ich niemanden persönlich, der so ist.

Männer sind auf dieser Welt einfach unersetzlich – von wegen!

Milly Johnson
EIN KERL MACHT NOCH
KEINEN SOMMER
Roman
Aus dem Englischen
von Veronika Dünninger
528 Seiten
ISBN 978-3-404-16036-5

„Mann" (lateinisch vir): nächster Verwandter des Schimpansen. Merkmale: ausgeprägtes Revierverhalten, notorisches Jammern, Hang zur Untreue und Eitelkeit.

Braucht Frau so etwas wirklich, um glücklich zu sein? Christie und ihre Kolleginnen sind sich einig: Nein! Denn mal ganz ehrlich: Wozu sich mit den Kerlen rumschlagen, wenn es gute Freundinnen gibt?!

Bastei Lübbe Taschenbuch

Denn brüderlich geteilt ist keine Lösung ...

Anke Greifeneder
HEUTE, MORGEN
UND FÜR IMMER
Roman
352 Seiten
ISBN 978-3-404-16053-2

»Glaubst du an Liebe auf den ersten Blick, oder soll ich noch mal reinkommen?« Mit diesem Spruch erobert der erfolgreiche Künstler Jasper das Herz von Clara, und von nun an gehören beide zusammen. Aber dann lernt Clara Jaspers Bruder Valentin kennen, der sich zu Jasper verhält wie Feuer zu Wasser. Nur eine Vorliebe scheint beiden gemeinsam zu sein: Clara – die bald nicht mehr weiß, wo ihr Herz und Kopf stehen ...

Bastei Lübbe Taschenbuch